Ein tödlicher Verkehrsunfall in Rom ruft Commissario Bariello auf den Plan, und ein geheimnisvoller Brief im Bistumsarchiv von Neapel lässt Weihbischof Montebello eine archäologische Sensation und einen innerkirchlichen Skandal erahnen. Die Spuren, die sie verfolgen, führen sie auf die dunkelsten Seiten Italiens. Sie müssen erkennen, dass sie die Interessen ebenso mächtiger wie skrupelloser Kreise gewaltig stören. Als sich ihre Wege kreuzen und sie zusammenarbeiten, stoßen sie auf eine Verschwörung aus Camorra, Kirche und Kapital. Die meisten Opfer finden sich in den Armenvierteln Neapels, wo in unmittelbarer Nähe zu Kunst, Schönheit und tiefer Frömmigkeit brutale Verbrechen geschehen. Doch dann erkennen Bariello und Montebello, dass die wahre Apokalypse erst noch bevorsteht. So beginnt, noch ehe die Neapolitaner das Blutwunder ihres Stadtheiligen San Gennaro erflehen können, das Blut ganz anderer zu fließen.

«‹Mission Impossible› ist nichts dagegen.»
Nürnberger Zeitung

Stefan von der Lahr, geboren 1958, ist promovierter Althistoriker, hat über griechische Dichter und Tyrannen sowie über die Frühzeit der römischen Gesetzgebung geforscht und publiziert. Er arbeitet seit über einem Vierteljahrhundert als Lektor im Verlag C.H.Beck. 2015 erschien sein Kriminalroman «Das Grab der Jungfrau», der 2020 bei C.H.Beck neu aufgelegt wurde. Denis Scheck nannte das Buch einen «Archäologiethriller der Sonderklasse.»

Stefan von der Lahr

Hochamt in Neapel

Kriminalroman

C.H.Beck

1. Auflage im Taschenbuch, Verlag C.H.Beck, 2022

© Verlag C.H.Beck oHG, München 2019
www.chbeck.de
Umschlaggestaltung: Geviert, Grafik & Typografie, Christian Otto
Umschlagabbildung: Neapel, Capodimonte und Basilica dell'Incoronata Madre
del Buon Consiglio © 2017 Antonio Busiello / Getty Images
Satz: Fotosatz Amann, Memmingen
Druck und Bindung: Druckerei C.H.Beck, Nördlingen
Printed in Germany
ISBN 978 3 406 79133 8

myclimate
klimaneutral produziert
www.chbeck.de/nachhaltig

Für Eike, Klaus und Raimund

Die meisten fremdsprachigen Formulierungen und Spezialbegriffe sind im Anhang übersetzt beziehungsweise erklärt. Ebenso finden sich dort Erläuterungen zu einigen historischen Persönlichkeiten und Ereignissen.

Prolog

The vices of mankind are active and able ministers of depopulation.
THOMAS ROBERT MALTHUS
ESSAY ON THE PRINCIPLE OF POPULATION (1798)

Neapel, 1. August, morgens
Die Glut eines endlosen Sommers lastete auf den Dächern Neapels. Wenn abends ein Windhauch vom Meer zum Vesuv zog, schien er das Gewirr der Gassen in der Altstadt zu scheuen. So hatte nicht einmal die Nacht den Menschen in den Armenvierteln Erleichterung gebracht, als sich am Morgen des 1. August die Sonne über den Capodimonte schob. Zu dieser Stunde liefen entlang der Via Posillipo bereits die Rasensprenger und sorgten dafür, dass das Grün in den Parks der besseren Gesellschaft nicht verdorrte.

In einer der Villen mit ungestörtem Zugang zum Meer residierte Wladimir Ignatjewitsch Pudanitschow. Der Oligarch war der jüngste Spross einer Diplomatenfamilie der alten Nomenklatura. Seine Karriere hatte er noch als Ingenieur eines staatlichen Ölkonzerns in der zerfallenden Sowjetunion begonnen. Er erkannte bald, dass sich das System nie mehr erholen würde. Also streifte er den Werkstattmantel des Sowjetmenschen ab, schlüpfte in den Anzug des Kapitalisten und erfreute sich als einer der ersten Privatunternehmer beachtlicher Erfolge im Geschäft mit der Petrochemie. Die Segnungen der russischen Schattenwirtschaft und ein sicheres Gespür für aussichtsreiche Investitionen in Rüstungsgüter und Immobilien ließen ihn in den folgenden Jahren zum milliardenschweren Tycoon aufsteigen.

Er war stets darauf bedacht, weder der politischen Führung noch den vaterländischen Geheimdiensten ins Gehege zu kommen, sondern ihnen im Gegenteil, wo immer möglich, gefällig zu sein. Doch zu Beginn des letzten Jahrzehnts war es zu ein paar heiklen Situationen in seinem Privatleben gekommen. Man hatte ihm daraufhin unmissverständlich nahegelegt, sich einen neuen Lebensmittelpunkt außerhalb Russlands zu suchen und nur noch in gebotener Diskretion zu unabweislichen Geschäftsterminen zurückzukehren. Diese Form der Verabschiedung hatte Wladimir Ignatjewitsch verletzt. Aber er hatte sich gefügt und war an den Golf von Neapel gezogen. Dort genoss er die Liberalität der alten Metropole, die in den Jahrtausenden ihres Bestehens genug Unaussprechliches erlebt hatte, so dass ihm dort niemand Unannehmlichkeiten bereitete, wenn er seinen kleinen Freuden nachhing.

Eine umfassende Bildung, die man ihm auf den Eliteschulen der Führungskader hatte angedeihen lassen, Gewandtheit im Umgang und eine nachgerade sprichwörtliche Großzügigkeit öffneten ihm in Neapel die Türen zu den besten Kreisen. Man nahm den charmanten Russen, dessen Italienisch in so köstlichem Kontrast zu seinem Petersburger Akzent stand, mit offenen Armen auf – gerade so, wie man seit dem späten achtzehnten Jahrhundert russische Adlige auf ihrer Grand Tour in Kampanien willkommen geheißen hatte.

Tagsüber vermisste Wladimir Ignatjewitsch die alte Heimat kaum. Aber wenn die langen Nächte zu Ende gingen, die er gern mit Freunden auf seiner Einhundertzwanzig-Meter-Yacht *Anna Pawlowna* verbrachte, die er auf den Namen der unvergessenen Primaballerina getauft hatte, weinte er manchmal. Dann dachte er an den Newski-Prospekt, und es stiegen Bilder vor ihm auf, wie er einst mit den Gefährten seiner Jugendzeit den Sonnenaufgang erwartet hatte. Während der neue Tag heraufzog und ihre lachenden Gesichter vom Frost und vom Wodka gerötet waren, hatte sich ihr Atem in kleine Dampfwolken verwandelt. Doch egal, wie kalt es war – niemals waren sie ins Lenin-Internat zurückgekehrt, bevor nicht das Eis auf der Newa im ersten Licht zu glitzern begann.

An diesem Augustmorgen spürte Wladimir Ignatjewitsch die ihn umgebende Wärme kaum. In seinem Innern war es kalt geblieben, nachdem er die Chiesa Andrea Apostolo verlassen hatte. Er konnte sich noch gut erinnern, wie das im Volksmund Santa Maria del Ben Morire genannte Gotteshaus mit Billigung des Papstes an die Russisch-Orthodoxe Kirche des Patriarchats von Moskau übertragen worden war. Aber er hatte auch nicht vergessen, dass es die Orthodoxen waren, die ihn mit allerhöchster politischer Unterstützung aus der Heimat vertrieben hatten. Glaube und Religion spielten für ihn keine Rolle. Doch zog es ihn immer wieder in die ein wenig abseits gelegene Kirche, wo er wenigstens die Sprache der Kindheit hören und sie im Wechselgesang mit dem Popen auch sprechen konnte. So ging er gedankenverloren die Via Antonio Tari hinunter, bis er zu einer kleinen Bar gelangte, wo er, wie so oft, frühstücken wollte.

Er blätterte in einer Zeitung, als ein Schatten auf die Seiten fiel, der eine seltsame Form hatte – fast wie ein ... Er fuhr herum, und ein groß gewachsener, schlanker Mann lächelte ihn an.

«Mogu li ya k Vam prisoyedinit'sya, tovarischtsch Pudanitsov?»

«Sie sind kein Russe.»

«Stimmt – aber ich kann problemlos nach Russland reisen. Das kann nicht jeder von sich sagen.»

Pudanitschow musterte den Fremden, dessen dreiste Anspielung ihn wütend machte.

«Ich lege keinen Wert auf Ihre Gesellschaft. Guten Tag!»

«Zu schade. So entgeht dem Geschäftsmann Pudanitschow ein Angebot, das ihn in die alte Heimat hätte zurückbringen können. Guten Tag!»

Der Fremde wandte sich zum Gehen.

«Was für Geschäfte treiben Sie?»

«Export.»

«Und womit handeln Sie?»

«Freiheit und Demokratie.»
Pudanitschow machte eine wegwerfende Handbewegung.
«Dabei springt nicht viel raus.»
Der andere lachte.
«Sagen Sie das nicht!»
«Was wollen Sie?»
«Man hat Sie schlecht behandelt, obwohl Sie Mütterchen Russland immer ein guter Sohn waren.»
«Das weiß niemand besser als ich. Setzen Sie sich!»
«Und doch hat Ihr Präsident Ihnen den Stuhl vor die Tür gestellt. Immerhin durften Sie in die Sonne ausreisen. Bei anderen hat man solche Situationen genutzt, um sie in die Uranbergwerke zu schicken.»
«Was wollen Sie?!»
«Wissen Sie eigentlich, dass das damals eine ganz knappe Entscheidung gegen Sie war? Sie hatten mächtige Fürsprecher im Kreml. Hätte nicht der Präsident Angst vor einem Skandal so kurz vor den Wahlen gehabt, dann hätten Sie sehr wahrscheinlich bleiben können. Aber nun hat er sich festgelegt – als guter Sohn der Kirche, oder sagen wir: als einer, dem es wichtig ist, dass die Öffentlichkeit ihn in Harmonie mit der Kirche sieht. Einer, der sich sogar bekreuzigt, wenn er kalt badet. Also müssen Sie draußen bleiben. Wenn er weg wäre ...»
«Sie reden dummes Zeug! Sie wissen so gut wie ich, dass er ein System gefunden hat, wie er noch zwanzig Jahre Präsident bleiben kann. Immer im Wechsel mit dem Ministerpräsidenten.»
«Ein Ministerpräsident, der in der entscheidenden Sitzung auf Ihrer Seite gestanden hat. Wenn er Präsident würde ...»
«... würde er sich trotzdem nie gegen ...»
«Da haben Sie recht! Er würde sich nie gegen den wahren Machthaber stellen – solange der lebt.»
«Mein Herr, ich weiß nicht, woher Sie all diese Informationen haben. Es interessiert mich auch nicht. Sie haben jedenfalls keine Ahnung, wovon Sie sprechen. Es gibt keinen Menschen auf dem ganzen Planeten, der besser geschützt wäre als ...»

«Aber Towarischtsch Pudanitschow – Sie sind doch sonst ein risikofreudiger Mann! Wir beobachten Sie schon seit zwei Jahren. Doch machen Sie sich keine Sorgen! Wir wollen Ihre Geschäfte nicht stören. Ganz im Gegenteil: Sie sind genau der Richtige für uns. Aber Sie sollen auch für uns einmal das Richtige an die richtige Stelle transportieren.»
«Wer sind Sie?»
«Ein Feind Ihres Feindes.»
Pudanitschow legte die Zeitung beiseite.
«Den Feind glaube ich Ihnen sofort. Freunde hat jemand wie Sie nicht.»
«Wir haben keine Freunde. Wir haben Interessen.»
«Dann erzählen Sie mal von Ihren Interessen!»

Kapitel 1 – Der Unfall

Rom, 3. September, Mitternacht

Alle Römer, die es irgendwie einrichten konnten, hatten die Stadt verlassen und verbrachten mit ihren Familien den Urlaub am Meer. So war um diese Zeit der Verkehr auf den Straßen einigermaßen erträglich. Salvatore Graziano schlenderte grinsend zum Wagen, an dessen Steuer sein Kollege saß. Er wusste, was ihn erwartete. Herzhaft biss er noch einmal in den Burger und schlenkerte kokett die Papiertüte, in die man ihm bei McDonald's an der Piazza Annibaliano sein spätes Abendessen eingepackt hatte.
Sovrintendente Gennaro di Lauro war Vegetarier und ein Verfechter der Slow-Food-Bewegung. Er ließ keine Gelegenheit aus, den älteren Ispettore wegen dessen barbarischer Ernährungsgewohnheiten zu verhöhnen. Graziano genoss ihre Kabbeleien – und selbst wenn sein Hunger gar nicht so groß gewesen wäre, hätte er schon allein aus diesem Grund di Lauro auf dem Heimweg vom Präsidium zu seiner Wohnung gebeten, noch einmal bei dem Fast-Food-Schuppen zu halten. Di Lauro sah ihn im Rückspiegel kommen und zog die Augenbrauen hoch. Er hatte am Mittelstreifen der Viale Eritrea unter einem der halb verdursteten Bäume geparkt, die sich zur Parodie einer Allee aufreihten. Graziano hatte die Tür des Alfa noch nicht richtig geöffnet, als der Sovrintendente loslegte.
«Wie geht's denn deinem Cholesterin?»
«Hmmm – göttlich!»

«Und was hast du für die Pampe da bezahlt?»
«Ooh – und erst diese Mayonnaise! Guck mal, sogar mit Gürkchen – für die Veganer! Hier, halt doch mal ...!»
Er drückte di Lauro den Burger in die Hand. Der ließ diese Zumutung über sich ergehen, während Graziano aus seiner Papiertüte eine Cola angelte. Nachdem er ein paar Schlucke genommen hatte, reichte er sie seinem Kollegen.
«Trink! Ist eiskalt! Einfach köstlich ... Na? Dann eben nicht.»
«Gib her!»
Di Lauro setzte die Cola an und leerte sie in einem Zug, ehe er mit unbewegter Miene dem verdutzten Graziano den leeren Becher zurückgab.
«Aber wieso ... du sagst doch immer, Cola sei ...»
Graziano schaute erst in den leeren Becher und dann in das Gesicht seines Kollegen, dessen Mundwinkel zuckten. Ein paar Sekunden später begannen beide zu lachen, und sie lachten, bis das Auto wackelte und ihnen die Tränen über die Wangen liefen.
«Schau dir mal diesen Idioten da vorn an!»
Graziano war mit einem Mal ernst geworden, während di Lauro noch nach Atem rang.
«Was macht der denn? Der ist doch viel zu schnell. – Und da ist einer auf dem Zebrastreifen!»
Der dumpfe Aufschlag war selbst in dem Polizeiwagen noch zu hören. Doch der Lieferwagen, der sein Opfer weit durch die Luft geschleudert hatte, bremste nicht, sondern beschleunigte und zog leicht hinüber zum Mittelstreifen, so dass er mit dem linken Reifen das Opfer überrollte und die Polizisten das Geräusch brechender Knochen vernahmen.
Mit quietschenden Reifen jagte di Lauro aus der Parkbucht.
«Du kümmerst dich um den Verletzten! Ich bleib an dem Schwein dran.»
Zwei Sekunden später stoppte er neben dem verdrehten, blutüberströmten Körper. Graziano sprang aus dem Wagen, während di Lauro das Gaspedal durchtrat, das Blaulicht aufs Dach klemmte und die Zentrale alarmierte.

«Fahrerflucht auf der Viale Eritrea zwischen der Piazza Annibaliano und der Via Sirte. Ein Schwerverletzter. Ein Kollege ist bei ihm. Schickt einen Rettungswagen! Unfallverursacher mit hoher Geschwindigkeit unterwegs in Richtung Viale Libia. Ein grauer Lieferwagen, ein ... FIAT DUCATO MAXI 120 XL, römisches Kennzeichen, genaue Nummer folgt.»
Während di Lauro den Fahrer über Lautsprecher aufforderte, sofort anzuhalten, sah er, wie der Abstand zwischen ihm und dem Lieferwagen immer größer wurde. Inzwischen hatte der FIAT längst die Viale Libia erreicht und raste auf die Brücke zu, die die Tangenziale Est überquerte. Mit halsbrecherischen Manövern überholte er Busse und Autos. Bremsen quietschten, Passanten sprangen zur Seite. Eine Vespafahrerin, die an der Piazza Gimma um eine Verkehrsinsel kurven wollte, rettete sich im letzten Moment, indem sie in einen Busch auf der kleinen Grünfläche fuhr, die sonst nur Hunde aus der Nachbarschaft aufsuchten. Keine rote Ampel und keine Kreuzung ließen den Amokfahrer langsamer werden. Es war ihm offensichtlich nicht nur gleichgültig, ob er andere umbrachte, sondern auch, ob er selbst überlebte. Für di Lauro war es schwer, sich nicht abhängen zu lassen, ohne noch mehr Menschen in Gefahr zu bringen. Dann meldete die Zentrale, dass Verstärkung unterwegs sei. Wenn der FIAT weiter Richtung Norden fuhr und auf die Via delle Valli zuhielt, würden ihn vier Streifenwagen der Carabinieri mit einer Straßensperre an der Kreuzung Via Conca d'Oro erwarten. Bei dieser Geschwindigkeit konnte der FIAT sowieso nicht abbiegen. Alle Straßen mündeten in rechten Winkeln ein, so dass jeder Versuch, die Fahrtrichtung zu ändern, damit enden musste, dass sich der Wagen überschlug. Di Lauro warnte die Kollegen, dass der Fahrer möglicherweise irgendetwas Verrücktes unternehmen würde und sie deshalb nicht bei den Fahrzeugen bleiben sollten, mit denen sie die Straße blockiert hatten. Ihm sei alles zuzutrauen. Die Via delle Valli war kilometerlang und schnurgerade; jetzt wurde sie zur Rennstrecke. Was ging in diesem Mann vor, der mit Hundertfünfzig durch die Stadt jagte? Glaubte er, sie würden ihn einfach davonkommen las-

sen, wenn nur seine Geschwindigkeit hoch genug wäre? Dann sah di Lauro in der Ferne blau-weiße Lichtblitze. Das musste die Straßensperre sein. Der andere hatte sie ebenfalls gesehen. Für eine Sekunde ging er vom Gas. Nochmals die Lautsprecherdurchsage, sofort anzuhalten. Dann beschleunigte der FIAT wieder, und der Fahrer zog den Wagen so weit nach links wie nur möglich – gerade noch, ohne den hochbetonierten Mittelstreifen zu berühren. Als di Lauro das sah, begriff er, worauf der andere spekulierte, aber ein Blick auf den Tacho sagte ihm, dass dieser Plan scheitern musste: Kurz vor der Kreuzung kam eine ESSO-Tankstelle; er würde versuchen, in einem weiten Bogen nach rechts zu ziehen, schräg über deren Hof zu rasen, um so die Straßensperre zu umgehen und in die Via Conca d'Oro zu entkommen.
«Hier spricht die Polizei! Fahren Sie rechts ran! Hier spricht die Polizei!»
Keine Reaktion. Di Lauro hoffte, dass keine Kundschaft mehr auf dem Hof der Tankstelle sein würde, als der FIAT das Manöver begann. Der Fahrer hatte einen möglichst stumpfen Winkel gewählt, und es gelang ihm tatsächlich, dem letzten Baum vor der Tankstelleneinfahrt zu entgehen. Aber mit dem rechten Vorderreifen erwischte er den Randstein. Der war gar nicht besonders hoch, doch bei diesem Tempo wirkte er wie eine Startrampe. Der Transporter hob ab, flog durch die Luft, drehte sich um seine Längsachse und krachte in die große Säule mit der Leuchtreklame. Sie erlosch von einer Sekunde auf die andere. Dann zerbarst der ganze Aufbau unter der Wucht des Aufpralls. Betonstützen, Metallstreben und Plastiksplitter flogen durch die Luft. Der FIAT überschlug sich noch einmal und noch einmal. Seine Scheiben platzten, und schließlich blieb das Wrack in der Ausfahrt der Tankstelle auf seinen vier zerfetzten Reifen stehen. Die Hupe musste sich verklemmt haben und plärrte erbarmungslos in die Nacht. Kurz darauf stand di Lauro neben dem Wagen und beugte sich durch die Reste des Fensters auf der Fahrerseite. Es dauerte ein paar Sekunden, bis er begriff, dass die unförmige Masse, auf die er schaute, einmal ein Gesicht gewesen sein musste. Aus dem

seltsam verzerrten kahlen Schädel, der auf dem Lenker lag und die Hupe in Gang hielt, starrte ihn ein Paar leere, blutige Augenhöhlen an.

Rom, 4. September, vormittags
Commissario Capo Vincenzo Bariello las die Berichte der vorangegangenen Nacht. Er griff zum Telefon und ließ Graziano und di Lauro zu sich kommen. Ein paar Minuten später saßen seine übernächtigten Kollegen auf ein paar alten Bürostühlen vor ihm.
«Was war da draußen los auf der Viale Eritrea? Ihr seid ja nah genug dran gewesen.»
Graziano zuckte mit den Schultern.
«Genaues wissen wir noch nicht. Zuerst sah es so aus, als ob einer im Suff einen Fußgänger über den Haufen fährt. Dann hat er ihn aber noch mal gezielt überfahren. So was habe ich noch nie gesehen. Gennaro ist an dem Typen drangeblieben, und ich hab mich um den Verletzten gekümmert. Nichts mehr zu machen. Zwei Minuten später war der Notarzt da. Der hat nicht mal mehr versucht, den Mann zu reanimieren.»
«Und du bist hinter ihm hergefahren?»
«Das reinste Harakiri, was der veranstaltet hat! Ein Wunder, dass er sonst niemanden erwischt hat.»
«Wisst ihr, wer die beiden Toten sind?»
Der Ispettore deutete auf eine Plastikhülle, die er auf den Schreibtisch von Commissario Bariello gelegt hatte und in der ein Ausweis steckte.
«Das Opfer heißt Agostino Foresta. Er wohnt keine zweihundert Meter vom Unfallort entfernt. ‹Tatort› trifft die Sache wohl besser. Er war in der Nähe in einer Trattoria. Da geht er öfter abends hin. Die Leute wissen aber nicht viel über ihn – war kein geselliger Mann: alleinstehend, kleiner Zollbeamter. Seine Vermieter, die im selben Haus wohnen, sagen, dass er nie Besuch bekam.»
«Irgendein Hinweis darauf, dass ihn jemand umbringen wollte?»
«Bis jetzt nicht. Heute Nacht war es zu spät für eine Untersu-

chung. Hab nur seine Wohnung versiegelt. Aber jetzt habe ich den Schlüssel. Kommst du mit?»
«Denke schon. Und bei dir? Wer ist der Fahrer?»
«Fehlanzeige. Keine Papiere. So wie der aussieht, hilft auch kein Fahndungsfoto. Er liegt in der Gerichtsmedizin. Die ziehen alle Register, um rauszufinden, wer das ist. – Zähne, DNA... das volle Programm.»
«Das Auto...?»
«FIAT DUCATO MAXI. Die Spurensicherung hat die Fahrgestellnummer und schickt sie durch den Computer. Genauso das Kennzeichen. Die Motorizzazione Civile sagt uns gleich, wem der gehört.»
«Gut. Dann schauen wir uns mal die Wohnung an.»

Rom, 4. September, mittags

Als die Polizisten eine halbe Stunde später die Siegel von der Wohnungstür in der Viale Eritrea abrissen und aufsperrten, wussten sie, dass sie zu spät gekommen waren. Schon im Flur herrschte ein Chaos aus umgeworfenen Regalen. Der Rest der Wohnung war regelrecht zerlegt worden. Schubladen lagen auf dem Boden, die Matratze war aufgeschlitzt, die Füllung aus allen Kissen herausgerissen, die Lampenschalen zerschlagen, Bilder und Spiegel zertrümmert.
«So ganz ohne Bekannte scheint Foresta doch nicht gewesen zu sein. Irgendetwas hat er jedenfalls gehabt, wofür sich jemand interessiert hat.»
«Verdammt! Ich hätte gleich in die Wohnung gehen müssen.»
«Salvatore! Dein Siegel war unversehrt. Die waren schon wieder weg, als du vor der Tür standest. Wie sieht denn das Schloss aus?»
Die drei Polizisten musterten den Schließzylinder im Licht einer kleinen LED-Lampe, die Bariello am Schlüsselbund trug.
«Da ist nicht mal ein Kratzer dran. Die hat ein Profi aufgemacht. Fragt sich nur, ob er gefunden hat, wonach er suchte.»

«Jedenfalls hat er ganze Arbeit geleistet. Das muss doch jemand gehört haben.»

«Schick Gaspare und die Indagini Forensi hier durch, Salvatore! Ich glaub's zwar nicht, aber vielleicht findet sich noch irgendeine Spur.»

Kurz darauf klingelten sie bei Forestas Nachbarn. Sie wollten schon wieder gehen, als di Lauro das Ohr an die Tür legte.

«Da ist doch jemand drin. Hallo! Polizia di Stato! Aufmachen! Hallo!»

Er klopfte energisch. Es verging eine halbe Minute, bis ein alter Mann öffnete.

«Oh, Polizia!»

Der Alte schaute eher neugierig als verstört auf di Lauros Ausweis.

«Hatten Sie schon mal geläutet? Ich bin schwerhörig... und mit dem Hörgerät...»

Er machte eine resignierte Handbewegung.

«Bitte verzeihen Sie, Signor...?»

«Bocconcello, Ugo Bocconcello.»

Bariello sprach nun lauter, während der Mann ihm den Kopf entgegenstreckte.

«Ich bin Commissario Bariello. Meine Kollegen. Haben Sie gehört, was gestern Nacht mit Signor Foresta geschehen ist?»

«Sicher, sicher – der Ärmste! Signora Tedesca aus dem kleinen Alimentari bringt mir immer meine Sachen und hat's mir erzählt. Schrecklich – wird hier vor dem Haus überfahren.»

«Kannten Sie ihn?»

«Wie bitte?»

«Ob Sie ihn kannten – Signor Foresta!»

«Nein. War nicht sehr gesprächig. Wir haben uns gegrüßt; mehr nicht. Aber einmal...» Signor Bocconcello kniff ein Auge zu und deutete auf eine Klappe über ihnen, die sie bis jetzt nicht bemerkt hatten. «Hier oben! Wissen Sie, was er hier oben hat? Da kommen Sie nicht drauf.»

«Sicher nicht, Signor Bocconcello. Sagen Sie es uns!»

«Eine Eisenbahn! Einmal hab ich ihn hier vor der Tür getroffen.

Er kam gerade mit einer großen Tüte aus dem Modellbauladen nebenan. Ist ganz rot geworden. Ich hab ihm gesagt, das ist doch nicht schlimm. Aber ihm war's peinlich. Hat mir erzählt, er hat den Speicher für seine Eisenbahn gemietet. Mich hat das nicht gestört. Ich hör sowieso nicht, wenn da oben einer rumläuft.»
«Haben Sie gestern Nacht irgendetwas Ungewöhnliches bemerkt?»
«Ob ich was bemerkt habe?»
«Einen Fremden? Gestern Abend.»
«Nein, ich geh um acht ins Bett; dann bekomm ich nichts mehr mit bis morgens.»
«Danke, Signor Bocconcello! Sie haben uns sehr geholfen.»
In der Wohnung des Toten brauchten die Polizisten nicht lange zu suchen. An der Garderobe hing ein Stock mit Haken für die Speicherklappe. Bariello trat vor die Tür und angelte damit nach der kleinen Öse am Plafond, und gleich darauf kam ihm eine wacklige Ausziehleiter entgegen. Er war kaum mit den Schultern im Halbdunkel der Luke verschwunden, als die beiden anderen einen Pfiff hörten.
«Das müsst ihr euch ansehen!»
Als Graziano und di Lauro auf dem Dachboden standen, flammte das Deckenlicht auf, und vor ihnen breitete sich die größte Modelleisenbahn aus, die sie jemals gesehen hatten: Bahnhöfe, Lokschuppen, Drehscheiben, Dampfmaschinen, kleine Dörfer mit Kirchen und Bauernhäusern, Viehweiden, Bäume, Hügel, Tunnels, Straßen, Gleise, Schranken, Signalanlagen und Züge – manche mit Dampflokomotiven, andere mit Diesellolks, aber auch ultramoderne Schnellzüge vom Typ ETR 1000 Frecciarossa. Neben der ganzen Pracht, die das Dachgeschoss ausfüllte, stand ein großes Schaltpult mit Trafos, Hebeln, Leuchtdioden und einer eindrucksvollen Signalklingel aus einem alten Schrankenwärterhaus. An der Wand hing ein gewaltiger Gleisplan, und davor stand ein moderner Bürosessel, auf dem das Kursbuch mit sämtlichen Verbindungen der Ferrovie dello Stato Italiane und zuoberst die Mütze eines Bahnhofsvorstehers mit der Aufschrift *Vesuvio-Bayard 1839* lagen.

So würde sich vielleicht ein Kind das Spielzimmer des Babbo Natale vorstellen. Die Männer brachten vor Staunen eine ganze Weile kein Wort heraus. Schließlich brach Graziano das Schweigen.
«Das muss mein Paolo sehen.»
Bariello schaute den Ispettore fragend an.
«Vincenzo, ich möchte, dass mein Kleiner einmal hier rauf darf, ehe wir das alles auseinandernehmen. Wir stehen dauernd vor dem Geschäft mit den Eisenbahnen. Er ist gar nicht mehr von da wegzubringen. Es vergeht kein Tag, an dem er nicht eine neue Lok, einen neuen Wagen oder wenigstens ein neues Häuschen für seine Eisenbahn will. Du weißt ja, wie teuer so was ist...»
Bariello nickte.
«Klar. Aber du hast recht. Das ist ein teures Hobby. Was hier steht, das hat... keine Ahnung... Tausende gekostet. Was war dieser Foresta noch mal? Zollbeamter? Was verdient man so beim Zoll? Gennaro, bring doch mal den Inhaber von diesem Modellbauladen her! Der soll mal überschlagen, was das hier ungefähr wert ist. Und du, Salvatore, hol deinen Paolo! Ich bleibe so lange hier.»

Kapitel 2 – Das Archiv

Neapel, 4. September, mittags
Ein Jahr war vergangen, seit Papst Laurentius Monsignor Gian Carlo Montebello, bis dato Bibliothekar der Vaticana, in den Rang eines Vescovo Ausiliare in Neapel erhoben hatte. Der Dienstsitz des neuen Weihbischofs befand sich in der Nähe des Doms in den Räumen des Generalvikariats am Largo Donnaregina. Ein klassizistischer Bau, der noch viele andere Einrichtungen des Bistums beherbergte – so auch das Archivio Storico Diocesano ...
«Buongiorno, Padre Luis. Ist Sua Eccellenza Montebello in seinem Büro?»
Dottoressa Jacqueline Napoletano – von Hause aus amerikanische Altertumswissenschaftlerin – war im Laufe des vergangenen Jahres an ihrer neuen Arbeitsstelle im Diözesanarchiv heimisch geworden. Sie hatte Montebello kennengelernt, als er noch Monsignore gewesen war und ebenso wie Padre Luis in der Vatikanischen Bibliothek in Rom gearbeitet hatte. Die Archivarin und der spanische Dominikanerpater, der zum Privatsekretär des Weihbischofs avanciert war, verdankten beide ihre neuen Posten Montebello. Doch das hatte den Spanier und die Amerikanerin einander nicht unbedingt nähergebracht.
«Hmhm!»
Ohne den Blick zu heben, doch mit unüberhörbarer Missbilligung quittierte Padre Luis, dass die Archivarin nicht den vollständigen Titel seines Chefs gebrauchte.

«Buongiorno, Dottoressa Napoletano. Gewiss, Sua Eccellenza *Reverendissima* ist zugegen. Aber er arbeitet und wünscht, nicht gestört zu werden. Die Predigt am Sonntag ...»

Dabei ließ es der Dominikaner bewenden und blätterte zur nächsten Seite des *Osservatore Romano*, der auch in Neapel immer noch seine Lieblingslektüre bildete. So entging ihm ein zorniges Funkeln in den Augen der Archivarin.

«Ich verstehe, Padre Luis. Aber ich soll nun mal die Geschichte des Bistums schreiben – eine Arbeit, an deren Fortgang Sua Eccellenza lebhaft Anteil nimmt. Jetzt bin ich auf ein Problem gestoßen und komme nicht weiter. Vielleicht könnte er mir aufgrund seiner Erfahrung an der Vaticana einen Rat geben. Es dauert nicht lange. Vielleicht sind Sie so freundlich und fragen ihn, ob ich ihn kurz sprechen darf.»

Padre Luis blätterte weiter in seiner Lektüre und ließ seinen Blick auf den Fotos ruhen, die anlässlich des Besuchs eines philippinischen Diplomaten beim Heiligen Vater entstanden waren.

«Sonntag ist in drei Tagen, aber die Geschichte des Bistums soll in drei Jahren erscheinen. Da können wir doch vielleicht noch warten, bis Sua Eccellenza *Reverendissima* herauskommt. Oder noch besser: Sie haben doch ein ... Smartphone, und wir haben Ihre Nummer. So kann ich Ihnen Bescheid geben, wenn Sua Eccellenza *Reverendissima* einen Termin frei hat.»

Es war sicher zweckmäßig, dass Jackey die kurze amerikanische Sentenz für sich behielt, die ihr in diesem Moment durch den Kopf schoss. Sie musterte den Geistlichen, dessen Schreibtisch quer zu jener doppelflügligen Tür stand, durch die man zu Montebello gelangte. So bewachte er wie ein kleiner Zerberus den Zugang zu Sua Eccellenza. Es war in der Tat nicht ganz einfach, an ihm vorbeizukommen.

«Tja, wenn Sie meinen, Padre Luis ...»

Padre Luis hatte den resignierten Ton in ihrer Stimme vernommen. Er blickte auf und schenkte ihr ein sehr förmliches Lächeln. Da legte die Archivarin mit einem Mal den Kopf schief und blickte

irritiert nach unten. Das Lächeln im Gesicht des Geistlichen verschwand.
«Was steht denn hier vorn auf Ihrem Schreibtisch?»
Sie trat einen Schritt zurück. Falten traten auf ihre Stirn.
«Da hat jemand ein Herz draufgemalt und ... WAS steht da?»
Padre Luis fuhr von seinem Sitz empor. Röte flammte auf seinen Wangen.
«WAS? Hat da jemand etwas hingeschmiert?»
Mit ein paar langen Sätzen kam er hinter seiner Barrikade hervor.
«Na, dort – schauen Sie mal, da unten!»
Der Geistliche bückte sich und suchte die Rückseite seines Schreibtischs ab. Im selben Moment machte die Dottoressa ein paar Schritte um das Hindernis herum, klopfte und trat, kaum, dass sie das «Pronto» gehört hatte, auch schon in das Büro des Weihbischofs.
«Buongiorno, Eccellenza!»
«Ah, Jackey! Kommen Sie herein!»
Der Weihbischof drehte sich schwungvoll mit seinem Stuhl von dem modernen Computertisch weg und hinter seinen mächtigen barocken Schreibtisch. In dem Moment erscholl von draußen die Stimme von Padre Luis.
«Dottoressa Napoletano, ich muss doch sehr bitten! Das ist nicht hinnehmbar!»
In der Tür erschien das zornrote Gesicht von Padre Luis.
«Ich weiß gar nicht, was Sie meinen, lieber Padre Luis. Ich scheine Sua Eccellenza gar nicht zu stören. Einer der seltenen Fälle, in dem die Empirie dem Glauben überlegen ist, wie mein Anklopfen bewiesen hat.»
«Sie verstehen sehr genau, Dottoressa, was ich meine!»
«Bitte, bitte – Padre Luis, Jackey! Was soll diese Aufregung bedeuten? Könnte mir bitte jemand erklären, was vorgefallen ist?»
Padre Luis atmete schwer und seine Lippen zitterten.
«Ich hatte der Dottoressa gesagt, dass Sie an Ihrer Predigt arbeiten und nicht gestört werden wollen. Sie hat mich daraufhin mit

einem hässlichen Trick hinter meinem Schreibtisch hervorgelockt und einfach geklopft. Das ist völlig inakzeptabel.»

Montebello kannte aus seinen Tagen in Rom Temperament und Listenreichtum der Dottoressa – und er kannte zur Genüge die Ehrpusseligkeit seines Privatsekretärs.

«Padre Luis, ich sehe, alles war mein Fehler! Wenn ich Ihnen rechtzeitig gesagt hätte, dass ich mit meiner Predigt ... weitgehend fertig bin, dann wäre diese Situation gar nicht eingetreten. Aber wir beide sind uns als Kirchenmänner natürlich stets des Herrenwortes bewusst: *Wenn ihr nicht werdet wie die Kinder, so werdet ihr nicht das Himmelreich erlangen.* Halten wir es also wie unser Herr Jesus und lassen die Kindlein zu uns kommen. Ich bin sicher, dass Dottoressa Jackey Sie nicht hat kränken wollen!»

Montebello vermied es wohlweislich, sich dies von seiner Besucherin bestätigen zu lassen.

«Wenn das so ist, bin ich hier ja nicht länger vonnöten.»

Padre Luis, immer noch sichtlich indigniert, schickte sich an, das Arbeitszimmer des Weihbischofs zu verlassen.

«Im Gegenteil! Ich kann mich nach meiner Arbeit nie besser entspannen, als wenn Sie, lieber Padre Luis, mir einen Espresso zubereiten – niemand kann das so wie Sie. Bitte machen Sie doch gleich eine Kanne und setzen sich dann zu uns!»

Montebello hatte noch nie seinen Privatsekretär aufgefordert, sich zu ihm und einem Besucher zu setzen. Padre Luis straffte sich, zog eine Augenbraue hoch, streifte mit einem hoheitsvollen Blick Signora Napoletano, nickte knapp und verließ das Büro.

«Ich wäre Ihnen sehr verbunden, Jackey, wenn Ihre Besuche bei mir nicht jedes Mal zu einem diplomatischen Drahtseilakt zwischen Ihnen und Padre Luis gerieten. Was führt Sie zu mir?»

«Zurzeit sichte ich im Archiv die Quellen für die Geschichte der Diözese Neapel. Dabei bin ich auf ein Problem aufmerksam geworden, das ich mir nicht erklären kann – und für das ich keine Lösung habe. Sie sind hier in Neapel aufgewachsen: Sagt Ihnen der Name Antonino Sersale etwas? Nachdem er zuvor bereits Erzbischof in Brindisi und Tarent war, wurde er 1754 Erzbischof von

Neapel und von Benedikt XIV. in das Kardinalskollegium berufen. Bis er 1775 starb, hat er drei Päpste mitgewählt.»
«Jeder geistliche Würdenträger Neapels sollte den Kardinal kennen. Als in den sechziger Jahren des achtzehnten Jahrhunderts in ganz Italien eine furchtbare Hungersnot wütete und zahllose Opfer forderte, hat Antonino Sersale täglich Tausende Neapolitaner mit Brot versorgen lassen. Später hat er das Silbergeschirr seiner Residenz zu Geld gemacht, um die Not zu lindern. Wegen seiner Menschlichkeit hat man ihn hier nie vergessen.»
«Während ich alle Unterlagen *über* Sersale finde, gibt es im Archiv nicht einen einzigen Brief *von* ihm. Die ganze Korrespondenz – weg! Im Repertorium ist sie verzeichnet, aber sie ist nicht an Ort und Stelle. Und auch in der Umgebung habe ich alles abgesucht. Das verstehe ich nicht. Von keinem anderen Bischof fehlt der Briefwechsel. Auch keiner der Kollegen im Archiv weiß, wo er geblieben ist; er wird wohl schon geraume Zeit vermisst.»
Die Tür öffnete sich, und Padre Luis trat ein. Auf einem Tablett balancierte er Tassen, Zucker, ein paar Cantuccini und die kleine Moka. Montebello erhob sich und zog persönlich einen Stuhl für seinen Privatsekretär an den Schreibtisch heran.
«Was meinen Sie, Padre Luis: Signora Jackey kann im Archiv den Briefwechsel eines unserer Erzbischöfe aus dem achtzehnten Jahrhundert nirgends finden, und zwar den von Kardinal Sersale. Er steht zwar im Findbuch, ist aber verschwunden. Sie hat überall nachgeschaut.»
«Hat sie?»
«Hmhm, Padre Luis, bitte! Wie kann man sich so etwas erklären?»
Sein Privatsekretär setzte sich, wartete, bis die beiden anderen seinen Espresso gekostet und beifällig genickt hatten. Dann nahm er selbst genießerisch einen Schluck.
«Das *ist* nicht zu erklären, weil es nicht sein *kann*. In einem solchen Archiv kann mal ein einzelnes Schriftstück verloren gehen oder zerstört werden, aber ein ganzer Briefwechsel? Unmöglich! Ich denke, der Grund für das Verschwinden – wenn der Briefwechsel denn wirklich nicht aufzufinden sein sollte – ist ein ganz anderer.

In meiner Zeit im Dominikanerkonvent San Pablo y San Gregorio in Valladolid habe ich einige Jahre in der Bibliothek gearbeitet. Das war auch der Grund, weshalb ich später eine Stelle als Mitarbeiter des Direktors der Biblioteca Apostolica Vaticana in Rom erhalten habe, wie Sie wissen, Eccellenza.»
Montebello nickte, und Padre Luis wartete ein paar Sekunden, damit diese Mitteilung über seine Kompetenz ihre volle Wirkung auf die Zuhörer entfalten konnte.
«Von meinem Vorgesetzten in Valladolid habe ich gelernt, dass jeder Archivar oder Bibliothekar seine Gründe hat, gelegentlich etwas dem Zugriff einer allzu neugierigen Öffentlichkeit zu entziehen. Er hat mir aber auch beigebracht, dass solche Eingriffe in die Bestände stets in einer Weise erfolgen, die es dem Betreffenden selbst oder einem erfahrenen Kollegen erlaubt, das Dokument problemlos wiederzufinden.»
Montebello und Jackey blickten ihn erwartungsvoll an.
«Er legt einen Hinweis im Repertorium.»
«Lieber Padre Luis, auch wenn ich nicht über Ihre Erfahrungen verfüge, so habe ich doch die betreffende Seite im Findbuch sorgfältig studiert. Wenn dort ein Verweis gestanden wäre, hätte ich ihn entdeckt.»
Montebello bemerkte in Jackeys Stimme eine gewisse Schärfe, die ihn beunruhigte.
«Was für ein Glück, Padre Luis, dass wir mit Ihnen einen so bewanderten Kollegen bei uns haben. Bitte lassen Sie uns an Ihrem Wissen teilhaben!»
«Natürlich müsste ich mir den Eintrag für den Briefwechsel im Repertorium selbst ansehen, aber ich vermute, dass der einstige Archivar mit einer verweisenden Unterstreichung gearbeitet hat. Das heißt, er hat unter jene Buchstaben und Ziffern Strichlein gesetzt, die auf die Stelle im Archiv führen, wo er den Briefwechsel des Kardinal Sersale bewusst falsch abgelegt hat.»
Die Wirkung dieses Satzes bildete den vorläufigen beruflichen Höhepunkt im Leben von Padre Luis. Sowohl Sua Eccellenza als auch die Dottoressa schauten ihn sekundenlang mit offenem Mund an.

«Das will ich sehen!»
Jackey hatte sich als Erste gefasst, stellte ihre Tasse hart auf Montebellos Schreibtisch und sprang auf. Sie eilte zur Tür, und Montebello und Padre Luis folgten ihr. Im Eiltempo legten sie den Weg zum Archiv zurück. Die Geistlichen, die auf den Gängen des Generalvikariats dem kleinen Trupp auswichen, schauten ihnen mit einiger Verwunderung nach. Insbesondere, dass die beiden Kirchenmänner – noch dazu einer davon ein Weihbischof – in diesem Tempo einer attraktiven jungen Frau folgten, schien ihnen etwas unziemlich. Im Lesesaal strebten sie sogleich dem Repertorium zu. Jackey schlug gerade die betreffende Seite auf, als Padre Luis an den Katalogtisch trat.
«Darf ich?»
Diesmal war seine Frage frei von aller Gehässigkeit, und Jackey schob ihm das Findbuch hin. Padre Luis brauchte nicht lange, bis er den Eintrag ausgemacht hatte.
«Hier – sehen Sie?»
Padre Luis tippte mit seinem Zeigefinger nacheinander auf ein paar Buchstaben und Ziffern, unter denen sehr feine, aber noch erkennbare Federstriche zu sehen waren.
«Wow!»
Die Amerikanerin ließ ihrer ehrlichen Bewunderung freien Lauf, langte über den Tisch nach den Händen von Padre Luis und drückte sie kräftig. Zu ihrem Erschrecken verzog der Geistliche schmerzlich das Gesicht, und noch ehe er die Hände in den Falten seiner Soutane verschwinden lassen konnte, sah Jackey, dass deren Innenflächen rot und entzündet waren. Sie war einen Moment verwirrt. Montebello hatte nichts bemerkt.
«Also, Padre Luis, wo genau müssen wir jetzt suchen?»
«Ich glaube, die Sache ist ziemlich einfach. Die Buchstaben und Ziffern sollten die Signatur jenes Faszikels ergeben, in dem wir nachschauen müssen. Wahrscheinlich hat bereits der Archivar, der im Amt war, als Kardinal Sersale starb, diese Verweisung angebracht, um den Briefwechsel verschwinden zu lassen. Vermutlich hat er die Briefe einfach in die Korrespondenz eines der früheren

Bischöfe gesteckt. Wenn ich die Unterstreichungen nacheinander lese, komme ich auf ... GT 58.»
«Wir brauchen eine Übersicht über die früheren Erzbischöfe von Neapel.»
Ein entsprechendes Verzeichnis war rasch zur Hand. Montebello ließ den Finger über die Liste gleiten.
«Hier – das ist er! GT: Giacomo Tebaldi. Er trat im November 1458, nur drei Monate nachdem er in Neapel zum Erzbischof erhoben worden war, schon wieder zurück und wurde dann Camerlengo des Kardinalskollegiums in Rom. 1458! Bei jemandem mit so kurzer Amtszeit konnte der Archivar davon ausgehen, dass sich niemand groß für dessen neapolitanische Korrespondenz interessieren würde. Wenn er darin den Briefwechsel Antonino Sersales verschwinden ließ ...»
Jackey fasste sich an die Stirn.
«Einfach, aber wirkungsvoll! Über zweihundert Jahre hat es gedauert, bis wieder jemand auf die Spur seiner ...»
«Das werden wir erst sicher wissen, wenn wir den Nachlass Tebaldis vor uns haben!»
Padre Luis eilte mit Jackey und Montebello im Tross in die Magazine des Archivs hinab. Dort türmten sich bis zur Decke jene uralten Dokumente, aus denen sich die Geschichte der Diözese rekonstruieren ließ. Eine mächtige Front aus hölzernen Schubkästen, die sich im Halbdunkel der endlosen Gänge verlor, barg die Akten der Bischöfe Neapels.
«Hier muss es irgendwo sein: ... Farnese, Carafa, Carafa, hmhmhm ... Giacomo Tebaldi! Das ist er!»
Jackey zog eine Lade aus ihrem Fach, und schon in dem Moment, da die drei ihre Köpfe darüberbeugten, wussten sie, dass Padre Luis recht gehabt hatte. Der Inhalt war viel umfangreicher, als er nach solch einer kurzen Amtszeit hätte sein können. Jackey hob ein in Leinwand eingewickeltes Päckchen heraus und legte es auf einen kleinen Tisch. Die Kordel, die alles zusammenhielt, war gelb und blau – die Farben von Sersales Kardinalswappen. Als Jackey die Umhüllung zur Seite schlug, lag zuoberst ein Brief mit der

Unterschrift *Antoninus Cardinalis Sersalius Ecclesiae Neapolitanae Archiepiscopus.*
Montebello schaute seinen Privatsekretär an.
«Der Briefwechsel des Kardinals. Großartig, Padre Luis!»
Der Dominikaner errötete.
«Das war einfach genial!»
Jackey nickte Padre Luis zu, der immer verlegener wurde.
«Nun ist es genug! Die Luft hier unten ist etwas stickig; ich würde gern wieder nach oben gehen.»
Montebello, der am nächsten beim Ausgang stand, wandte sich als Erster um und machte sich auf den Weg.
«Padre Luis!»
«Bitte, Dottoressa?»
«Kommen Sie doch noch einen Moment zu mir! Ich möchte mich entschuldigen für heute Vormittag ... Sie wissen schon. Es tut mir leid!»
Der Dominikaner blickte zu Boden.
«Ich war auch nicht besonders freundlich zu Ihnen.»
«Darf ich Sie etwas fragen?»
Padre Luis schwieg.
«Was ist das mit Ihren Händen?»
«Nichts, gar nichts!»
«Bitte, lassen Sie es mich ansehen!»
«Nein, ich möchte nicht ...»
«Bitte ...!»
Er streckte ihr zögernd seine Hände entgegen. Jackey ergriff sie behutsam und drehte die Innenflächen nach oben. Auch wenn das Licht im Magazin nicht besonders hell war, sah sie doch tiefe Risse in der entzündeten Haut.
«Waren Sie damit schon einmal bei einem Arzt?»
«Schon länger nicht mehr ... ich habe immer so ein flüssiges Desinfektionsmittel bei mir, mit dem ich die Hände einreibe, wenn sie entzündet sind.»
«Padre, bitte missverstehen Sie mich nicht – aber dies hier sollte jemand behandeln, der sich damit auskennt.»

Padre Luis nickte.
«Ich denke darüber nach.»
«Versprochen?»
«Versprochen!»

Kapitel 3 – Der Tunnel

Rom, 4. September, früher Nachmittag
Commissario Bariello hatte die Zeit genossen, während er auf Sovrintendente di Lauro, den Besitzer des Modelleisenbahngeschäfts und auf Graziano mit seinem Söhnchen wartete. Nachdem er Ispettore Gaspare Bertani telefonisch aufgetragen hatte, mit den Männern von der Spurensicherung in die Viale Eritrea zu kommen, hatte er sich Einweghandschuhe übergestreift und mit den Trafos am Schaltpult die riesige Anlage in Betrieb genommen. Er war so hingerissen von der Präzision der Abläufe - wie die Beleuchtung allenthalben aufflammte, wie Lokomotiven aus ihren Schuppen hervorkamen, Züge durch Tunnels brausten, an Weichen die Spuren wechselten, vor Signalen abbremsten und schließlich in Bahnhöfen zum Halten kamen -, dass er zusammenfuhr, als jemand an seinem Jackett zupfte. Er konnte gerade noch verhindern, dass er den kleinen Paolo umriss.
«Du hast aber eine tolle Eisenbahn, Zio Vincenzo! Warum hast du mir die noch nie gezeigt?»
«Ah, Paolo, du bist's, mein Kleiner!»
Er hob den Jungen hoch und gab ihm einen Kuss. Dann stellte er den Knirps mit einem Seufzer wieder auf den Boden. Bariello und seine Frau hatten keine Kinder bekommen, obwohl sie sich so sehr Nachwuchs gewünscht hatten. Nach einigen Jahren hatte seine Frau massive Ängste entwickelt, er könnte im Dienst umkommen und sie allein zurückbleiben. Sie hatte ihn immer heftiger ge-

drängt, sich einen anderen, ungefährlicheren Posten bei der Polizei zu suchen. Als er sich wieder und wieder weigerte und sie ihre Ängste nicht mehr ertragen konnte, hatte sie sich schließlich von ihm getrennt. Sein Privatleben war eine Ruine.

«Salvatore, ich hab euch gar nicht kommen hören. Ist ziemlich laut hier, wenn ein Dutzend Züge auf einmal fährt.»

«Ich hab auch gleich Gennaro und den Mann aus dem Modellbaugeschäft mitgebracht.»

Ein Fremder schob sich durch die Speicherluke, gefolgt von di Lauro.

«Commissario, das ist Signor Lombardi. Foresta war Kunde bei ihm.»

«Signor Lombardi, vielen Dank, dass Sie gekommen sind. Sovrintendente di Lauro wird Ihnen erzählt haben, was heute Nacht passiert ist. Signor Foresta ist tot. Aber auch der Mann, der ihn überfahren hat, ist kurz darauf bei einem Unfall umgekommen. Wir ermitteln in alle Richtungen. Signor Foresta hat sehr zurückgezogen gelebt. Wir wissen wenig über ihn. Jede Information ist wichtig für uns. Können Sie uns etwas über ihn sagen?»

«Ich habe ihn kaum gekannt, Commissario. Er war ein treuer Kunde. Jeden Monat hat er bei mir irgendetwas für seine Anlage gekauft. Aber das hier ... da muss er anderswo noch ein viel besserer Kunde gewesen sein. Das ist ... gigantisch. So etwas habe ich nur selten gesehen, und ich bin seit über dreißig Jahren im Geschäft. Signor Foresta ist ... äh, war offenbar ein großer Sammler. Aber er hat nie etwas über sich erzählt – ein paar Belanglosigkeiten über das Wetter. Das war's.»

«Können Sie uns ungefähr sagen, was das hier mit allem Drum und Dran gekostet hat?»

Der Mann umrundete das ganze Kunstwerk, ließ seinen Blick schweifen, kniete sich schließlich auf den Boden und hob die Decke hoch, die zu allen Seiten der Anlage bis auf die Speicherdielen herabhing. Er musterte den Unterbau und bestaunte die ausgetüftelte Elektronik.

«Legen Sie mich nicht auf ein paar Tausend Euro fest! Aber das

alles ist Topqualität. Die technische Ausrüstung ist auf dem neuesten Stand. Was ich sehe – und es sind viele echte Raritäten darunter, wie dahinten der alte Orientexpress –, bekommen Sie nicht unter fünfzigtausend Euro. Vorsichtig geschätzt!»
Die Polizisten staunten nicht schlecht.
«Danke, Signor Lombardi! Wenn Ihnen noch etwas im Zusammenhang mit Signor Foresta einfallen sollte, rufen Sie mich an!»
Bariello gab ihm seine Karte, und di Lauro begleitete den Mann zur Haustür. Dort traf er auf Bertani und die Leute von der Spurensicherung. Allmählich wurde es auf dem Speicher eng. Graziano hob Paolo auf den Arm.
«Sag ciao zu Zio Vincenzo, und dann gehen wir! Die Männer müssen jetzt arbeiten.»
Der Junge hatte die ganze Zeit auf die Züge geschaut, die in einem fort über die Anlage fuhren.
«Papa, ich möchte, dass mal einer durch den Tunnel fährt.»
«Aber die Züge fahren doch alle durch die Tunnel.»
«Nein, durch den Tunnel da!»
«Welchen?»
Paolo beugte sich auf dem Arm seines Vaters vor und deutete mit seiner kleinen Hand auf einen Tunnel mit zwei Ausgängen nebeneinander.
«Schau, da fährt doch schon einer durch.»
«Die fahren immer nur durch *den* da. Ich will, dass sie durch den anderen fahren.»
Die Männer schauten eine ganze Weile zu. Paolo hatte recht. Alle Züge kamen immer nur durch den linken Ausgang raus, nie durch den rechten. Bariello versuchte, am Schaltpult etwas umzustellen, aber das Ergebnis blieb immer das gleiche. Di Lauro war der Längste von ihnen allen. Er beugte sich nach vorn, so weit er konnte, und schaute in die Tunnelöffnung. Dann richtete er sich wieder auf und zog sich ein paar Einweghandschuhe über.
«Commissario, halten Sie mich mal am Gürtel fest!»
Bariello griff nach dem Hosenbund des Sovrintendente, der nun fast waagrecht über der Anlage hing und in den Tunnel langte. Es

raschelte, dann klackerte etwas auf die Schienen. Als di Lauro die Hand herauszog, hielt er darin eine Papierrolle, die er an Bertani weiterreichte. Dann beugte er sich nochmals vor und angelte einen Stick aus der Tunnelöffnung.

«Das hat an der Innenwand geklebt. Ein Zug hätte da nicht vorbeifahren können, ohne aus den Gleisen zu springen. Ich wette, das ist genau das, was da unten einer gesucht hat.»

Bariello nahm die Papiere, die von ein paar Gummiringen zusammengehalten wurden, und rollte sie auseinander. Er blätterte sie ratlos durch.

«Alles Ausfuhrbelege für Geräte aus der Strahlenmedizin. Warum versteckt jemand so etwas in einer Modelleisenbahn?»

«Vielleicht ist die Antwort auf dem Stick?»

Bertani hielt seinem Chef den Datenträger hin.

«Kann schon sein ... Na, Paolo, da hast du uns ganz schön Arbeit beschert. Komm mal her! Welche von den Lokomotiven gefällt dir am besten?»

«Die da!»

Der Knirps deutete auf eine elegante lange schwarze Dampflok mit Schlepptender.

«Die ist schön, die gefällt mir auch!» Bariello streichelte Paolo über den Kopf. «Weißt du was – die schenkt dir dein Zio Vincenzo!»

Der Commissario hob die Lok mit dem Kohlenwagen behutsam von einer der Drehscheiben und gab sie dem Jungen, der über das ganze Gesicht strahlte.

«Und wehe, einer von euch erzählt das im Präsidium! Ihr könnt jetzt anfangen, die Anlage auseinanderzunehmen. Aber ich glaube nicht, dass ihr noch viel finden werdet. Foresta hat sicher nicht jedes Mal sein Prachtstück zerlegt, wenn er hier Unterlagen gebunkert hat. Wir anderen fahren zurück!»

Rom, 4. September, nachmittags

Am Eingang zum Präsidium drückte der diensthabende Polizist Bariello das Ergebnis der Zulassungsstelle in die Hand.

«Der Wagen gehört Vito Battaglia, einem Schrottplatzbesitzer – draußen in der Zona Industriale Appia Nuova, Via Ducati.»
«Ich fahre gleich mal hin. Salvatore, versuch, in anderen Modellbaugeschäften noch mehr über Foresta herauszufinden! Außerdem will ich wissen, was er verdient hat. Gennaro – du und Gaspare schaut, ob ihr aus den Papieren und dem Stick schlau werdet! Und fragt in der Pathologie nach, ob sie schon wissen, wer der Tote ist! Wenn nicht, sollen sie sich beeilen!»
Bariello fuhr in das Industriegebiet, das er schon von früheren Ermittlungen kannte. Modernste Glaspaläste, in denen wissenschaftlicher Fortschritt in Spitzentechnologie umgesetzt wurde, wechselten sich ab mit verfallenden Produktionsanlagen; in deren trostlosen Überresten marschierten die Ratten wahrscheinlich in Viererreihen. Schließlich fand er die Via Ducati. Keine schlechte Gegend für einen Schrottplatz. Gleich nebendran verliefen die Schienen der Eisenbahn, so dass man den Schrott bequem anliefern und das recycelte Material abtransportieren konnte. Bariello brauchte nicht lange zu suchen. Direkt hinter den letzten Ausläufern des Flughafens Ciampino wiesen ihm Hinweisschilder den Weg: *Parco Rottami – Vito Battaglia*. Er parkte seinen Wagen und wollte auf das Gelände, als zwei Hunde anschlugen – ein riesiger Rhodesian Ridgeback und ein Rottweiler. Bariello prallte zurück. Seine Hand zuckte nach der Waffe, aber im selben Moment sah er, dass die beiden an massiven Ketten festgemacht waren.
«Diva, Nero – zitti, subito!»
Ein stämmiger Mann schob sich auf einem Rollwagen unter einem Abschlepper hervor. Das rote Führerhaus stach knallig von der gelben Ladefläche ab. Darauf prangte in großen schwarzen Lettern der Name des Besitzers. Er erhob sich von seinem Gefährt und schob eine Schweißerbrille ins Haar. Während er auf den Commissario zuging, wischte er sich mit einem Tuch von undefinierbarer Farbe seine ölverschmierten Hände ab. Die Hunde waren augenblicklich verstummt und zogen sich zurück.
«Kommen Sie rein. Hatten wohl nicht mit Begrüßung gerechnet?»
«Jedenfalls bin ich froh über die Ketten.»

«Dann kommen Sie besser nicht nachts – dann laufen die frei herum und halten mir das Chinesengesindel weg. Die Schlitzaugen klauen Metall ohne Ende. Ohne die zwei hier könnte ich zusperren. Was brauchen Sie?»
Bariello zog seinen Dienstausweis.
«Sind Sie Vito Battaglia?»
«Oh, so weit sind wir schon! Müsst ihr jetzt eure Autos mit Ersatzteilen vom Schrottplatz reparieren? Bedienen Sie sich, Commissario! Was Sie bei mir nicht kriegen, kriegen Sie nirgendwo. Ihnen mache ich einen Sonderpreis.»
Der Schrotthändler lachte, und der Kommissar schaute auf zwei Reihen nikotingelber Zähne.
«Vermissen Sie einen von Ihren Wagen?»
«Wieso?»
«Heute Nacht hat es in der Stadt einen Totalschaden gegeben. Der Fahrer hat einen FIAT DUCATO MAXI zerlegt, der auf Sie zugelassen ist.»
«Cazzo! Basile – stronzo!»
«Wer ist dieser Basile?»
«Der arbeitet hier. Ich dachte, er wär noch unterwegs mit dem DUCATO. Wahrscheinlich war er besoffen.»
«Das werden wir noch feststellen – er liegt in der Gerichtsmedizin.»
«Tot?»
«Ja.»
Battaglia wischte sich mit dem Tuch über die Stirn.
«Kommen Sie!»
Der Schrotthändler öffnete die Tür zu einem Schuppen. Er deutete auf einen Tisch, auf dem neben Werkzeug ein paar Ersatzteile lagen. Aus einem Kühlschrank zog er einen Grappa und nahm zwei Gläser vom Regal, die er mit einem Stück Küchenrolle auswischte. Dann ließ er sich auf einen Stuhl fallen. Bariello zog einen Werkstatthocker heran und setzte sich ihm gegenüber. Battaglia goss beiden ein.
«Sie nehmen doch auch einen?»
Der Commissario nickte und griff nach dem Glas.

«Gut – ich trinke nie allein.»
«Wie heißt dieser Basile mit Nachnamen?»
«Rossetti. Basile Rossetti.»
«Wo kommt der her?»
«Neapel.»
«Seit wann arbeitet er hier?»
«Ungefähr ein Jahr. Genau weiß ich das nicht mehr.»
«Wie ist er zu Ihnen gekommen?»
«Eines Tages stand er auf dem Hof. Der hatte keine Angst vor den Hunden. Hat gefragt, ob er für mich arbeiten kann. Ich habe ihm gesagt, er soll sich zum Teufel scheren. Aber er hat gesagt, er ist stark und versteht was von Autos. Ich habe wirklich jemanden gebraucht. Das Pack, das hier normalerweise herumläuft, taugt nichts und ist faul wie Dreck. Ich bin mit ihm über den Platz und hab gemerkt, dass er wirklich Ahnung hat von Autos. Da hab ich ihm gesagt, er kann hierbleiben.»
«Haben Sie sich seine Papiere zeigen lassen – Zeugnisse?»
Battaglia grinste.
«So einer hat keine Zeugnisse.»
«Angemeldet haben Sie ihn natürlich nicht?»
«Diese Typen kommen und gehen. Irgendwann sind sie wieder weg. Was soll ich so einen anmelden? Eigentlich wundert es mich, dass er so lange geblieben ist. Aber er hat wirklich gut gearbeitet. Abgesehen vom Saufen. War zuverlässig – hat nie versucht, was zu klauen. Irgendwann hab ich ihm gesagt, er kann 'ne Karre haben, wenn er abends unterwegs ist. Stehen ja immer ein paar auf'm Hof, die ich zusammenbaue und dann verkaufe. Noch einen?»
Der Schrotthändler griff nach der Flasche.
«Nein. Hat er was von sich erzählt?»
«Dass er aus Neapel ist, sonst nichts. Interessiert mich aber auch nicht.»
«Wo hat er gewohnt?»
«Hat hinten in 'nem Schuppen geschlafen.»
«Ich will seine Sachen sehen!»
Die beiden Männer gingen über das Gelände. Bariello war über-

rascht, wie riesig das Areal war. Battaglia sah zwar nicht so aus, aber alles war aufgeräumt und übersichtlich sortiert: ganze Karosserien, Seitenteile, Türme von Sitzgestellen, Abschlussbleche, Zierleisten, Auspuffanlagen ...
«Hier ist es.»
Battaglia öffnete die Tür zu einer Wellblechbaracke, in der Sitze, Armaturenbretter, Scheinwerfer und jede Menge Kleinteile lagerten. In der hintersten Ecke stand ein hölzernes Bett, daneben ein schiefes Regal. Ein paar Kleidungsstücke hingen an Plastikhaken. Bariello schaute die Habseligkeiten durch – Schnapsflaschen, Pornohefte, Zigarettenpackungen und eine kleine Blechdose. Der Commissario nahm sie von dem Bord und klappte sie auf. Ein Aschenbecher? Dann sah er, dass da keine Zigarettenasche drin war. Ein verbranntes Stück Papier. An einer Ecke konnte man noch ein paar Buchstaben erkennen ...*ella Croc*...
«Das hier nehme ich mit. Sie müssen Rossetti noch identifizieren. Kommen Sie morgen früh zu mir ins Präsidium!»
«Wissen Sie ...»
«Niemanden interessiert, dass Sie ihn haben schwarzarbeiten lassen. Hier ist meine Karte. Da steht drauf, wo Sie hinkommen sollen. Wenn Ihnen noch was zu ihm einfällt, rufen Sie mich an!»
«Ist gut, Commissario.»

Rom, 4. September, früher Abend
Bariello geriet in den Berufsverkehr. Die Kollegen im Labor der Spurensicherung wollten schon Feierabend machen, als er ihnen die Blechschachtel auf den Tisch stellte.
«Kann mir einer von euch sagen, was das hier ist? Ist dringend!»
«Ihr könnt schon gehen! Ich kümmere mich darum.»
Massimo Gentile, ein alter Chemiker und seit Jahrzehnten der Laborleiter, kam auf Bariello zu.
«Grazie, Dottore! Letzte Nacht hat sich ein Lieferwagen überschlagen. Es gab einen Toten. Bis jetzt wissen wir nur, wie er heißt, sonst nichts. Aber das hier habe ich in seiner Bleibe gefunden.»

«Zeigen Sie mal her!»
Der Chemiker betrachtete die Asche und ging damit zu einem Lichtpult. Dort leerte er sie vorsichtig auf ein Pergamentpapier.
«Hm – ich denke, dass ich da noch was rausholen kann. Aber danach zerfällt das Stück komplett. Entweder wir sehen was, oder es ist weg für immer.»
«Bitte, versuchen Sie es trotzdem!»
Dottor Gentile nahm ein Fläschchen mit einer Emulsion aus Glycerin und Wasser aus einem Laborschrank. Der Nebel aus der Sprühflasche legte sich über das verbrannte Papier und ließ es aufquellen. Er zog einen Bleistift aus seinem Kittel, glättete damit behutsam die Reste und schaltete dann darunter die Beleuchtung an. Sie ließ Umrisse auf dem Aschestreifen hervortreten. Die beiden Männer steckten die Köpfe zusammen. Was sie sahen, war eine Überraschung: ein Heiligenbild. Für ein paar Sekunden konnten sie sogar den Schriftzug in der Asche lesen – *Santa Maria della Croce*. Dann zerfiel alles in kleine Einzelteile, bis nichts mehr zu erkennen war.
«Verstehen Sie das, Commissario?»
Bariello nickte.
«Camorra.»
Gentile schaute ihn fragend an.
«Ein Ritual der neapolitanischen Mafia: Wer aufgenommen wird, leistet einen Treueschwur auf die Organisation. Dabei verbrennen die anderen in seiner Hand ein Heiligenbild. Unser Mann hat die Asche aufgehoben. Er war ein Camorra-Killer – und Agostino Foresta kein Unfallopfer.»

Kapitel 4 – Der Brief

Rom, 5. September, vormittags

Bariello rief seine Männer zu sich, um sie über seinen Besuch bei dem Schrotthändler zu informieren. Battaglia war schon in aller Frühe in der Gerichtsmedizin erschienen und hatte den Toten identifiziert.

«Gennaro, du kümmerst dich um Informationen über Basile Rossetti. Wahrscheinlich wissen die Kollegen in Neapel mehr über ihn. Und? Was habt ihr rausgefunden über diese Papiere und den Stick?»

«Ehrlich gesagt, haben wir bis jetzt nur feststellen können, dass die Daten alle verschlüsselt sind. Und was die Papiere betrifft, so sind sie für sich genommen völlig belanglos. Originalunterlagen von über einhundert Ausfuhren – alle per Schiff. Immer war es Signor Foresta, der sie abgezeichnet hat, und in allen Fällen ging es um Geräte, die in der Strahlenmedizin eingesetzt werden. Produzent war immer die Firma SaniRaggi. Und ausgeführt hat sie immer dieselbe Hilfsorganisation – CaritaMondo 21.0.»

Bariello schaute den Sovrintendente an.

«CaritaMondo? Die hat doch vor ein paar Wochen eine Auszeichnung vom Staatspräsidenten für ihr humanitäres Engagement bekommen. Stand im *Corriere della Sera*.»

«Genau die!»

«Und was ist mit SaniRaggi?»

«Die Firma gibt es erst ein paar Jahre.»

«Wie kommt sie dann in so kurzer Zeit zu so vielen Aufträgen?»

«Keine Ahnung – wir werden hingehen müssen, um das herauszufinden.»
«Das werden wir! Was gibt es Neues zu Forestas Modellbahn, Salvatore?»
«Foresta war noch bei zwei anderen Geschäften Stammkunde, aber seine Einkäufe dort waren unspektakulär. Man hat mir aber gesagt, dass viele Profis heute weltweit über das Internet bestellen. Das dürfte Foresta ebenso gemacht haben. Wenn wir allerdings im Netz recherchieren wollen, wird das ziemlich aufwendig. Doch etwas anderes ist interessant: Foresta hat für die Agenzia delle Dogane als Zollbeamter im Mittleren Dienst gearbeitet. Er hatte Livello V – netto war das nicht mehr als 12 250,- € im Jahr. Seine Wohnung war billig, monatlich nur 500,- € warm. Aber was ihm übrig blieb, hätte trotzdem nie und nimmer gereicht, um sich sein teures Hobby zu finanzieren – auch nicht, wenn er günstig im Internet eingekauft hat.»
«Du meinst also ...»
«... wenn er nicht im Lotto gewonnen hat, hat er sich schmieren lassen.»
«Unser Preisträger?»
«Könnte sein.»
«Sehr gut, Salvatore. Sonst noch was?»
«Die Spurensicherung braucht für den Transporter noch ein paar Tage. Wie gehen wir jetzt vor?»
Bertani schaute seinen Chef an.
«Wir haben einen toten Zollbeamten, der vermutlich korrupt war, einen Mafioso, der ihn umgebracht hat, und Papiere über Zollgeschäfte in einem Versteck. Also Kapitalverbrechen, Korruption und vielleicht noch Zollvergehen. Das sollte für einen Haussuchungsbefehl bei der CaritaMondo reichen. Ich werde mit Giudice Columbo sprechen. Versucht, noch mehr über SaniRaggi rauszubekommen und den Stick zu knacken!»
Wenig später klopfte Bariello an der Tür des Untersuchungsrichters, der in einem Amtsgebäude nebenan residierte. Simone Columbo hörte ihm geduldig zu.

«Ist das alles, Commissario Capo?»
«Ja, Signor Giudice.»
«Und auf dieser Grundlage soll ich einen Durchsuchungsbefehl für eine Einrichtung ausstellen, die gerade vom Staatspräsidenten ausgezeichnet worden ist?»
«Es geht nicht um die Auszeichnung, es geht hier um Mord und Korruption.»
«Jetzt mal langsam, Commissario! Sie haben ein paar Zollunterlagen, von denen Sie bis jetzt nicht einmal wissen, ob sie tatsächlich aus irgendeinem kriminellen Zusammenhang stammen. Zugegeben, sie sind an einem ungewöhnlichen Ort im Haus eines Mannes gefunden worden, der durch einen Verkehrsunfall zu Tode gekommen ist. Ein Verkehrsunfall mit brutalen Zügen – aber das kann auch mit der Persönlichkeit des Todesfahrers zusammenhängen. Vielleicht war er sogar betrunken. Die Korruption vermuten Sie bis jetzt nur. Ich will gar nicht ausschließen, dass da etwas faul ist. Aber unter den gegebenen Umständen könnte ich nur dann die Unverletzlichkeit der Wohnung und der Arbeitsräume aufheben, wenn ich Gefahr im Verzug feststellen müsste – das ist nicht der Fall. Die Anwälte von CaritaMondo 21.0 hätten leichtes Spiel; sie könnten mich wegen Amtspflichtverletzung und Rufschädigung verklagen. Die Presse würde mich schlachten, weil die öffentlichen Sympathien klar auf Seiten der Hilfsorganisation liegen.
Nein, Commissario Bariello, ich bin nicht feige, aber so stelle ich keinen Durchsuchungsbefehl aus. Die Geschichte mit dem angeblich korrupten Zollbeamten müssen Sie schon mit Fakten unterfüttern. Wenn Sie mir handfeste Beweise vorlegen, dass CaritaMondo 21.0 die Hand im Spiel hatte, als Signor Foresta überfahren worden ist, ja, selbst wenn Sie nur glaubhaft machen, dass sie ihn geschmiert hat, bekommen Sie den Durchsuchungsbefehl – vorher nicht. Tut mir leid.»
«Mit der Hausdurchsuchung könnte ich es wahrscheinlich schon jetzt beweisen.»
«Vielleicht, vielleicht auch nicht. Aber allein auf diese Vermutung

hin wäre eine Hausdurchsuchung reine Willkür – wir sind nicht in der Türkei.»
Bariello erhob sich und gab Giudice Columbo die Hand.
«Ich komme wieder.»
«Jederzeit!»

Rom, 5. September, früher Nachmittag
Bariello ging erst gar nicht in sein Büro zurück. Er aß eine Kleinigkeit in einer Bar und machte sich dann auf den Weg zum Zollamt für Schiffsausfuhren. Das Ufficio delle Dogane di Roma war ein kleines Bürogebäude in der Via del Commercio – einer gesichtslosen Gegend nahe dem Tiber und der Eisenbahnlinie. Er wurde zu Roberto Fontana, dem Leiter der Behörde, gebracht, der kopfschüttelnd quittierte, was ihm Bariello berichtete.
«Agostino Foresta hat hier gearbeitet, seit die Agenzia delle Dogane vor bald zwanzig Jahren gegründet wurde – lange bevor ich beim Zoll angefangen habe. Soweit ich weiß, hat er nie etwas mit den Kollegen unternommen – Sie wissen schon: ins Stadion oder mal nach der Arbeit in eine Bar gehen oder so. Aber er war nicht unbeliebt. Ich selbst kenne ihn ... kannte ihn als sehr zuverlässigen Beamten. In all den Jahren gab es keinerlei Unregelmäßigkeiten oder gar Beschwerden.»
«Ist es Ihren Mitarbeitern gestattet, Daten oder Dokumente aus dem Amt mit nach Hause zu nehmen?»
«Natürlich nicht! Das sind alles vertrauliche Vorgänge. Aber eigentlich haben wir hier seit ein paar Jahren fast überhaupt keine Papiere mehr. Alles wird nur noch gescannt. Jeder speichert die Scans, und nach Abschluss eines Vorgangs wandern die Hardcopies in den Reißwolf.»
«Na, dann hätten wir doch schon mal eine Unregelmäßigkeit bei Signor Foresta. Hat er mit jemandem zusammengearbeitet?»
Fontana schluckte.
«Ich bringe Sie zu dem Kollegen, mit dem er sich das Büro geteilt hat.»

Der Mann konnte nur den Eindruck seines Vorgesetzten bestätigen.

«Hat Signor Foresta Ihnen gegenüber während der letzten zwei Jahre jemals irgendetwas erwähnt über Auffälligkeiten bei der Ausfuhr von Röntgengeräten?»

«Nein, daran würde ich mich erinnern. Wissen Sie, hier ist fast alles Routine; da sind Abwechslungen sehr willkommen.»

«Können Sie seinen Computer hochfahren und mir zeigen, woran er zuletzt gearbeitet hat?»

Der Zollbeamte ging zu Forestas Schreibtisch, schaltete den Rechner an und wartete. Als er versuchte, auf die Dateien zuzugreifen, stutzte er.

«Das ist seltsam.»

«Was meinen Sie?»

«Er hat sie ... verschlüsselt. Verdammt – die Daten werden zerstört, wenn ich versuche ...»

Er versuchte, ein anderes Dokument zu öffnen – mit demselben Resultat.

«Ich komme an keine einzige Datei ran. Er hat alles mit einem Passwort geschützt. Das ist streng verboten. Wir müssen uns vertreten können, wenn mal einer krank oder im Urlaub ist.»

«War das bisher nie der Fall?»

«Nein, bei Agostino gab es nie irgendwelche Rückfragen. Aber er war auch nie krank, und in den letzten Jahren hat er höchstens mal ein oder zwei Tage hintereinander Urlaub gemacht.»

«Sind die Rechner nicht an einen Zentralrechner gekoppelt?»

«Natürlich.»

«Können Sie von hier aus feststellen, ob darin Akten der Ausfuhren der Hilfsorganisation CaritaMondo 21.0 abgelegt sind?»

Der Beamte ging an seinen eigenen Computer, wählte sich in den Server ein und versuchte, die Vorgänge aufzurufen. Bald zeichnete sich Ratlosigkeit auf seinem Gesicht ab.

«Ich kann nichts darüber finden.»

«Wird Ihre Arbeit nicht von Ihrem Rechenzentrum aus kontrolliert?»

«Wissen Sie, wir sind hier nicht an der Sapienza. Die Kollegen des *centro di calcolo* haben alle Hände voll damit zu tun, die Informatik am Laufen zu halten und vor Schadsoftware zu schützen. Was die Speicherung betrifft, so sind wir auf das automatische Backup angewiesen, das täglich um Mitternacht erfolgt.»
«Können Sie sich vorstellen, weshalb das unterbleiben könnte?»
«Dazu müsste man ... die Speichersoftware umgehen.»
«Wenn ich Sie richtig verstehe, dann kommt man an die Daten auf dem Rechner von Foresta nicht ran ohne dieses Passwort. Und die Vorgänge von CaritaMondo sind im Zentralrechner nicht vorhanden, weil sie dort nie gespeichert worden sind?»
«Ja, es sieht ganz so aus ... leider.»
Bariello wandte sich an den Behördenleiter.
«Signor Fontana, das alles bestärkt mich in der Vermutung, dass Ihr Mitarbeiter einem Verbrechen zum Opfer gefallen ist. Möglicherweise kann uns dieser Computer bei der Aufklärung helfen. Wären Sie damit einverstanden, wenn ich ihn heute Nachmittag abholen lasse, damit unsere Spezialisten ihn sich mal vornehmen können?»
Der Behördenleiter bekam einen roten Kopf. Es war ihm sichtlich unangenehm, dass ihm diese Frage im Beisein eines Mitarbeiters gestellt wurde.
«Wir haben nichts zu verheimlichen! Und natürlich sind wir alle daran interessiert, schnell zu erfahren, was mit unserem Kollegen geschehen ist. Wenn Sie möchten, trage ich den Rechner persönlich zu Ihrem Wagen.»
Auf so etwas hatte Bariello gehofft. Er quittierte den Empfang des Computers und fuhr ins Präsidium. Dort trommelte er seine Männer zusammen und zeigte ihnen, was er aus dem Zollamt mitgebracht hatte.
«Gennaro, besorg mir unseren besten Hacker, der sich mit Computerkriminalität auskennt. Irgendwer muss rausfinden, woran Foresta gearbeitet hat.»
«Kein Problem – Antonio Bergomi war mit mir in der Polizeischule. Der weiß alles über Computer. Er arbeitet bei der Sitte und

kümmert sich um Pädophile im Internet. Er kennt sich mit Verschlüsselungstechniken aus wie kein anderer.»
«Bene! Bring ihm unseren Stick und stell ihm Forestas Computer hin. Es wird ihm eine willkommene Abwechslung sein. Gibt es sonst was Neues?»
«Wir haben Nachrichten von den Kollegen aus Neapel. Basile Rossetti war dort bekannt als ‹Martelletto› – hat fünf Jahre bekommen, nachdem er als Mitglied des Clan del Cimitero bei einer Prügelei einem Capo aus einem verfeindeten Camorra-Clan mit einem Hammer den Schädel eingeschlagen hat. Ansonsten das Übliche: schwere Körperverletzung, räuberische Erpressung, Drogenhandel.»
«Sollte Giudice Columbo noch Zweifel haben, dass hinter Forestas Tod mehr steckt als ein betrunkener Autofahrer, dann dürfte sich das jetzt erledigt haben. Aber warum hat man einen Totschläger aus Neapel eingesetzt? Außerdem glaube ich nicht, dass unser ‹Hämmerchen› der richtige Mann gewesen wäre, um eine Wohnung zu durchsuchen. Der hat nicht allein gearbeitet. Morgen schaue ich mir mal diese CaritaMondo 21.0 an. Salvatore, du kommst mit!»

Neapel, 5. September, nachmittags
Jackey hatte am Morgen den wiedergefundenen Briefwechsel des Kardinals in ihr Arbeitszimmer getragen und das Leinwandbündel auf ihren Schreibtisch gelegt. Sie fragte sich, was wohl ihren unbekannten Amtsvorgänger veranlasst haben mochte, die Korrespondenz des Kardinals verschwinden zu lassen. – Wahrscheinlich Bistumsinterna, die im Laufe von über zweihundert Jahren bedeutungslos geworden waren!
Die Archivarin wollte zunächst einen Überblick über die Briefschaften gewinnen und sich ein paar Notizen machen, welche Stücke für die Bistumsgeschichte wichtig sein könnten. Dann würde sie die einschlägigen Schriftstücke gründlich studieren. So war es Nachmittag geworden. Sie überlegte sich, ob sie die Durchsicht

der Korrespondenz aus den letzten Lebensjahren des Kardinals auf den nächsten Tag verschieben sollte, als sie beim Durchblättern der Briefe mit einem Mal stutzte.
«Was ist das denn?»
Sie knipste die Schreibtischlampe an. Als sie ihren Augen immer noch nicht traute, borgte sie sich im Büro nebenan eine Lupe. Doch das Ergebnis blieb das gleiche. Sie hielt einen Brief in der Hand, der die Unterschrift *Joh. Winckelmann* trug. Nicht im Traum hätte sie damit gerechnet, hier auf einen Brief des Begründers der modernen Archäologie und Kunstgeschichte zu stoßen. Sie schaute auf das Datum: Triest, den 8. Juni 1768. Das musste ... Sie klappte ihren Laptop auf und überflog die Seiten der Winckelmann-Gesellschaft. Als sie den Eintrag über dessen letzte Reise und seinen Tod gelesen hatte, sank sie in ihren Arbeitssessel zurück. Kein Zweifel! Diesen Brief hatte der Gelehrte noch an seinem Todestag geschrieben – dem Tag, als er in Triest Opfer eines Raubmörders geworden war.
Was immer Jackeys Forschungen zur Bistumsgeschichte Neapels ergeben würden: Dieses Dokument, bislang verschollen und der Forschung unbekannt, war auf jeden Fall eine Sensation. Sie brauchte eine Weile, bis sie wieder einen klaren Gedanken fassen konnte. Ihre Blicke sprangen von der Unterschrift zum Datum und vom Datum zurück zur Unterschrift. Dann las sie die ersten Zeilen. Deutsch! Winckelmann hatte mehrere Sprachen beherrscht, doch den Briefwechsel mit seinem ersten Dienstherrn in Rom, dem Kardinalstaatssekretär Alessandro Albani, für den er als Bibliothekar gearbeitet hatte, hatte er auf Italienisch geführt. Das Gleiche galt für fast seine gesamte Korrespondenz mit all jenen, die später mit seinen Amtsobliegenheiten zu tun hatten, seit er zum Aufseher der Altertümer und Scriptor an der Vatikanischen Bibliothek aufgestiegen war. Doch Kardinal Sersale hatte er auf Deutsch geschrieben! Nach und nach versuchte Jackey, den Inhalt des Briefes zu erfassen.
«O Gott!»
Ihre Hand zitterte, als sie sich die Haare aus der Stirn strich. Wenn

das stimmte, was sie da zu lesen glaubte, war mit einem Schlag geklärt, weshalb man nach dem Tod des Kardinals gleich seine gesamte Korrespondenz hatte verschwinden lassen. Doch Winckelmanns Brief barg zu viele altertümliche Formulierungen, mit denen sie nicht vertraut war. Sie fühlte sich im Deutschen nicht sicher genug, um die volle Tragweite des Briefes zu beurteilen. In dieser Situation durfte ihr kein Fehler unterlaufen. Sie zog ihr *cellulare* hervor und rief bei Padre Luis an.

«Padre, ich bin dabei, den Briefwechsel des Kardinals zu sichten. Dabei bin ich auf etwas Unglaubliches gestoßen. Ich muss so schnell wie möglich mit Ihnen und Sua Eccellenza sprechen. Aber nicht am Telefon. Glauben Sie mir – es ist keine Einbildung! Es wäre sogar besser, wenn wir uns woanders als in den Amtsräumen des Weihbischofs treffen könnten ...»

Padre Luis war sehr angetan, dass Dottoressa Napoletano an diesem Tag den Weg zu Sua Eccellenza über ihn wählte, anstatt eine ihrer üblichen Schliche zu versuchen – und etwas in ihrer Stimme hatte ihn aufmerken lassen. Das war nicht die lässige Amerikanerin, die er kannte.

«Warten Sie bitte! Ich will sehen, was ich tun kann.»

Neapel, 5. September, abends

In der Via Sedile di Porto deckte Montebello den Tisch. Als Padre Luis ihm Jackeys Bitte vorgetragen und er die beiden noch für denselben Abend zu sich nach Hause eingeladen hatte, war seine Wirtschafterin bereits gegangen. So hatte er selbst auf dem Heimweg in der Via S. Biagio dei Librai Schinken, Käse, Taralli und einen kräftigen Weißwein aus dem Gebiet Lacryma Christi gekauft.

Während Montebello zwischen Küche und Wohnzimmer hinund herging und alles vorbereitete, erinnerte er sich an so manches Abendessen in Rom während seiner dramatischen letzten Monate an der Vatikanischen Bibliothek. Diese altehrwürdige Einrichtung war damals zum Zentrum einer Verschwörung geworden, die bis in die Politik und das organisierte Verbrechen

reichte.* Selbst der Präfekt der Vaticana war darin verstrickt gewesen. Und Jackey O'Connor, die wegen eines theologisch hochbrisanten Papyrus von Berkeley nach Rom gekommen war, hätte um Haaresbreite ihre Neugier mit dem Leben bezahlt. Savio Napoletano – ein junger Mann, der selbst im Sold der Mafia stand – hatte sie gerettet. Am Ende gelang es Montebello und Bariello, beide in Sicherheit zu bringen. Nachdem es Montebello verstanden hatte, die Vatikanische Bibliothek aus einem öffentlichen Skandal herauszuhalten, war er von Seiner Heiligkeit zum Weihbischof von Neapel erhoben worden. So konnte er Jackey und Savio, die inzwischen geheiratet hatten, mit in den Süden nehmen – den einen als seinen Fahrer, die andere als Archivarin. Padre Luis hingegen, der selbst unbescholten war, aber für den Präfekten gearbeitet hatte, saß nach dessen erzwungenem Rückzug zwischen allen Stühlen. Sein Verhältnis zu Montebello war stets angespannt gewesen, aber als er ihn bat, mit ihm nach Neapel kommen zu dürfen, hatte er dessen menschliche Größe kennengelernt.
Montebello lächelte, als er die Gläser auf den Tisch stellte, und atmete noch einmal auf bei dem Gedanken, wie glücklich sich alles für ihn und die anderen gefügt hatte. In dem Moment läutete es an der Tür. Er schaute aus dem Fenster und sah, dass Jackey und Padre Luis unten standen; gleich darauf hörte er sie die Treppe in den ersten Stock hinaufsteigen.
«Buona sera, Jackey, Padre Luis! Kommen Sie herein! Das klang ja ziemlich geheimnisvoll. Aber ganz so dramatisch wird es doch nicht sein, oder?»
Montebello führte seine Gäste ins Wohnzimmer.
«Erst Wein oder erst Wissenschaft?»
Er schaute seine Besucher fragend an.
«Wein!» – «Wissenschaft!»
Die Antworten kamen gleichzeitig, und Montebello lachte.
«Da die Dottoressa für den Wein votiert hat und sie die einzige Dame ist, fügen wir uns ihrem Wunsch.»

---

* Nachzulesen in: Stefan von der Lahr, *Das Grab der Jungfrau* (Heidelberg 2015).

«Wenn Sie gehört haben, worum es geht, werden Sie verstehen, weshalb ich eine Stärkung brauche.»

Nachdem sie gegessen hatten und der Tisch abgeräumt war, zog die Archivarin einen grauen Aktendeckel aus ihrer Tasche.

«Eccellenza, wenn ich mich richtig erinnere, können Sie ganz gut Deutsch.»

«Für meine Arbeit an der Vaticana hat es jedenfalls gereicht – aber meine große Liebe galt immer Schiller und seiner kraftvollen Sprache.»

«Das passt wunderbar – genau um diese Zeit geht es. Und auch an Dramatik fehlt es nicht in dem Brief, den ich mitgebracht habe. Wie steht es mit Ihrem Deutsch, Padre Luis?»

«Es ist sicher nicht so gut wie das von Sua Eccellenza.»

Jackey nickte und schob ohne ein weiteres Wort den Aktendeckel zu Montebello hinüber. Er hatte noch nicht lange gelesen, als sich auf seiner Stirn Falten zeigten.

«Das kann nicht wahr sein!»

Er las weiter, und seine Augen wurden größer und größer.

«Nicht das auch noch!»

Am Ende schaute ein sichtlich verwirrter Montebello zu der Archivarin hinüber.

«Haben Sie dieselbe Unterschrift gelesen wie ich? Wirklich Winckelmann?»

Jackey nickte. Eine Zeit lang sagte niemand ein Wort. Dann brachte sich Padre Luis in Erinnerung.

«Eccellenza, bitte verzeihen Sie! Wären Sie so liebenswürdig, auch mich wissen zu lassen, was in dem Brief steht?»

«Oh, natürlich, Padre Luis – entschuldigen Sie! Ich bin ...»

Und so begann der Weihbischof den Brief für seinen Privatsekretär zu übersetzen:

Triest, den 8. Jun. 1768

HochEdelgebohrne
Hochzuehrende Eminenz Monsignore Cardinal
Archiepiscopus Sersale,

mit Anwünschung, daß die ewige Vorsehung Euren Schritt auf allen Wegen leiten möge, darf ich heute unterthänigst vermelden, daß alle Vorbereitungen für das sichere Geleit des Unvergleichlichen getroffen sind, den Sie zum Schutze vor allen üblen Nachstellungen seiner Feinde in Ihre treusorgende Obhut genommen haben.

Den verflossenen Zeitraum, seit mir im Herbste des vergangenen Jahres die unverhoffte Gnade zutheil wurde, daß Euer Eminenz mich eines vertrauten Gesprächs zu würdigen geruhten, lebe ich in einem Zustande dauernder Erregung. Daß Euer Eminenz in dieser Angelegenheit nicht die herculanischen oder neapolitanischen Gelehrten, sondern mich, den Landfremden, herangezogen haben, ehrt mich über jedes mir bis dato vorstellbare Maß, und es beweist Eurer Eminenz Expertise in diesen Dingen, deren viele vermeintlich Kundige entrathen. Es wären in der That die gedachten Herren Gelehrten, welche sich, ohne in den Altherthümern gründlich bewandert zu sein, die auch den Gegenstand meiner Sendschreiben bilden, zu Richtern über alle Art von Schriften aufwerfen, nicht fähig, angemessen über diesen Schatz der Schätze zu urtheilen, geschweige denn mit solcher Kostbarkeit in der Weise umzugehen, wie es angezeiget ist.

Bis Euer Eminenz mich inkognito zu sich führen ließen, war mir zu keinem Zeitpunkte bewußt, wie sehr vertraut Ihr mit meinen Überlegungen zu diesen Fragen seid. Ja, ich hätte niemalen erwartet, daß Euer Eminenz neben seiner mannigfachen Sorge um das Wohl von Land und Leuten Neapels sich auch mit solcherlei Schrifttum befaßten. Nun aber, da sich mir dieses erschlossen, ist mir desto begreiflicher, daß Euer Eminenz erkannt haben, welche Zimelie sich in Neapel befindet, und weshalb Ihr so eifrig Sorge traget, daß diese nicht Unwürdigen und Unkundigen be-

kannt und mit Beschreibungen und Deutungen von zweifelhaftem Wert belegt werde.

Noch heute erbebe ich in der Erinnerung, da Ihr mir den kleinen Sarkophag gezeigt und dargelegt, wer sein Grabherr sei. Was er gesehen und was er erlebt hat! Oh, wenn er doch sprechen könnte! Welchen Fährnissen war er zu Lebzeiten, welchen Begehrlichkeiten noch nach seinem Tode ausgesetzt! Wie mag er in seiner kristallenen Hülle aus Ägypten nach Italien und dann in die lieblichen Gefilde Campaniens gelangt sein? Auf wessen Befehl? Caracallas? Eines Späteren? Der heilige Johannes Chrysostomus wußte schon nichts Sicheres mehr über seine Grablege und sah in seinem Verschwinden nur ein Zeichen für die Vanitas allen menschlichen Tuns und Trachtens.

Nun aber, vergessen seit mehr als tausend Jahren, habt Ihr ihn erkannt! Mag man die sterblichen Überreste in vergangener Zeit vielleicht für die eines uralten Märtyrers gehalten haben, der bekränzt in seinem kleinen Schreine ruht. Welcher Entdeckermut, daß Euer Eminenz es wagte, den Deckel der Aedicula zu heben, um in Autopsie den wunderlichen Heiligen zu begutachten, von dem Euch anderwärts keine verläßliche Kunde geworden war, so daß er Euer allerchristlichstes Mißtrauen weckte! Welche Fügung, daß nie einer wagte, das Diadem und den Obolus für den schaurigen Fährmann zu entnehmen, so daß Ihr die Münze fandet und auch die übrigen Paraphernalien richtig zu deuten wußtet, die Eurer Eminenz in Ihrer Vertrautheit mit den Schriften der Alten so untrüglich den richtigen Weg wiesen! Welche Besonnenheit, daß Ihr Stillschweigen bewahrtet, bis Ihr Eure Entdeckung mir offenbartet, so daß der Kreis der Eingeweihten klein geblieben ist, da doch allein schon die Ahnung darum Begehrlichkeit weckte, wie Ihr mich habt wissen lassen. Welche Weisheit, daß Ihr ihn nun dorthin gebracht, wo er der Gottesmutter ebenso nah ist wie San Gennaro! Niemand wird ihn je dort suchen, und wenn einer ihn dort suchte, ihn doch niemalen wird finden können – Tausende ziehen an ihm vorüber und ahnen ihn doch nicht.

Welche Wirkung Eure Mittheilungen auf meine Herzensfreunde hervorriefen! Unter allen Schwüren ewiger Verschwiegenheit habe ich sie ins Vertrauen gezogen, um sie, wie Ihr mir aufgetragen, zu Helfern in unserer Sache zu machen. Wie mit Eurer Eminenz bedacht, habe ich unter dem Vorwande, allerlei Angelegenheiten in deutschen Landen besorgen zu müssen, die bewußte Reise unternommen und mich der Unterstützung all jener versichert, derer wir bedürfen, um ihn nach Wien zu bringen. Der Staatskanzler Kaunitz, den ich am Hofe ihrer durchlauchtigsten Majestät der Kaiserin Maria Theresia gesprochen habe, hat uns jede Hilfe zugesichert. Auch ist sie persönlich eingeweiht und hat die Sache zu einer geheimen Reichsangelegenheit von allerhöchstem Range erklärt. Sie wird Eure Aspirationen bei der nächsten Sedisvakanz befördern – und sei es kraft ihres angestammten herrscherlichen Rechts, Veto gegen die Wahl eines ihr unliebsamen römischen Bischofs einzulegen. Meine Getreuen und ich aber warten nur noch auf Euer Zeichen, so daß wir, den Degen an der Seite, uns nach Neapel aufmachen, um im Geheimen, doch wenn es sein muß, auch im offenen Kampf dem gewaltigsten Helden des Alterthums den Weg nach Wien freizukämpfen. Dort wird ihm künftig eine würdige Heimstatt und werden all seine Geheimnisse von vortrefflichen Gelehrten ausgeforschet. Als ich mit meinen Vertrauten alles so weit verabredet, habe ich gegenüber meinem Reisegefährten Cavaceppi, der mir allezeit ohne sein Wissen fürtrefflich Bedeckung gegeben, unter Vorgeben einer Melancholie meine Reise geendigt und mich wieder nach Italien verfügt und bin vor einer Woche in Triest eingetroffen. Ersthin war kein Schiff zu bekommen, um weiter nach Süden zu reisen, aber auch dies ist nun überwunden, da ich endlich einen Schiffer gefunden habe, der nach Venedig geladen hat. Diese Passage habe ich endlich einer wunderlichen Bekanntschaft mit dem gut christlichen Namen Francesco Arcangeli zu verdanken, der mir hier letztens die Zeit vertreibet und in allerlei Weise behülflich ist. Mit Erleichterung breche ich morgen von hier wieder auf. Mag es auch eine Überreizung der Nerven sein, so werde ich

Ruhe doch ohnehin erst wieder finden, wenn dieses größte Abenteuer der Alterthumskunde, das je einem Manne vergönnt war zu bestehen, zu einem guten Ende gebracht ist.
Diesen Brief vertraue ich einem reitenden Kuriere an, da ich selbst noch einmal in Rom für einige Tage Station machen muß. Ihr aber sollt so rasch als möglich unterrichtet sein, daß alles auf guten Wegen ist und Eurerseits könnt Vorbereitungen treffen, wie es Euch erforderlich dünkt. So Ihr noch Befehle für mich habt, gebt sie dem nämlichen Kuriere mit, der mich in Rom bei meinem Dienstherrn, Freund und Gönner Kardinal Albani wird finden.

Ich aber bin mit höchster Verehrung
E. Eminenz
unterthänigster Diener
Joh. Winckelmann

Beklommenes Schweigen legte sich über die kleine Runde. Und als Padre Luis zu sprechen begann, war seine Stimme gedämpft – gerade so, als wollte er sichergehen, dass nichts von dem, was er sagte, auf der Straße gehört werden konnte.
«Halten Sie das für denkbar, Dottoressa? In der ganzen antiken Welt hat man sein Grab gesucht, und dann taucht mit einem Mal sein Sarg in Neapel auf?!»
«Winckelmann scheint sich seiner Sache jedenfalls sehr sicher.»
«Und Sie meinen wirklich, *er* ist es?»
«Es klingt verrückt, aber – ja – Winckelmann kann nur Alexander den Großen meinen.»
Padre Luis zögerte kurz. Dann sprach er aus, was allen dreien durch den Kopf ging.
«Glauben Sie denn, er könnte ... *immer noch hier sein?*»
Jackey schaute fragend zu Montebello.
«Was denken Sie, Eccellenza?»
Montebello wiegte den Kopf.
«Das Naheliegendste wäre ... der Dom. Er beherbergt die Reliquien

San Gennaros, und er ist seit dem dreizehnten Jahrhundert der Madonna Assunta geweiht. Viel näher wird man unserem Stadtheiligen und Maria in Neapel kaum kommen. Außerdem ziehen jede Woche Tausende hindurch. Das alles passt zu dem, was Winckelmann schreibt. Und wenn der kleine Sarkophag – so verstehe ich *Aedicula* – nicht zerstört oder längst fortgebracht worden ist, dann ... Aber mir geht es genauso wie Padre Luis. Können wir ganz sicher sein, dass es in dem Brief um Alexander den Großen geht? Hier? Bei uns in Neapel?»
Die Archivarin nickte.
«Was Winckelmann schreibt, ist völlig eindeutig. Haben Sie eine Strabon-Ausgabe in Ihrem Arbeitszimmer, Eccellenza?»
«Ich denke schon. Warten Sie einen Moment!»
Nach kurzem Suchen kehrte Montebello mit dem Werk des griechischen Geschichtsschreibers zurück und gab Jackey den Wälzer, die darin rasch nach hinten blätterte.
«Hier ist die Stelle, Kapitel 794: *Den Leichnam Alexanders aber brachte Ptolemaios nach Alexandria und bestattete ihn da, wo er noch jetzt liegt, jedoch nicht in demselben Sarg; denn der jetzige ist von Glas, jener aber legte ihn in einen goldenen* – usw. usw. In Winckelmanns Brief sind mithin alle Hinweise beisammen: Da ist die kristallene Hülle, in die Ptolemaios, der alte General, den Toten gebettet hat. Dann erwähnt Winckelmann Kaiser Caracalla, dessen Alexander-Verehrung notorisch war. Und schließlich bezieht er sich auf Johannes Chrysostomus, den einstigen Bischof von Konstantinopel, der seinerzeit fragte: *Sagt mir, wer kennt heute das Grab Alexanders des Großen?*
Das alles lässt nur einen einzigen Schluss zu: Kardinal Sersale hat Winckelmann irgendwo hier in Neapel den Sarkophag mit den sterblichen Überresten des Welteroberers gezeigt – und wahrscheinlich sind sie immer noch hier. Während Archäologen überall nach dem Grab Alexanders suchen, befindet sich sein Sarg in Wirklichkeit bei uns in Neapel.»
Montebello nickte.
«Der Kardinal hatte offenbar in die hiesigen Altertumsforscher

kein Vertrauen. Jedenfalls gelangte er zu der Überzeugung, dass Winckelmann größere Fähigkeiten besaß, die erforderlichen Untersuchungen an den Gebeinen, Grabbeigaben und am Sarkophag selbst vorzunehmen. Sersale kannte wohl dessen Sendschreiben, in denen sich Winckelmann kritisch über seine italienischen Kollegen äußerte. Und der Kardinal hat sie wahrscheinlich auf Deutsch lesen können. Anders wäre kaum zu erklären, dass Winckelmann ihm den Brief auf Deutsch geschrieben hat. Vielleicht war das auch eine Vorsichtsmaßnahme zwischen den beiden, weil damals nicht viele italienische Forscher im Süden Deutsch konnten.»

«Aber dass der Kardinal diesen Fund außer Landes schaffen wollte ...!»

Der Dominikaner war entrüstet.

«Lieber Padre Luis, wir wissen doch beide, dass auch geistliche Würdenträger nicht vor den Einflüsterungen des Versuchers gefeit sind. Was mich erschüttert, ist, dass sich Kardinal Sersale im Gegenzug von der Regierung in Wien hat zusichern lassen, seine eigenen Ambitionen bei der nächsten Papstwahl zu unterstützen und notfalls sogar mit Hilfe ihres alten Vetorechts ein anderes Wahlergebnis zu verhindern. Das ist die schlimmste Form der Simonie, die sich denken lässt. Die *Sancta sedes* sollte erkauft werden!

Für die Habsburger hätte es in diesen Zeiten, als man mit Kunst und geschichtsmächtigen Antiquitäten Politik zu machen verstand, einen enormen Gewinn an Ansehen bedeutet, wenn sie die Gebeine Alexanders des Großen in Wien hätten präsentieren können. Dass er als der größte Feldherr der Geschichte galt, hätte den Wienern sicher gutgetan, nachdem sie selbst in den vorangegangenen Kriegen schlecht abgeschnitten hatten. Vielleicht hätten sie den Besitz dieses Schatzes sogar als gutes Omen für künftige militärische Vorhaben betrachtet. Aber auf diesen Machenschaften lag kein Segen.»

«Das kann man wohl sagen ...»

Jackey erhob sich, trat ans Fenster und schaute in die Nacht. Winckelmann hatte ein schreckliches Ende gefunden – brutal ermordet von Francesco Arcangeli, einer zwielichtigen Gestalt. Seine Täterschaft war unbestritten. Aber nie war geklärt worden, wie es genau zu dem Mord gekommen war. Die Beziehung zwischen Täter und Opfer, die sich erst kurz zuvor kennengelernt hatten, war rätselhaft geblieben. Arcangeli war gerädert worden. Hintermänner hatte er nie erwähnt. Vielleicht war es ja auch nur einfach ein Zufall, dass er das Verbrechen unmittelbar nach dem Zeitpunkt beging, da Winckelmann seinen letzten Brief geschrieben und ihn einem Boten anvertraut hatte. Nach Winckelmanns plötzlichem Tod hatten der Kardinal und der Hof in Wien offenbar den Handel mit den Gebeinen Alexanders abgebrochen. Möglicherweise schien allen Beteiligten das Vorhaben zu skandalträchtig. Sicher hatten sie vermeiden wollen, dass nach der Ermordung des größten Altertumsforschers seiner Epoche Gerüchte über eine Verwicklung von Krone und Kirche aufkämen, und die damit verbundenen Risiken gescheut. Und was hätte nicht alles bei dem Transport Alexanders passieren können – bis hin zu bewaffneten Auseinandersetzungen! Nein, das konnte sich keine der beteiligten Parteien leisten.

Die Archivarin drehte sich wieder zu den beiden Geistlichen um.

«Vielleicht wollten der Kardinal und die Habsburger nach Winckelmanns Tod nur ein paar Jahre Gras über die Sache wachsen lassen. Aber dann haben sie ihre Pläne aufgegeben. Die Gründe wird man wohl nie mehr erfahren, zumal Winckelmann alle, die er einweihte, verpflichtet hat, auf ewig ihr Wissen für sich zu behalten. Wie es scheint, haben sie sich daran gehalten. Wenn man das alles in Betracht zieht, so spricht viel dafür ...»

Padre Luis vollendete den Gedanken:

«... dass sich die Aedicula mit den sterblichen Überresten Alexanders des Großen nach wie vor unentdeckt im Dom von Neapel befindet. Eccellenza, in aller christlichen Demut: Ich finde, wir sollten durch einen Besuch in seiner Kapelle San Gennaro die Ehre erweisen. Dabei könnten wir uns zugleich ein wenig umschauen, ob wir nicht vielleicht ... den Alexandersarkophag finden!»

Montebello griff zu seinem Glas und schaute über dessen Rand seinen Privatsekretär an. Angesichts des in allen sakralen Fragen sonst äußerst zurückhaltenden Padre Luis mutete dieser Vorschlag aus seinem Munde ziemlich frivol an. Diese Angelegenheit war ein kirchengeschichtliches Minenfeld. Auch wenn die Minen vor mehr als zweihundert Jahren vergraben worden waren, bedeutete das erst einmal nichts für ihre Sprengkraft in der Gegenwart. Das war ein Stoff, wie ihn Journalisten liebten: Ein überehrgeiziger Kardinal, der aus Eigensucht versucht hatte, eines der bedeutendsten antiken Denkmäler der Welt zu verhökern, um sich damit den Stuhl Petri zu erkaufen. Und dann stand sofort die Frage im Raum, ob die Kirche über dunkle Kanäle in den Mord an Johann Joachim Winckelmann verwickelt war. Aber selbst wenn alles Mediengetöse verhallt sein würde, so war doch ein unvorstellbarer Ansturm von Archäologen, Althistorikern und Abenteurern auf den Dom unausweichlich. Sie alle würden versuchen, den Sarkophag zu finden. Es grauste Montebello bei dem Gedanken, dass es wahrscheinlich sogar Verrückte geben würde, die nicht davor zurückschreckten, den Fußboden im Dom aufzuhämmern und in ihrem Entdeckerwahn vielleicht noch andere Kirchen Neapels zu entweihen, die in einer Beziehung zu San Gennaro und der Gottesmutter standen. Auf jeden Fall würde die Öffentlichkeit versuchen, der Kirchenleitung das Heft aus der Hand zu nehmen. Und wenn die Kirche auch nur zur Besonnenheit mahnen sollte, würde sie wieder einmal als erzreaktionär und wissenschaftsfeindlich gebrandmarkt.

«Bei aller Sympathie für Ihren Erkenntnisdrang, Padre Luis. Aber wenn wir diese Geschichte nicht mit größter Behutsamkeit angehen, werden wir von ihr in kürzester Zeit überrollt.»

Die Archivarin sprang dem Privatsekretär bei.

«Aber wir können doch mit diesem Wissen nicht die Hände in den Schoß legen!»

«Jackey, bitte, davon spreche ich doch gar nicht! Wenn wir jetzt einen Fehler machen, sind wir in kürzester Zeit raus aus dem Spiel. Dessen Regeln bestimmen ganz andere. Niemand fragt

dann mehr danach, ob Sie und Padre Luis es waren, die den Brief entdeckt haben. Womit wir es hier zu tun haben, ist genauso eine Sensation, als hätten Sie das Grab des Tut-Anch-Amun entdeckt. Das wird ungeheure Kräfte und bei manch einem auch skrupellosen Ehrgeiz freisetzen.
Natürlich möchte ich ebenso wie Sie beide wissen, ob es den Sarkophag noch irgendwo gibt und ob er sich vielleicht gar im Dom befindet. Aber ich bin auch Weihbischof von Neapel und muss ein paar Aspekte mehr in Betracht ziehen. Lassen Sie uns in Ruhe miteinander überlegen, wie wir vorgehen sollen – und wen wir vielleicht noch ins Vertrauen ziehen können. Ich glaube nämlich nicht, dass wir dieser Entdeckung allein Herr werden!»
«Was schlagen Sie vor?»
«Als Erstes werden wir uns an einem der nächsten Abende gemeinsam den Dom ganz genau anschauen. Im Übrigen erfüllen wir alle wie bisher unsere täglichen Pflichten, sprechen mit niemandem über Ihre Entdeckung und verhalten uns völlig unauffällig. Einverstanden?»
Die beiden anderen nickten. Montebello lächelte seinen Gästen erleichtert zu und hob sein Glas noch einmal in ihre Richtung:
«Auf Winckelmann und auf unsere Suche nach Alexander dem Großen!»

Kapitel 5 – Der Dom

Rom, 6. September, vormittags
Die Hilfsorganisation CaritaMondo 21.0 hatte ihr Hauptquartier in Trastevere. Eine großzügige Anlage mit weitem Abstand zu den Häusern der Nachbarschaft. Man hatte die Straße, die sich in einen kleinen Grüngürtel schmiegte, fast wie ein Naherholungsgebiet angelegt. Bariello fuhr in den Innenhof, der von einem Pförtner in einem kleinen Häuschen beaufsichtigt wurde; der Mann winkte ihnen zu, als der Commissario auf das Gelände einbog. Während er am Wagen wartete, ging Graziano zu dem Wächter.
«Buongiorno Signore! Polizia di Stato. Wo finden wir Ihre Verwaltung?»
«Hereinspaziert, nur hereinspaziert! Da, wo die Treppe ist. Immer hereinspaziert!»
Graziano und Bariello schauten leicht befremdet auf den Mann, der ihnen begeistert nachwinkte, als sie sich auf dem Weg zur Treppe noch einmal nach ihm umschauten.
«Wenn du mich fragst, Vincenzo, dann ist der entweder bekifft oder bekloppt.»
An der Anmeldung erklärte Bariello, weshalb sie gekommen waren. Sie wurden sofort zum Verwaltungschef, Dottor Arnaldo Ricci, geführt – einem sportlichen Enddreißiger in Bluejeans und mit offenem Hemdkragen. Er residierte in einem stylish-nüchtern gehaltenen Büro, doch entging den Kriminalbeamten nicht, dass die Möbel alles andere als billig gewesen sein konnten.

«Was können wir für Sie tun, Commissario ...?»
«Bariello – dies ist mein Kollege Ispettore Graziano. Wir untersuchen den Tod eines Sammlers von Modelleisenbahnen.»
Dottor Ricci schaute die beiden Polizisten fragend an.
«Wie könnte ich da helfen? Aber bitte, nehmen Sie doch Platz.»
Der Hausherr deutete auf eine Gruppe von Ledersesseln, die um einen Besprechungstisch standen.
«Hauptamtlich war er beim Zoll tätig.»
«Ach ja?»
«Es überrascht Sie gar nicht, dass wir deswegen zu Ihnen kommen?»
«Ich bin sicher, Sie werden mir den Zusammenhang erklären – sonst wären Sie nicht hier, oder?»
«Vorgestern Nacht wurde ein Zollbeamter über den Haufen gefahren. Vorher oder zur selben Zeit hat jemand die Wohnung des Mannes durchsucht – aber vergeblich, wie wir wissen. Statt des Mörders hat dann ein kleiner Junge in einem Tunnel einer Modelleisenbahn, die dem Toten gehörte, Zollpapiere gefunden. Der Mörder und wer immer ihm den Auftrag gegeben hat, haben offenbar nichts von der Existenz dieses Verstecks geahnt. Auf diesen Zollpapieren geht es um Geräte, die in der Strahlenmedizin eingesetzt werden. Alle diese Geräte sind von CaritaMondo 21.0 ausgeführt worden. Können Sie sich das erklären?»
Der Verwaltungschef blieb völlig ruhig.
«Sie sehen mich ratlos, Commissario. Um was für Papiere handelt es sich denn?»
«Es geht um Ausfuhren der letzten beiden Jahre – allesamt in Krisengebiete.»
«Das überrascht mich nicht. Wir sind eine Hilfsorganisation und haben uns auf medizinische Hilfe in Krisenregionen spezialisiert. Sehen Sie hier die Fotografien an den Wänden?»
Dottor Ricci zeigte auf Bilder, die ihn selbst und andere Vertreter von CaritaMondo mit Politikern aus Notstandsgebieten zeigten. Viele der Fotos waren signiert und trugen Unterschriften einiger Staatspräsidenten, die traurige Berühmtheit erlangt hatten,

aber auch von Bürgermeistern zerstörter Städte, die den Hintergrund der Aufnahmen bildeten. Allen Fotos war gemeinsam, dass irgendwo der Schriftzug der Hilfsorganisation gut sichtbar war. «Wissen Sie, Notstandsgebiete verschwinden aus der allgemeinen Wahrnehmung, wenn der Fokus der öffentlichen Berichterstattung weiterwandert zu einem anderen Platz auf der Welt, wo es gerade heißer brennt. Wir sind die, die bleiben. Und wir versuchen, lokale Kräfte zu stärken, die den Wiederaufbau in die eigene Hand nehmen wollen. Wir halten das für eine Form der Hilfe, die in unsere Zeit und zu den Krisenherden passt, auf die wir heute in den Failed States treffen. Daher 21.0 – eben angemessene Hilfe für unser 21. Jahrhundert. Wenn Ärzte oder Krankenschwestern nicht geflohen sind, dann schaffen wir das Material heran, das sie brauchen, um damit den Menschen in ihrer Region helfen zu können; die haben meist mehr Vertrauen zu ihnen als zu Ausländern, die in der Regel nicht einmal ihre Sprache sprechen. Wir besorgen alle Arten von Medikamenten, Verbandsmaterial, Diagnosegeräte, Krankentransporter – aber auch ganze OP-Einrichtungen, wenn es erforderlich ist und Fachkräfte am Ort geblieben sind.»
«Auch Röntgenapparate?»
«Natürlich – auch die.»
«Wie viele Leute arbeiten für CaritaMondo?»
«Wir sind hier in der Zentrale fünfunddreißig. Weltweit haben wir eine fast zehnmal so große, aber immer schwankende Zahl freier Mitarbeiter, die projektgebunden für uns aktiv werden und von uns bezahlt werden.»
«Wie finanzieren Sie sich?»
«Wir sind ein gemeinnütziger Verein, der Mitgliedsbeiträge erhebt. Aber wir bekommen auch viele Spenden – aus Italien und inzwischen auch aus aller Welt. Ein paar Mal wurde CaritaMondo 21.0 schon als Erbe ganzer Nachlässe eingesetzt. Vielleicht haben Sie mitbekommen, dass wir im vergangenen Monat vom Staatspräsidenten ausgezeichnet wurden. So etwas steigert natürlich unsere Reputation und hilft uns in der Konkurrenz mit anderen Hilfsorganisationen um Spenden.»

«Haben Sie auch Möbeldesigner unter Ihren Sponsoren, die Ihnen diese geschmackvolle Einrichtung gestiftet haben?»
«Es wird Sie vielleicht überraschen – aber, ja, haben wir. Wissen Sie, man muss heute nicht mehr als Bettelmönch durch die Welt ziehen, wenn man andere davon überzeugen möchte, dass man Gutes tun will. Ich empfange hier Topmanager von Großfirmen, Politiker, hohe Kirchenvertreter – und die erwarten geradezu einen repräsentativen Rahmen, wenn sie einen Partner ernst nehmen sollen.»
«Sagt Ihnen der Name Agostino Foresta etwas?»
«Ist das ...»
«Das ist der Ermordete.»
«Foresta ... Foresta ... Warten Sie!»
Ricci drehte sich mit seinem Sessel und sprach, ohne die Stimme zu heben, in Richtung seines Schreibtischs, in dessen massive Platte eine Gegensprechanlage eingelassen war.
«Alemee, kennen wir einen Signor Foresta vom Zoll?»
Ein paar Sekunden später klopfte es, und in der Tür erschien eine dunkelhäutige Schönheit in rotem Kleid.
«Das ist Alemee Kidane. Sie kommt aus Eritrea und arbeitet seit einigen Jahren für unsere Organisation. Alemee, das ist Commissario Bariello. Er ermittelt, wenn ich ihn richtig verstanden habe, in einem Mordfall an einem Zollbeamten – einem Signor Foresta. Hatten wir mit dem schon einmal zu tun? Man hat Ausfuhrpapiere von CaritaMondo bei ihm gefunden.»
Die Antwort kam sofort – in fließendem Italienisch.
«Signor Foresta? Das ist ja schrecklich! Ja, sicher. Er war immer für die Ausfuhr unserer Geräte zuständig. Du hast dich darum nie gekümmert, weil das reine Büroarbeit ist. Ich habe öfter mit ihm telefoniert und den Schriftwechsel geführt. Signor Foresta ist tot, sagen Sie ... ermordet?»
«Vorgestern Nacht hat man ihn überfahren.»
«Aber das könnte doch auch ... ein Unfall gewesen sein.»
«Nein, der Mann, der den Wagen gefahren hat, hat für die Camorra in Neapel gearbeitet. Er hat Signor Foresta zunächst ange-

fahren und ihn dann gezielt überrollt. Er hatte nur Pech, dass zwei meiner Kollegen den Mord beobachtet und ihn verfolgt haben. Im Zuge der Verfolgung hatte er selbst einen Unfall.»
Signora Kidane hob eine Augenbraue.
«Sie haben ihn festgenommen?»
«Nein, er ist dabei ums Leben gekommen.»
Dottor Ricci neigte den Kopf.
«Wie furchtbar! Der hätte sicher Licht in diese Angelegenheit bringen können, während wir ... Oder fällt dir etwas dazu ein, Alemee?»
«Ich fürchte nicht, Commissario.»
Bariello nickte. Ohne Durchsuchungsbefehl würde er hier gar nichts ausrichten. Aber so ruhig, wie die beiden waren, hatten sie wahrscheinlich ohnehin alle belastenden Unterlagen längst vernichtet.
«Danke! Dottore, das genügt mir fürs Erste. Aber ich werde mich sicher wieder bei Ihnen melden.»
«Sehr gern! Alemee, würdest du bitte Commissario Bariello und seinen Kollegen hinausbegleiten?»
Graziano schaltete sich ein.
«Noch einen Moment, Dottor Ricci. Der Mann im Pförtnerhäuschen – ist der immer so freundlich?»
Der Verwaltungschef lächelte.
«Schien er Ihnen verdächtig? Sehen Sie, wir haben zwei Pförtner – Bruno Mazza und Michele Giordano. Das sind zwei sehr liebenswürdige Männer, die sich wunderbar für diesen Job eignen. Aber sie sind beide nicht die hellsten. Um ehrlich zu sein, liegt ihr IQ so niedrig, dass sie einen Behindertenausweis haben. Wir haben sie jedoch eingestellt, weil es unserer Corporate Identity entspricht, Menschen mit Beeinträchtigungen einzugliedern. Die beiden teilen sich hier eine kleine Wohnung. Ihre wichtigste Aufgabe ist es, unseren Gästen zu zeigen, wo der Eingang ist.»
Die beiden Polizisten verabschiedeten sich, und als sie davonfuhren, schwenkte der freundliche Signor Mazza im Wächterhäuschen enthusiastisch seine Mütze.

«Was denkst du, Salvatore?»
«Die waren vorbereitet. So entspannt reagiert keiner, von dem Unterlagen bei einem Ermordeten aufgetaucht sind.»

Neapel, 6. September, nachmittags

Den Brief Winckelmanns hatten sie in der Privatwohnung Montebellos im Schreibtisch eingeschlossen. Die verbleibenden Jahrgänge des Briefwechsels von Kardinal Sersale enthielten nichts, was Aufschluss über das Schicksal Winckelmanns oder des Alexandersarkophags gewährt hätte. So brachte Jackey am folgenden Tag die übrige Korrespondenz einem Wissenschaftlichen Mitarbeiter des Archivs.

Davide Sorrentino saß im Lesesaal der Bistumsbibliothek. Er war als Paläograph und Historiker in Diensten des Archivs grau geworden und hatte an den unterschiedlichsten Projekten des Bistums mitgewirkt; insbesondere hatte er Privatleuten geholfen, die anhand von Taufbüchern Familienforschung betrieben, aber kaum in der Lage waren, alte Handschriften zu lesen. Während der nächsten Jahre sollte er an der Bistumsgeschichte Neapels mitarbeiten.

«Signor Sorrentino, bitte verschlagworten Sie diesen Briefwechsel wie die vorangegangenen auch! Religiöse Fragen, kirchenrechtliche Probleme, wirtschaftliche Aspekte, soziale Themen und so weiter – wie immer.»

«Welcher ist es denn diesmal, Dottoressa?»

«Der von Kardinal Sersale.»

Der alte Herr räusperte sich.

«Verzeihung – habe ich Sie richtig verstanden?»

«Der Briefwechsel Kardinal Sersales, ja.»

«Aber der wird doch seit Ewigkeiten vermisst.»

«Ach, das wussten Sie?»

«Ich habe im Laufe der letzten Jahrzehnte gelegentlich davon gehört, und ab und zu habe ich sogar selbst im Magazin danach gesucht, wenn ich gerade nichts anderes zu tun hatte.»

«Nun, dann wird es Sie freuen, dass er jetzt wieder da ist. Er war nur verlegt. Padre Luis hat ihn entdeckt.»
«Darf ich fragen, wo er lag?»
«Natürlich – er war versehentlich in das Fach von Kardinal Tebaldi geraten. Da hätte man ihn noch lange suchen können. Am Ende der Woche sollten wir uns darüber austauschen, was Sie darin Interessantes für unsere Kirchengeschichte entdeckt haben. So, nun muss ich aber los!»
«Natürlich, Dottoressa!»
Davide Sorrentino wartete, bis seine Vorgesetzte den Raum verlassen hatte. Dann öffnete er mit zitternden Händen den Faszikel, der immer noch von der blaugelben Kordel zusammengehalten wurde, und begann zu lesen.
Er wusste nicht, wie viele Stunden vergangen waren, seit seine Chefin ihm den Briefwechsel auf den Schreibtisch gelegt hatte. Irgendwann musste er aufgestanden sein und die Deckenbeleuchtung eingeschaltet haben, die den Raum in ein blauweißes Licht tauchte, das an ein Aquarium erinnerte. Jetzt merkte er, wie sein Rücken schmerzte und sein Nacken verspannt war. Er lehnte sich in seinem Stuhl zurück und stöhnte auf, als er die verkrampften Muskeln spürte. Nichts, nichts von dem, was er erhofft hatte, war in dem Bündel enthalten. Mühsam rappelte er sich auf und ging langsam über das braune Parkett des Lesesaals. Als er den Gang betrat, merkte er, dass außer ihm offenbar niemand mehr in dem Gebäude war – es war Nacht geworden. Er zog sein *cellulare* aus der Jackentasche und tippte eine Nummer ein, die er im Laufe der Jahre so oft gewählt hatte – um immer das Gleiche zu melden: Nichts gefunden.
«Pronto!»
«Professore, ich bin's, Davide Sorrentino.»
«Es ist nach zehn! Was gibt es?»
«Professore, der Briefwechsel des Kardinals ist wieder aufgetaucht.»

Neapel, 6. September, spätabends
Etwa zu der Zeit, da Sorrentino zum Telefon griff, stiegen ein paar dunkle Gestalten auf der nächtlichen Piazzetta Guglia del Duomo die Stufen zum rechten Seitenportal der Kathedrale hinauf.
«Diese Tür wird zwar nur an den Festtagen San Gennaros geöffnet, aber auch bei außerordentlichen Anlässen – und ich denke, heute ist so einer.»
Einer aus der Gruppe zog einen Schlüssel aus der Tasche, das Schloss knarzte, und kurz darauf standen sie im schwachen Dämmerlicht, das durch die Seitenfenster in die Kirche fiel. Sie machten ein paar Schritte ins Mittelschiff, an dessen Rückwand die Umrisse des monumentalen Epitaphs Karls I. von Anjou zu erkennen waren, der mit dem Bau des Doms begonnen hatte. 1268 hatte er Konradin, den letzten Staufer, in Neapel hinrichten lassen, um sich die Herrschaft zu sichern, war aber mit seinen eigenen Weltreichsplänen gescheitert. Später hatte die Kathedrale von Neapel eine Zeit lang die Gebeine des Angioviners beherbergt und schien sich so als Ort zu bewähren, die sterblichen Überreste von Herrschern mit globalen Ambitionen aufzunehmen.
«Warten Sie hier. Ich werde in der Sakristei Licht machen und die Alarmanlage ausschalten.»
Kurz darauf wurde es hell in der Basilika, und die steinernen Häupter der ersten sechzehn neapolitanischen Bischöfe blickten von den gewaltigen Pfeilern, die das Kirchendach trugen, verwundert auf die späten Besucher: Jackey und Padre Luis sahen Montebello zurückkommen. Er winkte sie in die Cappella del Tesoro di San Gennaro. Nach einer Kniebeuge am Eingang des Oktogons gingen sie nach vorn und setzten sich in die erste Bankreihe vor die silberne Büste des Heiligen.
«Hier, Jackey, ist der beste Ort, wo wir unsere Suche beginnen können – und der beste Ort, wenn Sie die Neapolitaner verstehen wollen.»
Montebello deutete auf die Skulpturen, Fresken und Gemälde, die sie umgaben.
«Dieser Raum atmet Schönheit, Glaubenstiefe, Gottergebenheit

und religiöse Begeisterung. Aber er erzählt auch von zahllosen Leiden, Demütigungen und Nöten, die wir im Laufe der Jahrhunderte erfahren und die unser Temperament im Guten wie im Schlechten geprägt haben. Das gilt sogar für die Geschichte der Statuen und Bilder, die uns hier umgeben. Die meisten von ihnen erzählen die Geschichte San Gennaros ...»

Im liturgischen Kalender der römisch-katholischen Kirche wurde am 19. September der Tag begangen, an dem San Gennaro das Martyrium erlitten hatte. Zu Beginn des vierten Jahrhunderts war er – der einstige Bischof Januarius von Benevent – in den großen Christenverfolgungen unweit von Neapel um seines Glaubens willen enthauptet worden. Ein wenig des von ihm vergossenen Blutes hatte Eusebia, die Amme des Märtyrers, aufgefangen. In zwei gläsernen Ampullen hatte das Blut des Heiligen die Zeitläufte überdauert. Doch während der Feierlichkeiten zur Aufnahme Mariens in den Himmel hatte es sich im Jahre 1389 erstmals wieder auf wunderbare Weise verflüssigt. Dieses Wunder sollte sich noch viele Male bis in die Gegenwart hinein wiederholen, wenn man das Blut in die Nähe des silbernen Reliquiars brachte, das die Schädelknochen von San Gennaro barg, und es dort drehte.

Die Gläubigen erflehten dieses Zeichen der *liquefazione*, das ihnen die Gunst des Heiligen verhieß, aber nicht nur am Gedenktag seines Martyriums, sondern auch, wenn sie am 1. Mai die Überführung seiner Reliquien nach Neapel feierten, und am 16. Dezember zur Erinnerung an die dramatischen Ereignisse des Jahres 1631: Damals hatte nach einem Ausbruch des Vesuv ein Strom glühender Lava bereits die Grenzen der Stadt erreicht, als ihm die verzweifelten Bewohner mit ihrem Erzbischof in einer Bittprozession entgegentraten. In dieser ausweglosen Situation wirkte die Ampulle mit dem Blut des Heiligen ein Wunder und vermochte die tödliche Gefahr abzuwenden. Seit diesem Ereignis war San Gennaro der Schutzpatron der Stadt, und seine Blutreliquie sollte noch öfter bei drohenden Gefahren ihre Wunderkraft entfalten.

Aber wer glaubte, dass in Neapel auch all jene Wertschätzung erfahren hätten, die zur Verherrlichung San Gennaros beigetragen

hatten, indem sie seine Kapelle verschönerten, irrte gewaltig. So hatte der große Barockkünstler Guido Reni, der als Erster mit den Arbeiten an der Kapelle betraut worden war, seinen Auftrag bereits nach ein paar Monaten zurückgegeben, nachdem ihn neapolitanische Konkurrenten, die sich zurückgesetzt fühlten, mit dem Tode bedroht und einen seiner Gehilfen lebensgefährlich verletzt hatten. Auch Domenichino, von dessen Schöpfungen im Deckenbereich und über einigen Altären Montebello seiner Archivarin erzählte, hatte zweimal die Stadt verlassen und seine Arbeit unterbrechen müssen, weil seine Kollegen aus Neapel gegen ihn intrigierten. Und als man später Giuliano Finelli, einem Bildhauer aus dem Umfeld Berninis, die Arbeit an mehreren Statuen übertrug und dafür Cosimo Fanzago den Auftrag entzog, reagierte der gleichfalls mit einem Mordanschlag auf seinen Konkurrenten.
«Dieselbe flammende Leidenschaft, Jackey, wird Ihnen begegnen, wenn Sie an einem der Feste zu Ehren San Gennaros teilnehmen. Haben Sie solch einen Tag schon mal miterlebt?»
«Nein, Eccellenza.»
«Dann kommen Sie in zwei Wochen am 19. September in diese Kapelle. Dies ist das eigentliche Herz Neapels, weil hier der Kult um San Gennaros Reliquien lebt. Keiner, der hier aufgewachsen ist, vermag sich dem zu entziehen. Wie inbrünstig die Verbindung unserer Stadt zu ihrem Heiligen ist, werden Sie spüren, wenn Sie den Parenti di San Gennaro begegnen – seinen ‹Verwandten›. Die Ursprünge dieser Vereinigung von zwölf frommen Frauen verlieren sich im Dunkel der Geschichte, doch sie pflegen bis heute stellvertretend für uns alle ganz besondere Beziehungen zu San Gennaro. Die Parenti sind in der Stadt hoch geachtet. Sie wohnen hier im Viertel, und wen sie in ihre Reihen aufnehmen, hat über Jahre ihre Gebete verinnerlicht. Diese Frauen bilden eine kleine, aber machtvolle Gemeinschaft, die auch mich mit der Heftigkeit ihrer Anbetung bisweilen verstört. Dieses wilde Flehen um das Wunder der Blutverflüssigung schlägt manchmal in fast schon beleidigende Aggression um, wenn sich das Wunder verzögert oder auszubleiben droht.

Und dann, Jackey, werden Sie die Begeisterung der Gläubigen spüren, wenn sich das Blut des Märtyrers verflüssigt. ... Wenn es sich denn verflüssigt! Die letzten Male ist das Wunder ausgeblieben. Genau genommen, seit ich hier Weihbischof geworden bin. Ich weiß, dass nicht alle Neapolitaner von meiner Berufung begeistert waren. Sie bringen das Ausbleiben der *liquefazione* mit mir in Verbindung. Nun soll ich am 19. September zum Märtyrerfest San Gennaros das Pontifikalamt halten, weil unser Erzbischof gesundheitliche Probleme hat. Da täte auch mir persönlich die Unterstützung unseres Heiligen vor den Augen aller Gläubigen gut. Also kann ich nur hoffen, dass er mir heute Abend die Suche nach dem Sarg Alexanders des Großen nicht verübelt. Kommen Sie! Wir wollen uns jetzt umsehen!»
Sie schritten die Kapelle ab, fanden aber nichts, das auch nur annähernd an einen Sarkophag, wie Winckelmann ihn beschrieben hatte, erinnerte. Nichts war zu erkennen, was vielleicht ein Zugang zu einem geeigneten Aufbewahrungsort hätte sein können. Schließlich blieb Padre Luis stehen:
«Eccellenza, diese Kapelle ist ganz und gar neapolitanischer Barock. Wenn der Kardinal hier vor aller Augen einen antiken Sarg hätte verstecken wollen, wäre er als Fremdkörper sofort aufgefallen. Und hätte er etwas umbauen lassen, hätten es die Gläubigen ebenfalls bemerkt.»
«Wahrscheinlich haben Sie recht, Padre Luis. Wo sollen wir Ihrer Meinung nach suchen?»
«Der Dom ruht auf vorchristlichen Fundamenten. Wenn ich richtig informiert bin, befinden sich zu unseren Füßen die Reste eines Apollontempels aus der Zeit, da Neapel noch eine griechische Stadt war. Wenn ich vor ein paar Hundert Jahren im Dom hätte etwas verstecken wollen, dann vielleicht am ehesten da unten. Wie kommt man dorthin?»
«Der Weg führt durch die uralte Kapelle der Santa Restituta. Von dort gelangt man zum Baptisterium von San Giovanni. Wenn da nichts ist, steigen wir hinunter in die Ausgrabungen.»
Jackey hatte den beiden aufmerksam zugehört.

«Winckelmann schreibt, dass Tausende an der letzten Heimstatt Alexanders vorübergezogen seien und es auch immer noch täten, ohne zu erkennen, worum es sich dabei handelt. Das passt kaum zu einem so wenig zugänglichen Ort im Untergrund. Aber wir sollten trotzdem nachsehen – einen besseren Plan haben wir ohnehin nicht!»
Sie verließen die Kapelle San Gennaros und durchquerten den Kirchenraum, um gegenüber in den ältesten Teil des Doms zu gelangen – die Kirche der heiligen Restituta. Sie war die Patronin des Gotteshauses. Im dritten Jahrhundert hatte sie in Nordafrika das Martyrium erlitten, wo man sie gefoltert und in einem brennenden Boot auf dem Meer ausgesetzt hatte; doch dann war sie auf wundersame Weise an die Küste Süditaliens gelangt, wo man die Bekennerin seitdem eifrig verehrte. Vor der schmiedeeisernen Schranke der Seitenkapelle, die ein prächtiges mittelalterliches Mosaik der Muttergottes mit dem Kinde sowie von San Gennaro und Santa Restituta beherbergte, blieben die Besucher stehen. Unter dem Altar befand sich eine halbrunde Aussparung, in der ein kleiner weißer Sarkophag stand. Montebello winkte ab.
«Hier wären zwar Maria und San Gennaro nahe beieinander, so dass die Szene zum Brief Winckelmanns passen könnte. Aber auch wenn Kardinal Sersale vielleicht um den Papstthron geschachert hat, würde er es als Süditaliener doch niemals gewagt haben, sich an dem Altar zu vergreifen, der die Reliquien der heiligen Restituta birgt. Im Übrigen ist hier auch keine Spur von einem gläsernen Sarkophag.»
So stiegen sie schließlich zum Baptisterium des heiligen Johannes hinab – eine Taufkapelle, deren älteste Anfänge bis in die Tage Kaiser Konstantins des Großen zurückreichten und die ursprünglich nicht mit der Kirche der Santa Restituta verbunden gewesen war. Die Decke des ansonsten nüchtern gestalteten Raumes war mit farbenprächtigen Mosaiken aus dem fünften Jahrhundert geschmückt. Direkt vor ihnen aber lag das mächtige, in die Erde eingelassene Taufbecken – Battistero di San Giovanni in Fonte, gut zwei Meter im Durchmesser und einen halben Meter tief.

«El diablo!»

Mit einem Schrei sprang Padre Luis vom Rand des Taufbeckens zurück. In seinem Entsetzen war er in seine Muttersprache zurückgefallen. Jackey und Montebello fuhren zusammen und sahen, wie sich der Dominikanermönch immer wieder bekreuzigte.

«Um Himmels willen, haben Sie mich erschreckt!»

«Da unten, Eccellenza, da, im Auslass des Beckens! Haben Sie denn die Teufelsaugen nicht gesehen? *Und es wurde hinausgeworfen der große Drache, die alte Schlange, der Teufel und Satan genannt wird, der den ganzen Erdkreis verführt; geworfen wurde er auf die Erde, und seine Engel wurden mit ihm geworfen.* Das da unten ist ein Dämonenloch. Schauen Sie doch nur!»

Der Spanier deutete in das Taufbecken, in dessen Umfassung sich ein schwarzes, rundes Loch öffnete. Nur ein paar Schritte dahinter war eine steinerne Grabplatte in den Boden eingelassen, die ein düsteres Motiv mit Totenschädeln, Stundenglas und gekreuzten Knochen zeigte. Montebello und Jackey gingen in die Hocke und schauten unter der roten Kordel hindurch, die verhindern sollte, dass Touristen in das Becken fielen. Die kreisrunde Öffnung, auf die sie starrten, maß vielleicht dreißig Zentimeter im Durchmesser – aber es war nichts dahinter zu erkennen.

«Lieber Padre Luis, was auch immer Sie gesehen haben – ich glaube nicht, dass unser Herr dem Versucher den Aufenthalt ausgerechnet in dem ältesten Taufbecken des Abendlands gestatten würde.»

«Aber, Eccellenza ...»

Jackey deutete nach vorn.

«Was hat es mit der Grabplatte auf sich?»

«Die Bruderschaft di Santa Restituta dei Neri, die sich um die Bestattung der Armen kümmerte, die sonst ohne Grab geblieben wären, hatte hier unten seit dem sechzehnten Jahrhundert eine Grablege eingerichtet.»

«Na, wenn das so ist, hat Padre Luis vielleicht mit seiner Vermutung recht.»

Montebello schaute sie verdutzt an. Jackey lachte.

«Nein, dabei denke ich nicht an den Teufel, sondern daran, dass dieser Platz als Versteck für unseren Sarkophag in Betracht kommen könnte. In dem Fall sind doch bestimmt schon viele Leute hier gewesen, was zu Winckelmanns Brief passen würde. Haben Sie eine Taschenlampe? Dann würde ich dem Dämon in seinem Loch gern einmal heimleuchten.»
«Warten Sie – in der Sakristei habe ich eine gesehen.»
Montebello ließ seinen Privatsekretär und die Archivarin allein.
«Sie glauben mir nicht, dass da unten etwas war?»
«Doch, Padre Luis. Irgendetwas haben Sie gesehen, und ich will wissen, was es war.»
«Und Sie fürchten sich gar nicht? Vielleicht ist da etwas, das uns von unserer Suche abbringen will!»
«Nein, das glaube ich nicht. Was immer dort war, war bestimmt kein böser Geist.»
Sie hörten, wie Schritte näher kamen, und im nächsten Moment eilte Montebello die Stufen herab und reichte Jackey eine große Stablampe. Sie stieg in das Taufbecken und kniete gleich darauf vor dem Loch und leuchtete hinein.
«Können Sie etwas erkennen?»
«Leer! Ein Hohlraum, an dessen Ende eine weitere Öffnung in den Boden zu führen scheint. Wo könnte es da hingehen?»
«Hier drunter liegen die Schichten des Vorgängerbaus unserer Domkirche, der sogenannten Stefania. Außerdem gibt es da römische und sogar griechische Straßenzüge aus der Zeit, als die Stadt noch Parthenope hieß. Die Ausgrabungen ruhen schon länger.»
Padre Luis hob den Zeigefinger.
«Also ungeweihter Boden, wo vielleicht doch ein Teufel ...»
«Solange ich bei Ihnen bin, wird Ihnen nichts passieren, Padre Luis. Aber Sie können, wenn Sie möchten, auch in der Kirche zurückbleiben, wenn Jackey und ich jetzt in die Fundamente hinuntersteigen.»
Der Pater errötete.
«Nein, als Ihr Privatsekretär werde ich Sie auch in der Stunde der Gefahr nicht verlassen.»

«Ich danke Ihnen verbindlichst!»
Montebello drehte sich rasch zur Seite und untersuchte seinen Schlüsselbund, aber Jackey entging nicht, dass um seine Lippen ein Lächeln spielte.
«Einen unbestreitbaren Vorteil hat das Amt eines Weihbischofs von Neapel: Ich verfüge über alle Schlüssel des Doms. Hier ist der, der uns die Tore zur Unterwelt öffnet. Kommen Sie!»
Padre Luis zog bei dieser Bemerkung die Augenbrauen hoch; dann aber beeilte er sich, den beiden anderen zu folgen. Montebello und Jackey hatten bereits die Tür eines schweren Metallgitters geöffnet und waren eine weitere Treppe hinabgestiegen, während die Deckenbeleuchtung der Grabung mattes Licht spendete. Auf den untersten Schichten angelangt, orientierten sie sich an den Resten der Stefania, die zwar noch Unterteilungen und Nischen erkennen ließ, aber nirgendwo die Spur eines Sarkophags.
«Wenn hier etwas wäre, dann hätten es die Ausgräber schon gefunden. Kein Sarkophag ... aber auch kein Dämon, Padre Luis.»
Montebello hatte den Satz kaum vollendet, da schoss ein großer schwarzer Schatten über den Boden an der kleinen Gruppe vorbei, so dass diesmal alle aufschrien. Jackey fasste sich als Erste und rannte der Erscheinung mit der Lampe hinterher. Sie bog um eine Ecke Ziegelgemäuer und sah gerade noch, wie ein Schwanz in einem Mauerloch verschwand. Gleich darauf standen Montebello und Padre Luis neben ihr.
«Kein Dämon, eher eine große schwarze Katze! Dort ist sie hineingehuscht.»
«Katzen und Dämonen haben vieles gemeinsam, Dottoressa!»
Jackey zog die Stirn kraus, aber sie fing Montebellos flehentlichen Blick auf. So ließ sie diese Steilvorlage für einen Exkurs über Aberglauben und Inquisition ungenutzt. Doch dann hörten sie alle in der Stille, wie es hinter der Mauer zu maunzen begann.
«Hören Sie nur, Padre, das klingt nicht nach einem Dämon! Offenbar hat eine Katze hinter der Wand einen Wurf Junge zur Welt gebracht.»
Jackey kniete sich auf den Boden und leuchtete in das Mauerloch.

«Gott, sind die niedlich ...»
Auch die beiden Männer beugten sich nach unten. Aber im selben Moment verlor Montebello das Gleichgewicht. Er rumpelte unsanft gegen den Verputz, der sofort nachgab, so dass er in einen Hohlraum dahinter fiel. Es staubte gewaltig, und man hörte zorniges Fauchen und gleich darauf einen Schmerzensschrei des Geistlichen, der sich gegen die Tatzenhiebe der Katzenmutter wehren musste. Als sich der Weihbischof kalkbestäubt wieder aufrichtete und hektisch von Jackey und Padre Luis zurückgezogen wurde, war der rechte Ärmel seines Habits zerfetzt und er hatte ein paar ordentliche Schrammen an der Hand. Alle drei standen schwer atmend vor dem soeben entstandenen hüfthohen Durchbruch. Sua Eccellenza Reverendissima rang merklich um Fassung.
«Was um alles in der Welt war das denn?»
Jackey grinste.
«Ich denke, Sie haben den Ausgräbern ein wenig die Arbeit abgenommen – nicht sonderlich professionell, aber sehr effizient.»
Alle drei mussten lachen.
«Wenn Sie sich an der Hüterin der neuen Ausgrabungsstätte vorbeitrauen, würde ich gern mal einen Blick auf das werfen, was Sie da entdeckt haben.»
«Es geht schon wieder, aber ich lasse Ihnen den Vortritt.»
Jackey bückte sich und schob sich ins Halbdunkel. Die Katze hatte sich mit ihren Jungen fauchend in die entlegenste Ecke zurückgezogen und beobachtete misstrauisch die Eindringlinge in ihrem Refugium. Die beiden Männer standen neben Jackey, als sie begann, den Raum auszuleuchten. Er war wie eine kleine Apsis geformt. Der Boden bestand aus Ziegeln, und die Decke lief in einem römischen Gewölbe aus. Am Ende des Halbrunds erhob sich ein steinerner Sockel mit quadratischen Umrissen, dessen Seiten wenig mehr als einen halben Meter breit waren. Er sah aus wie ein kleiner Altar. Dahinter strebte eine Treppe nach oben, die blind an der Decke endete. Die drei traten an den Block heran, der über und über mit Staub bedeckt war. Padre Luis wischte mit der Hand darüber. Während eine Marmorplatte zum Vorschein kam, zeig-

ten sich die Abdrücke eines kastenförmigen Aufbaus, der lange dort gestanden haben musste. Doch davon, was einst die Spuren im Stein verursacht haben mochte, war nichts mehr zu sehen. Als Jackey mit dem Lichtkegel der Lampe den Konturen folgte, hielt Montebello plötzlich ihren Arm fest.

«Da, sehen Sie! Leuchten Sie mal in die Mitte! Da ist etwas eingraviert.»

Tatsächlich – im Zentrum des Steins waren eingetiefte Buchstaben zu erkennen.

«Eine Inschrift!»

Jackey richtete die Lampe so, dass ihr Schein wie ein Streiflicht über die Oberfläche lief, während Padre Luis die lateinischen Zeilen behutsam abtastete und laut vorlas:

ILLIUS MACEDONIS RELIQUIAS ATQUE OSSA,
QUAE TU, PADERNI,
MISERRIMUS PICTOR
VILISSIMUS SCULPTOR,
INUTILISSIMUS ARTIFICIORUM CONSERVATOR
PESSIMUSQUE INDEX AC SPECULATOR,
HOC IN LOCO TE REPERTURUM SPERASTI,
IAM PRIDEM,
NE INCIDERENT TUAS IN MANUS HOMINIS
IMPROBISSIMI,
SUNT IN TUTO COLLOCATA.
ANTONINUS SERSALIUS
ECCLESIAE NEAPOLITANAE ARCHIEPISCOPUS

«Verstehen Sie das?»
Jackey zuckte mit den Schultern.
«Ich glaube, Padre Luis, da ist nicht viel misszuverstehen:

Die Gebeine des Makedonen,
die Du, Paderni,
ein schlechter Maler,

> *ein bedeutungsloser Bildhauer,*
> *ein erfolgloser Conservator*
> *und ein elender Spion,*
> *hier zu finden hofftest,*
> *sind längst an einem sicheren Ort geborgen,*
> *damit sie nicht Dir Unwürdigem in die Hände fallen.*
> *Antoninus Sersalius Erzbischof der Kirche Neapels*

Fragt sich nur: Wer ist dieser Paderni?»
Die Archivarin schaute die beiden Geistlichen ratlos an. Montebello strich sich mit einem Finger über die Stirn.
«Ich bin mir nicht ganz sicher, aber es könnte sein, dass einer der frühen Verwalter der archäologischen Ausgrabungen von Pompeji so hieß.»
«Dann wäre das einer der hiesigen Archäologen, die Winckelmann verachtete und denen der Kardinal misstraute? In dem Fall würde diese Invektive genau dem entsprechen, was in dem Brief steht. Wer auch immer Paderni war – hier ist er jedenfalls erwartet worden, und falls er diesen Platz gefunden hat, wusste er, dass er zu spät gekommen war.»
«Und wir wissen, dass der Kardinal bemerkt hat, dass man ihm und seinem Fund auf der Spur war. Ich wette, dass auf diesem Stein bis in die Tage Sersales die Aedicula mit den sterblichen Überresten Alexanders des Großen gestanden hat. Aber der Kardinal hat sie weggebracht, und wir sind jetzt so schlau wie damals Paderni.»
«Was glauben Sie, Eccellenza, wo genau befinden wir uns hier unten? Ich frage mich, wohin diese Treppe mal geführt hat.»
Padre Luis war hinter den steinernen Block getreten und probierte vorsichtig, ob die Stufen baufällig waren; aber sie hielten seinen Tritten stand.
«Genau weiß ich es nicht, aber ich denke, wir müssten etwa im Bereich der Krypta von San Gennaro sein – also irgendwo tief unter dem Hochaltar. Das können wir leicht herausfinden. Ich gehe nach oben in die Krypta, und Sie klopfen von unten gegen das Ge-

wölbe. Jetzt, da es ganz still ist im Dom, müsste ich von oben das Geräusch lokalisieren können. Warten Sie zwei Minuten, bis Sie anfangen.»

Als Montebello gegangen war, zog Jackey einen Kugelschreiber aus ihrer Jackentasche und wandte sich dem Block zu, auf dem einst der Sarg gestanden hatte.

«Was machen Sie da?»

Während Jackey sorgfältig den Kugelschreiber immer wieder über seine Längsachse weiterdrehte, blickte sie auf.

«Ich will wissen, wie groß dieser Sarkophag war. Besonders lang war er jedenfalls nicht.»

Dreimal drehte sie den Stift über den Kratzspuren im Stein, um die Länge der verschwundenen Aedicula festzustellen, und zweimal für ihre Breite.

«Wir werden später genau nachmessen, wie lang der Kugelschreiber ist. Aber schon jetzt ist klar, dass der Aufbau ziemlich klein gewesen sein muss.»

«Nach meinem Gefühl ein bisschen sehr klein für Alexander den Großen.»

«Mit diesen Abmessungen hat das Ding die Überreste Alexanders jedenfalls nicht mehr vollständig enthalten. Der Eroberer war der Überlieferung nach übrigens tatsächlich klein. Es heißt, er habe kaum drei Ellen gemessen, und bei Diodor steht eine Anekdote, der zufolge Alexander einen Schemel brauchte, als er auf dem Thron des Perserreichs in Susa saß, weil seine Füße nicht bis auf den Boden reichten. Es kann gut sein, dass er nur einen Meter fünfzig groß war. Oh, wir dürfen Sua Eccellenza nicht vergessen!»

Padre Luis schaute sich um und hob einen Ziegel auf, mit dem er die Stufen hinaufstieg, bis er bequem die Decke erreichen konnte. Er klopfte ein paar Mal hintereinander; dann machte er eine Pause, um zu lauschen. Nach einer Weile wiederholte er das Klopfzeichen und wartete erneut. Als kurz darauf drei dumpfe Schläge von oben in die Stille hallten, wäre der Dominikaner beinahe die Stiege hinuntergefallen, so dröhnte es über seinem Kopf.

«Antworten Sie! Klopfen Sie zurück, damit Sua Eccellenza die Stelle genau lokalisieren kann.»
«Er ... er muss direkt über mir sein ...»
Padre Luis pochte noch einmal an die Decke und erhielt sofort wieder Antwort. Jackey verließ eilends mit dem Privatsekretär das Gewölbe und lief nach oben. Auf halbem Weg durch das Mittelschiff kam ihnen Montebello entgegen.
«Kommen Sie! Ich zeige Ihnen, wo die Treppe ursprünglich hingeführt hat.»
Nach einer Kniebeuge vor dem Hauptaltar hielten sie sich rechts und stiegen zur Krypta des Heiligen hinab. Die sogenannte Cappella Carafa war ein mit Kassettendecke, Marmorsäulen und einem durch feinste Steinarbeiten verzierten Fußboden ausgestattetes Meisterwerk des Renaissancekünstlers Tommaso Malvito. Von ihm stammte auch die lebensgroße Skulptur des vor dem Schrein San Gennaros im Gebet versunkenen Kardinals Oliviero Carafa. Jener hatte die Kapelle einst errichten lassen, nachdem sein Bruder Alessandro im Jahr 1490 die Reliquien des Heiligen nach Neapel überführt hatte. Bis zu diesem Zeitpunkt waren sie in der Abtei der Madonna di Montevergine allmählich in Vergessenheit geraten, wo sie in einem großen Tongefäß auf das Jüngste Gericht gewartet hatten. Doch dann hatte man anhand einer Inschrift auf der Gefäßwand erkannt, welche Kostbarkeit darin enthalten war. Nun standen Montebello, Jackey und Padre Luis vor dem alten Tonbehälter aus der Langobardenzeit, in dem noch immer die Knochen San Gennaros lagen – für die Gläubigen gut sichtbar ausgestellt in einer mit rotem Samt ausgeschlagenen gläsernen Truhe, die ihrerseits in einen massiven bronzenen Altar gefasst war.
«Wo haben Sie die Klopfzeichen gehört, Eccellenza?»
«Dort – direkt hinter dem Altar, wo das Ossuarium mit den Gebeinen San Gennaros steht.»
Sie gingen um den Altar herum, und Montebello deutete auf die Stelle, wo die Klopfzeichen besonders gut zu hören gewesen waren. Jackey kniete sich auf den Boden und fuhr mit den Fingern die Fugen der Steine nach.

«Schauen Sie! Das Material dieser Fugen ist völlig anders als das der umgebenden Platten – und es ist viel besser erhalten. Also sind sie auch deutlich jünger.»
Die Männer knieten neben der Archivarin nieder und sahen, dass sie recht hatte. Jackey schaute die beiden an.
«Als die Krypta angelegt wurde, ist man mit Sicherheit auf die Kammer darunter gestoßen. Aber sie war belanglos für das Bauvorhaben, solange nur ihre Gewölbe trugen.»
«Ich glaube, Sie haben recht, Jackey. Die Knochen in dem Sarg dort unten haben niemanden interessiert, weil man sie keinem Heiligen zuordnen konnte. Wahrscheinlich wollte man keinen Frevel begehen: Die Gebeine in die Kirche zu überführen, wenn sie nicht aus einem christlichen Begräbnis stammten, wäre ebenso ein Frevel gewesen, wie wenn man sie weggeworfen hätte und sie vielleicht doch einem Heiligen gehörten. Also wird man sie einfach dort gelassen haben, wo man sie gefunden hat. Dann wurde das Gewölbe wieder zugemauert, aber das Wissen um diese Kammer und den unbekannten Mann in seinem gläsernen Sarg ging offenbar nicht ganz verloren. So gelangte die Kunde davon über zweihundert Jahre später auch Kardinal Sersale zu Ohren, der sich für Hinterlassenschaften der Vergangenheit interessierte. Er ließ die Platten noch einmal heben, stieg hinunter und öffnete den Sarkophag. Als er erkannte, wessen Knochen er vor sich hatte, und ihm bewusst geworden war, dass man ihm nachspionierte, hat er wahrscheinlich durch diesen alten Zugang hier zu unseren Füßen Alexander den Großen an einen sicheren Ort schaffen lassen – einen Platz nahe bei San Gennaro und der Heiligen Jungfrau, wo Tausende ihn sehen und doch nicht sehen ...»
«Eccellenza, direkt über uns im Kirchenraum ist doch die große Skulptur der Aufnahme Mariens in den Himmel, oder?»
«Ja, genau.»
«Und hier sind wir in der Krypta mit den Gebeinen von San Gennaro. Also kann man beiden doch nicht viel näher kommen!»
«Das kann man so sagen – worauf wollen Sie hinaus?»
«Wenn der Sarg nicht in der Cappella del Tesoro di San Gennaro

war, nicht in der Kapelle der Santa Restituta und auch nicht mehr in den antiken Fundamenten steckt, dann müsste er doch hier irgendwo sein. Aber ich sehe einfach keinen Platz, um einen gläsernen Sarkophag gut sichtbar und doch unauffällig zu verstecken. Vielleicht doch oben im Kirchenraum des Domes selbst...?»
«Das glaube ich nicht. Da oben kenne ich mich bestens aus. Als Kind habe ich fast jeden Sonntag im Dom in der Messe gedient und oft genug mit den anderen Messdienern zum Leidwesen der Küster auch Verstecken gespielt. Wenn es dort einen gläsernen Sarkophag oder auch nur etwas in dieser Art gäbe, dann wüsste ich das. Und die geheimen Plätze haben wir damals alle ausgekundschaftet. Haben Sie noch eine Idee, Padre Luis?»
Traurig schaute ihn der Dominikaner an.
«Nein, Eccellenza, ich fürchte, Kardinal Sersale hat die gläserne Aedicula ganz einfach woanders hinbringen lassen. Damit wären wir mit unserem Latein am Ende und können die Suche aufgeben.»
«Nein, ich glaube, wir haben gerade erst angefangen. Aber wir müssen jemanden fragen, der sich viel besser als wir mit den heiligen Plätzen auskennt, die mit San Gennaro in Verbindung stehen. Und ich weiß auch, wen.»

Kapitel 6 – Das Passwort

Rom, 7. September, vormittags
Antonio Bergomi, der Computerspezialist aus der Sitte, saß mit Bariello und seinen Leuten zusammen und berichtete über seine Versuche, an Forestas Daten heranzukommen. Die Stimmung war gedämpft.
«… auf jeden Fall hat er eine unglaublich wirkungsvolle Verschlüsselungstechnik eingesetzt – das Raffinierteste, was ich je gesehen habe: Wenn ich beim Öffnen einer Datei ein falsches Passwort wähle, dann schreddert sich der Datensatz von selbst. So etwas erwartet man vielleicht im Pentagon – aber bei einem Privatmann? Doch es kommt noch besser. Auch wenn die Datei nur merkt, dass ich ihren Schutz umgehen will, zerlegt sie sich. Ich habe auf diese Weise jetzt drei Dokumente gecrasht. Außerdem liegt ein Kopierschutz über den Texten, an den ich wiederum nur ränkäme, wenn ich die Datei aufmachen könnte. Also kann ich keine Sicherheitskopien ziehen, um mal was auszuprobieren. Ich vermute, dass sich auf dem Stick dasselbe Datenmaterial befindet wie auf dem Computer. Vielleicht könnte ich es damit versuchen, ohne größeren Schaden anzurichten. Aber die Sache ist heikel. Die Katze beißt sich in den Schwanz. Gennaro hat mir erzählt, dass der Tote ein Spezialist für Modelleisenbahnen war, und im Moment kann ich Ihnen nur so viel sagen, dass er sich auch verdammt gut mit Computern ausgekannt hat. Der hat ganze Arbeit geleistet. Wenn ich keine konkreten Anhaltspunkte habe,

was das für ein Passwort sein könnte, riskiere ich einen Datenverlust nach dem anderen.»
Der Commissario schaute Bertani an.
«Die Wohnung von Foresta wurde doch genau durchsucht – gab es irgendetwas, das so aussah, als habe es Foresta besonders viel bedeutet? Vielleicht hat er daraus ein Passwort gemacht. Du weißt, was ich meine.»
Graziano verschränkte die Arme vor der Brust.
«Ich bin mir absolut sicher, dass es etwas mit dem Modellbau zu tun hat – irgendwas mit der Eisenbahn.»
«Das wird uferlos. Da kommen Tausende von Wörtern in Betracht! Bis wir die durchprobiert haben, sind alle Dateien zum Teufel.»
«Warten Sie mal, Commissario!»
Di Lauro saß mit einem Mal pfeilgerade auf seinem Stuhl.
«Als wir da oben auf dem Speicher standen, lag doch so eine Eisenbahnermütze rum. Da stand doch was drauf. Wo ist das Ding?»
«Gennaro!»
Bariello war aufgesprungen.
«Wenn du recht hast ...»
«Was dann ...?»
«Dann lade ich dich in das teuerste vegetarische Restaurant in Rom ein und trink den ganzen Abend Selleriesaft. Die Mütze müsste noch in der Spurensicherung sein.»
Im nächsten Moment wählte Bariello die Nummer der Kollegen.
«Wir brauchen diese Eisenbahnermütze aus dem Mordfall Foresta. Habt ihr die da unten? ... Ja, genau, die meine ich. Da steht doch vorn über dem Schirm irgendwas drauf ... Vesuvio-Bayard? Und da waren auch noch Zahlen dabei ... 1839? Also Vesuvio-Bayard 1839. Wunderbar, vielen Dank!»
Bariello legte auf.
«Also, ihr habt's gehört.»
«Und du meinst, das könnte es sein – Vesuvio-Bayard 1839? Was soll damit gemeint sein?»
Bertani zuckte mit den Schultern.

«Warten Sie mal ...!»
Bergomi zog sein Smartphone hervor und tippte Worte und Zahlen ein. Ein paar Sekunden später hellte sich sein Gesicht auf.
«Am 3. Oktober 1839 wurde im Königreich Sizilien die erste Eisenbahnstrecke auf heutigem italienischem Territorium in Betrieb genommen. Sie führte von Neapel nach Portici. – Jetzt dürfen Sie raten, wie die beiden ersten Lokomotiven hießen.»
Di Lauro reckte eine Faust zum Himmel.
«Mater Terrae!»
Verwirrt schaute Bergomi seinen Kollegen an.
«Nein, die hießen Vesuvio und Bayard.»
«Was sonst – aber das beste vegetarische Restaurant an der Piazza Navona ist das Mater Terrae. Und dahin lasse ich mich vom Commissario ausführen!»
Die Spannung löste sich in Gelächter.
«Darauf kannst du dich verlassen, aber jetzt muss es erst auch funktionieren. Bergomi, machen Sie!»
«Die zwei Wörter mit Bindestrich und den vier Ziffern ergeben achtzehn Zeichen – das reicht um jeden Angreifer zu demoralisieren. Mal sehen, ob es klappt ...»
Er schob den Stick in seinen Laptop, und wenige Augenblicke später erschienen die Dateien auf dem Bildschirm. Der Kriminalbeamte steuerte die mit dem geringsten Umfang an und gab die Zeichenkombination ein. Es dauerte keine Sekunde, bis *Access Denied – File Deleted* auf dem Bildschirm erschien.
«So ein Mist!»
Bariello schlug mit der flachen Hand auf seinen Schreibtisch.
«Ich hätte ...»
«Warten Sie! Ich probiere noch was anderes.»
Wieder rief Bergomi eine kleine Datei auf, und diesmal gab er ein *18Vesuvio-Bayard39*. Im nächsten Moment klappte ein Bild auf dem Screen auf, und es erschien ein komplettes pdf. Eine Sekunde lang hätte man eine Stecknadel fallen hören können. Dann brachen die fünf in ein Indianergeheul aus, wie man es im Präsidium noch nicht gehört hatte. Die Tür flog auf und ein paar entgeisterte Kol-

legen fragten, ob etwas passiert sei – zogen sich aber lachend zurück, als sie sahen, dass Bariello und seine Leute offenbar bester Stimmung waren.

«Also, was haben wir da, das dermaßen geschützt werden musste?» Bergomi, der immer noch vor dem Laptop saß, überflog das pdf. «Das hier ist ein Dokument für die Firma Tecologico; sie hat im Januar 2015 aus Kroatien medizintechnischen Schrott eingeführt. Was steht da noch … radioaktive Kontrastmittel … nuklearmedizinische Diagnostik … Strahlenbelastung … EU-Verordnung … Sondermüll … zum Weitertransport freigegeben. Hm – keine Ahnung, was daran jetzt so dramatisch sein soll. Sieht nach den Zollunterlagen einer Entsorgungsfirma aus.»

«Öffnen Sie mal das nächste!»

Es dauerte ein paar Sekunden. Wieder funktionierte das Passwort. «Noch mal die Tecologico. Vom April 2015. Wieder Medizinschrott … diesmal aus einem Krankenhaus in Belgrad … das Gleiche … geringgradiger Gefahrguttransport … EU-Verordnung … Weitertransport, Entsorgung.»

Nach zehn weiteren Dateien, die sich nur durch die Orte und die Institutionen unterschieden, aus denen Tecologico den Müll herbeigeschafft hatte, entschied Bariello, dass alle Unterlagen ausgedruckt werden sollten. Während di Lauro und Bertani die Dokumente auswerteten, sollte Graziano versuchen, mehr über die Entsorgungsfirma herauszufinden. Dann würde vielleicht klarer werden, welches Geheimnis sich hinter den Informationen verbarg, die offenbar Foresta das Leben gekostet hatten.

Bertani überschlug die Anzahl der Dokumente.

«Was auch immer dabei herauskommt, Vincenzo – das sind weit über hundert Datensätze. Das bedeutet, dass Tecologico dick im Geschäft ist.»

«Selbst wenn nicht alles auf diesem Stick Tecologico betreffen sollte, muss das ein ziemlich großer Laden sein. Und wenn radioaktiver Müll dabei ist, muss der doch irgendwo gelagert und gesondert entsorgt werden. Erinnert ihr euch noch an Berlusconis Beschluss, in Scanzano Jonico in der Basilicata ein atomares Endlager zu errichten? Da sollte radioaktiver Müll in einem Salzstock eingelagert werden. Aber die Leute haben so lange protestiert, bis diese Schnapsidee vom Tisch war. Also wo bitte hätte dann das radioaktive Zeug hin sollen, von dem hier die Rede ist? Wir haben nirgendwo in Italien eine Lagerstätte für so etwas. Wir hatten doch schon ein paar Mal Probleme mit dem Zeug, das nach Norddeutschland in diesen inzwischen abgesoffenen Salzstock sollte, wo der Atommüll verrottet. Wie heißt der nochmal?»

«Assel, oder so.»

«Genau den meine ich. Und in die Schweiz sollte auch was gebracht werden. Aber da wurde so viel getrickst, dass die Abnehmerländer sich schließlich geweigert haben. Dann gab es Schiffe mit dem Dreck, die die Mafia auf offener See versenkt hat. Ein Skandal erster Ordnung – aber der hat meines Wissens nirgendwo zu Konsequenzen geführt. Hier scheint aber eine Firma die Entsorgung von Sondermüll als Geschäftsfeld entdeckt zu haben. Also, wenn wir schon in Italien so viele Probleme mit unserem eigenen radioaktiven Schrott haben – wieso darf Tecologico dieses Material auch noch aus dem Ausland einführen?»

Bariello schaute seine Leute an. Di Lauro deutete auf den Computer.

«Das dürfte erklären, weshalb immer nur Foresta diese Importe mit einwandfreien Zollpapieren abgesichert hat. Wenn er sich das hat vergolden lassen, wissen wir jedenfalls, wie er sein Hobby finanziert hat. Vielleicht wollte er ja noch eine zweite Eisenbahn und hat seine Freunde unter Druck gesetzt. Die haben ihn dann auf ihre Art entsorgt. In diesem Geschäft dürften die Gewinnspannen so groß sein, dass man sich den Spaß nicht von einem aufmüpfigen Zollbeamten verderben lassen möchte.»

Bariello erhob sich.

«Das werden wir herausfinden. Ihr geht vor wie besprochen, und ich besuche die SaniRaggi und lasse mir ihre Geschäftsbeziehungen zu CaritaMondo 21.0 erklären.»

Rom, 7. September, nachmittags
Ein moderner Industriekomplex im Quartiere XXXII Europa, an der Via Cristoforo Colombo gelegen, beherbergte die SaniRaggi. Weiße Gebäude, deren reflektierende dunkle Scheiben keinen Blick ins Innere erlaubten, wechselten sich mit fensterlosen Lagerhallen ab. Vor allen Gebäuden wehte eine Fahne, die auf hellblauem Grund eine gelbe Spirale mit drei Windungen zeigte, von der zwölf gelbe Striche wie Sonnenstrahlen abgingen.
Bariello fuhr bis an ein Gittertor, das von einem Pförtner in einem rundum verglasten Wächterhaus bedient wurde. Anders als bei CaritaMondo 21.0 war dieser hier bewaffnet und sehr auf die Einhaltung der Formalitäten bedacht. Er prüfte den Dienstausweis des Kriminalbeamten, ehe er ihn passieren ließ und ihm genau erklärte, wo er zu parken habe. Noch auf dem Parkplatz kam ihm bereits ein anderer Wachmann entgegen, der ebenfalls eine Waffe an der Seite trug. Bariello wurde zum Vertriebsleiter geführt – einem distinguierten Herrn im grauen Zweireiher mit Weste und Brille mit Goldrand. Er residierte in einem großzügigen Büro, zu dessen edler Ausstattung auch einige kostbare exotische Pflanzen gehörten.
«Wir bekommen nicht jeden Tag Besuch von der Polizia di Stato. Was kann ich für Sie tun?»
«Ich ermittle in einem Mordfall, Signor ...?»
«Bianchi. Enrico Bianchi. Ein Mordfall sagen Sie? Und der führt Sie zu uns?»
«Es geht um einen ermordeten Zollbeamten – offenbar ein Opfer der Mafia. Wir haben bei ihm Zolldokumente gefunden, in denen es um die Ausfuhr von strahlenmedizinischen Geräten durch CaritaMondo 21.0 geht. Die Geräte selbst sind von SaniRaggi produziert worden. Wie sehen Ihre Geschäftsbeziehungen zu dieser Hilfsorganisation aus?»
Bariellos Gesprächspartner legte die Stirn in Falten. Aber das war die einzige Gefühlsreaktion, die er auf die Eröffnung des Kriminalbeamten zeigte.
«Da gibt es nicht viel zu erklären. Wir sind eine junge Firma, die

innovative Medizintechnik produziert. Und CaritaMondo 21.0 ist für uns und unsere Wahrnehmung in der Öffentlichkeit ein wichtiger Partner. Diese Leute sind gerade erst für ihre humanitären Verdienste in Krisengebieten ausgezeichnet worden. Sie sind genau an solchen leistungsfähigen Geräten interessiert, wie wir sie entwickeln, um damit Menschen in Notstandsgebieten zu helfen.»

«Wie kommt es, dass eine so junge Firma wie Ihre in solch einem teuren Gebäude arbeitet und auf einem so großen Gelände produzieren kann?»

«Es waren kapitalkräftige Investoren – Privatleute und Unternehmen der Finanzwirtschaft –, die sich für SaniRaggi zusammengetan haben. Die Vorgängerfirma war RadioscopiaNova. Wir haben die Geschäftskontakte übernommen, so dass wir nicht bei null anfangen mussten. Alles Übrige haben wir, sagen wir: generalüberholt. Unsere Produktionsanlagen entsprechen technisch ebenso wie die Geräte, die wir auf den Markt bringen, den höchsten Standards moderner Strahlenmedizin. Wir haben große Fortschritte in der Automatisierung unserer Produktion erreicht und sind konkurrenzlos günstig. Im Laufe der vergangenen Jahre haben wir eine strategische Partnerschaft mit dem Gesundheitsministerium entwickelt, die für beide Seiten von Nutzen ist. Aber unsere niedrigen Preise kommen eben auch jenen zugute, die humanitäre Ziele verfolgen.

Commissario Bariello, wir haben nichts zu verbergen. Wir bieten Hightech zum Wohl eines jeden Kranken – und bei unserer Zusammenarbeit mit CaritaMondo liefern wir den höchsten medizintechnischen Standard zum Wohl der Ärmsten der Armen, und zwar zu Konditionen, die weltweit vorbildlich sind. Für diesen Partner bringen wir auch unser ganzes logistisches Knowhow ein, um seine Anstrengungen zu unterstützen. Natürlich können wir das alles lückenlos belegen.»

«Vielen Dank für Ihre Erläuterung. Diese privilegierte Kooperation mit dem staatlichen Gesundheitswesen ist für SaniRaggi steuerlich sicher kein Nachteil.»

«Natürlich werden unsere Leistungen im Rahmen der Steuergesetze honoriert. Um unsere Staatsfinanzen ist es ja nicht zum Besten bestellt. Da hilft es so mancher Klinik und manchem staatlichen Labor in ganz Italien, wenn wir flexible Finanzierungsmodelle, günstige Zahlungsziele und – dank unserer Verbindungen zur Finanzwirtschaft – sogar Anschaffungskredite für null Prozent Zinsen gewähren können.»

«Und das gilt auch für die Verbindungen zu CaritaMondo?»

«Selbstverständlich! Das ist eine Verbindung, die unser Unternehmen ideell schmückt, aber – das will ich gar nicht verhehlen – uns natürlich auch werblich nützt. Wir sind gegenüber CaritaMondo 21.0 in jeder Hinsicht entgegenkommend und treten sogar regelmäßig als Spender in Erscheinung.»

«Sie sagten, dass Sie CaritaMondo nicht nur finanziell, sondern auch logistisch unterstützen. Wie habe ich mir das vorzustellen?»

«Wir stellen CaritaMondo 21.0 beispielsweise hier Lagerflächen zur Verfügung, wo sie medizinische Hilfsgüter einstellen kann, die dann als Beifracht mit den Geräten verschickt werden können, die wir für CaritaMondo produzieren. Das vereinfacht das Handling für CaritaMondo – alle Güter für einen Empfänger in einem Notstandsgebiet gehen mit einer Lieferung raus und müssen nicht erst anderswo zusammengeführt werden.»

«Verstehe! Wie sieht Ihre Produktpalette aus?»

«Sie finden bei uns alles: von Röntgengeneratoren über modernste Computertomographen bis zu Systemen, mit denen Sie über sechzig Röntgenplatten pro Stunde auslesen können. Für unsere konventionell arbeitenden Partner halten wir darüber hinaus immer noch die klassische Angebotspalette bereit.»

«Wie groß ist die Preisspanne bei solchen Geräten?»

«Kommt darauf an, was Sie haben möchten: Das beginnt beim konventionellen Röntgengerät fünfstellig, kann aber mit anderen Technologien in den Millionenbereich führen.»

«Sie sagen, Sie haben auch noch Partner, die konventionell arbeiten, da kommt es doch wahrscheinlich vor, dass Sie auch Serviceleistungen erbringen müssen – ältere Geräte warten, reparieren, Teile ersetzen?»

«Sicher, da wir ja die meisten Geschäftskunden von Radioscopia-Nova übernommen haben, mussten wir auch den Kundendienst übernehmen – und tun das auch heute noch.»
«Fällt bei diesen Serviceleistungen auch strahlenbelastetes Material an? Wie entsorgen Sie das?»
«Ja, selbstverständlich gibt es solches Material. Aber wir nehmen unseren Partnern auch dieses Problem ab, wenn sie innerhalb der nächsten zwölf Monate bei uns ein neues Gerät erwerben. Unser Rundum-sorglos-Paket. Wir kümmern uns dann auch um die Verschrottung der Altgeräte und die radioaktiven Substanzen aus nuklearmedizinischer Diagnostik und Therapie. Dafür haben wir einen Vertrag mit Tecologico geschlossen. Ein international arbeitendes Spezialunternehmen.»
«Ach, das ist interessant. Ich habe schon von dieser Firma gehört.»
Bariello schaute sein Gegenüber an, der im Laufe des Gesprächs immer munterer geworden war, und nickte langsam.
«Signor Bianchi, Sie haben mir sehr geholfen. Vielleicht muss ich noch einmal wiederkommen, wenn ich Ihre Expertise brauche.»
«Selbstverständlich. Viel Erfolg für Ihre Ermittlungen! Auch wenn Sie in diesem Fall wohl eine andere Spur verfolgen müssen.»
«Könnte sein, dass Sie recht haben!»

Kapitel 7 – Die Diadochen

Neapel, 7. September, abends
Wladimir Ignatjewitsch Pudanitschows Neigung, sich mit Objekten von exquisiter Schönheit zu umgeben, hatte ihn bald in Kontakt mit Kunstsammlern, Vertretern des Kulturlebens und Museumsleuten gebracht. Da er bereit war, bei archäologischen Projekten großzügig mäzenatisch auszuhelfen, wo der Staat geizte, hatte er sogar Zugang zu einem Geheimbund gefunden – der geheimnisumwitterten und traditionsreichen Loge der Diadochen. Doch anders als in den Zeiten ihrer konspirativen Anfänge im achtzehnten Jahrhundert trafen sich ihre Mitglieder seit langem nur noch einmal im Jahr – immer am zehnten Juni.
So war der Oligarch überrascht, als er das Kuvert aufriss, das ein Bote Orlando Ferrettis, des Direktors des Museo Archeologico Nazionale, ihm persönlich überbracht hatte. Ferretti erwartete die Diadochen noch am selben Abend um acht Uhr bei sich. Es war Anfang September, und das Jahrestreffen lag noch keine drei Monate zurück. Aber die einzige Verpflichtung, die jeder Diadoche anlässlich seiner Aufnahme in die Loge hatte eingehen müssen, war, unter allen Umständen dem Ruf des Perdikkas Folge zu leisten. Seit über zweihundert Jahren war Perdikkas der *nom de guerre* jedes Vorsitzenden des Geheimbunds. Dieses Amt hatte stets der Museumsdirektor inne. Perdikkas hatte jener General Alexanders des Großen geheißen, dem der Makedone am zehnten Juni des Jahres 323 vor Christus in Babylon sterbend seinen Siegelring

übergeben hatte, während er ihm auf die Frage, wer die Führung des Reiches übernehmen solle, zuhauchte: der Stärkste.

Natürlich kam heutzutage kein Vorsitzender mehr auf den Gedanken, die Diadochen zu einem beliebigen Zeitpunkt zu sich zu rufen. Mussten doch alle Mitglieder dieses Clubs eine Fülle gesellschaftlicher und beruflicher Verpflichtungen wahrnehmen. Es musste schon etwas ganz Besonderes sein, wenn Signor Ferretti diese ungeschriebene Regel brach. Missmutig konsultierte Pudanitschow seinen Kalender und sagte telefonisch seine Teilnahme an einer Vernissage wieder ab. Er war sicher, dass der Galerist an diesem Abend ein paar Spitzen der neapolitanischen Gesellschaft würde entbehren müssen, denn unter den Geladenen waren noch ein paar andere Diadochen.

Der Museumsdirektor stand auf der Treppe seines Stadtpalais, als der Bentley Pudanitschows um kurz nach acht vorfuhr.

«Kommen Sie, mein lieber Wladimir Ignatjewitsch! Die Herren erwarten uns in der Bibliothek.»

Pudanitschow liebte die Exklusivität dieses Clubs. Alle anderen Logenbrüder waren Neapolitaner – Banker, Richter, Industrielle, Ärzte. Die Zahl der Diadochen war zu allen Zeiten auf acht beschränkt gewesen – entsprechend der Zahl der Weggefährten und Generäle aus dem engsten Kreis Alexanders des Großen.

Die Anfänge ihrer Geheimloge reichten in die zweite Hälfte des achtzehnten Jahrhunderts zurück. Ihr Gründungsoberhaupt war Camillo Paderni – der einstige Kurator des Museums von Portici. Die Funde aus den frühen Ausgrabungen in Herculaneum und Pompeji, die man einst nach Portici gebracht hatte, bildeten die Basis des heutigen Archäologischen Nationalmuseums in Neapel.

Paderni war es auch, der seinerzeit aus dem Umfeld des Kardinals Sersale als Erster erfahren hatte, dass dieser irgendwo in Neapel den Sarkophag Alexanders des Großen entdeckt habe. Natürlich hatte er das für völlig absurd gehalten und sich nicht mit irgendwelchen offiziellen Nachforschungen blamieren wollen. Als er aber Kontakt zum Erzbischof selbst aufgenommen und das Thema auch nur behutsam gestreift hatte, war er so brüsk zurückgewiesen worden, dass Paderni erstmals in Erwägung zog, es könne etwas an dem Gerücht dran sein. Er bestach einige Diener am Hofe des Kardinals und war erschüttert, als ihm bestätigt wurde, dass Sersale wohl tatsächlich eine ganz außerordentliche Entdeckung gemacht hatte, aber nicht daran dachte, sein Geheimnis mit den italienischen Gelehrten zu teilen. Stattdessen suchte der Kardinal die Nähe des deutschen Altertumskundlers Johann Joachim Winckelmann – ein ungeheuerlicher Affront gegenüber allen neapolitanischen Ausgräbern! Hatte Winckelmann die einheimischen Gelehrten doch vor aller Welt durch seine «Sendschreiben» und seine «Nachrichten von den herkulanischen Entdeckungen» herabgewürdigt. Über Don Roque Joaqin de Alcubierre, der damals die Ausgrabungen in Pompeji leitete, hatte der Deutsche etwa gehöhnt, jener verstehe so viel von den Altertümern wie der Mond von den Krebsen. Wenig schmeichelhaft war auch seine Darstellung gewesen, dass italienische Ausgräber wahllos Metallbuchstaben einer antiken Inschrift aus dem Stein herausgebrochen und in einem Korb ins Museum gebracht hätten, wo sie nicht mehr in der Lage gewesen seien, diese wieder zu einem sinnvollen Text zusammenzusetzen. Besonders aber dürfte sein Satz geschmerzt haben, dass die einheimischen Ausgräber an den falschen Stellen grüben und außerdem so langsam, dass noch ihre Nachkommen im vierten Gliede reichlich zu graben und zu finden haben würden.

Dass Winckelmann nach seinen internationalen Intrigen gegen die Arbeit der italienischen Kollegen keine Chance mehr hatte, in die renommierte Accademia Ercolanense aufgenommen zu werden, hatte ihn in seiner Eitelkeit allerdings tief getroffen. Davon angestachelt, betrieb er einen Rachefeldzug, um den Ruf der einheimischen Archäologen vollends zu ruinieren. Damit war er so erfolgreich, dass ihm Kardinal Sersale auf den Leim ging.

Und ausgerechnet *diesen* Mann hatte der Erzbischof ins Vertrauen ziehen müssen! Die Schmach, die Winckelmann den Ausgräbern angetan hatte, drohte noch größer zu werden, sollte der Deutsche an der Seite von Sersale gar mit der Entdeckung des Alexandersarkophags an die Öffentlichkeit gehen!

Andererseits hatte es Paderni in der Hand, die Schande wettzumachen, wenn es ihm gelang, selbst den Alexandersarkophag zu finden. In dieser Situation traten Männer aus den ersten Familien der neapolitanischen Gesellschaft an seine Seite. Sie schworen, ihm bei der Suche nach dem Alexandersarkophag zu helfen – wie lange auch immer sie dauern mochte. Das war die Gründungsstunde der Loge der Diadochen gewesen ...

Ferretti klopfte an sein Glas, und das Gemurmel in der Bibliothek verebbte.

«Meine Herren, nachdem wir nun vollzählig versammelt sind, heiße ich Sie alle herzlich willkommen! Sie werden gleich verstehen, dass es einen ernsten Grund für diese außerordentliche Zusammenkunft gibt. Gestern Abend haben sich Dinge ereignet, die mich zwingen, Ihnen heute auch die letzten Arkana unseres Bundes offenzulegen.»

Die Diadochen sahen sich erstaunt an. Längst hatten sie sich eingestanden, dass die Mitgliedschaft in diesem Kreis nur ein hübsches gesellschaftliches Accessoire war. Es verhalf ihnen zu exzellenten Geschäftsverbindungen und verschaffte ihnen selbst in der feinsten Gesellschaft Neapels noch ein Distinktionsmerkmal: Man trank bei den jährlichen Zusammenkünften den hervorragenden Ferrari aus dem Trentino, den ihnen der Museumsdirektor kredenzte, und genoss den geheimnisumwitterten Ruf des Clubs, über den doch niemand etwas Konkretes wusste, da die Logenbrüder durch die Jahrhunderte tatsächlich große Selbstdisziplin an den Tag gelegt und über ihre Zusammenkünfte geschwiegen hatten. Aber jedes Logenmitglied ließ sich diese Exklusivität Jahr für Jahr auch einen stattlichen Betrag kosten.

Sollte ursprünglich die großzügige finanzielle Unterstützung der Suche nach dem Alexandersarkophag dienen, so war man einige Jahrzehnte nach der Logengründung übereingekommen, das Geld der Förderung der Archäologie im Umfeld von Neapel und dem Vesuv zugutekommen zu lassen. Der Museumsdirektor konnte darüber wie über einen Reptilienfonds verfügen, um das nationale und internationale Ansehen der Forscher in dieser Region zu heben. Niemand aus dem Kreis der Diadochen hätte je damit gerechnet, dass es noch Geheimnisse über die Loge selbst zu erfahren gab.

«Signori, was bis auf den heutigen Tag nur jeder Perdikkas seinem unmittelbaren Nachfolger weitergegeben hat, wird manch einen von Ihnen befremden: Die Suche nach dem Sarkophag Alexanders des Großen hatte von Anfang an nicht nur das eine Ziel – nämlich dieses bedeutendste Objekt der Antike zu finden und es der staunenden Mitwelt durch neapolitanische Gelehrte zu präsentieren. Nein, es ging um weit mehr! Der Gründer unserer Loge, Camillo Paderni, hatte bei seinen Nachforschungen von einem ungeheuerlichen Komplott erfahren: Kardinal Sersale hatte vor, den Sarkophag mit Winckelmanns Hilfe aus Italien wegzuschaffen, und zwar an den Hof Maria Theresias in Wien. Im Gegenzug hat er sich die Unterstützung der Habsburger bei der nächsten Papstwahl zusichern lassen. Paderni wusste also von einem doppelten Frevel – der geplanten Entführung des Alexandersarkophags und dem Kauf des Papstamtes. Beides war geeignet, schwere politische und kirchliche Krisen auszulösen. Beides galt es, um jeden Preis zu verhindern.»

Die Diadochen hatten die letzten Sätze des Museumsdirektors mit angehaltenem Atem gehört. Als Erster fasste sich der Vorsitzende des Corte d'Appello di Napoli, Simone Lombardi. Der Jurist hatte Wucht und Sprengkraft dieser Anschuldigung sofort erfasst.

«Bei aller Sympathie für die hehren Ziele unserer traditionsreichen Runde – das sind ungeheuerliche Vorwürfe, mit denen wir auch heute noch sehr vorsichtig sein sollten, wenn wir keinen Skandal auslösen wollen. Wie sollte Paderni an dieses Wissen gelangt sein?»

Orlando Ferretti zögerte keine Sekunde.

«Damals wie heute verfügt jeder Perdikkas über Vertraute an wichtigen Stellen. Einer der Kammerdiener des Kardinals, die im

Sold Padernis standen, hatte im erzbischöflichen Palais ein Gespräch zwischen Sersale und Winckelmann belauscht. Es war das letzte Treffen, bevor der Deutsche nach Norden aufbrach, um sich geeigneter Gefolgsleute für seinen Raubzug und der Unterstützung des Wiener Hofs zu versichern. Bis dato war Paderni davon ausgegangen, dass der Kardinal irgendwo den Sarkophag Alexanders entdeckt und Winckelmann in dieses Geheimnis eingeweiht hatte. Damit drohte – schlimm genug – den neapolitanischen Archäologen eine neuerliche Demütigung. Nun aber erkannte Paderni, dass es um etwas viel Ruchloseres ging – um ein Komplott von wahrhaft historischen Ausmaßen, in dem ein einzigartiges Objekt der Antike zum Gegenstand eines blasphemischen Schachers werden sollte. Paderni sah sich gezwungen zu handeln.»
«Hat denn dieser Kammerdiener nicht auch erfahren, wo der Sarkophag stand?»
«Das war offenbar nicht Gegenstand des Gesprächs. Er hörte nur noch, dass Winckelmann dem Kardinal schreiben würde, sobald alle Vorbereitungen für die Überführung des Sarkophags abgeschlossen wären. Paderni aber ...»
Paderni aber hatte sich mit Bartolomeo Cavaceppi in Verbindung gesetzt – einem römischen Bildhauer, der Winckelmanns Vertrauen genoss; dieser schätzte ihn als Antiquitätenkenner, aber auch als Restaurator und grandiosen Kopisten antiker Kunstwerke. Paderni hatte seinem Landsmann offenbart, was Winckelmann und Kardinal Sersale im Geheimen planten. Es gelang ihm, den empörten Cavaceppi für sich zu gewinnen. Sie beabsichtigten, Tücke durch List zu überwinden. So legte Cavaceppi größtes Interesse an Winckelmanns Reiseplänen an den Tag und brachte diesen schließlich dazu, von sich aus zu fragen, ob er nicht mit ihm über die Alpen ziehen wolle. Winckelmann schmeichelte der Gedanke, mit solch einem renommierten Zunftgenossen in Deutschland einzutreffen. Außerdem hoffte er, in dieser Gesellschaft die wahren Absichten seiner Reise noch besser verschleiern zu können. Sie legten gemeinsam eine Route fest, die sie an verschiedene Fürstenhöfe führen sollte.

Winckelmann hatte schon vor Antritt der Reise entschieden, wann und wo er sich unter Vorspiegelung einer Depression des Gefährten entledigen und ihn allein in den Norden verabschieden würde, während er selbst nach Italien zurückkehrte. In Süddeutschland eingetroffen, wurde Winckelmann einsilbig und begann seine Schauspielerei. Die geheuchelten Anwandlungen von Melancholie verschafften ihm die Möglichkeit, sich immer wieder von seinem Gefährten abzusetzen. Bei diesen Gelegenheiten traf er jene Männer, die er bereits brieflich an verschiedene Orte einbestellt hatte, um ihnen zu eröffnen, was er vorhatte, und sie auf das Abenteuer einzuschwören. Cavaceppi spielte er indessen vor, dass er am liebsten wieder umkehren wolle, weil ihn das Land und die Menschen so bedrückten. Auch wenn der Bildhauer wusste, dass er nur Zeuge einer Posse war, ging er doch darauf ein. Er bedrängte Winckelmann, an dem ursprünglichen Reiseplan festzuhalten, und machte ihm auch Vorwürfe – er könne ihn, den Landfremden, doch nicht allein in Deutschland umherziehen lassen. Zumindest nach Wien solle er ihn noch begleiten. Es war für Cavaceppi keine Überraschung, dass Winckelmann sich dazu bereit erklärte. Der Deutsche hatte ihm nämlich erzählt, er habe noch eine ‹offizielle Mission› zu erfüllen und müsse für seinen alten Dienstherrn Kardinal Albani Depeschen am Wiener Hof abliefern.

Am zwölften Mai trafen sie in der Habsburger-Metropole ein, und bereits einen Tag später wurde Winckelmann von Kaunitz – keinem Geringeren als dem Staatskanzler des Reiches und rechte Hand der Kaiserin – empfangen. Unmittelbar darauf empfing Maria Theresia in höchsteigener Person den Altertumskundler. Eigentlich war es des Landes nicht der Brauch, so zügig bei der Kaiserin eine Audienz zu erhalten, und doch in der gegebenen Situation nicht überraschend. Winckelmann prahlte später, er habe der Kaiserin eine Sache aufgedeckt, die ihr nützlich sei. Mehr durfte er nicht sagen, aber es ganz zu verschweigen, ließ seine Geltungssucht nicht zu. Die Kaiserin verehrte ihm ebenso wie der Staatskanzler ein paar goldene und silberne Gedenkmedaillen – eine Vorauszahlung auf das Erfolgshonorar, wenn der Sarkophag in Wien eintreffen würde.

Nun musste Winckelmann nur noch Cavaceppi loswerden. Er ahnte nicht, dass er längst durchschaut war. Also spielte er dem Bildhauer eine Verschlimmerung seiner Melancholie vor und schrieb noch einen Brief an Leopold III. Friedrich Franz von Anhalt-Dessau, in dem er ihn bat, jener möge sich des ‹Freundes› annehmen. Das war am vierzehnten Mai. Er selbst begab sich danach in ein Krankenhaus. Cavaceppi besuchte ihn dort nicht mehr. Offiziell, um dem Freunde nicht lästig zu fallen; tatsächlich aber hatte er nun anderes zu tun. Denn das, was Cavaceppi mit Paderni verabredet hatte, konnte er nicht eigenhändig erledigen.

In einer übel beleumdeten Wiener Schenke, wo er am ehesten hoffte, jemanden für das zu finden, was getan werden musste, kam Cavaceppi mit einem Mann aus Pistoia ins Gespräch – eine ansehnliche Erscheinung: jung, groß, stark, mit glatter Haut, langen schwarzen Haaren und kleiner Nase. Er neigte dazu, schnell zu sprechen, und erzählte Cavaceppi, wie ungerecht das Leben mit ihm umgesprungen sei. Als gelernter Koch habe er bei einem vornehmen Herrn gearbeitet und sich dabei Umgangsformen und Weltläufigkeit angeeignet. Doch auf einmal habe man ihn ganz zu Unrecht verschiedener Diebereien verdächtigt, vor das Kaiserlich und Königliche Landgericht in Wien gezerrt und ihn zu vier Jahren öffentlicher Arbeit in Eisen im Gnaden-Stockhaus verurteilt. Nach drei Jahren begnadigt, habe man ihm unter Androhung neuer Strafe befohlen, das Land zu verlassen und nie mehr zu betreten. Danach habe er ein Frauenzimmer mit einigem Vermögen kennengelernt und einige Zeit mit ihr zwischen Triest und Venedig gelebt. Aber nun sei das Geld dahin, und so habe er in seiner Not die Gefahr auf sich genommen, noch einmal im Geheimen nach Wien zu kommen. Doch auch die Hoffnung, hier aus alten Quellen neue Einkünfte zu schöpfen, sei gescheitert, er selbst gänzlich verzweifelt.

Cavaceppi erkannte, dass das Schicksal ihm genau den Richtigen an seinen Tisch geführt hatte – einen Lumpen, wie er im Buche stand, der für Geld alles tun würde. Er stellte sich mitleidig, bedauerte den Fremden nach Kräften, lud ihn zum Trinken ein und beschrieb ihm einen Deutschen, der in wenigen Tagen inkognito, doch mit beachtlichem Vermögen in Triest auftauchen und sich von dort aus weiter nach Süden aufmachen werde. Er schilderte Winckelmann als einen schamlosen Sodomiten, dem sich ein gut aussehender Mann leicht anbequemen könne, und als einen Spion, um den es nicht schade wäre – ja, dass es eine Wohltat für das Vaterland sei, wenn solch einer vom Angesicht der Erde vertilgt würde. Wer das täte, bräuchte auch keine Skrupel zu haben, sich dessen Habe anzueignen. Er würde in den Münzen, die jener bei sich trage – Münzen, die direkt aus dem Schatz des Kaiserhauses kämen –, den Sold des Feindes erkennen …

«… den Rest, Signori, können Sie den Gerichtsakten entnehmen: Bei der Zufallsbekanntschaft Cavaceppis handelte es sich um keinen anderen als Francesco Arcangeli. Die Raublust in ihm war geweckt, und als Winckelmann am ersten Juni in Triest eintraf, war Arcangeli bereits zwei Tage vor ihm dort angekommen. Mit dem Spürsinn des Verbrechers hatte er das Gasthaus ausgemacht, in dem ein vornehmer Reisender Quartier nehmen würde, und sich selbst dort eingemietet. Dann brauchte er nur noch zu warten, bis ein seltsamer Deutscher auftauchte, der weiter in den Süden wollte. Und so geschah es. Arcangeli schloss Bekanntschaft mit dem Fremden, indem er ihm bei der Suche nach einer Schiffspassage behilflich war, wobei es noch ein paar Tage dauern sollte, bis das Boot endlich ablegen würde. In dieser Zeit machte er sich Winckelmann unentbehrlich, vielleicht war er ihm ja auch im Bett zu Willen. Jedenfalls hat Winckelmann Gefallen an ihm gefunden. Aus den Gerichtsakten geht hervor, dass er Arcangeli tatsächlich die Medaillen gezeigt hat, von denen Cavaceppi gesprochen hatte. Das dürfte sein Todesurteil gewesen sein. Für Arcangeli stand damit fest, dass er einen Spion vor sich hatte und dass er diesmal noch weitergehen durfte, als er bislang gewagt hatte.

Am achten Juni raffte er seinen ganzen Verbrechermut zusammen. Doch den Mordanschlag mit Schlinge und Messer führte er so stümperhaft aus, dass das Opfer noch einige Stunden lebte. So konnte Winckelmann denen, die ihn fanden, genaue Angaben zum Täter machen. Bald darauf wurde Arcangeli gefasst. Er gab sich ziemlich lässig vor Gericht, stellte die Sache als Bagatelle dar, und schließlich offenbarte er den staunenden Zuhörern, jener sei doch ein Spion und schlechter Mensch gewesen. Er erntete nur Kopfschütteln ob so viel Dreistigkeit und war von Entsetzen gepackt, als er zum Tode durch Rädern verurteilt wurde. Das Urteil wurde am 20. Juli 1768 in Triest vollstreckt. Keine Spur aber führte jemals zu Bartolomeo Cavaceppi oder zu Camillo Paderni.»

Eisiges Schweigen herrschte in der Bibliothek, als der Museumsdirektor geendet hatte. Die Beklommenheit, die alle gepackt hatte, wurde auch dadurch nicht gemildert, dass die Tat über zweihundert Jahre zurücklag. Es war Lombardi, der sich als Erster fasste.

«Das heißt also, dass die Ermordung Johann Joachim Winckelmanns auf Anstiftung von Camillo Paderni und Bartolomeo Cavaceppi erfolgte.»

«Sie sind der Jurist von uns beiden. Ich würde sagen, sie wurde durch die beiden ... inspiriert.»

«Es passiert mir selten, dass ich nicht weiß, was ich auf die Schilderung eines Verbrechens sagen soll. Das alles haben Sie gewusst?!»

«Seit Jahren – wie alle meine Vorgänger im Amte des Perdikkas. Bedenken Sie, was es zu verhindern galt. In diesem Falle heiligte der Zweck alle Mittel.»

Der Bankier Pancrazio Vitale flüsterte, als er sich an die Diadochen wandte – so sehr hatte ihn die Angst gepackt:

«Selbst wenn wir alle auf diese ungeheuerliche Eröffnung hin die Loge verlassen sollten, so dürfen wir darüber dennoch nie ein Wort verlieren. Niemand würde uns glauben, dass wir erst jetzt eingeweiht wurden. Alle Welt wäre der Überzeugung, dass wir davon seit unserem Eintritt gewusst und gebilligt hätten, was damals geschehen ist: die Ermordung eines der größten Gelehrten des achtzehnten Jahrhunderts. Der Ruf eines jeden von uns wäre ruiniert. Wir stünden da als Chauvinisten, Reaktionäre, ewig gestrige Eiferer, die einen Mord als Gründungsakt einer morbiden Vereinigung gebilligt hätten. Niemand darf je erfahren, wovon wir heute Abend Kenntnis erlangt haben.»

Beifälliges Murmeln war zu vernehmen. Dann meldete sich Pudanitschow zu Wort.

«Ich denke, in diesem Punkt sind wir alle einer Meinung. Aber mich würde interessieren, weshalb wir ausgerechnet heute Abend vom Perdikkas ins Vertrauen gezogen wurden.»

«Das will ich Ihnen sagen: Winckelmann hatte doch angekündigt, Kardinal Sersale zu schreiben, wenn er alle Vorbereitungen abgeschlossen habe. Doch wo ist dieser Brief geblieben? Er muss ja nach dem Besuch in Wien geschrieben worden sein, da der Kardinal die erforderlichen Vorbereitungen zu treffen hatte, bevor Winckelmann mit seinen Verbündeten in Neapel ankommen würde. Dann musste alles schnell gehen. Nur der Tod Winckelmanns hat offenbar zum vollständigen Abbruch des Coups geführt. In dieser Situation stellte auch Paderni seine Nachforschungen ein, um nicht vielleicht doch noch in Verdacht zu geraten, irgendetwas mit Winckelmanns Tod zu tun zu haben.

Gewiss hätte Sersale diesen Brief vernichten können – und tatsächlich fand er sich nirgends, als der Kardinal sieben Jahre nach Winckelmann starb. Nur fand sich nach seinem Tod *überhaupt kein einziges Stück* aus der Korrespondenz des Kardinals! Irgendjemand hatte dessen gesamten Briefwechsel verschwinden lassen.

Und nun, Signori, ist gestern die Korrespondenz des Kardinals nach mehr als zweihundert Jahren wieder aufgetaucht! Einfach so! Diese amerikanische Bistumsarchivarin hat sie gestern einem Mann, der für mich im Archiv die Augen offen hält, auf den Schreibtisch gelegt, als wäre es eine Tüte Pistazien: Er solle sie für die Bistumsgeschichte auswerten, die sie zu schreiben habe. Der Privatsekretär des neuen Weihbischofs habe sie gefunden.

Die Korrespondenz ist also wieder da, aber sie enthält – NICHTS. Wieso hatte man sie falsch abgelegt? Und zwar so falsch, dass sie für eine kleine Ewigkeit verschwunden blieb? Hier hat offenbar jemand zur Sicherheit den ganzen Briefwechsel des Kardinals aus dem Verkehr gezogen. Aber warum hätte man das tun sollen, wenn er überhaupt nichts Kompromittierendes enthalten hat? Also: Jemand hat unlängst nach der Entdeckung der Korrespondenz diese durchgesehen und das kompromittierende Material herausgezogen, ehe es dem Angestellten zur Auswertung übergeben wurde.»

Jacopo Valentini, Chefarzt des Herzzentrums, räusperte sich vernehmlich.

«Ich hoffe sehr, Signor Ferretti, Sie planen nun nicht gleich wie Ihr Vorgänger Paderni ein Massaker unter möglichen Verdächtigen!»

«Und ich hoffe sehr, dass Sie – bei aller Ironie – doch erfassen, was die Entdeckung dieses Briefwechsels für uns und unser gemeinsames Ziel bedeuten könnte!»

«Verehrter Perdikkas, das Wiederauftauchen des Briefwechsels bedeutet NICHTS. Gar nichts! Denn er enthält offenbar nichts, was uns in der Sache weiterbringt. Diesmal war es eben kein Deutscher, der italienischen Archäologen überlegen war, sondern eine gewitzte Amerikanerin und irgendein Kirchenmann. Die haben unserem verschnarchten neapolitanischen Verwaltungsklerus im Archiv gezeigt, wie man seine Arbeit richtig macht. Bravo! Wir wittern schon eine Verschwörung, wenn andere einfach ihre Arbeit professionell erledigen.

Ich bitte Sie! Lassen wir's dabei! Kommen wir einfach wie bisher einmal im Jahr am zehnten Juni bei Ihnen zusammen, erfreuen uns Ihrer großartigen Gastfreundschaft und spenden wie immer kräftig für Ihre Forschungen! Wie wollen wir denn herausfinden, ob es vielleicht irgendeinen Brief gibt, der Aufschluss gibt über den Alexandersarkophag? Keiner von uns verfügt über geeignete Mittel, geschweige denn über entsprechende Erfahrungen, solche Recherchen durchzuführen. Und ich möchte mich auch nicht mit irgendeiner korrupten Detektei einlassen, die unsere Erkenntnisinteressen an die verscherbelt, die observiert werden sollen – oder besser noch: gleich an die Presse. Bleiben wir doch vernünftig!»

Die meisten in der Runde gaben deutlich zu verstehen, dass ihnen die Position des Arztes sympathisch war. Da meldete sich Pudanitschow zu Wort:

«Signori, ich verstehe unseren Perdikkas nur zu gut, der endlich eine Möglichkeit gekommen sieht, etwas über den Alexander-

sarkophag herauszufinden. Das könnte der archäologischen Forschung hier am Vesuv einen ganz neuen Impuls geben. Aber ich verstehe auch Ihre Sorgen, sich bei dieser Angelegenheit die Finger zu verbrennen oder sich gar unsterblich zu blamieren. Bitte lassen Sie mich einen Vorschlag machen: Ich verfüge noch aus alten Zeiten über Verbindungen, auf die ich für solch eine Nachforschung zurückgreifen kann – Leute, die Fragen dieser Art schnell, lautlos und unbemerkt klären können. Sie wollen wissen, ob interessante Briefe aufgetaucht sind? Nichts leichter als das. Sagen Sie mir nur, ob ich – falls es die Schriftstücke gibt – diese besorgen soll oder ob es uns genügt zu wissen, was darin steht!»
Die Diadochen blickten bewundernd auf Wladimir Ignatjewitsch. Sie wussten, dass der Russe in seiner Heimat ein schwerreicher Mann geworden war und sich auch in Neapel ganz erstaunlicher geschäftlicher Erfolge erfreute. Und er hatte seine Logenbrüder an den Segnungen seiner Kontakte teilhaben lassen: Dem einen hatte er zahlungskräftige Patienten aus den Familien russischer Oligarchen vermittelt, dem anderen potente Anleger im Wertpapiergeschäft, dem dritten Investoren, die als stille Teilhaber ihre Einlagen in bar und in edlen Lederkoffern vorbeibrachten, ohne viele Fragen zu stellen, und wieder anderen hatte Pudanitschow so hoch dotierte Aufsichtsratsposten verschafft, dass man schon mal auf den Gedanken kommen konnte, die Vergütung sei eher fürs Wegschauen gedacht.
Sie ahnten alle, dass solch ein Mann nicht ohne Verbindungen zu staatlichen Institutionen war, vielleicht sogar Kontakte zu Geheimdiensten unterhielt. Auch schmeichelte es ihnen, jemanden wie Pudanitschow in ihrer Geheimloge zu wissen, über dessen Beziehungen sie nun zur Klärung einer vergleichsweisen Kleinigkeit verfügen konnten. Einen Geheimdienst einzusetzen, um etwas über den Sarkophag Alexanders in Erfahrung zu bringen ... was waren sie doch für ein exklusiver Club!
Der Museumsdirektor blickte in die Runde.
«Ich glaube, dieser Vorschlag trägt unser aller Wünschen Rechnung. Wir sollten ihn annehmen!»

Simone Lombardi wandte sich an Pudanitschow.

«Und Sie können garantieren, dass diese Nachforschungen nicht aus dem Ruder laufen?»

«Signor Lombardi, jene, an die ich denke und die mir in vielerlei Hinsicht verpflichtet sind, verstehen ihr Geschäft. Sie arbeiten diskret und ohne Spuren zu hinterlassen. Sie können unbesorgt sein.»

«Dann stimme ich zu. Aber nur unter der Bedingung, dass hinterher wirklich keine Delikte zu beklagen sind. Wir wollen nur wissen, ob Briefe existieren. Die Leute, von denen Sie sprechen, sollen uns ... Kopien, Fotografien oder was auch immer bringen, mit denen wir uns selbst auf die Suche machen können. Das wäre dann eine Suche, an die – seien wir ehrlich – keiner von uns ernsthaft mehr geglaubt hat.»

Die Diadochen nickten. Sie waren froh, auf diese Weise außen vor zu bleiben und vielleicht doch noch in den Genuss eines großen archäologischen Abenteuers zu kommen. Vielleicht winkten ihnen allen bald Ruhm und Ansehen als den Entdeckern des Alexandersarkophags.

Als der Oligarch wieder auf dem Rücksitz seines Bentley Platz genommen hatte, zog er die Trennscheibe zwischen sich und dem Fahrer zu. Dann sagte er laut:

«Major Smyslow!»

Und wenige Sekunden später meldete sich eine Stimme aus der Sprechanlage:

«Wladimir Ignatjewitsch, was kann ich für Sie tun?»

Kapitel 8 – Der Raucher

Rom, 8. September, vormittags
Im Kommissariat ließ sich Bariello über Forestas Dateien und die Firma Tecologico informieren.
«Auf dem Stick befanden sich einhundertvierzehn Vorgänge aus den letzten beiden Jahren. Die letzte Lieferung kam vor zehn Tagen aus Oradea in Rumänien über Ungarn und Österreich; bei Tarvisio kam der LKW über die Europastraße E 55 nach Italien. Die Fahrzeuge werden im Ausfuhrland verplombt und mit dem Gefahrgutkennzeichen versehen. Es handelt sich dabei immer um Techniksrott aus der Strahlenmedizin und um radioaktives medizinisches Material. Das stammt aus einem guten Dutzend ost- und südosteuropäischer Länder – von der Ukraine bis nach Griechenland und von Moldawien bis nach Kroatien. Alles kommt aus Krankenhäusern, Speziallabors oder medizinischen Forschungsinstituten. Die nächste Lieferung soll aus Bulgarien kommen und wird am 16. September in Italien erwartet. Wie bisher sind die Papiere auf die Tecologico ausgestellt. Alle mit den erforderlichen Stempeln.
Interessant wird es, wenn man sich anschaut, was anschließend mit dem Sondermüll passiert. Italien ist nämlich nur ein weiteres Transitland. Das Zeug wird wieder ausgeschifft, und zwar immer über Neapel. Dennoch wurden alle Papiere vom römischen Hauptzollamt und immer von Signor Foresta ausgestellt, der damit die Im- und Exporte freigegeben hat. Das Amt für Außenwirtschaft

hat beglaubigt, dass die Zielorte zertifizierte Endlager für leicht und mittel radioaktiven Müll sind. Was glaubt ihr, wo diese Entsorgungsspezialisten sitzen?»
Gaspare Bertani schaute grinsend in die Runde.
«Keine Vorstellung? Komm, Gennaro, sag du's ihnen.»
Der Sovrintendente zog einen Zettel aus der Brusttasche.
«El Aaiún, Ad-Dakhla und Boujdour. Wer weiß, wo das liegt? – Keiner? – Also gut: in der für ihre hochentwickelte Umwelttechnologie bekannten Westsahara.»
«Westsahara? Da ist doch seit Jahrzehnten Krieg – oder?»
«Richtig! Marokko, Mauretanien und die Befreiungsfront Frente Polisario mischen da mit. So gut wie alles, was die Westsahara betrifft, ist umstritten und wird vor irgendeinem internationalen Gerichtshof verhandelt. Aber die EU hat ein Freihandelsabkommen mit Marokko geschlossen – fast die Hälfte aller Importe Marokkos kommen aus der EU, und über die Hälfte aller marokkanischen Exporte gehen in die EU. Und wegen ihrer Wirtschaftsinteressen interessiert sich die EU nicht besonders für die von Marokko annektierte Westsahara: Die dortigen Phosphatvorkommen gehören zu den größten der Welt und werden von dem marokkanischen Staatskonzern Office Chérifien des Phosphates ausgebeutet – dem Weltmarktführer in der Phosphat- und Düngemittelproduktion, der für Europa nicht ganz unwichtig ist. In dieser Gemengelage lassen sich auch dubiose Müllgeschäfte problemlos abwickeln. Die Marokkaner haben zwar schon wiederholt gegen die Müllimporte aus Neapel protestiert, aber ihre Regierung sagt, dass alles seine Ordnung hat. Also nutzt die Tecologico einfach nur konsequent diese Marktlücke.»
Der Commissario wandte sich angewidert ab.
«Also eine dieser Sauereien, die dem Schein nach legal sind, aber die Bevölkerung vor Ort krank machen.»
Bertani wackelte mit dem Zeigefinger.
«Wart's ab! Es gibt noch ein anderes Exportziel, und dann hat Gennaro außerdem mal die Mengen addiert und gesehen, dass der ganze Müll*import* etwas mehr als achthundert Tonnen, der Müll-

export aber nur knapp fünfhundert Tonnen beträgt. Wo sind die restlichen dreihundert Tonnen geblieben? Genauso interessant ist die Frage, was man im Hafen von Haifa mit zwanzig Tonnen von diesem Zeug anfängt, das vor ein paar Wochen gleichfalls über Neapel ausgeschifft worden ist. Auch diese Lieferung hat Foresta abgezeichnet.»
«Ach, zertifizierte Lager für europäischen Medizinschrott auch in Israel?»
«Seltsam, nicht wahr? Der Abnehmer ist ein halbstaatliches Unternehmen für Forschung und Entwicklung – Achimaaz Enterprises.»
«Tecologico weiß jedenfalls, wie man Dreck loswird. Was ist das überhaupt für ein Laden?»
«Ein Großunternehmen. Die Zentrale sitzt hier in Rom, aber im Containerhafen von Neapel haben sie ein eigenes Terminal. Die Firma hat einen guten Ruf. Sie ist von Brüssel mit einem Umweltsiegel ausgezeichnet worden.»
«Noch ein Preisträger für die Menschlichkeit.»
«Fast.»
Der Sovrintendente machte eine bedeutungsschwangere Pause.
«Was heißt das, Gennaro?»
«Es gibt Neuigkeiten von der Spurensicherung. Sie haben auf der Ladefläche des FIAT DUCATO – dort, wo das Reserverad in den Boden eingelassen ist – eine Gürtelschnalle gefunden, an der noch ein Stück Stoff hing. Darauf gab es reichlich DNA-Spuren. Sie stammen von einer seit über einem Jahr vermissten Mitarbeiterin des Gesundheitsamtes in Neapel – einer gewissen Francesca Barbieri.»
«Und was hat das mit Tecologico zu tun?»
«Die Tecologico war die Vorbesitzerin des FIAT – und zwar noch, als die Frau verschwunden ist.»
Bariello zog die Augenbrauen hoch.
«Ach, und es gab keinen weiteren Zwischenbesitzer, seit der Transporter an Battaglia vom Schrottplatz übergegangen ist?»
«Nein. Battaglia hat den Firmenwagen angemeldet, nachdem

Tecologico ihn abgestoßen hat. Bei denen ist er vier Jahre gelaufen.»
«Interessant! Wir werden noch einmal dem Schrottplatz einen Besuch abstatten. Giudice Columbo hat in diesem Fall bestimmt keine Einwände gegen einen Durchsuchungsbefehl. Aber jetzt muss ich erst mal mit einem Kollegen in Neapel sprechen. Vielleicht weiß er von dieser Vermisstensache.»
Ispettore Federico Conti arbeitete im Zentrum Neapels im Commissariato in der Via Tarsia. Die beiden hatten sich vor einigen Jahren auf einem Lehrgang angefreundet.
«Ciao Rico – Enzo hier. Ich brauche deine Hilfe. Wir ermitteln in der Mordsache an einem römischen Zollbeamten. Und jetzt hat unsere Spurensicherung eine Verbindung zu einer gewissen Francesca Barbieri aus Neapel herstellen können. Sie wurde als vermisst gemeldet. Es scheint, dass beide Male die Firma Tecologico ...»
«Enzo, warte – ich rufe dich gleich auf deinem *cellulare* an!»
Und damit war die Verbindung auch schon unterbrochen. Bariello schaute noch verblüfft auf den Hörer, als bereits sein *cellulare* brummte.
«Rico?»
«Sì! Bei dem Thema möchte ich nicht die Dienstleitung strapazieren. Also, was habt ihr rausgefunden?»
Bariello machte seinen Kollegen mit dem Ermittlungsstand vertraut.
«Kannst du mir etwas über die Frau und Tecologico sagen?»
«Wir müssen uns treffen! Wichtig ist vor allem, dass ihr die Ermittlungen in Rom führt und die Sache nicht an Neapel abgegeben wird! Egal, was passiert: Setz alles daran, dass ihr im Spiel bleibt! Hast du mich verstanden? Können wir uns morgen sehen?»
«Sicher, ich hole dich um zwölf Uhr am Bahnhof Termini ab. Aber weshalb meinst du, dass jemand versuchen könnte, uns den Fall zu entziehen?»
«Es hängt möglicherweise damit zusammen, woran Francesca Barbieri zuletzt gearbeitet hat. Alles Weitere morgen – gut, dass du mich angerufen hast. Ciao, Enzo!»

Neapel, 8. September, vormittags
Montebello hatte sich einen Termin beim Generalvikar der Diözese geben lassen. Er wusste, dass sein Amtsbruder ein starker Raucher war. Aber der neue Weihbischof hatte seit seinem Antrittsbesuch vergessen, wie dicht die Schwaden von Zigarettenrauch selbst noch durch dessen Vorzimmer waberten. Während er dort wartete, bis Monsignor Eugenio Silvestri, der Moderator Curiae der Diözese Neapel, ein Telefonat beendet hatte, begannen ihm die Augen zu tränen, und schließlich musste er husten. Die Nonne, die hinter dem Schreibtisch saß, schaute über ihren Brillenrand auf den Gast. Sie lächelte, erhob sich und bot ihm ein Eukalyptusbonbon an.
«Danke, Sorella!»
«Besser, Eccellenza?»
«Ja, etwas. Sagen Sie, steht hier immer so viel Rauch in der Luft?»
«Oh ja. Monsignore ist Kettenraucher.»
«Hat das nie Probleme gegeben? Wir haben doch ein Rauchverbot.»
«Doch, Eccellenza, das hat sogar große Probleme gegeben. Die Personalvertretung ist deswegen schon bei Sua Eminenza Fabbri gewesen. Der Kardinal ist dann persönlich vorbeigekommen und hat Monsignore ins Gewissen geredet.»
«Und ...?»
«Monsignore hat dem Arcivescovo gesagt, dass nirgendwo in der Bibel steht: ‹Du sollst nicht rauchen!› Aber wenn er ihm trotzdem das Rauchen in seinen Arbeitsräumen verbieten würde, würde er zum Protestantismus konvertieren und so lange dafür predigen, bis mindestens die Hälfte aller Neapolitaner evangelisch wäre.»
«Das hat er doch nicht ernst gemeint!»
«Bei ihm weiß man nie. Jedenfalls war Sua Eminenza sehr erschrocken. Wissen Sie, Monsignor Silvestri ist außerordentlich beliebt bei den kleinen Leuten, und ich glaube, unser guter Erzbischof Fabbri wollte es nicht darauf ankommen lassen.»
«Und was hat er der Personalvertretung ...?»
«Er hat gesagt, dass er den monatlichen Essenszuschuss für alle

Mitarbeiter um zwanzig Euro erhöht. Danach hat niemand mehr etwas wegen Monsignore und dem Rauchen gesagt.»

«Laudetur Jesus Christus!»

Montebello fuhr herum und sah, wie der hagere Eugenio Silvestri aus der Tür seines Büros trat und auf ihn zukam. Mit der Hakennase und den eng beieinanderstehenden Augen hatte sein Gesicht etwas von einem Raubvogel. Aber er lächelte seinen Besucher freundlich an, während er ihm die Rechte entgegenstreckte und zugleich an einer frisch angezündeten Zigarette in seiner Linken zog.

«In aeternum. Amen!»

«Seien Sie mir willkommen, lieber Bruder! Was führt Sie zu mir?»

Montebello folgte dem Generalvikar in dessen Arbeitszimmer, dessen einzige moderne Einrichtung in einem PC mit großem Bildschirm bestand. Die Wände waren braun vom Zigarettenrauch. An der einen standen graue Rollschränke, an der anderen hing ein großes Poster, das den heiligen Franziskus zeigte und für eine Pilgerfahrt nach Assisi warb. Silvestri wies mit einer Hand auf einen abgewetzten Kunstledersessel, während er um einen alten Schreibtisch herumging, auf dem ein paar Akten lagen. Zwischen einem kleinen silbernen Kreuz und einem Bild von Papst Laurentius stand ein randvoller Aschenbecher, dahinter eine Spieluhr, die die Verkündigungsszene zeigte.

«Zigarette?»

«Nein, danke!»

«Ah, verstehe! Warten Sie, ich mache das Fenster auf, wenn Sie der Straßenlärm nicht stört.»

«Das wäre sehr liebenswürdig.»

«Also, was kann ich für Sie tun?»

«Es geht um San Gennaro, unseren Lokalheiligen. Können Sie mir sagen, in welchen Kirchen des Bistums sich Reliquien von ihm befinden und wo er besonders verehrt wird?»

Der Generalvikar nahm einen letzten, tiefen Zug aus seiner Nazionali, und noch während er sie mit der Rechten im Aschenbecher ausdrückte, griff er mit der Linken nach dem blau-weißen Päckchen Zigaretten und klopfte eine neue heraus. Während er sie anzündete und dabei ein Auge zukniff, fixierte er mit dem anderen sein Gegenüber.

«Sie sind gleichfalls Neapolitaner und zudem der Kirchenhistoriker von uns beiden. Sind Sie sicher, dass ich der Richtige für ein Gespräch über unseren Stadtpatron bin?»

«Ich gebe zu, dass ich auch schon, bevor ich zum Studium nach Rom gegangen bin, keine ganz tiefe Bindung zur hiesigen Volksfrömmigkeit entwickelt habe. Damit meine ich natürlich nicht das Blutwunder unseres San Gennaro. Aber darüber hinaus ... Bestimmt kennt niemand besser als Sie die Kirchen in unserer Diözese! Deshalb bin ich zu Ihnen gekommen, Monsignore.»

«Darf ich einen Vorschlag machen? Lassen wir die Ehrentitel weg – das spart uns Zeit.»

«Sehr gern – aber können Sie mir dennoch helfen?»

Silvestri erhob sich und winkte seinen Amtsbruder zu sich. Als er ans Fenster trat und Montebello sich neben ihn stellte, schloss er die Augen.

«Hören Sie die Stadt?»

«Sicher!»

«Nein. Nicht den Verkehr – ich meine das dahinter. Können Sie es hören?»

«Ich weiß nicht, was Sie meinen.»

«Ich meine die Verzweiflungsschreie der Mütter, deren Söhne auf der Straße erschossen werden, noch bevor ihnen der erste Bart wächst. Ich meine das falsche Lachen der Mädchen, die sich einem Freier andienen, lange bevor sie erwachsen sind. Ich meine das Weinen der Väter, wenn ihnen das Geld ausgeht, so dass sie weder ihre Familien ernähren noch ihre Verzweiflung mit Drogen betäuben können. Wie lange waren Sie weg aus Neapel?»

«Über zwanzig Jahre – bis auf ein paar kurze Besuche.»

«Vielleicht hört man es dann nicht mehr – nach so langer Zeit. Ich selbst werde es nicht mehr los. In den frühen Morgenstunden ist es am schlimmsten, wenn es draußen ruhiger wird und der Krach nicht mehr alles überdeckt. Oft werde ich um diese Zeit wach und

kann nicht mehr einschlafen. Dann stehe ich auf und weiß kaum noch, wie ich in der Dunkelheit meiner Hoffnungslosigkeit Herr werden soll. Über sechzig Prozent unserer Jugendlichen haben keine Arbeit. Jede vierte Familie in den Altstadtvierteln lebt unterhalb der Armutsgrenze. Überall wachsen die Müllberge, breiten sich schreckliche Krankheiten aus und wuchert die Kriminalität. Bitte nehmen Sie es mir nicht übel, dass es mir da schwerfällt, der Frage nach den Kirchen unseres San Gennaro die Bedeutung beizumessen, die sie ganz sicher für Sie hat.»
Montebello senkte den Kopf.
«Es tut mir leid. Sie haben recht! Meine Frage ist völlig bedeutungslos im Vergleich zu dem, was Sie bewegt. Sie sind ein Seelsorger, wie diese Stadt ihn braucht. Und mit mir ... mit mir hat Seine Heiligkeit einen Historiker zum Weihbischof von Neapel gemacht. Ich danke Ihnen, dass Sie mir die wahren Notwendigkeiten meines Amtes vor Augen gestellt haben!»
«Nein, bitte lassen Sie sich nicht von meiner Verzagtheit anstecken! Die rein kirchlichen Fragen sind nicht weniger wichtig als das, was mich bewegt. Es tut mir gut, mit jemandem zu sprechen, den mal etwas anderes umtreibt als immer nur das Elend, das uns umgibt. Ich bin derjenige, der sich entschuldigen muss für seine unchristliche Mutlosigkeit. Warten Sie! Wenn ich nachdenke, bekomme ich die Kirchen bestimmt zusammen!»
«Es ist wirklich nicht so wichtig. Ich glaube, ich stehle Ihnen tatsächlich nur Zeit. Sie haben weiß Gott Wichtigeres zu tun.»
Montebello wandte sich zum Gehen.
«Nein, bitte bleiben Sie! Erzählen Sie mir einfach, worum es geht, und ich schaue, ob ich Ihnen helfen kann.»
Der Weihbischof zögerte. Dann gab er sich einen Ruck.
«Also gut! Mein Bruder, was Sie jetzt hören werden, wird Ihnen völlig absurd vorkommen. Dennoch bitte ich Sie, darüber Stillschweigen zu bewahren – und zwar wirklich jedem gegenüber und unter welchen Umständen auch immer! Es geht um eine Entdeckung, die nicht ich selbst gemacht habe. Aber umso mehr bin ich verpflichtet, die Interessen anderer zu wahren. Verstehen Sie?»

«Das klingt ja richtig geheimnisvoll. Seien Sie unbesorgt! Sie können sich auf meine Verschwiegenheit verlassen.»
«Danke! Um es kurz zu machen: Unsere neue Bistumsarchivarin, Dr. Jackey Napoletano, hat gemeinsam mit meinem Privatsekretär Padre Luis in unserem Archiv eine faszinierende und möglicherweise auch kirchengeschichtlich folgenreiche Entdeckung gemacht ...»
Nachdem Montebello geendet hatte, griff Silvestri automatisch wieder zu seinen Nazionali, obwohl er noch eine Zigarette im Mund hatte. Als er sich beinahe die Finger verbrannte, warf er die Schachtel ärgerlich auf den Schreibtisch.
«Nicht schlecht! Das gibt jedenfalls eine andere Schlagzeile für Neapel, als man sie in den letzten Jahren gewohnt war.»
«Es geht nicht um die Schlagzeile, sondern ...»
«Nein, auch wenn ich kein Historiker bin, müssen Sie mir das nicht erklären! Das ist eine Sensation – mit der allerdings eine Menge Risiken und Aufregung verbunden sind. Sie können umso sicherer sein, dass die Sache unter uns bleibt.
Lassen Sie mich nachdenken ... Ein paar Kirchen von San Gennaro fallen einem sofort ein, wenn man sich seine Geschichte in Erinnerung ruft: Als Bischof des antiken Beneventum wurde er zusammen mit seinen Gefährten zur Zeit des Kaisers Diokletian wegen ihres christlichen Glaubens auf den phlegräischen Feldern bei den Schwefelquellen von Puteoli enthauptet. Dort steht jetzt die Kirche des San Gennaro alla Solfatara. Sie wurde nahe dem Ort errichtet, wo er einst das Martyrium erlitten hat. Man zeigt angeblich sogar noch die Felsplatte, auf der er enthauptet worden sein soll.»
Montebello nickte.
«Ich weiß noch, wie oft man mir als Kind erzählt hat, dass zuvor alle anderen Versuche, ihn umzubringen, gescheitert waren – ihn in einem glühenden Ofen zu verbrennen oder von wilden Tieren zerreißen zu lassen. Sooft ich seine Legende gehört habe, hoffte ich jedes Mal von Neuem, dass San Gennaro diesmal vielleicht ganz und gar unversehrt davonkommen würde.»

«Wir alle sollten uns die Hoffnung unserer Kindertage bewahren, mein lieber Bruder! Aber San Gennaro starb unter dem Schwert der Christenverfolger. Seine Reliquien wurden von Bischof Giovanni I. zwischen 414 und 432 erstmals nach Neapel gebracht. Er setzte sie in den Katakomben des Capodimonte bei. Dort oben im Bosco Reale hat man San Gennaro in der ersten Hälfte des achtzehnten Jahrhunderts ebenfalls eine Kirche errichtet, als die Bourbonen Neapel regierten und San Gennaro als Schutzpatron besonders verehrten.»

«Dann stand diese Kirche bereits, als Sersale 1754 Erzbischof von Neapel wurde. Sie käme also ebenfalls als Versteck des Alexandersarkophags in Frage.»

«Ich glaube nicht, dass der Kardinal sich diese Kirche ausgesucht hat. Sie ist nicht so eindrucksvoll, dass sie Tausende von Besuchern anziehen würde. Da gibt es in nächster Nähe viel interessantere Kirchen – beispielsweise die uralte San Gennaro extra Moenia. Sie liegt auf dem Weg zum Bosco Reale. Sie ist auf zwei frühen Begräbnisstätten errichtet worden und mit den Katakomben verbunden, in denen die Gebeine des Heiligen bestattet wurden, als man sie erstmals nach Neapel gebracht hat. Da sollte man auf jeden Fall einen Blick hineinwerfen.

Als Neapel im neunten Jahrhundert von Langobarden bedroht wurde, überführte man die Reliquien wieder nach Benevent. Dort gibt es noch heute die Parrochia San Gennaro. Aber Kardinal Sersale wird den Sarg Alexanders bestimmt nicht in ein Nachbarbistum gebracht haben.»

«Diesen Weg können wir uns also sparen.»

«Bleibt noch die Abtei Montevergine in Kampanien. Dorthin wurden Mitte des zwölften Jahrhunderts die Gebeine San Gennaros gebracht und in einem Schrein aus Ton unter dem Hauptaltar beigesetzt. Erst im fünfzehnten Jahrhundert hat man sie dank einer Inschrift auf dem Gefäß wiedererkannt. Kardinal Oliviero Carafa hat sie dann erneut nach Neapel überführt. Und hier ruhen sie seitdem in unserem Dom mitsamt den wundertätigen Blutampullen. Aber im Dom waren Sie ja schon.»

Montebello hatte Silvestri mit immer größerem Staunen zugehört.

«Sie sind ein wunderbarer Historiker! Eigentlich müssten Sie die Geschichte unserer Diözese schreiben. Jedenfalls sehe ich, dass ich mit Ihnen genau den Richtigen gefragt habe. Wollen Sie uns nicht helfen? Mit Ihrer Ortskenntnis würden die Chancen unserer Suche gewaltig steigen.»

«Ich? Ein Schatzsucher? Oh nein!»

«Sehen Sie es mal so: Ich habe gehört, dass in unseren Katakomben Jugendliche aus dem Elendsviertel Sanità als Führer arbeiten, damit sie anders als durch Kriminalität Geld verdienen.»

«Was hat das damit zu tun?»

«Wenn wir Erfolg haben, werden wir ein Museum errichten, wo wir Jugendlichen noch mehr solcher Möglichkeiten bieten werden. Und was wir durch Eintrittsgelder, Führungen und was auch immer erlösen, wird ausschließlich für die Sozialarbeit in unserer Diözese eingesetzt. Das verspreche ich Ihnen!»

Der Generalvikar schaute zweifelnd auf Montebello. Dann zeigte sich ein Lächeln auf seinem Raubvogelgesicht, und er nickte.

«Wer weiß, vielleicht hat Seine Heiligkeit ganz gut daran getan, uns zur Abwechslung mal einen Historiker und nicht noch einen Sozialarbeiter nach Neapel zu schicken. Also gut – ich werde Ihnen helfen.»

Kapitel 9 – Die Spezialisten

Balyktschy, 9. September, früh am Morgen
«Siz kaisy ölködön keldiniz?»
«Germaniadan!»
«Aah, Daitschlan – Bayan Minchin. Gutt!»
Der Uniformierte am Steuer lachte. Dabei entblößte er sein lückenhaftes Gebiss. Er mochte Anfang vierzig sein und führte die kleine Einheit von acht Rekruten, die noch vor Tagesanbruch den Militärlaster im kirgisischen Balyktschy mit zehn schweren Metallkisten beladen hatten. Als sie die sarggroßen Behälter in den LKW wuchteten, hatten alle hinlangen müssen und waren ordentlich ins Schwitzen geraten. Die jungen Soldaten saßen nun hinten unter der Persenning und sollten mit ihren Kalaschnikows den Transport bewachen. Aber die meisten waren schon eingeschlafen, bevor der Wagen die Stadtgrenze passiert hatte und auf der A365 Richtung Westen rollte. Nur der zweite Deutsche, der mit ihnen auf den Seitenbänken der Ladefläche durchgeschüttelt wurde, war hellwach. Für September war es hier auf über 1600 Metern Höhe empfindlich kühl. Die Feuchtigkeit, die mit den Nebelfetzen vom Issyk Kul – dem riesigen Gebirgssee im Inneren Kirgistans, an dessen Ufern Balyktschy lag – herübertrieb, trug das Ihre dazu bei, dass es nicht allzu gemütlich war. So zog der Mann den Reißverschluss seiner schwarzen Lederjacke bis an den Hals hinauf und schlug die Ohrenklappen seiner Kappe herunter – die kurzgeschorenen Haare würden seinen Kopf nicht wärmen, bis die Tem-

peratur im Tagesverlauf ordentlich anstieg. Er wusste, dass ihnen mehr als zehn Stunden Fahrt bevorstanden. Selbst wenn die Strecke frei war, würden sie mit diesem Gefährt keine Geschwindigkeitsrekorde aufstellen. Aber das war auch nicht nötig, denn ihre Fracht wollten sie ohnehin erst in den frühen Morgenstunden des folgenden Tages über die Grenze nach Kasachstan, 500 Kilometer entfernt, bringen. Bis er die Augen wieder schließen könnte, würden wahrscheinlich vierundzwanzig Stunden vergehen. Er nahm einen Schluck Tee aus der Thermoskanne und spülte damit zwei Koffeintabletten hinunter. Sein Kollege vorn würde es gemütlicher haben mit dem kirgisischen Offizier ...
«Was habt ihr eigentlich dahinten in den Kisten?»
«Etwas, das Herr Atambajew nicht mehr brauchen kann.»
Der Name des kirgisischen Präsidenten verfehlte nicht seine Wirkung auf den Soldaten. Er zog die Augenbrauen hoch.
«So was habe ich mir fast schon gedacht gestern Nacht in der Kaserne. Papiere mit 'ner Menge Stempel drauf ... Sonst hätte man euch als Ausländern auch sicher keinen Begleitschutz mitgegeben ... Immerhin seid ihr Deutsche und keine Russen. Ich hatte gehofft, dass wir das Pack endgültig los sind. Jahrzehntelang haben die am Issyk Kul ihr Marinegerät getestet, weil der so schön tief ist. Gut, wenn unser Präsident das Zeug wegschaffen lässt. Aber jetzt dürfen die Russen dort wieder weiterarbeiten. Versteh einer diese Politiker! Na ja, ist nicht meine Entscheidung.»
«Vielleicht besser so. Schnaps? Oder hat der Prophet was dagegen?»
«Als ich hier großgeworden bin, hat keiner nach dem Propheten gefragt. Ein Schluck wäre gut bei dieser Saukälte.»
Der Deutsche zog aus seinem Rucksack eine Flasche Southern Comfort und einen kleinen Becher. Nachdem der Offizier ihn mit hörbarem Genuss geleert hatte, griff der Beifahrer in seine Jacke, klopfte zwei Zigaretten aus einer Schachtel und schaute den Kirgisen fragend an. Der nickte, und der andere rauchte ihm eine Zigarette an, reichte sie hinüber und zog selbst an der zweiten.
«Wie ist das mit den Jungs dahinten? Meinst du, die trinken einen mit, wenn wir heute Nacht mit der Arbeit fertig sind?»

Der Offizier nickte; der Schnaps hatte ihn munter gemacht.
«Darauf kannst du wetten! Die kommen alle aus armen Familien. Es gibt mehr Einberufungsbescheide, als wir Soldaten brauchen. Über ein Drittel sind Berufssoldaten, der Rest Wehrpflichtige. Wer Geld hat, schiebt ein paar Hundert Dollar rüber. Die stecken sich die Einberufungsausschüsse in die Tasche, und damit hat sich's. Nur wer sich das nicht leisten kann, muss ran. Ich sag's nicht gern, aber mit den armen Kerlen wird richtig Schindluder getrieben. Haben sich öfter welche umgebracht. Für die dahinten interessiert sich niemand. Wer nicht säuft, übersteht nicht mal die Grundausbildung.»
«Dann sollen sie heute Abend nicht zu kurz kommen.»
Der Lastwagen kam entlang der Südflanke des Tian-Shan-Gebirges gut voran. Am frühen Nachmittag legte der Trupp auf der Höhe des Too-Ashu-Passes eine längere Pause ein, bei der die beiden Fremden ihre Begleiter mit Whiskey und Zigaretten versorgten. Dann rollte man auf der M41 weiter Richtung Kasachstan. Später, so hatten die Deutschen versprochen, wollten sie der Wachmannschaft genug zum Feiern dalassen. Schließlich bog man im Panfilov-Distrikt nach Nordwesten ab und wartete hinter Pokrovka, bis es Nacht wurde. Die Kirgisen schliefen oder rauchten, während die Fremden viel telefonierten und manchmal zu ihnen hinüberwinkten. Es war fast Mitternacht, als sie zu dem Offizier gingen.
«Hinter dem Ortsausgang von Kenesh wartet auf der rechten Seite ein anderer Laster auf uns. Wir laden um, trinken noch einen, und dann könnt ihr nach Hause fahren oder saufen.»
Die paar Kilometer lagen bald hinter ihnen. Es war völlig still in dem kleinen Grenzort. Der Übergang nach Kasachstan war zwar erleuchtet, aber auch dort tat sich nichts mehr. Auf einem Feldweg stand hinter einer Baumgruppe ein Laster mit kasachischem Kennzeichen; der Schlüssel steckte. Fluchend schafften die Soldaten die schweren Kisten aus dem einen in den anderen LKW. Es war halb zwei, als die Ladefläche ihres Militärtransporters leer war. Die Deutschen – jeder eine Flasche Whiskey in der Hand – bedeu-

teten ihren Helfern, es sich drinnen gemütlich zu machen. Die Männer kletterten lachend hinauf und griffen nach den Stangen amerikanischer Zigaretten, die ihre Freunde auf die Bänke gelegt hatten. Die beiden standen noch draußen und griffen wieder in ihre Rucksäcke, während die Kirgisen ihnen neugierig zuschauten. Dann sahen sie zwei Glock 21 Kaliber 45, auf die Schalldämpfer geschraubt waren. Ein paar Sekunden später waren alle Soldaten tot. Sie hatten nicht einmal schreien können. Einer der beiden Schützen zog als Letztes eine Fahne des IS aus seinem Rucksack, auf der Weiß auf Schwarz in Arabisch zu lesen war: «Es gibt keinen Gott außer Gott, und Mohammed ist der Gesandte Gottes.» Während er die Fahne in einiger Entfernung zwischen zwei Bäumen befestigte, legte der andere einen Brandsatz mit Zeitzünder in den LKW und befestigte einen zweiten im Motorraum.
Dann bestiegen sie den anderen Laster und rollten auf die Grenze zu. Ein verschlafener kirgisischer Posten winkte sie durch, als er das kasachische Nummernschild erkannt hatte. An der kasachischen Kontrollstelle hielt der LKW vorschriftsmäßig an dem Stopp-Zeichen. Der Fahrer stieg aus und ging mit Papieren in der Hand lächelnd auf den Container zu, aus dem zwei Zollbeamte zu ihm herüberschauten. Sie schoben die Glasscheibe ihrer hell erleuchteten Amtsstube zur Seite. In dem Moment zog der Fremde unter den Papieren seine Glock hervor und feuerte mit einem leisen «Plopp» jedem eine Kugel in den Kopf. Ruhig ging der Mann zum Wagen zurück, und dann fuhren sie Richtung Flughafen Taras, nur wenige Kilometer entfernt. Dort wartete bereits eine Maschine der Zentraspex, die den Luftfrachtverkehr zwischen den zentralasiatischen Staaten und Europa besorgte. Die nötigen Dokumente waren alle in Ordnung. Eine Rolle Dollarnoten für die Beamten am Flughafen beschleunigte die Abwicklung der Formalitäten. Als in der Morgendämmerung das Flugzeug abhob, explodierte knapp dreißig Kilometer südöstlich ein kirgisischer Militärtransporter, und von seiner traurigen Ladung blieb kaum etwas übrig. Eine halbe Stunde später war im IS-Online-Magazin *Dabiq* zu lesen, dass die islamistische Terrororganisation die Ver-

antwortung für den Anschlag im kirgisisch-kasachischen Grenzgebiet übernahm. Die Betreiber der Plattform waren völlig überrascht, als man ihnen Anerkennung für die rasche Reaktion zollte. Hatten sie doch die Meldung gar nicht gepostet.

Rom, 9. September, mittags
Commissario Bariello stand pünktlich am Gleis, um seinen Kollegen aus Neapel in Empfang zu nehmen. Er freute sich auf Ispettore Conti, den er über ein Jahr nicht mehr gesehen hatte. Kurz nach zwölf rauschte der Frecciarossa aus Neapel in den Bahnhof Termini, und eine Minute später hatte Bariello seinen Freund in der Menge ausgemacht und winkte ihm zu. Die Männer umarmten sich.
«Schön, dass du da bist. Es gibt ganz in der Nähe eine ordentliche Trattoria, da sind wir ungestört.»
«Das wäre gut – bist du sicher ...?»
«Ganz sicher! Der Wirt hatte mal Schwierigkeiten, und ich habe ihm geholfen. Erzähl, wie geht's dir?»
Bald darauf saßen sie in einem Hinterzimmer, wo der Wirt sie persönlich und diskret bediente. Zwei Stunden später stand vor jedem nur noch ein Espresso und ein Glas Wasser – und Bariello hatte inzwischen eine klarere Vorstellung von Tecologico gewonnen. Vor fünf Jahren war die Firma als finanzstarker Investor von den Stadtoberen Neapels begrüßt worden. Sie hatte ein riesiges Areal im nordöstlichen Teil des Hafens erworben, wo Massen- und Stückgut verladen wurde. Der Kauf hatte zig Millionen in den Stadtsäckel gespült. In der Folgezeit waren auf dem Gelände alle maroden Hallen abgerissen und die Piers saniert worden, bis dort ein hochmodernes Containerterminal stand. Alle Bauvorschriften hatte man eingehalten, alle Umweltschutzauflagen minutiös erfüllt. Es hatte keinerlei Probleme mit den Gewerkschaften gegeben. Doch gerade das hatte auch Skepsis aufkeimen lassen. Ein Journalist, der zu diesem Thema recherchierte, war unvorsichtig gewesen, über ein Kabel gestolpert und dann über die Kaimauer

gefallen. Dabei geriet er in die Schraube eines Schiffbaggers; jede Hilfe kam zu spät. Da der Mann sich unbefugt Zutritt zum Baugelände verschafft und sich dort ohne Führung eines Werksangestellten aufgehalten hatte, wollte seine Versicherung nicht zahlen. Das Konsortium, das hinter Tecologico stand, zeigte sich in dieser Situation außerordentlich generös und zahlte der verzweifelten Witwe und ihren Kindern eine Soforthilfe in Höhe von dreißigtausend Euro.

Was immer der Reporter erfahren haben mochte, verlor sich mit dem, was von ihm in den Golf von Neapel hinaustrieb. Polizisten, die damals an den Hafen gerufen worden waren, um den Unfallhergang zu rekonstruieren, fiel auf, dass sie nicht wenige Gesichter des Wachpersonals kannten. Einige von ihnen hatten sie früher schon mal als Mitglieder des Clan del Cimitero wegen verschiedener Gewalt- und Drogendelikte verhaftet. An dieser Stelle unterbrach Bariello seinen Kollegen.

«Basile Rossetti, der den Zollbeamten umgebracht hat, hat auch zu dieser Camorra-Truppe gehört.»

«Ich wusste ja, dass unser Martelletto nach Rom gezogen ist, und hatte auch nicht erwartet, dass er hier ehrbar würde, aber dass er so schnell seine Karriere wieder aufgenommen hat, überrascht mich doch. Interessant ist, dass der Mafioso, den er in Neapel erschlagen hat, einem Clan angehörte, der bis dahin weite Teile des Hafens kontrolliert hatte. Vielleicht hing das schon mit Tecologico zusammen. Jedenfalls haben sich die Machtverhältnisse im Hafen verschoben. Jetzt hat dort allein der Clan del Cimitero das Sagen. Aber weißt du, was das Verrückteste ist? Es passiert praktisch überhaupt nichts mehr in dieser Gegend! Vor ein paar Monaten hat ein Junkie an dem Pier, wo die großen Dreamliner anlegen, einer alten Amerikanerin die Handtasche weggerissen. Zwei Cimitero-Leute haben ihn geschnappt, verprügelt und der Polizei übergeben. Dann haben sie der Amerikanerin die Handtasche gebracht. Die stand noch heulend am Kai. Am nächsten Tag stand groß in der TUTTA LA VERITÀ ‹*Wachleute von Tecologico retten Amerikanerin den Urlaub*›. Wenn es nach den Stadtoberen ginge, würde man die Firma heiligsprechen. Deshalb kann man in ihrem Umfeld kaum ermitteln. Die Firmenbosse haben eine Art Standleitung zum Bürgermeister. Wenn jemand den Laden auch nur schief anguckt, steht die Stadtverwaltung auf der Matte. Die müssen wahnsinnig einflussreich sein. Deshalb wollte ich auch nicht vom Präsidium aus mit dir über die Firma sprechen.»

«Offenbar hat Martelletto nicht einmal den Arbeitgeber gewechselt, als er zu uns kam. Anscheinend hat der Werkschutz von Tecologico nur seinen Geschäftsbereich ausgeweitet und arbeitet jetzt auch in Rom. Was hast du sonst noch?»

«Nicht allzu viel. Nach dem Tod des Journalisten wollten ein paar Kollegen Tecologico etwas genauer unter die Lupe nehmen. Baugewerbe, Müllgeschäft, Gewerkschaften – die klassischen Arbeitsfelder der Camorra. Aber wo immer sich ein Ansatz für Ermittlungen zeigte, musste die Polizeileitung sofort den Oberstaatsanwalt informieren. Der hat alles, was mit dieser Firma zu tun hat, zur Chefsache erklärt, und das ist bis heute so. Fest steht, dass das Kapital zu einem großen Teil aus der russischen Hochfinanz kommt. Dann noch ein paar Fonds, und der Rest gehört der Banca Ecclesiae Campaniae, was erheblich zum Ansehen der Tecologico beiträgt, und zwar nicht nur in der Bevölkerung. Dass Kirchenmänner im Aufsichtsrat sitzen, hat auf jeden Fall geholfen, großzügige Fördermittel aus der EU abzuschöpfen. Die Kirche wirbt für den Strukturwandel Süditaliens, der dem ärmeren Teil der Bevölkerung zugutekommen soll. Bekämpfung der Arbeitslosigkeit durch Unterstützung eines zertifizierten Umweltunternehmens passt jedenfalls gut ins Portfolio der Kommissionen in Brüssel.»

«Aber jeder, der es wissen will, kann sich doch darüber informieren, dass der Dreck, den Tecologico von Neapel aus verschifft, in der Westsahara wahrscheinlich einfach irgendwo im Sand vergraben wird, oder er landet gleich auf gefährlichen Müllkippen.»

«Vincenzo, die Verantwortlichen in Brüssel werden froh sein, wenn der Röntgenschrott und das radioaktive Zeug nicht irgendwo in Europa auf wilden Mülldeponien landen. Außerdem ist es politisch nicht ganz einfach, einem Entwicklungsland zu sagen, dass man nicht glaubt, dass es über geeignete Entsorgungsanlagen verfügt. Mit dem Export von Orangen kommen diese Länder jedenfalls auf keinen grünen Zweig.»

«Trotzdem läuft da eine Riesensauerei. Wir sehen nur die Oberfläche – und die ist schon schlimm genug. Aber für mich belegen der tote Journalist in Neapel und der tote Foresta hier, dass es bei dieser Geschichte noch um mehr gehen muss. Was hat es mit dieser Francesca Barbieri auf sich? Wieso ist die mit einem Transporter von Tecologico verschleppt worden?»

«Ich habe nur so eine Ahnung: Die Frau war Mitte fünfzig, gesund, unverheiratet. Sie hatte, nach allem, was wir wissen, keine privaten Probleme und lebte auch nicht über ihre Verhältnisse. Sie hatte Freunde, sang im Kirchenchor und besuchte jedes zweite Wochenende ihre alte Mutter in Meta di Sorrento. Ich war nur anfangs mit der Sache befasst. Dann hat man die Kommission, die sich um ihr Verschwinden kümmerte, verkleinert, weil wir mit anderen Fällen viel zu tun hatten. Man kam keinen Schritt weiter, und ein paar Wochen später hieß es, es sei wahrscheinlich einfach ein tragisch verlaufener Badeunfall im Meer gewesen. So was kommt vor. Die Untersuchung läuft offiziell noch, aber es hat sich nichts Neues mehr ergeben bis zu deinem Anruf. Da fiel mir ein, dass ich bei der ersten Durchsicht der Papiere damals auf etwas gestoßen bin, das mit der Arbeit von Signora Barbieri zu tun hat. Aber außer mir war es keinem aufgefallen – und ich weiß immer noch nicht, ob das, woran ich jetzt denke, nicht doch zu weit hergeholt ist ...»

«Was denn?»

«Das Letzte, womit Francesca Barbieri sich im Gesundheitsamt befasst hat, waren Leukämiefälle bei Kindern unter sechs Jahren. Sie hat kurz vor ihrem Verschwinden eine Aktennotiz darüber angelegt, dass im vorangegangenen Jahr die Zahl der Neuerkrankungen in den inneren Stadtbezirken dramatisch gestiegen war. Gab es im Jahr davor einen Leukämiefall, waren es im Folgejahr fünf.»

«Klingt nach viel, aber man müsste wissen, was statistisch der Norm entspricht. Wenn Tecologico nicht allen radioaktiven Müll außer Landes bringt, sondern einen Teil davon in Neapel behält, dann ...»

«Aber selbst dann, Vincenzo: Wie sollen Kleinkinder damit in Berührung kommen? Am Containerterminal sicher nicht! Das ist zu gut bewacht und außerdem kein Kinderspielplatz. Und selbst, wenn das *einmal* vorgekommen wäre, okay – das wäre noch zu verstehen. Aber so oft, dass sich die kleinen Kinder gleich mehrerer Viertel mit diesem Zeug ... wie heißt das, verdammt nochmal ...?»

«... kontaminieren ...»

«Genau: kontaminieren! Das ist unmöglich. Nein, ich ... das ist keine wirkliche Spur. Es muss einen anderen Grund für die Entführung der Barbieri geben.»

Ispettore Conti fuhr noch einmal mit dem Löffel den Rand seiner Espressotasse entlang, leckte ihn ab und spülte mit dem Wasser die letzte Bitternis des Kaffees hinunter. In dem Moment deutete Bariello mit dem Zeigefinger auf das Glas.

«Wasser! Rico, das Gift könnte mit dem Wasser kommen. Das würde erklären, weshalb die Krankheit gleich in mehreren Vierteln zunimmt. Kinder sind besonders anfällig dafür – ich habe das mal im Zusammenhang mit Störfällen in ... in ... Sellafield in England gelesen. Da sind zwischen den sechziger und achtziger Jahren auch die Leukämiefälle und Krebserkrankungen bei Kindern stark gestiegen.»

Conti riss die Augen auf.

«Aber ... bei Reaktorunfällen, da ... gelangt Plutonium in die Umwelt. Doch dieses Zeug hier kommt aus dem medizinischen Bereich. Wahrscheinlich sind das ganz andere Stoffe. Ich glaube auch nicht, dass man mit Medizinabfällen solche Konzentrationen an Strahlung erreicht. Oder? ... Die bringen den Dreck doch vom Hafen aus außer Landes. Wie soll er da ins Trinkwasser gelangen? Die lagern doch alles in ihren Containerhallen. Selbst wenn da mal was freigesetzt und versickern würde, ginge das doch gleich ins Meer.»

«Ich kann dir eins schon mal sicher sagen: Es geht *nicht* alles wieder außer Landes. Wir haben eine Differenz von mehr als drei-

hundert Tonnen zwischen den Einfuhren und den Ausfuhren. Irgendwo muss der Müll geblieben sein. Was geschieht damit in Neapel? Es muss doch Ärzte geben, die mit diesen Krankheitsfällen zu tun hatten. Wer ist das? Sprich mit ihnen! Kannst du nicht mit dem DNA-Befund aus dem FIAT DUCATO einen Durchsuchungsbefehl für Tecologico bekommen?»
«Ich bin doch offiziell gar nicht mehr mit dem Fall befasst. Aber ich werde es versuchen. Anschließend muss ich wahrscheinlich wieder Streife gehen. Ich wusste, dass mit dieser Firma etwas nicht stimmt. Aber es gibt einfach verdammt mächtige Leute, die die Hand über sie halten.»
Conti versuchte ein schiefes Grinsen.
«Und ich hätte gute Lust, am 16. September mal in den Lastwagen reinzuschauen, der laut den Zollpapieren für Tecologico aus Bulgarien kommt. Mal sehen, was ich da machen kann. Lass uns versuchen, unsere Schritte miteinander abzustimmen! Nur gut, dass ich jetzt weiß, dass mir wahrscheinlich jemand in die Ermittlungen pfuschen wird. Ich werde mich darauf einstellen.
Ehe ich es vergesse! Du hast von Kirchenmännern im Aufsichtsrat der Firma gesprochen. Ich kenne euren neuen Vescovo Ausiliare Montebello. Er war bis vor einem Jahr hier in Rom. Wir beide haben eine ziemlich abenteuerliche Geschichte durchgestanden, als es um Ermittlungen im Vatikan ging. Der Mann ist absolut integer. Vielleicht kann er dir helfen. Auf alle Fälle wünsche ich uns beiden Glück!»
«Das werden wir brauchen, Enzo.»

Kapitel 10 – Der Kinderfreund

Neapel, 9. September, früher Abend
Jackey, Padre Luis und Montebello trafen sich in der Wohnung des Vescovo Ausiliare, um über ihr weiteres Vorgehen zu beraten. Der Weihbischof erzählte, er habe den Generalvikar der Diözese, Eugenio Silvestri, ins Vertrauen gezogen, und zerstreute die Besorgnis der beiden anderen, indem er den Charakter des Mannes beschrieb. Sie beschlossen, dass der Monsignore ebenfalls an den künftigen Treffen teilnehmen solle.
«Heute Morgen», sagte Jackey, «habe ich wegen unserer Suche bei jemandem in Rom angerufen. Achim Zangenberg – er ist der Chef des Deutschen Archäologischen Instituts. Ich hatte früher manchmal mit ihm zu tun, als ich noch als Papyrologin im Institut in Berkeley gearbeitet habe; er war immer sehr hilfsbereit, wenn wir Fragen hatten. Natürlich habe ich ihm nichts von unserer Entdeckung erzählt, aber ich habe ihm gesagt, dass ich Kontakt zu einem Winckelmann-Spezialisten bräuchte. Winckelmann hat doch den Männern, mit denen er den Alexandersarg aus Italien rausbringen wollte, sicher auch geschrieben. Möglicherweise finden sich ja in deren Korrespondenz weitere Hinweise, die bislang nur nicht richtig gedeutet worden sind. Sie werden es nicht glauben! Wegen des zweihundertfünfzigsten Todestags von Winckelmann ist derzeit ein Archäologe und Mitarbeiter an der historisch-kritischen Edition von Winckelmanns Werken in Rom, um über dessen einstigen Gönner Kardinal Alessandro Albani zu for-

schen. Er heißt Berliner, Lukas Berliner. Achim Zangenberg hat mir gesagt, dass er ein überaus angenehmer Zeitgenosse ist. Da er im Hause war, hat Zangenberg mich zu ihm durchstellen können. Ich habe ihm erzählt, wer ich bin und dass ich an der Bistumsgeschichte Neapels arbeite und dass mich die Frage interessieren würde, ob Kardinal Sersale vielleicht auch persönlich mit dem großen Archäologen zu tun hatte. Darüber würde ich mich gern mit einem Fachmann unterhalten, und ob ich ihn in Rom besuchen dürfe.

Signor Berliner hat sich über mein Interesse ganz offensichtlich gefreut und meinte, dass er ohnehin schon lange mal wieder das Archäologische Nationalmuseum in Neapel anschauen wollte. Kurzum – er kommt morgen hier vorbei und will zwei, drei Tage bleiben. Er bringt seinen Laptop mit, auf dem er alle seine Unterlagen zu Winckelmann gespeichert hat.»

Padre Luis runzelte die Stirn.

«Wollen Sie ihm den Brief zeigen?»

«Nein – zumindest vorerst nicht. Ich denke, er wird uns auch so sagen können, ob in Winckelmanns Briefen mal ein Kardinal Sersale oder eine besondere Entdeckung erwähnt wird. Wenn wir in unseren Gesprächen einen guten Eindruck von dem Archäologen gewinnen, können wir ihn später immer noch einweihen. Wenn nicht, belassen wir es dabei.»

Montebello nickte.

«Vielleicht haben wir ja Glück – es wäre ganz sicher hilfreich, einen richtigen Archäologen bei unserer Suche dabeizuhaben.»

Neapel, 9. September, abends

Gegen zehn Uhr abends klopfte es an der Tür zu den Privatgemächern von Wladimir Ignatjewitsch Pudanitschow. Er war beschäftigt und äußerst ungehalten. Der Butler auf dem Gang meldete ihm einen Besucher – einen Landsmann, der darauf bestanden habe, ihm auszurichten, es gehe um die Sache Winckelmann. Mit einem Seufzer richtete Pudanitschow sich auf seinem Bett auf und schaute die drei Jungen an, die ebenso nackt waren wie er selbst.

«Ihr wartet hier, bis ich zurück bin!»

Dann drehte er sich zur Tür:

«Bringen Sie den Mann in mein Arbeitszimmer und fragen Sie ihn nach seinen Wünschen! In zwanzig Minuten bin ich bei ihm.»

Er duschte sich, kleidete sich an und begrüßte kurz darauf seinen Gast.

«Guten Abend, Major Smyslow! Ich sehe, man hat sie versorgt. Für mich ist Cognac um diese Uhrzeit zu stark; er ... peitscht mich zu sehr auf.»

Der Hausherr läutete mit einer kleinen Glocke aus massivem Gold – ein Geschenk des Metropoliten von Moskau aus glücklicheren Tagen – und orderte eine Flasche Champagner.

«Was haben Sie für mich?»

Dmitri Smyslow arbeitete für den SWR – *Sluschba wneschnei raswedki*, den russischen Auslandsnachrichtendienst. Sein Aufgabengebiet war die Informationsbeschaffung auf den Feldern Politik, Ökonomie, Technik und Wissenschaft. Diese Form der Zivilspionage hatte zwar ihr vorrangiges Zielgebiet in Deutschland, doch die Mitarbeiter des SWR wurden, wo immer es nötig schien, eingesetzt – ausgestattet mit aufwendig konstruierten Biographien und nahezu unbegrenzten Finanzmitteln. Smyslow sprach mehrere Sprachen, genoss als Direktor der russischen MIR-Bank diplomatische Immunität und führte über zwanzig Agenten in ganz Italien. Die Korruption in Staat und Wirtschaft Italiens erleichterte ihnen die Arbeit erheblich. Die Kontakte Pudanitschows und seine Verbundenheit mit Russland hatten die beiden Männer bald zusammengeführt, nachdem der Großindustrielle sich in Neapel niedergelassen hatte. Man half sich, wo immer es möglich war – und es war oft möglich.

«Diese Winckelmann-Geschichte ist charmant, Wladimir Ignatjewitsch. Und das Beste ist – sie stimmt! Es existiert tatsächlich ein Brief von Winckelmann. Montebello bewahrt ihn in seinem Schreibtisch auf! Seine Putzfrau könnte ihn stehlen! Man müsste

ihn glatt warnen. Mein Mitarbeiter war ganz gerührt, als er ihn dort in einem Aktendeckel gefunden hat ...»
Smyslow überreichte Pudanitschow einen Stick mit dem Scan des Briefes.
«... Winckelmanns Brief ist kirchengeschichtlich übrigens nicht uninteressant. Wer weiß, vielleicht kann man mit diesem Dokument noch einmal ordentlich den Vatikan ärgern. Es geht darin tatsächlich um den Sarg Alexanders des Großen. Die Leute um Montebello versuchen, ihn zu finden. Offenbar ziehen sie noch einen Archäologen hinzu – einen Winckelmann-Spezialisten namens Lukas Berliner. Wir hören sie ab und beobachten sie. Halten Sie sich und Ihre Diadochen völlig aus dieser Geschichte raus und lassen die Dinge einfach laufen. So können wir in aller Ruhe unsere Züge planen. Wenn die anderen fündig werden sollten, werden wir die Sache so zu regeln wissen, dass Sie und Ihre Loge den ganzen Ruhm ernten. Wäre das in Ihrem Sinne?»
Pudanitschow nickte.
«Sie haben großartige Arbeit geleistet, Dmitri! Ich danke Ihnen sehr! Aber ...»
«Aber?»
«Wissen Sie, wenn der Sarkophag wirklich in unsere Hände gelangen sollte, dann hätte ich etwas anderes damit vor, als ihn der Loge und der italienischen Öffentlichkeit zu überlassen. Er könnte mir persönlich von Nutzen sein.»
«Inwiefern?»
«Major – ich weiß nicht, ob Sie das verstehen. Sie finden sich überall auf der Welt zurecht. Sie genießen das internationale Flair, dieses ganze Chichi, das all diese Orte und Menschen umgibt. Sie, lieber Dmitri, sind ... ein moderner Mensch. Aber ich – ich bin im Herzen immer ein einfacher Russe geblieben, und ich sehne mich fast an jedem Tag nach der Heimat, die ich verlassen musste ... na ja, Sie wissen schon.»
Der Major hob sein Glas und drehte es im Schein des mächtigen Kristalllüsters, so dass die Facetten bunte Prismen an die Stuckdecke warfen. Ja, er wusste, weshalb Pudanitschow hatte gehen

müssen – er war pädophil, und bei einem seiner Verbrechen war ein Kind gestorben. Da Pudanitschow sich im Umkreis mächtiger Persönlichkeiten aus Politik und Wirtschaft bewegte, hätte es unangenehme Folgen für die Führung des Landes haben können, wenn das Verbrechen vor Gericht verhandelt worden wäre, zumal Wahlen vor der Tür standen. Die ermittelnden Polizisten hatte man einschüchtern und zum Schweigen bringen können; aber bei der Kirche war das nicht möglich gewesen. So hatte man in aller Eile und mit sehr viel Geld einen Kompromiss ausgehandelt, der den Herrschenden ihren guten Ruf gesichert und Pudanitschow die Freiheit erhalten hatte – aber um den Preis, dass er nur noch ab und zu und für ein paar Stunden in die Heimat zurückkehren konnte.

«Wenn ich den Sarg Alexanders in meinen Besitz bringen könnte, dann ... dann könnte ich ihn der Heimat verehren. Stellen Sie sich vor – die Gebeine des größten Eroberers der Weltgeschichte würden in der Eremitage in Sankt Petersburg ruhen! Was für ein Symbol! Gerade jetzt, da unser Vaterland sich wieder auf den Weg zu alter Größe gemacht hat. Ich bin sicher, man würde mir meinen Ausrutscher verzeihen und ich dürfte wieder in Gnaden zurückkehren. Sie ahnen nicht, wie ich leide, Dmitri!»

«Unser Präsident interessiert sich für schöne Frauen und für die Jagd, Wladimir Ignatjewitsch. Sein Sinn für Kultur scheint mir weniger ausgeprägt ...»

«Aber bei unserem Ministerpräsidenten umso mehr!»

Smyslow leerte das Glas in einem Zug und stellte es auf den Schreibtisch seines Gastgebers.

«Wir werden sehen. Ich halte Sie auf dem Laufenden.»

Er wandte sich zum Gehen, und Pudanitschow begleitete ihn zum Eingangsportal seiner Villa. Dort hielt er seinen Gast noch einmal am Arm fest.

«Major! Sie ahnen es nicht!»

Smyslow nickte und ging über den Kiesweg zu dem schmiedeeisernen Tor. Davor wartete sein Chauffeur mit dem Wagen. Der Hausherr schaute ihm nach und spürte, wie Zorn in ihm auf-

wallte. Auf solch einen Lakaien angewiesen zu sein! Der Präsident, ein Mann ohne Kultur. Pah! Bald würde niemand mehr nach seinen Präferenzen fragen. Pudanitschow ballte die Fäuste und stieg die Treppe hinauf in die Beletage.
«Benötigen Sie heute Abend noch etwas, Signor Pudanitschow?»
In der Halle stand sein Butler.
«Nein, danke. Sie können sich zurückziehen. Aber sorgen Sie dafür, dass die Haustür nicht abgeschlossen wird und der Pförtner bleibt, bis meine Gäste gegangen sind!»
«Sehr wohl, Signor Pudanitschow. Gute Nacht!»
Als er sein Schlafzimmer betrat, sah er, dass sich die drei Jungen Bademäntel übergezogen hatten. Sie schauten sich im Fernsehen irgendeine Soap an. Pudanitschow griff die Fernbedienung und schaltete den Apparat aus; dann nickte er ihnen zu. Sie stellten sich vor das Bett, und er musterte sie einen nach dem anderen. Schließlich strich er mit einer Hand über die Wangen des Jüngsten und lächelte ihn an. Er drehte ihn um und gab ihm einen kleinen Schubs, so dass er aufs Bett fiel.
«Haltet ihn fest.»
Und während die sizilischen Knaben des Barons von Gloeden auf alten Fotografien entlang der Wände seines Schlafgemachs in antikisierenden Stellungen posierten, vergewaltigte Pudanitschow den Jungen, bis dieser vor Schmerzen schrie und weinte. Als der Oligarch sich befriedigt hatte, warf er drei Zweihundert-Euro-Scheine aufs Bett.
«Und jetzt verpisst euch!»

Kapitel 11 – Die Brunnen

Neapel, 10. September, morgens
Bevor die Hitze unerträglich wurde, meldete sich Ispettore Conti an der Information des Gesundheitsamtes. Dort fragte er nach den Adressen jener Ärzte, die Francesca Barbieri die ungewöhnlichen Erkrankungen gemeldet hatten. Er wurde sofort zum Behördenleiter geführt, der sich erkundigte, ob es eine neue Spur in der Vermisstensache gebe. Conti behalf sich mit der Auskunft, dass man jedem Hinweis nachgehe. Der Chef des Gesundheitsamtes nickte beifällig und ließ von seiner Sekretärin die gewünschten Namen und Adressen ausdrucken. Dabei stellte sich heraus, dass die betroffenen Stadtteile – Stella und San Carlo all'Arena, Vicaria, San Lorenzo, Avvocata, Poggioreale und Montecalvario, außerdem Vomero, Arenella, San Giuseppe, Porto, Pendino und Mercato – das Zentrum Neapels bildeten. Das kranke Herz der Stadt, wo vielfach auch die alltägliche Not besonders groß war. Der Spezialist für Bluterkrankungen in diesen Altstadtvierteln, bei dem sich nach und nach die betroffenen Familien eingefunden hatten, war Dottor Emilio Gallo. Mit ihm hatte die verschwundene Francesca Barbieri am häufigsten zu tun gehabt. Conti suchte den Hämatologen noch am Vormittag auf und erfuhr von ihm, dass er noch nie zuvor etwas Vergleichbares gesehen hatte. Inzwischen war die Zahl der Neuerkrankungen in den Altstadtvierteln auf fünfzehn gestiegen.
«Ich bin froh, dass Sie kommen. Hier passiert etwas Außerge-

wöhnliches. Es gibt noch andere Erkrankungen: Ich habe in den letzten zwei Jahren allein sieben Fälle von malignen Lymphomen in fortgeschrittenem Stadium bei Erwachsenen gesehen. Davon hatte ich in den zwanzig Jahren davor insgesamt nur drei. Von den vielen Leukämiefällen bei kleinen Kindern gar nicht zu reden! Was ist hier los? Wissen Sie etwas? Sie haben doch nicht von ungefähr bei mir um diesen Termin gebeten?»

«Was sind maligne Lymphome?»

«Bösartige Erkrankungen des lymphatischen Systems. Der eine Patient hatte vergrößerte Lymphknoten, der andere ein massives allgemeines Krankheitsgefühl, und der dritte kam wegen einer unerklärlichen Häufung von Infekten – und so weiter. In allen Fällen habe ich aggressive Krankheitsverläufe diagnostiziert. Trotz massiver Behandlungen ist bei allen die Prognose leider sehr schlecht. Ich frage Sie deshalb noch einmal: Wissen Sie etwas darüber? Meine Patienten gehören zu den Verlierern in dieser Stadt. Sie sind arm, ihr Schicksal interessiert niemanden. Sie sterben nicht bei Schießereien in Bandenkriegen oder bei einem Feuergefecht mit der Polizei. Sie sterben schwach und still. Ich habe praktisch keine Privatpatienten. Keiner fragt nach den Leuten, die zu mir kommen. Wieso also kommt ausgerechnet ein Polizist und fragt nach diesen Fällen? Wenn Sie etwas wissen, sagen Sie es mir bitte! Es könnte mir vielleicht helfen, diesen Leuten, denen ein elendes Siechtum bevorsteht, eine bessere Behandlung angedeihen zu lassen.»

«Welche Ursache vermuten Sie hinter diesen Krankheiten?»

«Ich stehe vor einem völligen Rätsel.»

«Haben Sie sich schon einmal gefragt, ob Radioaktivität der Grund sein könnte?»

«Radioaktivität? Wir haben hier keine Kernkraftwerke, und es gibt kein Atomversuchsgelände in der Umgebung. Wie also sollten meine Patienten mit radioaktiven Strahlen oder Stoffen in Berührung gekommen sein?»

«Einmal unabhängig von der Frage nach der Strahlungsquelle: Könnten radioaktive Stoffe die Ursache dafür sein?»

«Wenn Sie mich so fragen: Natürlich! Seit Tschernobyl wissen wir sehr genau, wie dramatisch die Zahlen von Leukämie, Krebs und Missbildungen zunehmen, wenn sich Radioaktivität in gefährlichen Dosen ausbreitet. Aber hier? Bei uns in Neapel? Wo soll das Zeug herkommen, und wie soll es sich über mehrere Quartiere verbreiten? Es hat ja auch nirgendwo in Nachbarländern einen Reaktorunfall gegeben.»
«Und wenn es über das Trinkwasser passieren würde?»
Emilio Gallo stutzte.
«Wie kommen Sie darauf? Natürlich würde das manches erklären. Kinder sind in ihren ersten Jahren sehr sensibel … und bei Erwachsenen könnte das die Lymphome … Aber das Trinkwasser kann es trotzdem nicht sein. Dann hätten wir eine Epidemie – dafür sind es wieder zu wenige Fälle.
Haben Sie einen konkreten Verdacht? Wissen Sie, seit Signora Barbieri nicht mehr im Gesundheitsamt ist, ist die Sache offenbar komplett vom Tisch. Sie scheint die Einzige gewesen zu sein, die begriffen hat, wie dramatisch die Entwicklung ist. Wenn ich jetzt dort anrufe, werde ich immer mit einem anderen Sachbearbeiter verbunden, der mir verspricht, die Sache der Behördenleitung vorzutragen. Aber ich bekomme nie eine Rückmeldung.»
«Nein, Dottor Gallo, ich habe noch keinen konkreten Verdacht. Aber ich mache mir meine Gedanken. Sie haben mir jedenfalls sehr geholfen. Ich werde Sie informieren, sobald ich etwas herausgefunden habe!»
Noch bevor Conti seinen Freund Bariello in Rom darüber informierte, was er von Dottor Gallo über die Zunahme der Erkrankungen erfahren hatte, hatte der Leiter des Gesundheitsamtes mit der Firmenleitung von Tecologico telefoniert. Von dort aus pflanzte sich die Nachricht, dass in Neapel Nachforschungen wegen Leukämiefällen und Krebserkrankungen unklarer Genese aufgenommen worden waren, in der Stadt, aber auch bis nach Rom fort.
Conti ließ seinen Wagen an der Via Tribunali vor der Arztpraxis stehen. Es war Mittag geworden, und sowohl die Auskünfte des

Mediziners als auch die Sonnenglut, der Verkehrslärm und die Abgase setzten ihm zu. Sein Hemd klebte ihm am Körper, und er hatte das Gefühl, als würden ihm all die Ausdünstungen dieses Molochs den Atem nehmen. Er kaufte sich eine Flasche Wasser an einem Kiosk, und während er gedankenverloren den Weg zur Klosterkirche San Gregorio Armeno einschlug, hielt er sich das eiskalte Getränk an Stirn und Schläfen. Er betrat das Gotteshaus, beugte das Knie vor dem Hauptaltar und genoss für einen Moment die Stille und das von der Frühmesse noch weihrauchgeschwängerte Halbdunkel des mächtigen Barockbaus. Sein Blick fiel auf das Gemälde von Francesco Pacecco de Rosa, das eine Verkündigungsszene zeigte. Der heranschwebende Engel deutete mit der Rechten nach oben, während er in der Linken eine weiße Lilie hielt. Die Madonna neigte gottergeben den Kopf, die gekreuzten Hände über der Brust – sie schien sich trotz der Erschütterung durch die Nachricht, zur Gottesgebärerin zu werden, auf ihre künftige Mutterschaft zu freuen. Sosehr Conti dieses Motiv auch liebte, das ihn seit seiner Kindheit mit Frieden und Hoffnung erfüllt hatte, und sooft er es auch schon in Kirchen und Museen betrachtet hatte – diesmal wühlte es ihn auf, weil er an die kleinen Kinder der Stadt dachte, die einer tödlichen Gefahr ausgesetzt waren. Er durchquerte eilig die Kirche, um zum Klostergarten zu gelangen, wo hohe Mauern, Bäume und Bänke Ruhe verhießen. Das Zentrum des Gartens bildete ein Brunnen Matteo Bottiglieris mit den Statuen Christi und der Samariterin, umgeben von Delfinen und anderen Meereswesen. Als der Kriminalbeamte ins Licht hinaustrat, sah er, dass er nicht allein sein würde. Eine Mutter hatte mit ihrer kleinen Tochter ebenfalls diesen Ort der Zuflucht vor Lärm und Hitze aufgesucht. Er nickte der Frau zu, die zurücklächelte, und setzte sich dann auf die andere Seite des Brunnens, von wo aus er das Kind betrachtete, das seine Arme ins Wasser tauchte und fröhlich quiekte, als es die Kühle spürte, und dann die Händchen in den Mund steckte, um etwas von der Frische abzuschlecken.

«Nicht, Chiara, dieses Wasser soll man nicht trinken! Komm, ich habe Tee für dich.»

Conti betrachtete die Figurengruppe: Jesus war allein, als er die Samariterin am Brunnen traf und sie bat, ihm zu trinken zu geben. Als sie sich wunderte, dass er, der Jude, von ihr, der Samariterin, etwas zu trinken erbat, sagte er zu ihr, wenn sie wüsste, wer er sei, würde sie ihn bitten, ihr das Wasser des Lebens zu reichen.
«Nein, Chiara, hör auf! Dieses Wasser soll man nicht trinken, das ist nicht gesund. Komm jetzt her zu mir!»
Conti erstarrte – und während er im Bruchteil einer Sekunde durchschaute, was geschehen war, spürte er Übelkeit in sich aufsteigen. Es war nicht das Leitungswasser! Es war das Wasser aus den städtischen Brunnen. Sie fanden sich überall – auf kleinen Grünflächen, im Umfeld von Kirchen, auch in Hinterhöfen! Kinder spielten dort im Sommer, und sicher tranken die Kleineren manchmal aus den Brunnenbecken, weil sie noch nicht verstanden, dass ihnen davon schlecht werden konnte. Und wer weiß, ob nicht gelegentlich auch ein Erwachsener in der Hitze seine Vorsicht vergaß. Kam doch das Wasser aus dem Berg und war durch Zigtausende Kubikmeter Tuffstein gefiltert worden, ehe es in die unterirdischen Zisternen gelangte. Dort sammelte es sich und wurde als Brauchwasser wieder an die Oberfläche gepumpt. Die Gefahr steckte irgendwo im Berg! In jenem Berg, an dessen Hängen die Stadt emporwucherte. In jenem Berg mit seinen zahllosen Gängen und Höhlungen, die seit Jahrtausenden als Verstecke, Abfallplätze, sogar als Wohnungen und als Kirchen genutzt worden waren – in jenem Berg wohnte der Tod.
Der Inspektor sprang auf.
«Du sollst das nicht trinken, hat deine Mutter gesagt!»
Die Kleine erschrak, als der fremde Mann sie anblaffte. Sie begann zu weinen und lief zu ihrer Mutter, die Conti entgeistert anstarrte. Eine Sekunde später schoss ihr die Zornesröte ins Gesicht, und sie setzte zu einer heftigen Erwiderung an, was ihm denn einfalle!
«Sie haben recht, Signora! Dieses Wasser *ist* gefährlich! Viel gefährlicher, als Sie ahnen! Geben Sie acht, dass Ihre Tochter nirgendwo mehr aus einem Brunnen in der Stadt trinkt!»

Und während er schon aus dem Klostergarten lief, drehte er sich noch einmal um und rief über die Schulter:
«Und sagen Sie das auch allen Frauen mit kleinen Kindern in Ihrem Viertel und überhaupt allen, die Sie mit kleinen Kindern treffen!»
Dann verschwand er wieder in der Kirche, während ihm die Frau verwirrt hinterherschaute. Er zog, als er zu seinem Wagen lief, sein *cellulare* hervor und drückte die Wahlwiederholung.
«Vincenzo, es sind die Brunnen in der Stadt! Verstehst du? Die Brunnen! Nicht die Trinkwasserleitungen! Das Wasser kommt aus dem Berg. Da unten sammelt es sich in den uralten Zisternen und kommt von dort in die öffentlichen Brunnen – und wer weiß, wohin sonst noch. Kinder spielen an diesen Brunnen und nehmen so die Radioaktivität auf. Das Zeug muss im Berg stecken. Wir müssen die ganzen Hohlräume absuchen und brauchen Spezialisten vom Militär, die was von radioaktiven Stoffen verstehen. Auf jeden Fall müssen die Brunnen abgestellt und die Eingänge zum Berg versiegelt und bewacht werden. Ich bin unterwegs zum Präsidium und muss jemanden finden, der einen Geigerzähler hat und Radioaktivität messen kann. Drück mir die Daumen, dass mich meine Kollegen nicht für übergeschnappt halten! Wahrscheinlich melde ich mich gegen Abend wieder! Wie kommst du voran?»
«Ich besorge mir heute den Durchsuchungsbefehl für den Schrotthändler. Wenn ich da irgendetwas von Tecologico finde, ist als Nächstes die Zentrale in Rom dran. Sprich du mit deinem Kollegen, der die Ermittlungen in Sachen Barbieri leitet!»
«Alles klar, Vincenzo! Mach ich. Viel Erfolg! Ciao!»
Als Conti schweißgebadet bei seinem Auto angekommen war, wurde ihm klar, dass es kein Durchkommen durch den Mittagsstau geben würde. Er steckte das Blaulicht aufs Dach, schaltete die Sirene ein und zog im nächsten Moment auf die Gegenfahrbahn, wo ihn seine Mitbürger verfluchten und schauten, dass sie ihm irgendwie aus dem Weg kamen.

Rom, 10. September, nachmittags
Ein schwerer Geländewagen hielt vor der Toreinfahrt am Parco Rottami des Schrotthändlers Vito Battaglia. Vier sportlich gekleidete Männer stiegen aus. Sie ließen sich nicht von dem Bellen der Hunde beeindrucken, die sie von früheren Besuchen kannten. Es dauerte nicht lange, bis der Besitzer des Platzes erschien.
«Ah, kommt eine neue Lieferung für das Lager, oder muss ich nur umpacken?»
«Heute nicht, Vito. Keine neue Lieferung. Wir wollen uns nur mit dir unterhalten.»
«Kommt rein!»
Battaglia führte die Besucher in dieselbe Werkstatt, wo er wenige Tage zuvor mit Bariello gesprochen hatte. Die Männer verteilten sich in dem Raum. Der Wortführer ließ sich auf einem der alten Holzstühle nieder.
«Wie gehen die Geschäfte?»
«Ach, könnte besser sein. Aber ich bin zufrieden. Wie sieht es bei euch aus?»
«Wir sind besorgt, Vito. Wir haben den Eindruck, dass es bei dir seit einiger Zeit ganz schlecht läuft.»
Battaglia war verunsichert. Er schaute von einem zum anderen, ging zum Kühlschrank, holte den Grappa heraus und dann die Gläser aus dem Regal. Während er seine Besucher aus den Augenwinkeln beobachtete, goss er allen ein.
«Salute!»
Er hob sein Glas und prostete den anderen zu, die sich aber nicht von ihren Plätzen bewegten. So stellte er seinen Schnaps wieder auf den Tisch.
«Wie kommt ihr denn darauf, dass es bei mir schlecht läuft?»
«Was hast du mit dem FIAT DUCATO gemacht, den Martelletto dir vor einem Jahr gebracht hat?»
«Na ja, der war noch gut in Schuss. Da wollte ich ihn nicht gleich in die Schrottpresse stecken. Ich hab ihn noch eine Weile auf dem Hof stehen lassen ...»
«... und ihn auf dich umgemeldet.»

«Ja, die Ummeldung – ich wollte keine Scherereien, falls die Polizei mal hier vorbeikommt.»

«Vito, weißt du, was passiert ist?»

«Du meinst die Sache mit dem Unfall?»

«Martelletto hat den Foresta-Job mit dem alten DUCATO erledigt, den es eigentlich gar nicht mehr hätte geben dürfen. Wir haben dir den Karren geschickt, damit du ihn verschwinden lässt – für immer.»

«Ja, ich weiß. Aber Martelletto hätte ihn auch gar nicht nehmen dürfen! Er wusste das; ich hatte es ihm gesagt. ‹Nie den DUCATO!› Weiß der Teufel, was ihn geritten hat, ausgerechnet den Transporter...»

«Vielleicht, weil er damit schon die Frau für uns hat verschwinden lassen. Weißt du, Martelletto war nicht besonders schlau. Jetzt haben wir erfahren, dass die Bullen in dem DUCATO noch Spuren von ihr gefunden haben. Das ist nicht gut, Vito. Die werden nämlich wiederkommen und hier alles auf den Kopf stellen. Sie werden dich mitnehmen und dich verhören – stundenlang, tagelang, wochenlang. Wahrscheinlich gehst du in den Knast. Tja, und da hat Don Giglio gesagt, es kann Vito nicht gut gehen, sonst hätte er nicht für ein paar Kröten die Kiste behalten. Er hätte sie verschrottet, wie ich es ihm befohlen habe. Deshalb hat er gesagt, fahrt mal bei ihm vorbei und seht nach, was los ist.»

«Eduardo, mein Freund, sollen die Bullen doch kommen! Was soll's – ich weiß von nichts, und ich sag nichts. Egal, was die wissen wollen! Don Giglio kann sich auf mich verlassen. Wie immer.»

«Wie immer? Was war denn mit dem DUCATO? Nennst du das zuverlässig? Don Giglio schickt uns, um dir zu sagen, dass er sehr unzufrieden ist mit dir. Bei diesem Geschäft sind internationale Partner dabei. Die sind richtig sauer. Es geht nicht nur um viel Geld, es steht für uns alle viel auf dem Spiel – so viel wie noch nie. Und da kommst du Vollidiot und glaubst, du musst für dein schäbiges Geschäft einen Wagen abzweigen, den du für den Don beseitigen sollst. Vito, wie kann ein einzelner Mensch so blöd sein?»

Battaglia war leichenblass geworden.

«Eduardo, bitte! Es war ein Fehler, ich sehe es ein! Es tut mir leid! Ehrlich! Bitte, sag das Don Giglio! Es wird nicht noch mal passieren, und er muss sich keine Sorgen machen. Selbst wenn hier die Polizei auftaucht, selbst wenn die mich kreuzigen, ich sage nichts – kein Wort! Ihr kennt mich doch. Ich habe doch nie Schwierigkeiten gemacht. Ich würde nie einen von euch verpfeifen oder dem Don Probleme machen! Ich bin doch nicht verrückt; ich halte den Mund.»
Eduardo schaute sein Gegenüber lange an. Dann nickte er.
«Ja, Vito, du musst unbedingt den Mund halten. Ich werde dem Don sagen, dass sich so etwas nie mehr wiederholen wird.»
Eduardo hob sein Glas, und auch die anderen kamen an den Tisch und tranken ihren Schnaps mit Vito Battaglia.
«Trotzdem müssen wir sehr vorsichtig sein, Vito. Wo hast du die letzten Kisten versteckt?»
«Die Kisten sind leer, Eduardo. Alles ist verpresst mit ein paar alten Kutschen. Da ist nichts mehr übrig. Kein Stück mehr. Niemand bekommt das Zeug mehr auseinander. Und wenn die nächste Lieferung Schrott von hier mit dem Zug nach Neapel geht, könnt ihr wieder alles nach China oder Afrika liefern – wo sie eben gerade Altmetall brauchen. Da merkt kein Mensch was.»
«Fein! Aber der Don hat gesagt, wenn die Bullen jetzt kommen, sollen sie nichts mehr finden – gar nichts mehr. Noch nicht einmal die Kisten. Also, wo hast du sie?»
Battaglia ging voran und führte seine Besucher zu einer seiner Werkstattgruben. Er schob eine Lage Bretter beiseite, so dass darunter die Hebesäule sichtbar wurde. Er stieg eine kleine Eisenleiter hinunter bis auf den Boden der Grube, öffnete die Klappe einer Seitenwand und verschwand dahinter. Einen Moment später steckte er den Kopf wieder heraus.
«Könnt ihr mal mit anfassen? Es sind noch ein halbes Dutzend Kisten. Wenn ihr mit anpackt, sind wir in zehn Minuten fertig und haben das Zeug verpresst.»
Eduardo gab seinen Männern einen Wink. Er selbst blieb am Rand der Grube stehen, während die anderen mit anfassten und

die großen leeren Metallkisten herauswuchteten, auf denen kyrillische Schriftzeichen standen. Battaglia verschwand und kam mit einem Gabelstapler wieder, den sie zweimal beluden, um die Fracht zur Schrottpresse zu bringen. Bevor er die erste Ladung mit einem kleinen Hebekran in den Schlund der Maschine warf, holte er für jeden ein paar Ohrenschützer.
«Gegen den Krach der Presse! Wenn ihr die Dinger nicht aufsetzt, seid ihr für die nächsten Stunden taub.»
Eduardo lachte und zog sich den Gehörschutz über. Die anderen folgten seinem Beispiel. Dann erst setzten sie die Maschine in Gang, die die ersten drei Kisten unter Kreischen, Dröhnen und Krachen innerhalb von zwei Minuten zu einem Quader formte. Battaglia warf die nächsten drei Kisten in die Presse, stieg dann von seinem Kran und drückte den Knopf, mit dem er die tonnenschweren Kiefer, die das Metall zermalmten, in Bewegung setzte. In diesem Moment fühlte er, wie sie ihn packten und hochhoben. Er versuchte, sich schreiend und strampelnd zu wehren. Doch die Männer aus dem Clan del Cimitero waren unbarmherzig.
«Ciao, Vito! Ich werde dem Don sagen, dass du den Mund hältst.»
Das Gebrüll des Schrottplatzbesitzers rührte einzig seine Hunde, die am Hofeingang zu heulen begannen, während die Männer unter ihren Ohrenschützern nichts mitbekamen. Sie warfen ihr Opfer in das Maul der Maschine, die alles, was einmal Vito Battaglia gewesen war, samt den Kisten zu einer Masse aus Metall, Blut und Knochen zusammenquetschte. Danach setzte sich Eduardo in den Führerstand des kleinen Krans und hob den Block aus der Presse heraus. Er fuhr ihn ein stückweit weg vom Ort des Geschehens und lagerte ihn gut sichtbar auf ein paar anderen Schrottblöcken. Wer ihn dort oben liegen sah, ahnte nicht, dass er seine Form noch aus anderen Gründen erhalten hatte, als künftig für Recyclingzwecke zu dienen.
«Geht noch mal über das Gelände und seht nach, ob ihr irgendetwas findet, was die *sbirri* interessieren könnte! Ich schaue mich in seinem Büro um. Wenn ihr fertig seid, kommt rüber!»
Die Männer schwärmten aus. Nach einer Viertelstunde stießen sie

wieder zu Eduardo, der in den wenigen Notizen, die die Buchhaltung Battaglias darstellten, ebenfalls nichts entdeckt hatte, das ihm bedenklich erschienen wäre. So nahm er lediglich ihre vier Schnapsgläser mit und verließ mit den anderen den Schrottplatz.

Kapitel 12 – Der Nachtwächter

Neapel, 11. September, morgens

Montebello besuchte seinen Amtsvorgänger Abelardo Sanna. Er hatte ihn bislang nur einmal getroffen, als er zum neuen Vescovo Ausiliare geweiht worden war. Eigentlich hatte man die Stelle des alten Weihbischofs, der inzwischen über achtzig war, gar nicht mehr besetzen wollen. Aber die Anforderungen der notleidenden Stadt waren so groß, dass Papst Laurentius schließlich doch den Bitten des Erzbischofs von Neapel, Egidio Fabbri, um Unterstützung entsprochen hatte. Montebello spürte die Last seiner neuen Würde umso stärker, je mehr er mit den vielfältigen Problemen seiner Heimatstadt wieder vertraut wurde, die ihm während der langen Jahre in Rom fremd geworden war. Nun, da das Hochfest San Gennaros herannahte, suchte er den Rat Sannas. Der hatte sich im Alter in den Convento dell'Immacolata zurückgezogen – eine Franziskanergemeinschaft im Stadtteil Vomero. Als der neue Weihbischof in die Bibliothek des Konvents geführt wurde, erhob sich der weißhaarige Geistliche mit Mühe aus seinem Stuhl, um ihn herzlich zu umarmen.

«Wie schön, Gian Carlo, dass du mich besuchst! Es ist ruhig geworden um mich – und um ehrlich zu sein, bin ich ganz froh darüber. Das Amt hat mich viel Kraft gekostet, und mit meiner Gesundheit steht es nicht zum Besten. Diese Stadt ringt mit dir jeden Tag. Wenn du so alt bist wie ich, wirst du merken, wie sehr dich dieses Ringen ausgezehrt hat. Doch wie steht es mit dir? Hast

du dich wieder eingelebt in deiner alten Heimat? Was man so hört, war deine Berufung auch für dich selbst eine Überraschung.»
«Ich bewege mich noch unsicher und tastend. Dabei brauche ich mein ganzes Gottvertrauen, dass ich irgendwie einen Weg finden werde, die Ansprüche zu erfüllen, weil ER mich in diese Stellung geführt hat. Jemand, den ich mir dafür zum Vorbild nehmen kann, ist gewiss Monsignor Silvestri.»
«Ah, unser wunderbarer Generalvikar! Er kommt immer wieder mal bei mir vorbei; vor zwei Tagen erst war er da. Vor Jahren bin ich einmal mit ihm durch Sanità gegangen und habe gehört, wie die Leute ihn dort ‹Monsignor Vesuvio› genannt haben. Ich habe gelacht und gesagt, mein lieber Bruder Eugenio rauche wirklich wie ein Vulkan. Aber da haben sie mir geantwortet, der Grund für seinen Spitznamen sei, dass er gelegentlich so explodiert wie der Vesuv – dann sollte man sich tunlichst nicht in seiner Nähe aufhalten. Er rückt nämlich gern höchstpersönlich Leuten auf den Pelz, die Mietwucher treiben oder arme Leute betrügen oder Minderjährige zur Prostitution verführen. Du hast ganz recht, wenn du ihn dir als Beispiel nimmst, wo immer es um die materielle Lage der Notleidenden geht!
Aber es ist auch eine traurige Wahrheit, Gian Carlo, dass die Nöte manchmal gar nicht zu lindern sind. Deshalb brauchen die Menschen hier nicht nur den Mitkämpfer. Sie brauchen ebenso den Seelsorger, der ihnen dort beisteht, wo ihr Kampf verloren ist. Mein Bruder, vergiss das nie! Kennst du das Gelassenheitsgebet? Es stammt wohl von Reinhold Niebuhr. Er bittet Gott, ihm die Gelassenheit zu geben, Dinge hinzunehmen, die er nicht ändern kann, den Mut, Dinge zu ändern, die er ändern kann, und die Weisheit, das eine vom anderen zu unterscheiden. Bete du oft dieses Gebet – sonst bist du in Neapel verloren!»
«Ich will gern deinen Rat beherzigen! Heute komme ich tatsächlich zu dir wegen einer geistlichen und nicht wegen einer weltlichen Angelegenheit. In ein paar Tagen soll ich in Vertretung von Arcivescovo Fabbri das Pontifikalamt am Patronatstag von San Gennaro zelebrieren. Ich merke, wie ich nervös werde, wenn ich an

die Ekstase der Gläubigen denke, wenn die Glasphiole gedreht wird und alle auf die Heiltümer starren, ob sich nun das Blut verflüssigt oder nicht. Tatsache ist, dass die Verflüssigung ja bei den letzten beiden Festen des Heiligen ausgeblieben ist – genau genommen, seit ich hier Weihbischof geworden bin.»
«Das eine hat nichts mit dem anderen zu tun, Gian Carlo! Was beschäftigt dich noch?»
«Ehrlich gesagt, die Parenti ...»
Der Alte lachte.
«Ach, deswegen kommst du! Das ist es, was euch jungen Leuten zu schaffen macht! Gianni, ich weiß nicht, ob man sich je an die Ausstrahlung der Parenti gewöhnen kann. Mir ist es nie gelungen. Jetzt im Alter denke ich sogar, es wäre ein Fehler, es auch nur zu versuchen. Diese Frauen haben eine so starke spirituelle Kraft, dass man sie geradezu körperlich fühlt. Es hat mich immer aufgewühlt, wenn sie begonnen haben, zu singen und zu beten: *Durch dein Blut und dein Haupt befreie uns von den Stürmen. Durch dein Haupt und dein Blut befreie uns von allem!* Versuch erst gar nicht, dich mit dem Verstand dagegen zu wappnen. Nimm es als das, was es ist: als machtvolle Bitte um ein Wunder. Nichts anderes brauchen wir in dieser Stadt. Hier in Neapel bedürfen wir des Beistands der Heiligen vielleicht noch mehr als in anderen Gegenden dieser Welt. Nimm also die wunderbare Stärke dieser Frauen und ihrer Gebete, und lass dich davon tragen bei allem, was du tust. Vergiss, dass du Historiker bist! Das wird dir hier nicht viel nützen. In Neapel Bischof zu sein ist einfach *das ganz Andere* unserer Berufung, und es verlangt auch *das ganz Andere* von dir. Du musst dich darauf einlassen – und ebenso auf die Parenti, die so ganz und gar in diese geschundene und doch so herrliche Stadt passen, weil auch sie *das ganz Andere* in unserer Welt sind. Es gibt niemanden, der ihrer Kraft widerstehen könnte – glaub einem alten Priester! Niemanden!»
Montebello spürte, wie die Worte Sannas ihm nahegingen, der länger in Neapel gewirkt hatte, als Montebello auf der Welt war.
«Danke, Vater! Ich will es bedenken.»

Der Alte lächelte.

«Es wird gut gehen am Tag unseres San Gennaro. Du wirst sehen. Mach dir keine Sorgen! Sag mir was anderes: Welche Kasel trägst du an seinem Festtag? Die Neapolitaner lieben die reich bestickten Gewänder. Spar nicht an den Spitzen, schau dir an, wie kostbar der Mantel ist, der um das Reliquiar unseres Heiligen liegt, und nimm dir ein Beispiel daran!»

«Angesichts der Not der Menschen hier wollte ich eigentlich ein ganz einfaches rotes Messgewand tragen. Ich habe es schon vor Jahren in Rom anfertigen lassen für die Feiertage der Märtyrer, und es passt mir noch immer.»

«Bring doch die Leute nicht um ihre Augenweide, Gian Carlo! Es ist der wichtigste Tag unseres Stadtpatrons – der Tag, an dem er zum Märtyrer wurde und sein Blut vergossen hat. Alles muss schön sein! Schau dir die Torrone an, mit den gerösteten Nüssen und dem karamellisierten Zucker darauf! Diese herrlichen kleinen Kunstwerke verkaufen sie an diesem Tag überall auf den Straßen. Alle lieben die Torrone. Sie sind nicht gesund, aber alle haben ihre Freude daran. Genauso an den Figürchen von San Gennaro und an dem anderen Kitsch, der so hübsch ist und nicht nur das Herz der Kinder erfreut. Lass den Leuten an diesem Tag ihre einfachen Freuden! Sie sehen nicht viel Schönes in ihrem Alltag. Also sei du ein Teil davon, woran sie sich freuen können! Du musst hier niemandem beweisen, dass du kein Verschwender bist. Das sieht man auch so.»

Mit einem Mal änderte sich der heitere Gesichtsausdruck von Abelardo Sanna.

«Da gibt es ganz andere in unseren Reihen, bei deren Anblick sich mir der Magen umdreht. Wenn du wüsstest, wie es in deren Palazzi aussieht! Da laufen sie über dicke Perserteppiche, und in ihren Empfangsräumen hängen Kristallleuchter. Die Fenster ihrer Hauskapellen sind mit hauchdünnen Scheiben aus schneeweißem Carraramarmor ausgelegt, damit das durchscheinende Licht einen besonders weichen Glanz verbreitet. Ihre Gebetsstühle sind aus Teakholz, und ihre Badezimmer sind so teuer, dass ein einfacher

Mann so viel Geld in seinem ganzen Leben nicht verdienen könnte, um sie zu bezahlen. Dagegen bist du ein Waisenknabe, selbst wenn du dir dein Messgewand bei La Pianeta celeste anfertigen lassen würdest – dem teuersten Geschäft Neapels für Priestergewänder. Ich will gar nicht wissen, wo die anderen all das Geld für ihren Lebenswandel herhaben; ich weiß nur, dass manch einer unserer Landpfarrer im Monat mit achthundert Euro auskommen muss. Aber ein paar aus unserem hohen Klerus sitzen in Aufsichtsräten von Banken und Unternehmen. Damit verschaffen sie denen einen guten Namen, und das vergolden ihnen die Firmen mit stattlichen Bezügen. Aber vergib mir! Ich bin ein alter Mann, der sich gehen lässt!»

«Nein, ich verstehe dich gut. Aber an welche Firmen denkst du konkret?»

«Das Hauptproblem ist, dass es bei uns ja kaum noch große Industrie gibt, seit in Bagnoli das Stahlwerk eingegangen ist. Ein bisschen Werftbetrieb haben wir noch, Textilproduktion, Lebensmittel – aber das war's auch schon. Dafür haben wir viele Familienbetriebe, die sich kaum über Wasser halten können und wo sich alle bis aufs Blut selbst ausbeuten. Das reicht aber nicht, um das Elend bei uns zu überwinden, auf dem das Böse dieser Stadt wuchert. Zwanzig Prozent Arbeitslose in der Region Neapel – fast das Doppelte unseres Landesdurchschnitts! Aber ich rede schon wie unser Generalvikar ...»

«Nein, sprich weiter!»

«Deshalb haben sich alle Tecologico zu Füßen geworfen, als diese Firma das Gelände am Hafen gekauft und in den Neubau des Terminals investiert hat. Sie sagen, da sind Arbeitsplätze entstanden, und jetzt fließt ordentlich Umsatzsteuer. Aber niemand fragt sich, was das für Leute sind und was sie für Geschäfte machen. Ich habe nichts Gutes über sie gehört, wenn ich mit den Leuten aus meiner alten Gemeinde gesprochen habe. Sie sagen, da seien viele aus der Camorra angestellt worden. Niemand kennt auch nur einen einzigen anständigen Mann, der sich dort beworben und eine Stelle bekommen hätte. Keiner weiß, was die eigentlich treiben. Sie passen auf irgendetwas auf – sagt man. Aber was soll da eigentlich so schützenswert sein, dass der Werkschutz schwer bewaffnet herumläuft? Man hat mir gesagt, das sei ein Recycling-Unternehmen. Aber wozu braucht ein solches Unternehmen Dutzende von Mafiosi zum Aufpassen? Und gerade in dieser Firma sitzt einer unserer Monsignori im Aufsichtsrat. Und genau das ist einer von denen, die leben wie die Fürsten. Ich will dir sagen, wofür der da seine Bezüge bekommt.»

Den alten Priester hatte der Zorn gepackt.

«Ich denke, dafür, dass alle Welt glaubt, wenn die Kirche dabei ist, dann wird schon alles seine Ordnung haben. Hat es aber nicht, Gianni! Hat es nicht! Manch einer unserer Mitbrüder bewegt sich in übler Gesellschaft und macht krumme Geschäfte. Vor ein paar Jahren hat man Giulio Lampada verhaftet – einen Boss der kalabresischen 'Ndrangheta. Aber weißt du, was er auch noch war? Cavaliere des Ordine Pontificio di San Silvestro Papa, also unseres Päpstlichen Ordens des heiligen Papstes Silvester!»

«Das gibt es nicht!»

«Und ob es das gibt! Es gibt nicht nur viele Verbrecher in der Camorra, die sich für gute Katholiken halten, sondern es gibt auch Geistliche, die diesem Abschaum Hilfe zuteilwerden lassen – sowohl spirituell als auch bei ihren dreckigen Geschäften. Wir hatten in den Neunzigern einen Pfarrer in Kalabrien, Don Franco Mondellini, der für einige der Bosse als Drogenkurier gearbeitet hat. Als man ihn festgenommen hat, war er mit drei Kilo Kokain unterwegs nach Paris. Und das ist jetzt nur *ein* Beispiel. Diese Geistlichen entehren nicht nur unsere Kirche, sie lassen durch ihre Handlungsweise die Verbrecher glauben, sie lebten im Einvernehmen mit der Kirche. Und weißt du, was das Schlimmste ist? Solche Kirchenmänner verhöhnen ihre ermordeten Amtsbrüder, die gegen die Mafia aufgestanden sind! Ich kannte Peppino Diana und Pino Puglisi – die mutigsten Priester, denen ich je begegnet bin. Als Pino Puglisi seinen Mördern gegenüberstand, hat er sie angelächelt und gesagt: ‹Damit habe ich gerechnet.›

So ist das immer noch bei uns, Gian Carlo! Kirchenmänner und

Mörder, Mädchenhändler, Drogenhändler, Erpresser, Räuber und Vergewaltiger. Die machen Wallfahrten, sie tragen Heiligenfiguren in Prozessionen und spenden für kirchliche Belange. Ich spucke auf ihr Blutgeld!»
Sua Eccellenza Sanna verzog das Gesicht, als würde er wirklich im nächsten Moment auf den Teppich spucken. Dann fuhr er fort: «Unsere eigenen Leute verbessern deren Ruf. Das macht sie unter ihresgleichen und vor allem für die Jugend in den Elendsvierteln zu teuflischen Vorbildern. Scheinbar immer noch mit Gottes Dienern im Reinen! Tja, und so ein Diener unseres Herrn sitzt nun im Tecologico-Aufsichtsrat und wird reicher und reicher, erfreut seine Gemeinde mit hohem Spendenaufkommen und schreitet einher wie ein Pfau.»
«Aber wenn das so ist, weshalb geht dann keiner dagegen vor – hier oder in Rom? Der Papst lässt doch keinen Zweifel daran, dass er den Luxus seiner Mitbrüder ablehnt – und erst recht, wenn er aus trüben Quellen fließt. Er hat solche Amtsträger schon abberufen.»
«Das schon, mein Lieber, aber du musst alles nachweisen können und es dokumentieren! Was willst du denn machen, wenn ein Monsignore von anonymen Spendern mit einem Geldkuvert in seinem Briefkasten beglückt wird oder der Klingelbeutel überläuft oder die Opferstöcke in seiner Kirche? Man darf sich wundern, aber man darf nichts sagen. *Pecunia non olet!* Für diese Priester stinkt das Geld eben nicht – und so kann auch keiner den Geruch bis dorthin verfolgen, wo es herkommt. Und ich sage dir, Gian Carlo, dieses Geld stinkt – es stinkt nach Blut. Nur wer Gewalt und Mord kaschieren will, lässt sich das so viel kosten, glaub mir! Eines Tages kommt es ans Licht. Du wirst es sehen! Beten wir, dass wir dann nicht in Entsetzen erstarren ob der Schuld, die Kirchenmänner auf sich geladen haben, weil sie mit Verbrechern paktieren! Wenn das Blut unseres San Gennaro sich nicht verflüssigt, weil der Heilige unzufrieden ist, dann sei ganz sicher, dass das nichts mit dir zu tun hat. Wahrscheinlich kotzt der Heilige in seinem Reliquiar wegen solcher Geschichten, in die die Stadt und,

schlimmer noch, die Kirche selbst verstrickt ist. Wir können nur beten – und je leidenschaftlicher die Gebete der Parenti am Patronatstag von San Gennaro sind, umso besser! Mach dir also um die Leidenschaftlichkeit dieser Gebete keine Sorgen, sondern sei dankbar dafür und bete sie inbrünstig mit! Wir brauchen sie mehr denn je.»

Montebello schwieg eine Weile unter dem Eindruck dessen, was er gehört hatte. Dann nickte er.

«Es war gut, Abelardo, dass ER mich den Weg aus den blank gewienerten Lesesälen der Vatikanischen Bibliothek wieder in die schmutzigen Straßen meiner Heimatstadt geführt hat. Hier ist mir vieles fremd geworden in den letzten Jahren, aber hier hat das Beten noch eine sehr viel existentiellere Bedeutung. Hab Dank dafür, dass du dir so viel Zeit für mich genommen hast. Ist es unziemliche Neugier, wenn ich dich nach dem Namen unseres Aufsichtsratsmitglieds bei Tecologico frage?»

«Ach was – das ist kein Geheimnis: Monsignor Adelmo Marchetti. Der leitet den Haushaltsausschuss des Bistums. Aber es gibt noch einen, dem ich misstraue – Monsignor Flavio Grasso, der ist für die Liegenschaften der Kirche zuständig. Beide beglücken die Mitglieder ihrer Kommissionen dadurch, dass die Mittel, die ihnen zur Verfügung stehen, so reichlich fließen wie noch nie. Sie nennen das *raccolta di fondi! Business*, verstehst du?»

Der Alte machte die Geste des Geldzählens.

«Das sind heute die getünchten Gräber, von denen unser Herr Jesus bei Matthäus spricht, die von außen schön scheinen, inwendig aber voll Unrat sind! So erscheinen auch jene äußerlich vor den Menschen als gerecht, inwendig aber sind sie voller Heuchelei und Frevler am Wort Gottes. Wenn du je einen von ihnen triffst, wirst du schnell erkennen, wen du vor dir hast.»

Rom, 11. September, morgens

Giudice Simone Columbo hatte keine Einwände gegen einen Durchsuchungsbefehl für den Schrottplatz, nachdem Bariello ihm das Ergebnis der DNA-Untersuchung aus dem zerstörten FIAT DUCATO vorgelegt hatte. Dass Vito Battaglia als letzter Besitzer des Wagens etwas mit dem Verschwinden von Francesca Barbieri zu tun haben mochte und in diesem Zusammenhang vielleicht sogar ein Komplize des toten Basile Rossetti gewesen war, schien naheliegend. So stellte der Untersuchungsrichter nicht nur die Dokumente für eine Hausdurchsuchung, sondern auch einen Haftbefehl aus. Bariello fuhr am Vormittag mit zwei Mannschaftswagen und einem Hundeführer samt Spürhund an dem Parco Rottami an der Via Ducati vor.

Der Kommissar hatte seine Männer auf die beiden Wachhunde vorbereitet, die sie am Eingang des Schrottplatzes erwarten würden. Und so war es auch. Die Hunde schlugen an und bellten heiser, aber längst nicht so dramatisch wie bei Bariellos erstem Besuch. Der Commissario wandte sich an den Hundeführer.

«Die heißen Diva und Nero.»

Der Mann hatte die Situation bald durchschaut.

«Die beiden haben schon eine ganze Weile weder was zu fressen noch zu trinken bekommen. Die sind zwar aufgeregt, aber auch ziemlich fertig.»

Er sprach begütigend auf die Tiere ein. Sie witterten den Hundegeruch, der an ihm haftete, und merkten, dass ihr Besucher keine Angst vor ihnen hatte. So bellten sie zwar noch ein paar Mal, beruhigten sich dann aber rasch. Der Mann nahm ihre Trinknäpfe und füllte sie an dem nahen Wasserhahn. Sofort machten sich die Hunde darüber her. Bariello ging mit seinen Mitarbeitern und den Suchmannschaften zu der Werkstatt. Die Vorhänge vor den kleinen Fenstern waren zugezogen. Bevor der Commissario klopfte, zog er seine Waffe aus dem Holster und wandte sich an seine Begleiter.

«Man hört keine Maschinen - nichts, nicht mal einen Akkuschrauber. Ganz schön still für einen Schrottplatz an einem Werktag. Findet ihr nicht?»

Dann stellte er sich neben den Eingang, pochte mit dem Griff seiner Pistole an die Tür und rief den Namen Battaglias. Keine Reaktion. Nachdem er es noch zweimal versucht hatte, drückte er behutsam die Klinke herunter – es war nicht abgesperrt. Er öffnete und spähte in den Raum. Nichts Verdächtiges. Er schob die Tür ganz auf, so dass er die Werkstatt überblicken konnte. Sie sah genauso aus wie vor ein paar Tagen.

«Gaspare, Salvatore, Gennaro – ihr bleibt bei mir. Ihr anderen schaut euch auf dem Gelände und in den Hallen um, ob ihr den Besitzer findet. Alle Sicherungsmaßnahmen einhalten! Dann los!»

Während die Polizisten den Schrottplatz durchkämmten und Stück für Stück sicherten, nahm Bariello mit seinen Männern die Werkstatt in Augenschein. Sie streiften sich Latexhandschuhe über und zogen die Vorhänge zurück.

«Anscheinend hat er sich noch einen Schnaps gegönnt, ehe er abgehauen ist.»

Gaspare Bertani deutete auf die Flasche mit dem Grappa und das leere Glas. Bariello trat an den Tisch heran.

«Als ich mit ihm hier gesessen habe, hat er gesagt, dass er nie allein trinkt. Irgendwas stimmt hier nicht. Wenn Battaglia den Platz verlassen hätte, wäre das Eingangstor verschlossen und die Hunde würden frei herumlaufen. Ich sag euch was: Entweder wir finden ihn ganz schnell oder nur noch als Leiche.»

Außer dem Tisch, dem Kühlschrank, ein paar Hängeschränken für Werkzeuge stand nur ein breites, heruntergekommenes Küchenbuffet in dem Raum. Sie zogen die Schubladen heraus und öffneten die Türen des Unterbaus. Büchsen mit Schrauben, Muttern, Unterlegscheiben – alles sorgfältig nach Größen sortiert. Sonst nichts. Als Salvatore Graziano die letzte Schublade wieder zuschob, zog er die Mundwinkel nach unten.

«Na ja, Waffen hat er hier jedenfalls nicht aufbewahrt. Wenn man nicht das alte Brotmesser dazurechnen will.»

Bariello schaute auf das hässliche Möbel.

«Rückt es mal von der Wand weg!»

Die drei anderen packten an, und als sie es einen halben Meter vorgeschoben hatten, sahen sie, dass die Mauer, an der es stand, feucht und schimmelig war. Battaglia hatte rechts und links Kartonage dahintergeschoben, damit der Schimmel nicht direkt mit dem Holz in Berührung kam. Während die Männer noch auf die eklige, mit grauschwarzem Flaum bezogene Wand schauten, klappte einer der Kartons nach vorn.

«Vincenzo, schau dir das an!»

Bariello trat neben Graziano und schaute auf den aufgeweichten und matschig braunen Karton. Zwar war die Pappe in Auflösung begriffen, aber der blaue Aufdruck war noch deutlich zu erkennen: CaritaMondo 21.0.

«Nicht schlecht. Jetzt darf mir Dottor Ricci mal erklären, warum ein Schrottplatzbesitzer ausgerechnet die Frachtkartons der Hilfsorganisation verwendet, um seine Werkstatteinrichtung vor Feuchtigkeit zu schützen. Komm, Gaspare, ruf die Spurensicherung!»

Kurz darauf traten die beiden Zugführer und der Hundeführer in die Werkstatt. Sie hatten niemanden gefunden.

«Na gut – dann müssen wir anfangen, nach Spuren zu suchen.»

«Commissario, ich würde gern etwas versuchen.»

Der Hundeführer war zu den Ermittlern getreten.

«Der Rottweiler macht einen guten Eindruck auf mich. Mit dem würde ich gern über das Gelände gehen – meine Stella hier konnte nirgends eine Spur der vermissten Frau aufnehmen. Aber das hätte mich auch gewundert; die Gürtelschnalle ist ja schon vor mehr als einem Jahr abgerissen worden. Vielleicht bringt uns der Rottweiler auf eine andere Spur.»

«Gute Idee! Versuchen Sie's mal!»

Der Polizist brachte seinen Hund in den Wagen und kam mit der Hundeleine zurück. Er sprach beruhigend auf den Rottweiler ein, der auf den Namen Nero reagierte, legte ihm eine Leine an und machte ihn dann von seiner Kette los. Der Rüde zog sofort an; er lief an der Werkstatt vorbei und bog in den Seitenweg, der zu der Schrottpresse führte. Dort schnüffelte er herum, setzte sich auf die Hinterläufe und fing an zu heulen. Der Hundeführer konnte das Tier gar nicht mehr beruhigen. Bariello nickte Graziano zu.

«Salvatore, schau mal rein, ob du was erkennen kannst!»
Der Ispettore legte seine Hände auf den Rand der Anlage und stemmte sich hoch.
«Nichts zu sehen. Schmutziger Stahl, silbrig-schwarz, riecht nach Schmierfett. Kerben und Kratzer an den Wänden. Nein ... aber ... wartet mal! Macht jetzt keinen Blödsinn! Nicht, dass einer das Ding einschaltet. Ich klettere rein. Da liegt irgendwas.»
Im nächsten Moment war Graziano in der Presse verschwunden.
«Und – was siehst du?»
«Mann, Mann ...»
Dann tauchte der Kopf des Ispettore wieder über der Brüstung auf.
«Hat einer von euch irgendwas Steriles dabei?»
Der Hundeführer zog eine noch ungeöffnete Packung Papiertaschentücher hervor.
«Hilft Ihnen das?»
«Ja, geben Sie her!»
Noch einmal verschwand Graziano kurz in der Maschine, ehe er gleich darauf wieder herauskletterte. Als er neben den anderen stand, zog er ein Papiertaschentuch hervor und rollte es auseinander. Was sich dunkel verkrustet von dem leuchtenden Weiß der Unterlage abhob, war ein Stück von einem menschlichen Kiefer, in dem noch ein Zahn steckte.
«Santa Madonna!»
Bariello nickte.
«Mehr werden wir von Vito Battaglia nicht mehr finden. Gib das nachher den Leuten von der Spurensicherung. Sie sollen es mit den Proben in der Werkstatt abgleichen. Ich denke, an dem Schnapsglas werden sich ebenfalls seine DNA-Spuren feststellen lassen.»
Er ließ seinen Blick entlang der dunkel verpressten Metallquader wandern.
«Vielleicht steckt er da irgendwo drin. Assistente, bitte führen Sie den Hund an den Blöcken entlang! Wenn er anschlägt, wissen wir wenigstens ...»

«Selbstverständlich!»
«Foresta, Martelletto, Barbieri und jetzt noch Vito Battaglia – da ist jemand sehr nervös. Eine Hilfsorganisation, eine medizintechnische Firma, ein großes Entsorgungsunternehmen und offenbar die Camorra in Neapel. Die müssen schon ein gewaltiges Rad drehen, damit sich dieses Risiko lohnt. Was meint ihr? Subventionsbetrug mit der EU inbegriffen: Welche Summen werden da wohl bewegt?»
«Commissario!»
Einer der Zugführer kam auf die Gruppe zu und hielt etwas in der Hand.
«Wir haben in der Seitenwand einer der Werkstattgruben eine Art Lagerraum gefunden. Man kann im Staub noch gut erkennen, dass da größere Kisten oder etwas in der Art untergestellt waren. Die hat man mit der hydraulischen Hebesäule rauf- und runterbewegt. Der Raum ist zwar leer, aber ganz hinten in einer Ecke lag diese Plakette. Sieht aus wie ein Beschlag.»
Der Mann hielt den anderen eine grauschwarze, handtellergroße, oval geformte Metallscheibe hin. Darauf waren ein kleiner fünfzackiger, roter Stern, ein paar Ziffern und einige Schriftzeichen zu erkennen. Bariello hielt die Plakette ins Licht – aber mit diesen Buchstaben konnte er nichts anfangen: Северный Флот Мурманск
«Kann einer von euch das lesen? Das ist …»
«Kyrillisch, Commissario.»
«Du kannst das lesen, Gennaro?»
«Da steht Severnij Flot Murmansk – also Nordflotte Murmansk.»
«Wieso kannst du das?»
«Interessiert Sie das wirklich?»
«Ja, sag schon!»
«Mein Vater ist Gemüsehändler. Er steht jeden Morgen um fünf Uhr im Großmarkt. Von dem Centro Agroalimentare Roma ist er so beeindruckt, dass er mir immer gepredigt hat, die Zukunft liege im Großhandel. Und da der Eiserne Vorhang weg war, sagte er immer, ich müsse Russisch lernen, weil der Osten der große Markt

der Zukunft sei. Meine Eltern haben zeit ihres Lebens hart dafür gearbeitet, dass ich eine gute Ausbildung bekomme; und ich versuche, ihnen ein guter Sohn zu sein. Also habe ich auf dem Liceo freiwillig Russisch gelernt. Ich bin zwar Polizist geworden, was meinem Vater nicht besonders gefällt, und das meiste Russisch habe ich wieder vergessen. Aber das hier kann ich immer noch übersetzen.»

Bariello schaute den Sovrintendente an, bis sein Blick durch ihn hindurchging.

«Verstehe ... verstehe ... du bist ein kluger Junge, Gennaro ...»

«Ist alles in Ordnung, Commissario?»

«Ja, ja – natürlich. Alles in Ordnung ... Also – was ist das: Nordflotte Murmansk? Wieso liegt so etwas auf einem Schrottplatz in Rom herum? Kann mir das einer von euch sagen?»

Di Lauro hatte sein iPhone hervorgeholt.

«Warten Sie! Ich schaue nach, ob ich dazu was finde ... Hier: Murmansk ist ein wichtiger Flottenstützpunkt der russischen Kriegsmarine im Norden Skandinaviens auf der Kola-Halbinsel. Stationiert sind dort, nördlich des Polarkreises, auch Teile der atomar betriebenen Nordflotte Russlands ... Die ganze Region des Verwaltungsbezirks Murmansk leidet unter starken Umweltbelastungen als Folge der alten Atom-U-Boote aus der Sowjetzeit, die in dieser Gegend in großer Zahl abgewrackt werden. Erhebliche Mengen an stark verstrahltem, radioaktivem Material verrotten ungenügend geschützt – manches im Wasser, vieles auf dem Land und unter freiem Himmel ... Da die russische Entsorgungsindustrie das Problem nicht in den Griff bekommt, bemühen sich inzwischen auch internationale Konsortien, Abhilfe zu schaffen. Die ganze Gegend gilt als ökologische Zeitbombe. Die Kosten für die Beseitigung des radioaktiven Mülls bewegen sich auf die Milliardengrenze zu.»

Obwohl die Septembersonne vom Himmel herunterbrannte, fühlte Bariello, wie es ihm kalt den Rücken heraufzog. Alles in ihm wehrte sich gegen die Ahnung, die in ihm aufstieg.

«Diese Plakette ... Gennaro, ich brauche Gewissheit über die Plakette und die Probleme mit der Radioaktivität in Murmansk!»

Der Commissario wandte sich an den Zugführer, der ihm die Plakette gebracht hatte.
«Die Untersuchung des Schrottplatzes geht weiter. Drehen Sie jeden Stein um, ob Sie irgendetwas wie das hier finden ... oder etwas anderes, das nicht hierhergehört. Vielleicht etwas, das auf radioaktive Stoffe schließen lässt!
Gaspare – du bringst in Erfahrung, an wen ich mich wegen schwerer Umweltverbrechen wenden kann. Wir brauchen Kollegen mit entsprechender Ausrüstung, vor allem mit Geigerzählern. Das Gelände wird abgesperrt und bleibt unter Bewachung. Fordert genug Leute an; niemand darf mehr rein, und es darf nichts weggeschafft werden!
So, und wir beide, Salvatore, besuchen jetzt noch einmal Carita-Mondo 21.0.»

Rom, 11. September, mittags

Der Commissario und sein Ispettore waren schon eine ganze Weile unterwegs nach Trastevere, als Graziano sich an seinen Chef wandte.
«Was hältst du davon, wenn wir diesmal nicht Arnaldo Ricci befragen, sondern es mit den beiden Pförtnern versuchen? Ricci hat mit Sicherheit seine Finger in der Geschichte drin. Er wird nur ein paar wachsweiche Antworten für uns haben. Aber die beiden in ihrem Wachhäuschen – bei denen könnte das anders aussehen.»
Bariello nickte.
«Gar nicht dumm. Die beiden sind vielleicht nicht die Hellsten, müssten aber irgendetwas mitbekommen haben, wenn die Tag und Nacht in ihrer Bude hocken. Außerdem sollte jetzt auch derjenige, der immer die Nachtschicht hat, ausgeschlafen haben. Einen Versuch ist es wert. Ich überlass dir den von der Tagschicht. Wie heißen die beiden noch mal?»
«Der, den wir draußen gesehen haben, heißt Bruno Mazza und der andere Michele Giordano.»
«Dein Gedächtnis möchte ich haben!»
Eine Viertelstunde später bogen sie in den hübschen Grüngürtel

in Trastevere ein, und kurz darauf parkten sie auf dem Hof von CaritaMondo 21.0. Sie waren kaum ausgestiegen, als bereits die Assistentin aus dem Verwaltungsgebäude trat und freundlich lächelnd auf sie zueilte.

«Guten Tag, meine Herren! Es tut mir sehr leid, aber Dottor Ricci ist heute leider den ganzen Tag dienstlich unterwegs. Soll ich für Sie einen Termin vereinbaren?»

Bariello setzte gleichfalls sein liebenswürdigstes Lächeln auf.

«Nicht nötig, Signora ...?»

«Kidane – Alemee Kidane!»

«Verzeihen Sie bitte! Ihr Name war mir entfallen. Nein, Signora Kidane, wir brauchen keinen Termin. Vielen Dank! Mein Kollege wird sich mit Signor Mazza unterhalten, und für mich rufen Sie bitte Signor Giordano!»

Keine seiner Fragen bei ihrem letzten Besuch hatte solch eine Wirkung hervorgerufen wie diese einfache Bitte. Der Assistentin von Dottor Ricci klappte der Unterkiefer runter, und sie blinkte hilflos mit ihren schönen schwarzen Augen.

«Wie bitte? ... Aber ...»

«Gibt es ein Problem? Ist Signor Giordano ebenfalls dienstlich unterwegs?»

«Ja, nein ... doch. Er ist schon zu Hause ... Aber was möchten Sie ihn denn fragen ... ich meine ...?»

«Das würde ich Signor Giordano gern selbst sagen. Kann ich hereinkommen? Vielleicht haben Sie ein Büro, wo ich mich ungestört mit ihm unterhalten kann.»

«Ein Büro ... sicher ... bitte, kommen Sie!»

«Bis später, Salvatore! Kümmer du dich um Signor Mazza!»

Der Ispettore winkte ihm zu und machte sich auf den Weg zum Pförtnerhäuschen.

Alemee Kidane führte den Commissario in das Zimmer des Verwaltungschefs.

«Sie können hier mit Signor Giordano sprechen. Bitte, warten Sie einen Augenblick, ich gehe ihn holen.»

Es dauerte eine ganze Weile, bis sich die Tür wieder öffnete und die Assistentin in Begleitung eines auffallend dünnen Mannes mit dunklen Haaren und tiefliegenden Augen den Raum betrat. Er mochte Mitte fünfzig sein und trug eine adrette blaue Uniform, an deren Jackett ein Sheriffstern aus Blech prangte. Signora Kidane hatte sich gefangen, und das Lächeln war in ihr Gesicht zurückgekehrt – auch wenn es etwas angestrengt wirkte.

«Verzeihen Sie bitte, dass es etwas länger gedauert hat, aber als Michele hörte, dass Sie ein echter Commissario sind, hat er es sich nicht nehmen lassen, Dienstkleidung anzulegen. Michele, das ist Commissario Bariello, von dem ich dir gerade erzählt habe. Er hat ein paar Fragen an dich, die du ihm alle beantworten wirst. Commissario, das ist Michele Giordano. Wenn Sie dann fertig sind ... Ich sitze nebenan.»

Dann verließ sie den Raum und schloss die Tür hinter sich.

«Buongiorno, Signor Giordano. Dottor Ricci hat mir bei meinem letzten Besuch erzählt, dass Sie immer nachts auf den Parkplatz aufpassen. Stimmt das?»

«Ja.»

«Sie sind hier der ... Sheriff?»

«Genau.»

«Und Signor Mazza ist ...?»

«Hilfssheriff – der passt immer nur am Tag auf. Da isses nich so gefährlich. Ich will nich, dass ihm was passiert.»

«Verstehe. Was könnte denn nachts passieren?»

«Gangster.»

«Haben Sie schon mal Gangster gesehen? Hier auf dem Parkplatz?»

«Nee – die trau'n sich nich, wenn ich da bin.»

«Verstehe. Das ist doch sicher schwierig, die ganze Nacht wach zu bleiben und aufzupassen. Werden Sie nicht müde?»

«Ich kann nich gut schlafen.»

«Auch tagsüber nicht?»

«Auch nich.»

«Und da schlafen Sie nachts trotzdem nie ein?»

Signor Giordano schwieg eine Weile.

«Schlafen Sie mal bei der Arbeit? Obwohl Sie Commissario sind?»

Bariello seufzte.

«Ja, Signor Giordano, manchmal schlafe ich im Büro ein. Nachts geht es mir oft so wie Ihnen tagsüber. Da geht mir immer viel Zeug durch den Kopf. Dann bin ich am andern Tag ganz kaputt. Wenn ich in meinem Büro bin und merke, dass mir die Augen zufallen, drehe ich meinen Stuhl zum Fenster, damit es niemand sieht, wenn ich einschlafe. Wenn die Tür dann geht, wache ich auf und tue so, als hätte ich nachgedacht, und drehe mich ganz langsam um – so merkt keiner was. Das muss jetzt aber unter uns bleiben!»

Bariello lächelte, und Signor Giordano lächelte zurück.

«Jetzt ham wir ein Geheimnis.»

«Ja, jetzt haben wir ein Geheimnis. Aber bei uns beiden ist das in Ordnung. Sie sind Sheriff, und ich bin Polizist. Da geht so was schon. Also gut, Signor Giordano. Haben Sie vielen Dank für Ihre Auskunft! Dann ...»

«Manchmal schlaf ich nachts ein, Commissario. Obwohl ich Kaffee trinke!»

«Dann müssen Sie sich vielleicht einen stärkeren Kaffee machen.»

«Den mach ich mir nich. Den macht mir Signora Alemee. Die macht ganz tollen Kaffee. Da gibt sie mir 'ne Kanne von für die Nacht über.»

«Macht Signora Alemee Ihnen immer abends Kaffee, wenn Sie auf Posten gehen?»

«Nee, nur manchmal.»

«So jemanden würde ich mir auch wünschen, der mir einen Kaffee macht, von dem ich dann gut schlafen könnte!»

«Komisch, nich? Dass ich vom Kaffee schlafe.»

«Können Sie immer gut schlafen von Signora Alemees Kaffee?»

Michele Giordano grinste den Commissario an und nickte.

«Aber vielleicht liegt's ja gar nicht an ihrem Kaffee, Signor Giordano.»

«Ich glaub schon, Commissario ... Einmal, da hab ich nich aufgepasst. Da is mir die Thermoskanne runtergefallen. Der ganze Kaffee lief über'n Boden. Da bin ich nich eingeschlafen. Die Nacht vergess ich nich.»

«Na ja, so schlimm ist das doch nicht. Ich habe auch schon mal eine Kaffeekanne umgeworfen.»
«Nich wegen der Kanne. In der Nacht gab's Krach. Da kam ein Laster auf'n Hof. Und Dottor Ricci kam aus'm Haus gerannt. Dottor Ricci is immer sehr nett. Aber da hat er geschrien. So wütend war er.»
«Worüber hat er sich denn so geärgert?»
«Weiß nich. Er hat mit'm Fahrer geschimpft und gerufen: ‹Das is die falsche Lieferung! Ich will kein Schrott auf'm Hof!› Das hat er immer wieder gerufen. Ganz laut. Ich hatt richtig 'n bisschen Angst. So hab ich Dottor Ricci noch nie geseh'n.»
«Was war das denn für Schrott?»
«Ich glaub, er hat das Auto gemeint. Das war nämlich kaputt. Dann kam einer mit 'nem Reparaturauto, und der hat's wieder geflickt. Aber erst mussten sie's ausladen. Sonst hätt er's nich hochbocken können. Und dafür sin noch mehr Leute gekommen mit Autos inner Nacht.»
«Stand da was drauf auf den Autos?»
Der Nachtwächter schaute nach unten, begann mit dem Oberkörper vor- und zurückzuwippen und knetete seine Hände.
«Ich kann nich so gut lesen.»
«Das macht gar nichts. Ist überhaupt nicht so wichtig, Signor Giordano. Hätte ja nur sein können, dass da was drauf war auf den Autos.»
«Ein Bild.»
«Ach, ein Bild? Konnten Sie das denn sehen in der Nacht?»
«Klar, der Hof war ja hell. Das Auto musste doch geflickt werden.»
«Was war das denn für ein Bild?»
«Ein blaues Bild mit 'ner gelben Schnecke drauf un so Strichen drum rum.»
«Da sind Sie ganz sicher?»
«Ja, und die Männer ham dann die Sachen aus dem Laster in die Autos mit den Schnecken getan. Und Dottor Ricci hat immer weiter geschimpft und gesagt, er will kein Schrott auf'm Hof.»

«Sagen Sie, Signor Giordano, wenn der Hof so hell erleuchtet war, konnten Sie sehen, was für eine Farbe der Reparaturwagen hatte?»
Michele Giordano nickte.
«Lecce.»
«Wie ...?»
«Ich bin aus Lecce.»
«Sie kommen aus dem Süden?»
Der Sheriff begann zu singen.
«Lecce siamo tutti con te.»
«Ach, Sie meinen U. S. Lecce – den Fußballverein?»
«Lecce siamo tutti con te.»
«Jetzt ... und Lecce ... warten Sie ... Lecce ist ... rot-gelb. Ihre Trikots sind rot-gelb.»
Signor Giordano nickte eifrig. Und dann lachten sie beide und sangen miteinander:
«Lecce siamo tutti con te.»
«Wissen Sie, Signor Giordano, dass Sie ein ganz toller Sheriff sind? Ich möchte Sie noch etwas fragen. Wie lang hat das alles gedauert in dieser Nacht, in der Sie wach geblieben sind? Als es hell wurde ...?»
«Da war'n die schon wieder weg.»
«Und Sie ...?»
«Ich bin im Häuschen geblieben. Hab so getan, als wenn ich schlafe. Ich mag nich, wenn Leute schimpfen ... Da wird mir schlecht.»
«Ich auch nicht, Signor Giordano. Ich mag auch nicht, wenn jemand laut wird. Aber Sie mag ich.»
Michele Giordano strahlte über das ganze Gesicht, als Bariello sich erhob und ihm die Hand gab.
«Signor Giordano, was wir jetzt miteinander besprochen haben, bleibt auch unser Geheimnis – alles, jedes Wort! Einverstanden? Das ist ganz allein ein Geheimnis nur zwischen Sheriff und Polizist. Gut?»
«Gut, Commissario!»
«Ganz sicher?»
«Ganz sicher!»

Kapitel 13 – Der Archäologe

Neapel, 11. September, nachmittags

Ispettore Conti war wütend. Er hatte den Commissario, der das Präsidium leitete, telefonisch für den nächsten Tag um einen Termin gebeten. Auf die Frage nach dem Grund hatte er ihm mitgeteilt, dass er ihn darüber informieren wolle, was er von Commissario Bariello in Rom über die Auswertung der Spuren in dem FIAT DUCATO und die neuen Erkenntnisse in Sachen Francesca Barbieri erfahren hatte. Außerdem hatte ihn Bariello sofort nach der Razzia auf dem Schrottplatz von Vito Battaglia angerufen. Alles deutete darauf hin, dass in Rom und Neapel Umweltverbrechen größten Ausmaßes im Gange waren.

Als der Ispettore bei seinem Vorgesetzten eintraf, erwartete der ihn zusammen mit dem Oberstaatsanwalt und dem Primo Dirigente der Polizia di Stato. Zuerst glaubte Conti, der Commissario habe angesichts der Schwere der Bedrohung gleich die übergeordneten Stellen eingeschaltet, um bei den erforderlichen Maßnahmen keine Zeit zu verlieren. Doch kaum hatte Conti den Stand der Ermittlungen dargelegt, als ihn der Primo Dirigente anfuhr.

«Ispettore, Sie stellen eigenmächtig Nachforschungen in einem Fall an, für den Sie gar nicht zuständig sind. Ja, Sie haben offenbar Ermittlungsergebnisse ohne Abstimmung mit dem betreffenden Kollegen, geschweige denn mit Ihrem Vorgesetzten an eine Behörde in einer anderen Stadt weitergegeben. Das sind gravierende

Verstöße gegen die Dienstordnung, die auf jeden Fall Konsequenzen für Sie haben werden.»

«Signor Primo Dirigente, bitte verzeihen Sie, aber von Nachforschungen meinerseits kann doch kaum die Rede sein. Ich habe noch einmal in einen Aktenordner hineingeschaut und Ergebnisse aus der Zeit nachgelesen, als ich selbst noch mit dem Fall Barbieri befasst war. Und das auch, weil mich ein Kollege aus Rom auf etwas hingewiesen hat, das uns allen hier bislang völlig unbekannt war. Er hat also vielmehr mir Erkenntnisse weitergegeben, die ich vierundzwanzig Stunden später telefonisch meinem Vorgesetzten angekündigt habe und ihm heute darlegen wollte. Was ich hiermit getan habe. Und damit die Informationen und die entsprechenden Schlüsse für alle Kollegen, die mit dem Fall befasst sind, besser bewertet werden können, habe ich gestern noch Dottor Emilio Gallo aufgesucht. Er hat mich über die dramatische Entwicklung einiger, wahrscheinlich durch radioaktive Strahlung verursachter Erkrankungen in den inneren Stadtbezirken informiert. Es ging mir also nicht darum, Ermittlungen unerlaubt an mich zu ziehen, sondern den zuständigen Kollegen ihre Arbeit ...»

Der Oberstaatsanwalt unterbrach ihn.

«Sind Sie Facharzt für Strahlenkrankheiten? Haben Sie irgendeine Ausbildung, die Sie in die Lage versetzt, so weitreichende Schlüsse zu ziehen? Was Sie treiben, ist völlig verantwortungslos! Was, glauben Sie, geschieht in unserer Stadt, wenn Sie Leute mit Schutzanzügen und Geigerzählern in die Höhlen des Capodimonte schicken? Wenn Sie die Eingänge versiegeln? Im schlimmsten Fall provozieren Sie eine Panik. Aber selbst wenn die ausbleibt, kochen Gerüchte hoch – so haltlos sie auch sein mögen! Und die werden Sie nie wieder los! Haben wir nicht Probleme genug?»

«Aber Signor Giudice, wenn wir uns keine Klarheit verschaffen, was in dem Berg ist, dann riskieren wir die Gesundheit zahlloser Menschen und insbesondere der Kinder. Es genügt doch, ein paar Proben zu entnehmen und sie analysieren zu lassen – in ein paar Brunnen und an ein paar Stellen im Berg. Und es würde sicher nichts schaden, wenn ein paar Leute von uns in Zivil mit einigen

Wissenschaftlern einmal durch den Capodimonte gehen und nachschauen, ob ihnen etwas Verdächtiges auffällt.»
«Sie wissen doch gar nicht, wovon Sie reden! Die meisten Eingänge sind sowieso seit Jahren verschlossen. Außerdem gibt es an verschiedenen Stellen statische Probleme. Deswegen sind auch einige Ausgrabungsstätten geschlossen worden. Es sind dort unten täglich Wissenschaftler an der Arbeit. Die hätten doch bemerkt, wenn da irgendetwas auffällig wäre. Wie sollte etwas in unseren Stadtberg hineingelangt sein, das solche Gefahren verursachen könnte?»
«Immerhin haben wir seit einigen Jahren eine große Entsorgungsfirma in Neapel, für die nicht wenige Mafiosi ...»
«Aha! Ich wusste es! Daher weht der Wind! Da ist es der Verwaltung in jahrelanger Arbeit gelungen, endlich einen potenten Investor dazu zu bringen, Arbeitsplätze zu schaffen und einen dringend benötigten Wirtschaftsaufschwung in Neapel in Gang zu setzen, und schon will die Linke dieses Unternehmen wieder in Misskredit bringen! Tecologico verhält sich in jeder Hinsicht vorbildlich, und das soziale Engagement dieser Firma ist kaum zu überbieten. Aber nein, das ist den Roten nicht recht. Was Sie in Ihrer Freizeit tun, ist mir gleichgültig, aber was Sie hier als Polizist treiben, ist Amtsmissbrauch!»
«Aber Dottor Gallo ...»
Der Oberstaatsanwalt schnitt Conti mit einer Handbewegung das Wort ab.
«Commissario, rufen Sie unseren Gast herein!»
Der Vorgesetzte des Ispettore öffnete die Tür zum Nachbarbüro.
«Bitte, wären Sie so freundlich ...»
Im nächsten Moment betrat Dottor Emilio Gallo den Raum. Er warf seinem Besucher von gestern nur einen kurzen Blick zu, dann setzte er sich auf einen Stuhl, den der Primo Dirigente für ihn heranzog. Der Arzt war grau im Gesicht.
«Dottor Gallo, war Ispettore Conti gestern in Ihrer Praxis?»
«Ja, am Vormittag.»
«Was wollte er von Ihnen?»

«Er hat sich nach Francesca Barbieri erkundigt.»
«Konnten Sie ihm helfen?»
«Ich glaube nicht.»
«Worüber haben Sie sich dann unterhalten?»
«Über ein paar Krankheitsfälle, derentwegen ich bereits mit Signora Barbieri gesprochen hatte – seltene Bluterkrankungen.»
«Worauf führen Sie diese Krankheiten zurück?»
«Das kann ich nicht sicher sagen.»
«Haben Sie als Erklärung angeboten, es könnten radioaktive Stoffe sein, die sie verursacht haben?»
«Nein, der Ispettore hat mich danach gefragt.»
«Haben Sie das für wahrscheinlich gehalten?»
«Nein, weil bei uns keine entsprechenden Gefahrenquellen in der Stadt oder in der Umgebung bekannt sind.»
«Wer hat den Gedanken aufgebracht, die entsprechenden Stoffe könnten über das Wasser zu den Erkrankten gelangt sein? Waren Sie das?»
«Nein, das war der Ispettore.»
«Hatten Sie das Gefühl, der Ispettore habe sich auf seine Idee fixiert?»
«Ja, so könnte man es vielleicht ausdrücken.»
«Hat er Ihre Gedanken in eine ganz bestimmte Richtung lenken wollen?»
«Nun ja, er hat mir diese Idee sehr nachdrücklich nahegebracht.»
«Eine Idee, die Sie aber vorher gar nicht gehabt hatten und die Ihnen auch gar nicht realistisch erschien.»
«Ja, könnte man sagen.»
«Danke, Dottor Gallo. Sie haben uns sehr geholfen.»
Ispettore Conti straffte sich.
«Dottor Gallo, bitte erlauben Sie mir auch eine Frage! Sagten Sie mir nicht, Sie seien beunruhigt durch die Steigerungsrate der Krankheiten, die Sie beschrieben haben?»
«Ja, das habe ich gesagt.»
«Und dass Sie sich diese Zunahme nicht erklären können, die statistisch ganz unwahrscheinlich sei.»

«Ja, das stimmt.»
«Haben Sie eine andere Erklärung dafür?»
Dottor Gallo erhob sich aus seinem Stuhl und sah nun Ispettore Conti gerade ins Gesicht.
«Nein, die habe ich nicht. Aber das heißt nicht, dass es mit Radioaktivität zu tun haben muss. Guten Tag, meine Herren! Ich muss wieder zu meinen Patienten.»
Als der Dottore das Büro verlassen hatte, nickte der Primo Dirigente.
«Das war wohl an Eindeutigkeit nicht zu überbieten. Ispettore Conti, abgesehen von Ihren Verstößen gegen die Dienstordnung haben Sie offenbar versucht, öffentliche Unruhe zu stiften. Ich werte Ihre Vorgehensweise als politisch motivierten Amtsmissbrauch. Wir werden diesen Fall disziplinarisch aufarbeiten. Bis es so weit ist, suspendiere ich Sie vom Dienst. Übergeben Sie Ihrem Vorgesetzten Ihre Dienstwaffe und Ihren Dienstausweis! Bis zur Klärung des Falles laufen Ihre Bezüge weiter. Sie können nun gehen und werden zu gegebener Zeit wieder von uns hören.»
Ispettore Federico Conti verzog keine Miene, als er seinen Ausweis auf den Tisch legte.
«Meine Dienstwaffe liegt in meinem Schreibtisch.»
Er ging zur Tür und war im Begriff, auf den Flur hinauszutreten, als er noch einmal stehen blieb.
«Aber die gefährlichste Waffe bleibt immer noch die Wahrheit.»

Neapel, 11. September, nachmittags
Jackey hatte den Archäologen Lukas Berliner, einen drahtigen Endvierziger, am Bahnhof abgeholt und in das Büro des Vescovo Ausiliare gebracht. Als Padre Luis einen Espresso reichen wollte, rutschte ihm der Griff der Moka aus. Dabei lief ein ordentlicher Schwung Kaffee über die polierte Platte des Besuchertischs. Es entstand kein größerer Schaden, weil man rasch mit ein paar Papiertaschentüchern die Oberfläche abtupfte. Aber da war die Flüssigkeit bereits unter eine der Perlmutteinlagen gedrungen

und hatte dort eine ebenso geschickt wie unsichtbar angebrachte Abhöreinrichtung ruiniert. Das eine Malheur war behoben, das andere war von den Anwesenden im Raum gar nicht bemerkt worden – wohl aber in den für den Publikumsverkehr unzugänglichen Räumen der russischen MIR-Bank.

Die Archivarin fragte nach der Arbeit des Gastes an der Winckelmann-Edition. Berliner war über die Kunstgeschichte der Antike zu dem Projekt im Grenzbereich der Archäologie gelangt und arbeitete inzwischen seit mehr als fünfzehn Jahren an der Herausgabe aller Texte des Gründungsheros seiner Wissenschaft mit.

«Substantielle Neufunde erwarten wir kaum noch. Das Mosaik ist, wenn Sie so wollen, vollständig. Jedes weitere Steinchen wird freudig begrüßt, weil es das Bild noch schöner und vielleicht ein bisschen bunter macht. Doch tiefere Erkenntnisse über die Persönlichkeit oder die Arbeiten Winckelmanns gibt es keine mehr.»

Der Gast lächelte, und im schräg durch die Fenster einfallenden Sonnenlicht erinnerte sein eckiges Profil an einen Faun, der heiter und entspannt den staunenden Hirten orakelt.

«Aber vielleicht ergibt die Auswertung der Briefe von Winckelmanns Adressaten noch etwas Neues. Da könnten doch noch Überraschungen warten.»

«Die Archäologie ist immer für Überraschungen gut. Aber die Zahl derer, mit denen Winckelmann sich ausgetauscht hat, ist zu gewaltig.»

«Und wenn man nur die Wichtigsten nähme?»

Berliners Mundwinkel zuckten nach oben.

«Welche ‹Wichtigsten› meinen Sie denn: Baron von Stosch – den Diplomaten und engen Freund Winckelmanns? Oder Anton Raphael Mengs – den Maler, der Winckelmann so viel Kunstverständnis der Antike verdankt? Oder den Göttinger Altertumsforscher Christian Gottlob Heyne oder Winckelmanns Verleger Georg Conrad Walther oder eher einen Reisegefährten wie Johann Jakob Volkmann? Oder denken Sie an den Minister Gerlach Adolph von Münchhausen oder Künstler wie Johannes Wiedewelt? Nein, Signora, glauben Sie mir, wenn Sie den Briefwechsel

der in Frage kommenden Korrespondenzpartner systematisch durchforsten wollten, stünde der Aufwand in keinem Verhältnis zum Ertrag. Doch Sie hatten in unserem Telefonat angedeutet, Ihre Forschungen zur Bistumsgeschichte Neapels hätten hier etwas Neues erbracht. Ich will gern versuchen, Ihnen weiterzuhelfen, wenn Sie ein wenig konkreter werden könnten.»
Jetzt schaltete sich Montebello ein.
«Ein Zeitgenosse Winckelmanns in Neapel war Kardinal Antonino Sersale, der sich sehr für Altertümer interessierte. Es könnte doch sein, dass die beiden sich kennengelernt und ausgetauscht haben.»
«Sersale... Es tut mir leid, aber der Kardinal ist mir in Verbindung mit Winckelmann nie begegnet.»
«Und gab es im Hinblick auf die letzte Lebensphase Winckelmanns keine Hinweise aus seinem Umfeld auf etwas Besonderes? Vielleicht auf eine bevorstehende Entdeckung?»
«Wenn etwas Spektakuläres erwähnt worden wäre, wüsste ich das. Der Tod Winckelmanns gibt bis heute Rätsel auf. Daher ist gerade das Quellenmaterial aus dieser Zeit besonders gründlich untersucht worden.»
Padre Luis erkannte, dass diese allgemeinen Fragen ihren Besucher zunehmend in Ratlosigkeit stürzten.
«Weiß man aus der Spätphase seines Lebens etwas über eine Auseinandersetzung mit Alexander dem Großen?»
Diese Frage schien die Verwirrung des Archäologen nur noch zu vergrößern.
«Natürlich hat sich Winckelmann über Alexander geäußert, etwa über den Kopf in den Kapitolinischen Museen. Aber der Makedone und seine Epoche standen nicht im Fokus Winckelmannscher Forschungen – und ganz gewiss auch nicht in seiner letzten Lebenszeit. Aber... ich habe den Eindruck, Sie stellen mir viele Fragen, um die eine, die Sie wirklich interessiert, nicht stellen zu müssen. Ich verstehe die Vorsicht von Wissenschaftlern, die eine Entdeckung nicht zu früh enthüllen wollen – und wenn Sie Ihre Erkenntnisse für sich behalten möchten, so ist das völlig in Ord-

nung. Doch fürchte ich, dass ich Ihnen dann nicht wirklich helfen kann.»
Jackey schaute ihre beiden Vertrauten an und nickte.
«Dottor Berliner, bitte würden Sie uns für ein paar Minuten entschuldigen? Ich hoffe, der Espresso ist noch heiß genug, so dass wir Sie kurz allein lassen dürfen!»
Sie zogen sich in das Vorzimmer zurück.
«Eccellenza, Padre Luis – der Mann hat recht. So kommen wir nicht weiter. Wir umkreisen das Thema, aber wir kommen nicht zum Kern und geben unserem Gast keine Chance, uns zu helfen.»
«Wir wissen aber auch nicht, was er tun wird, wenn wir ihn einweihen. Was machen wir, wenn er danach an die Öffentlichkeit geht?»
«Dann ist er immer noch nicht im Besitz des Briefes, und wir können alles als Hirngespinst abtun. Außerdem macht er nicht so einen Eindruck auf mich. Wir waren uns im Klaren darüber, dass wir wahrscheinlich fremde Hilfe in Anspruch nehmen müssen. Jetzt stochern wir zu dritt mit der Stange im Nebel. Da nebenan sitzt aber jemand, der uns vielleicht wichtige Hinweise geben könnte.»
Montebello seufzte.
«Lieber Padre Luis, ich glaube, Jackey hat recht. Ohne Hilfe von Experten hängen wir in der Luft. Was die Kirchen von San Gennaro betrifft, haben wir uns Unterstützung besorgt. Aber wir brauchen auch einen Archäologen. Dennoch: Wenn Sie sich dagegen aussprechen, Signor Berliner einzuweihen, bleibt es dabei. Diese Entscheidung können wir nur einmütig treffen.»
Der Dominikanerpater straffte sich, als er verstand, dass das Ergebnis ihrer Beratung von ihm abhängig gemacht wurde.
«Also ... auf mich macht der Mann auch keinen schlechten Eindruck. Wir können uns wohl nur auf unser Gefühl verlassen. Und da andernfalls unsere Chancen immer kleiner werden, das Rätsel des Briefes zu lösen, bin ich dafür, Signor Berliner einzuweihen.»
Jackey atmete auf.

«Sehr gut! Padre Luis, da wir ohne Sie den Brief nie gefunden hätten, möchte ich Sie bitten, unserem Gast zu erklären, worum es geht!»

Der Geistliche schien ein paar Zentimeter gewachsen, als er das Büro des Weihbischofs betrat. Und eine halbe Stunde und viele Zwischenfragen später lief ein aufgeregter Lukas Berliner durch den Raum. Montebello hatte an diesem Tag Winckelmanns Brief mit an den Largo Donnaregina genommen, um ihn bei Bedarf zur Hand zu haben. Der Archäologe hatte ihn gelesen, und als er bei der Unterschrift angelangt war, sprang er auf und fuhr sich mit beiden Händen durch die Haare.

«Das gibt es einfach nicht ... das ist ... ich fasse es nicht!»

«Können Sie jetzt verstehen, weshalb wir uns so windungsreich diesem Thema genähert haben? Ich bin sicher, Sie begreifen auch, weshalb wir uns - nicht zuletzt als Vertreter der Kirche - auf Ihre Verschwiegenheit absolut verlassen müssen. Wenn dies hier ...», und Montebello klopfte mit dem Fingerknöchel auf den Brief, «... wenn dies hier ruchbar wird, haben wir einen kirchengeschichtlichen Skandal. Außerdem droht uns dann eine Art archäologischer Super-GAU in allen Kirchen dieser Stadt, die etwas mit San Gennaro zu tun haben.»

Berliner war stehen geblieben.

«Natürlich verstehe ich Sie! Und ich versichere Ihnen, dass Sie sich auf meine Verschwiegenheit absolut verlassen können. Sind wir die Einzigen, die den Brief kennen?»

Montebello schüttelte den Kopf.

«Den Brief: ja; den Inhalt: nein. Ein Amtsbruder - der Generalvikar von Neapel -, der in kirchenhistorischen Dingen sehr beschlagen ist, wurde ebenfalls eingeweiht. Aber er ist ein absolut zuverlässiger und verschwiegener Mann, der uns seine volle Unterstützung zugesichert hat. Sie werden ihn kennenlernen.»

«Was wollen Sie wissen? Schießen Sie los!»

Jackey wandte sich an ihren neuen Verbündeten.

«Wie haben wir uns den Alexandersarkophag beziehungsweise diese Aedicula vorzustellen? Wir haben uns im Dom überall um-

geschaut, aber bis auf dessen Spuren in der Stefania haben wir nichts von so einem gläsernen Sarkophag, wie es bei Strabon heißt, gefunden.»
Der Archäologe lachte.
«Es gibt nur einen bedeutenden gläsernen Sarkophag, und das ist der von Schneewittchen in Grimms Märchen – ‹Biancaneve›, wie man in Italien sagt. Ich denke, was Strabon meinte, war kein gläserner Sarkophag, sondern einer aus Alabaster. Ich bin zwar kein Alexander-Spezialist, aber mit antikem Glas kenne ich mich aus. Ptolemaios X., der um die Wende vom zweiten zum ersten Jahrhundert vor Christus Ägypten regierte, brauchte Gold, um seine Söldner zu bezahlen. Deswegen hat er den goldenen Sarkophag Alexanders einschmelzen lassen und gegen einen aus Alabaster ausgetauscht. Dieses Material war auch nicht ganz billig und musste immerhin von Oberägypten herangeschafft werden. Aber es war auf jeden Fall billiger als Gold und ließ sich so dünn schleifen, dass man den einbalsamierten und mumifizierten Alexander darunter erkennen konnte. Den toten Alexander hatte Ptolemaios I. zwei Jahre nach dessen Ende in Babylon 323 vor Christus in das ägyptische Memphis umgeleitet. Ein riesiger Leichenzug mit allem Brimborium. Sein Sohn Ptolemaios II. hat den Leichnam dann nach Alexandria überführt. Nach und nach entstand ein kombinierter Kult mit Alexander als Hauptgott und den ptolemäischen Herrschern Ägyptens als Nebengöttern. Kurzum: Strabon spricht von einem durchscheinenden Material – *hyelos* –, nicht aber ausdrücklich von Glas. Solche großen Flächen aus Glas zu schaffen wäre extrem schwierig und das Risiko der Zerstörung enorm gewesen. Mit anderen Worten – es gab nie einen Sarkophag aus Glas, in dem Alexander gelegen hätte.»
Padre Luis schaltete sich ein.
«Dann müssen wir im Dom nach einem Alabastersarkophag suchen?»
Noch ehe Montebello etwas sagen konnte, antwortete der Archäologe.
«Ich glaube nicht, dass Alexander auch nur als halbwegs kom-

plette Mumie hierhergebracht worden sein kann. Was hat der Ärmste nach seinem Tod nicht alles mitmachen müssen ...»
... und Lukas Berliner erzählte, wie oft bereits in der Antike der Sarkophag des Makedonen geöffnet worden war. Hatte doch das Grab des Welteroberers eine geradezu magische Anziehungskraft auf Menschen ausgeübt, die von den gleichen Ambitionen umgetrieben wurden. Einer von ihnen war Caesar, der Alexander 48 vor Christus besuchte, als er in Ägypten seine Liaison mit Kleopatra begann. Und im Jahr 30 vor Christus störte Octavian – der nachmalige Augustus – die Totenruhe, angeblich um Blumen über den Leichnam zu streuen. Damit dürfte er aber Alexander kaum darüber hinweggetröstet haben, dass er ihm bei seinem ungeschickten Versuch, den Toten zu küssen, die Nasenspitze abgebrochen hat. Caligula, das *enfant terrible* unter den römischen Kaisern, soll aus dem Alexandersarkophag den Brustpanzer des Makedonenherrschers gestohlen haben. Aber das war noch nicht das Schlimmste, was dem Leichnam widerfuhr: Kaiser Septimius Severus hatte es sich nicht nehmen lassen, den alten Recken auch noch einmal zu begutachten. Dann aber ließ er dessen Grab versiegeln, um ihm endlich zu ewiger Ruhe zu verhelfen. Doch sein eigener Sohn Caracalla sollte als der wüsteste Alexander-Verehrer in die Geschichte eingehen. Der antike Autor Cassius Dio nannte ihn einen ‹Alexanderverrückten› – *philoalexandrotatos*. Jener breitete seinen Mantel über den Toten und verehrte ihm seinen Gürtel und einen Ring, wie der Historiker Herodian schrieb. Aber im Gegenzug hat er wohl auch alles, was nicht niet- und nagelfest war, aus dem Sarg mitgehen lassen. So soll er Waffen getragen und aus Bechern getrunken haben, von denen er annahm, dass sie einst Alexander gehört hatten. Mit Sicherheit hatte ein Mann wie er, der allen Ernstes dem römischen Senat schrieb, in ihm, Caracalla, sei Alexander wiedergeboren, die einmalige Chance nicht ungenutzt gelassen, den Sarkophag zu plündern und sich mit Alexander-Devotionalien einzudecken.
Der Sarg war demnach so häufig geöffnet und wieder verschlossen und die Mumie derart malträtiert worden, dass sie am Ende des

vierten und zu Beginn des fünften Jahrhunderts nach Christus in einem erbärmlichen Zustand gewesen sein muss. Zwar schrieb der antike Rhetor Libanios in den späten achtziger Jahren des vierten Jahrhunderts, dass man Alexander in seinen Tagen noch habe sehen können. Aber schon ein paar Jahre später stellte der Kirchenvater Johannes Chrysostomus die rhetorische Frage, wer denn noch sagen könne, wo das Alexandergrab zu finden sei. Was der Kirchenlehrer da konstatierte, mochte eine Folge der Auseinandersetzungen zwischen Christen und Altgläubigen gewesen sein, die im Jahr 391 in Alexandria auf dem Höhepunkt siedeten. In diesen Turbulenzen konnten durchaus Christen der Mumie des heidnischen und vergötterten Königs Alexander zu Leibe gerückt sein. Jedenfalls waren das alles keine Zustände, die einem inzwischen sechshundert Jahre alten Leichnam besonders zuträglich gewesen wären. Hinzu kam, dass im Jahre 365 ein Tsunami Alexandria heimgesucht hatte; der Ort, wo man inzwischen das einstige Grab Alexanders vermutete – der Cimitero Latino di Terra Santa, der Lateinische Friedhof –, war damals sicher ebenfalls überspült worden ...

Lukas Berliner machte eine resignierte Handbewegung.

«Nimmt man das alles zusammen, wird am Ende der Antike von unserem Makedonen nicht mehr viel übrig gewesen sein. Inzwischen gibt es sogar Überlegungen, dass die Christen in Alexandria in der Spätantike die traurigen Reste Alexanders für die Reliquien des Evangelisten und Märtyrers Markus gehalten haben. Diese seien nach Venedig gebracht worden, wo man sie wegen dieser Verwechslung bis heute im Dom verehren soll. Was auch immer an dieser Geschichte dran ist: Wir können davon ausgehen, dass niemand mehr im späten vierten Jahrhundert aus dem ramponierten Häufchen von Alexander-Resten auf den einstigen Weltherrscher hat schließen können.

Wenn ich die Sache richtig verstehe, muss Ihr Kardinal Sersale dennoch irgendwelche Überbleibsel eines antiken Leichnams gesehen haben und sich sicher gewesen sein, dass das die sterblichen Überreste Alexanders waren. Und das muss immerhin so beweiskräftig gewesen sein, dass sogar der bedeutendste Altertumskundler seiner Epoche – Winckelmann – zu demselben Schluss gekommen ist. Ich würde daher erwarten, dass es noch andere Fundobjekte gegeben haben muss, die unmissverständlich auf den Makedonen deuteten. Das könnten verschiedene Grabbeigaben gewesen sein, etwa der Ring Caracallas, den der Kaiser in den Sarg gelegt hat – von dem konnten auch schon Sersale und Winckelmann aus der Überlieferung wissen.

Je länger ich darüber nachdenke, bin ich mir ziemlich sicher, dass die Altgläubigen in Alexandria die letzten Reste der Leiche Alexanders und alle Beigaben, die sich noch in seiner Grablege fanden, zusammengerafft haben, um sie vor der Raserei der frühen Christen übers Meer in Sicherheit zu bringen. Sie werden gehofft haben, dass hier der Welteroberer und Gottkönig nicht auf den Müllhaufen der Geschichte geworfen würde, was ihm ohne Zweifel in Alexandria drohte. So dürfte er schließlich nach Neapel gelangt sein. Und ihn dann hier als einen unbekannten Heiligen in einer kleinen Aedicula wie in einem Reliquiar gerade in einer christlichen Kirche zu platzieren, scheint mir als Tarnung nicht die dümmste Idee. So hat die heilige Scheu derer, die den unbekannten Toten in seinem kleinen Haus sahen, ihn über mehr als tausend Jahre davor bewahrt, neuerlich beraubt und vielleicht irgendwo verscharrt zu werden.»

Jackey fasste sich als Erste.

«Das würde jedenfalls gut zu dem kleinen Sockel in der Stefania passen. Auf dem hat man also das Behältnis mit den Überresten abgestellt. Wir hatten uns über dessen kleine Abmessungen gewundert. Aber nach allem, was Sie gesagt haben, sind die gar nicht überraschend.»

«Dann wird da ein kleines Ossuarium gestanden haben, in dem sich Knochen und Beigaben befanden. Das könnte man gut als Aedicula bezeichnen, wie es in dem Brief Winckelmanns heißt. Es wird alles in allem nicht mehr als eine Handtasche voll gewesen sein, und ich könnte mir vorstellen, dass der Schädel vermutlich das größte Stück war. Der Rest dürfte im Laufe von damals schon zweitausend Jahren zu Staub zerfallen sein.»

Montebello trank den Rest seines kalt gewordenen Espresso aus.
«Wie auch immer, Dottor Berliner, ohne Sie wären wir bei unserer Suche völlig in die Irre gegangen. Ich bin sehr froh, dass wir Sie eingeweiht haben. Was für ein Ort außer dem Dom käme denn vielleicht noch für unsere Suche in Betracht?»
«Nach allem, was Sie mir erzählt haben und was aus dem Brief hervorgeht, scheint mir ebenfalls der Dom besonders aussichtsreich. Vielleicht sollte man noch einmal nachschauen. Der Hinweis auf San Gennaro in Winckelmanns Brief könnte sich natürlich auch auf die Katakomben von San Gennaro im Stadtberg beziehen. Mich hat diese eigenartige Unterwelt immer schon fasziniert. Es wäre ziemlich subtil, wenn Kardinal Sersale die Reste Alexanders gerade dort versteckt hätte. Da unten gibt es ja zahllose kleine Grablegen. Man müsste einmal nachsehen, ob es dort auch Mariendarstellungen gibt. Und dann ...»
Montebello schaute gespannt zu dem Archäologen hinüber.
«Woran denken Sie?»
«Haben Sie eine Karte mit allen Kirchen Neapels?»
«Sicher – lieber Padre Luis, wären Sie so freundlich, die Karte aus der Bistumsbibliothek zu holen?»
«Selbstverständlich!»
Während der Dominikaner für eine Weile verschwand, nahm Lukas Berliner wieder seine Wanderung durch das Arbeitszimmer des Weihbischofs auf.
«Wissen Sie, wenn ich über die Formulierung Winckelmanns nachdenke, könnte man sie auch so verstehen, dass sich darin ein zweites Rätsel verbirgt. Damit wäre eine doppelte Sicherung geschaffen, falls der Brief einem Gegner in die Hände fallen sollte. So konnte man ihm auf jeden Fall die Suche nach dem Ort erschweren.»
Kurz darauf öffnete sich die Tür, und Padre Luis ging zu Montebellos Arbeitstisch, wo er die Karte ausbreitete. Die vier studierten den Stadtraum Neapels, auf dem zahllose kleinere und größere Kreuze Kathedralen, Kirchen, Klöster und Kapellen markierten.
«Hier!»

Montebello tippte abwechselnd auf zwei Kreuze im Nordwesten der Stadt.

«Schauen Sie! Die Kirche der Parrocchia Santa Maria del Soccorso und die Basilica di San Gennaro fuori le mura, und das da genau in der Mitte!»

Jackey schaute verständnislos auf den Plan.

«Ich verstehe nicht, Eccellenza ...»

«Sehen Sie mal: Hier der alte unterirdische Cimitero delle Fontanelle – genau in gleicher Entfernung davon Maria und San Gennaro! Die Anfänge dieser unterirdischen Begräbnisstätte reichen bis ins sechzehnte Jahrhundert zurück. Sie ist in den großen Höhlungen entstanden, die das Wasser in den Tuffstein gewaschen hat. Als Mitte des siebzehnten Jahrhunderts die Pest in Neapel wütete und Hunderttausende starben, war man froh um diesen Platz, der so viele Leichen aufnehmen konnte. Das Gleiche wiederholte sich in der zweiten Hälfte des achtzehnten Jahrhunderts, als eine große Hungersnot viele Arme das Leben kostete. Dieser Friedhof war stets ein öffentlicher Ort, der stark frequentiert wurde. Und wenn der Kardinal einen kleinen Sarg hätte verschwinden lassen wollen, wäre er dort niemandem aufgefallen. Noch im neunzehnten Jahrhundert kamen zahllose Tote hinzu – die Opfer einer Choleraepidemie. Irgendwann haben dort unten fromme Christen begonnen, sich in einem merkwürdigen Totenkult um die Seelen, aber auch um die leiblichen Überreste der Verstorbenen zu kümmern. Die Kirche und die Obrigkeit sind dessen nie ganz Herr geworden – die Toten erfahren Zuwendung und dienen zugleich als Orakel für alle Lebenslagen. Wer weiß, vielleicht liegen dort seit den Tagen Kardinal Sersales auch die Reste Alexanders des Großen. Obwohl Tausende sie dort gesehen hätten, hätte sie niemand zur Kenntnis genommen.»

Lukas Berliner nickte.

«Nicht schlecht! Ich schlage vor, wir fangen in den Katakomben von San Gennaro an. Wenn das nichts ergibt, schauen wir auf dem Cimitero delle Fontanelle nach. Und da Sie, Eccellenza, sich im Dom am besten auskennen, könnten Sie auch dort noch einmal Umschau halten.»

Montebello hatte gehofft, dass der Archäologe ihnen rasch einen sicheren Weg zum Alexandersarkophag würde weisen können. Nun musste er erkennen, dass sie stattdessen ihre Suche ausweiten mussten. Er seufzte und fügte sich in sein Schicksal.

«Die Katakomben von San Gennaro und der Cimitero delle Fontanelle sind übrigens seit einiger Zeit wegen Problemen mit der Statik gesperrt. Aber wir bekommen sicher für unseren internationalen Gastwissenschaftler eine Ausnahmeerlaubnis. Darin waren wir Neapolitaner immer schon groß.»

Kapitel 14 – Die Besucher

Rom, 12. September, vormittags
«... fest steht, dass auf dem Hof der CaritaMondo 21.0 in jener Nacht die Leute von SaniRaggi und der Schrottplatzbesitzer Battaglia geholfen haben, ein defektes Fahrzeug zu entladen und wieder flottzumachen. Und da Ricci in dieser Zeit immer wieder gerufen hat, er wolle keinen Schrott auf dem Hof, ist es so gut wie sicher, dass es sich dabei um radioaktiven Müll gehandelt hat. Ich wette, dass das ein Laster von Tecologico war. An der Schilderung von Michele Giordano habe ich nicht den geringsten Zweifel.»
Bariello saß mit seinen Männern zusammen und berichtete ihnen, was er gemeinsam mit Salvatore Graziano von den Pförtnern erfahren hatte.
«Bei mir war es nicht so ergiebig. Um ehrlich zu sein – es kam überhaupt nichts dabei heraus. Der Tagespförtner winkt wirklich nur den Gästen zu und weist ihnen den Weg zur Pforte. Vielleicht hätte ich ja mehr Erfolg gehabt, wenn ich so wie du in Riccis schickem Büro das Gespräch geführt hätte.»
Bariello zuckte zusammen.
«Salvatore – die Gegensprechanlage! Wenn die Kidane mitgehört hat, als ich mit Giordano gesprochen habe... Los, kommt mit! Wir müssen den Nachtwächter da rausholen!»
Während di Lauro und Bertani ihnen einen kurzen Moment ratlos hinterherschauten, waren die beiden schon zur Tür hinaus und stürzten die Treppe hinunter. Keine Minute später saßen alle vier

im Wagen und fuhren mit Blaulicht und Sirene vom Hof. Als sie auf das Gelände von CaritaMondo einbogen, sahen sie als Erstes einen Notarztwagen vor dem Gebäude. Bariello sprang aus dem Auto und stürmte auf einen Mann in gelber Hose und weißem Poloshirt zu.
«Commissario Bariello, Polizia di Stato. Was ist passiert?»
Der Notarzt streifte sich die Gummihandschuhe ab.
«Dottor Moretti. Wir sind zu spät gekommen. Da war nichts mehr zu machen. Der Mann war schon tot, als man ihn entdeckt hat. Er muss sich in der Nacht erhängt haben.»
«Wer ist es?»
«Ein gewisser Giordano. Hat hier als Nachtwächter gearbeitet. Ich konnte nur noch den Leichenwagen bestellen.»
Bariello wurde bleich vor Zorn.
«Wo ist der Tote?»
«Im Heizungskeller.»
Aus dem Eingang traten zwei Sanitäter, gefolgt von Ricci und einem Mann im dunklen Anzug. Der Verwaltungschef erkannte den Polizisten.
«Ah, Commissario Bariello! Das ist aber schnell gegangen. Hat man Sie gleich erreicht? Ich hatte eben meiner Mitarbeiterin gesagt ...»
Weiter kam er nicht, denn er sah, wie Bariello in großen Schritten auf ihn zukam und eine Handbreit vor ihm abbremste. Ricci fuhr erschrocken zurück.
«Was ist denn in Sie gefahren?»
«Ich kann mich nicht an die Toten gewöhnen! Das werden Sie doch verstehen, da Ihnen Menschenleben so sehr am Herzen liegen.»
«Äh ... ja, gewiss ... natürlich ... Darf ich vorstellen: Das ist Avvocato Matteo Ferrari, Syndikus von CaritaMondo 21.0.»
«Wie praktisch, wenn gleich ein Anwalt zur Hand ist, sobald ein Toter auftaucht.»
«Verzeihung, ich verstehe nicht?»
«Waren Sie schon im Haus, als man die Leiche entdeckt hat?»
«Nein, man hat mich danach angerufen.»

«Dottor Moretti, war der Herr schon im Hause, als Sie hier eintrafen?»
Der Notarzt trat zu der Gruppe hinzu.
«Ja, Commissario, er ist in den Keller mitgegangen, als wir ankamen.»
«Das ist ja eine beachtliche Reihenfolge für eine Rettungsaktion: erst der Anwalt, dann der Arzt, dann die Polizei! Stehen Sie allen Ihren Mandanten so schnell zur Verfügung, Avvocato?»
«Ich habe nur wenige Klienten – so kann ich ihnen jederzeit zur Verfügung stehen. Einer davon ist CaritaMondo 21.0. Ich wohne allerdings nur ein paar Straßen weit von hier entfernt. Im Übrigen, Commissario, gefällt mir der Ton nicht, den Sie mir und meinem Mandanten gegenüber anschlagen.»
«Ach, wir werden uns schon miteinander verständigen, und zwar in einem Ton, der den Umständen angemessen ist. Bis ich den Toten gesehen habe, möchte ich, dass Sie beide nicht das Gelände verlassen und jederzeit für mich erreichbar sind. Du, Salvatore, bleibst bei den Herren und gibst acht, dass keiner telefoniert. Du, Gennaro, gehst zu Signora Kidane ins Büro von Dottor Ricci und passt auf, dass sie mit niemandem spricht oder E-Mails verschickt. Salvatore, ruf die Spurensicherung, die im Keller alles aufnehmen soll; sie sollen den Polizeiarzt mitbringen. Sobald ich unten fertig bin, komme ich zu euch.»
Dann bat der Commissario den Notarzt, noch einmal mit ihm in den Keller hinabzusteigen, wo an eine Wand gelehnt die Leichenträger warteten.
«Signori, das wird noch eine ganze Weile dauern, und dann muss die Leiche in die Gerichtsmedizin. Sie müssen nicht hierbleiben.»
Die beiden Männer brummelten etwas und zogen ab. Der Notarzt ging Bariello voran und trat durch eine Tür, hinter der sich zwei Gasbrenner befanden. An dem stärksten, mit grauem Isoliermaterial ummantelten Rohr hing die Leiche von Michele Giordano – die Füße nur ein paar Zentimeter über dem Boden. Um seinen Hals war zweimal ein Elektrokabel geschlungen, am Boden lag ein umgestürzter Schemel.

«Warum haben Sie ihn nicht abgeschnitten? Er hätte doch noch am Leben sein können.»
«Hier! Leichenflecken. Die treten zwanzig bis dreißig Minuten nach dem Tod auf. Außerdem hatte die Leichenstarre schon eingesetzt. Nein – ich wollte Ihnen die Arbeit nicht unnötig erschweren.»
Bariello nickte.
«Könnten Sie mich bitte einen Moment allein lassen?»
Als der Notarzt gegangen war, wandte sich der Commissario wieder dem Toten zu. Er trug immer noch seine hübsche blaue Dienstuniform. Auch in dem trüben Kellerlicht funkelte an der Jacke der silberne Sheriffstern.
«Jetzt hast du auch ein Geheimnis, Michele. Nur kannst du es mir nicht mehr erzählen. Aber ich werde es herausfinden. Das verspreche ich dir!»
Er brauchte eine Weile, bis er sich gefasst hatte, und diese Zeit wartete er lieber im Halbdunkel. Dann kehrte er auf den Hof zurück. Er sah Gaspare Bertani am Fenster des Büros, in dem er die Sekretärin bewachte, und winkte ihm zu.
«Bring die Signora zu uns!»
Und während die beiden aus dem Haus traten, ging der Commissario ruhig zu Ricci und dessen Rechtsanwalt, die mit Graziano auf ihn gewartet hatten. Als Bertani mit Alemee Kidane herangekommen war, wandte sich Bariello an den Leiter der Hilfsorganisation.
«Dottor Ricci, wir beide wissen, dass das hier kein Selbstmord war. Und Sie, Signora, wissen es auch. Von Ihrem Rechtsbeistand ganz zu schweigen. Dottor, dieser Tote war der harmloseste Mensch, den ich je getroffen habe. Sie haben ihn in Ihre Firma aufgenommen. Für so jemanden übernimmt man Verantwortung wie für ein Familienmitglied – wie für ein Kind. Unsere Vorfahren nannten das, was hier geschehen ist, Parricidium, Verwandtenmord. Nichts zog eine grausamere Bestrafung nach sich.»
«Was erlauben Sie sich!»
«Avvocato, sparen Sie sich Ihren Atem! Sie scheinen sich nicht im

Klaren darüber zu sein, dass es hier nicht nur um das Verschieben von medizinischem Sondermüll und ein paar Betrügereien mit EU-Subventionen geht. In Neapel sterben Menschen durch die Kontamination mit hoch radioaktivem Schrott, der im Windschatten Ihrer Abfälle ins Land kommt. Da geht es um zig Millionen. Wissen Sie, was wir von einem Schrottplatzbesitzer, der Teil dieser Organisation war, noch in seiner Metallpresse gefunden haben? Ein blutverkrustetes Stückchen seines Oberkiefers, in dem noch ein Zahn steckte – gerade noch genug, um einen positiven DNA-Abgleich vornehmen zu können. Die Leute, die das veranlasst haben – und die Sie kennen –, scheinen unruhig zu werden. Sie beseitigen gerade jeden, der für sie und ihre Geschäfte eine Gefahrenquelle werden könnte. Wir sprechen von vier Mordopfern.»
«Hören Sie sofort auf, meinen Mandanten einzuschüchtern! Sie können sicher sein, dass Ihr Verhalten Folgen für Sie haben wird!»
«Folgen, Avvocato? Bei uns Polizisten geht das meistens ziemlich schnell mit den Folgen, wenn wir der Mafia in die Quere kommen. Eine Kugel, eine Sprengladung. Aber wissen Sie, Signora Kidane, dass ich wohlfrisierte Köpfe hübscher Frauen in Autos gesehen habe mit Make-up und Lidschatten und allem Drum und Dran? Nur lagen diese Köpfe ohne Rumpf auf der Rückbank, als die Mafia die Wagen ihren Männern vor die Haustür gestellt hat. Signora, Dottore – Sie haben sich mit dem Teufel eingelassen. Ich denke, früher oder später wird er Sie holen. Wenn Sie mir etwas zu sagen haben, wissen Sie, wo Sie mich erreichen. Avvocato, guten Tag!»
Ein zorniger Bariello ließ die drei auf dem Hof stehen, ohne auf das Gezeter des Anwalts zu achten.
«Salvatore, du fährst. Und ich brauch jetzt was zu trinken.»
Bald standen zwei leere Grappagläser vor dem Commissario. Dann klingelte sein *cellulare*.
«Vincenzo, ich bin's, Federico! Sie haben mich beurlaubt. Gestern Nachmittag habe ich mit meinem Vorgesetzten und dem Oberstaatsanwalt gesprochen. Ich hatte es geahnt, aber nicht wahrhaben wollen: Doch die stecken alle unter einer Decke mit den

Tecologico-Leuten. Sie haben mir vorgeworfen, unerlaubt Ermittlungen an mich gezogen zu haben und aus politischen Motiven gegen Tecologico vorzugehen. Ich habe ihnen gesagt, wo sie nach dem Zeug suchen sollen, doch sie wollten davon gar nichts wissen. Außerdem hat jemand den Hämatologen so bearbeitet, dass er mir im Beisein der anderen vorgeworfen hat, ich hätte ihm eingeredet, dass radioaktive Verseuchung Ursache für die Erkrankungen sei. Dabei war er völlig verzweifelt, als ich vor zwei Tagen mit ihm gesprochen habe, weil er mit Francesca Barbieri seine einzige Ansprechpartnerin in dieser Sache verloren hatte. Er war dankbar, dass ich bei ihm war – und nun ... Ich bin raus aus dem Spiel.»
«Rico, gib jetzt nicht auf! Wenn du eine Vorstellung hast, wo der radioaktive Müll liegen könnte, versuch privat oder mit Hilfe von Kollegen, die vertrauenswürdig sind, weiterzukommen! Das Zeug ist bestimmt noch da. Es muss einen Grund dafür geben, weshalb sie es nicht aus dem Land bringen können. Die haben garantiert irgendwelche Probleme. Das können auch keine ganz kleinen Mengen sein. Die Metallblöcke, die wir hier auf dem Schrottplatz gesehen haben, sind etwa 60 mal 60 mal 80 Zentimeter groß. Es müssen etliche davon sein, weil das ja schon vor dem Verschwinden von Francesca Barbieri angefangen haben muss. Sonst hätte nicht schon zu ihrer Zeit die Zunahme der Erkrankungen auffallen können. Also, wo könnten bei euch so große Mengen gelagert werden, wenn sie nicht in den Containerhallen am Hafen verstaut worden sind?»
«Das Umfeld des Capodimonte käme in Frage – wo die Grotten von San Gennaro liegen. Da ist das ganze Gelände unterhöhlt. Das Gleiche gilt für den alten Cimitero delle Fontanelle. Vincenzo, da fällt mir etwas ein: Die Höhlen sind seit einiger Zeit gesperrt. Für die Verwaltung ist die Kirche zuständig. Es heißt, manche Stollen seien einsturzgefährdet. Meinst du ...?»
«Fang damit an, Rico, und lass dich nicht unterkriegen! Geh zu Montebello! Er wird dir bestimmt helfen. Irgendjemand wird bei euch gewaltig nervös, weil er merkt, dass wir ihm auf der Spur sind. Wir haben hier in Rom zwei weitere Morde, bei denen es mit

Sicherheit eine Verbindung zu dieser Müllgeschichte gibt. Sei also vorsichtig!»
«Danke, Vincenzo. Und halt mich auf dem Laufenden!»
«Sicher – ciao, Rico!»
Bariello steckte sein *cellulare* weg.
«Kommt! Wir müssen ins Präsidium. Was in Neapel immer schwieriger wird, müssen wir versuchen, von hier aus rauszufinden.»
Zehn Minuten später kamen sie an der Loge des Kommissariats vorbei, als der diensthabende Beamte das kleine Sprechfenster aufklappte.
«Commissario, ich soll Ihnen melden, Sie werden im Konferenzraum erwartet – allein!»
Bariello wandte sich an die anderen:
«Geht schon mal vor! Ich komme gleich nach. Fragt schon mal bei der Spurensicherung, was sie auf dem Schrottplatz gefunden haben!»
Als er den Besprechungsraum betrat, warteten dort zwei Männer, die er noch nie gesehen hatte.
«Ah, Commissario Bariello? Maggiore Emilio Russo, Servizio Segreto. Dies ist ein Kollege eines befreundeten Dienstes.»
«Was verschafft mir die Ehre?»
«Commissario, wir wollen nicht um den heißen Brei herumreden: Die Ermittlungen gegen CaritaMondo 21.0 müssen sofort eingestellt werden!»
«Ach? Es geht inzwischen um drei Mordfälle aus jüngster Zeit und den Fall einer vermissten, aber wahrscheinlich vor etwa einem Jahr ebenfalls ermordeten Frau. Weshalb soll ich das auf sich beruhen lassen, Maggiore Russo?»
Der Geheimdienstmann ließ alle Höflichkeit fahren.
«Bariello, ich muss Ihnen keine Fragen beantworten. Sie stören gerade das Spiel der großen Jungs und machen sich jetzt vom Acker! Andernfalls werden Sie von morgen an bis zu Ihrer Rente an der Fontana di Trevi Touristen vom Baden abhalten. Haben Sie mich verstanden?»
«So etwas wird die Öffentlichkeit sicher interessieren.»

«Ach so? Sie wollen die Öffentlichkeit einschalten? Wissen Sie, was die noch mehr interessieren wird? Wenn ein karrieregeiler *sbirro* einen Verkehrsunfall zu einem Mord aufbauscht und wenn er aus einem technischen Defekt einer veralteten Schrottpresse gleich ein Verbrechen konstruiert. Aber am widerwärtigsten werden es die Leute finden, wenn sie hören, dass Sie mit Ihren rabiaten Verhörmethoden einen völlig harmlosen geistig Behinderten so in die Verzweiflung getrieben haben, dass er sich das Leben genommen hat. Und warum das alles? Weil Sie aus rassistischen Motiven versuchen, eine Hilfsorganisation zu ruinieren, die sich in der Dritten Welt engagiert – und zwar so erfolgreich, dass unser Staatspräsident sie ausgezeichnet hat. Also, Bariello, wenn Sie nicht sofort Ihre Ermittlungen einstellen, dann zerquetsche ich Sie wie eine Wanze! Buona giornata!»
Der Maggiore verließ den Raum, ohne eine Erwiderung abzuwarten, und ließ einen verblüfften Bariello mit dem Fremden zurück.
«Commissario Superiore! Mein Kollege war in der Wortwahl sicher rauer als nötig.»
Bariello wandte sich dem schlanken, großgewachsenen Mann zu, der zwar fließend Italienisch sprach, aber mit amerikanischem Akzent.
«Wahrscheinlich bin ich sogar der Grund dafür, dass er so heftig geworden ist. Er wollte mir wohl demonstrieren, wie ernst er unsere gemeinsamen Interessen nimmt.»
«Was denn für Interessen?»
«Sie sind nicht der Einzige, der auf die Schiebereien mit radioaktivem Müll aufmerksam geworden ist. Aber es stellt sich die Frage, wie man mit dieser Erkenntnis umgeht. Wenn so etwas passiert, versuchen ehrenwerte Polizisten wie Sie, das so rasch wie möglich zu unterbinden und die Verantwortlichen zur Rechenschaft zu ziehen. Leute wie ich – und auch mein temperamentvoller italienischer Kollege mit den rustikalen Umgangsformen – versuchen, nicht nur die Interessen dieser Gesellschaft, sondern auch die Interessen des Staates, und auch nicht nur dieses einen Staates, wahrzunehmen. Das macht es bisweilen erforderlich, Zustände zu

dulden, die an sich nicht zu dulden wären. Wir versuchen, die verwerflichen Ziele und Methoden anderer zu nutzen, um selbst etwas Gutes und Sinnvolles zu leisten – in einem höheren Interesse.»

«Wissen Sie, dass in Neapel Kinder an Leukämie sterben und dass Erwachsene, die mit radioaktiv verseuchtem Wasser aus öffentlichen Brunnen in Kontakt gekommen sind, an seltenen Tumoren erkranken? Wie wollen Sie das rechtfertigen?»

«Sie waren auf dem Liceo, Commissario, und haben Griechisch gelernt. Haben Sie einmal das Höhlengleichnis gelesen?»

«Woher kennen Sie meinen schulischen Werdegang?»

«Wenn ich jemanden treffe, dann weiß ich auch, wen ich treffe. Aber ich weiß nicht alles, wie Sie sehen. Kennen Sie das Höhlengleichnis?»

«Ich habe es gelesen, aber es ist dreißig Jahre her.»

«Ein wichtiger Text für meinen Berufsstand! Die einen sitzen gefesselt in einer Höhle und sehen nur die Schatten hölzerner Figuren, die ein flackernder Feuerschein verzerrt an die Wand wirft. Diese schwankenden Bilder halten die Gefesselten für die Wirklichkeit. Aber erst wenn sie eines Tages die Höhle verlassen und ins Licht hinaustreten, erkennen sie, was tatsächlich die Wirklichkeit ist. So ist es auch in diesem Fall. Man muss das Ganze überblicken – alle Fakten, alle Notwendigkeiten –, um zu entscheiden, welche Prioritäten zu setzen sind. Ich kann Ihnen nicht mehr dazu sagen. In acht, längstens vierzehn Tagen sind unsere Interessen umgesetzt. Dann können Sie sich über die Müllmafia hermachen. Das ist mir dann völlig egal. Aber vorher dürfen Sie unsere Pläne nicht stören! Sie haben gehört, dass der Maggiore jede Gefährdung unserer Ziele unterbinden wird. Mir wäre viel lieber, wenn das unterbleiben könnte. Nicht zuletzt deshalb, weil ich Sie und auch Ihren Kollegen in Neapel für gute Polizisten halte – so gut, wie man sie sich nur wünschen kann.»

«Wenn Sie so viel von unserer Arbeit verstehen, wissen Sie auch, dass man die Spuren fast jedes Verbrechens in acht Tagen beseitigen kann.»

«Leben Sie wohl, Commissario.»
Der Fremde verließ das Konferenzzimmer, vor dem di Lauro, Bertani und Graziano warteten. Er hielt ihnen die Tür auf. Die drei schauten Bariello erwartungsvoll an.
«Wer war das denn?»
Der Commissario zuckte die Schultern.
«Keine Ahnung. Aber wahrscheinlich jemand, an dem meine berufliche Zukunft hängt.»
«Na, dann wird es dich auch interessieren, dass wir nicht mehr auf den Schrottplatz können. Die Leute von der Spurensicherung sind von der Militärpolizei weggeschickt worden. Das Gelände ist abgesperrt. Die hatten eine Order vom Innenministerium und vom Verteidigungsministerium dabei. Die Kollegen durften ihre Instrumente noch mitnehmen, aber alle Proben mussten sie zurücklassen. Was machen wir jetzt?»
«Jetzt müssen wir neue Wege gehen – und ein paar alte.»

Kapitel 15 – Die Partner

Besmer, 12. September, nachmittags
Nahe der Stadt Jambol lag der bulgarische Luftwaffenstützpunkt Besmer. Aufgrund des im Jahr 2006 geschlossenen Defense Cooperation Agreement war dort im Laufe der Zeit eine größere Einheit US-amerikanischer Soldaten stationiert worden. Formell unterstand dieser Flughafen bulgarischem Kommando. Doch das Unwohlsein der einheimischen Führungskräfte über den tatsächlichen Befehlsstatus sagte mehr aus als das Papier, auf dem die Vereinbarung festgehalten war. Millionen US-Dollar waren in die Verbesserung der Infrastruktur geflossen, was weder die russische noch die iranische Regierung als besonders beruhigend empfanden. Wussten sie doch, dass im schlimmsten Fall von dort aus Attacken auf ihr Territorium geflogen würden.
Üblicherweise landeten in Besmer keine Flugzeuge der zivilen Luftfahrt. Aber vor zwei Tagen hatte man eine Ausnahme gemacht: Als die schwere Frachtmaschine aus Kasachstan aufsetzte, zeigte sich, wie sinnvoll es gewesen war, dass man viel Geld in die Verlängerung der Landebahn investiert hatte. Für die Crew der Zentraspex war es nur ein Zwischenstopp auf ihrem Weg weiter in den Westen. Man nahm sich gerade genug Zeit, um ein paar schwere Metallbehälter auszuladen, die die beiden Passagiere eingecheckt und dafür gut bezahlt hatten. Es waren verschlossene Männer, die unterwegs kaum ein Wort mit der Crew gewechselt hatten. Aber in Besmer hatte man sie offenbar sehnsüchtig erwartet.

Heute nun waren ein Brigadegeneral der US Air Force und eine Reihe hoher US-Offiziere eingetroffen. Noch bevor sie die beiden Männer begrüßten, begutachteten sie das Schmuckstück, das in einem Bunker unter Verschluss gehalten wurde. Dann besorgten kräftige GIs unter den Augen ihrer Vorgesetzten den Verladevorgang. Nach einer halben Stunde lag die Fracht unter teuren Spezialbehältern mit besonders gekennzeichnetem medizinischem Abfall auf der Ladefläche eines LKW. Der trug ein italienisches Kennzeichen, und auf seinen massiven Außenwänden prangte der Schriftzug TECOLOGICO Inc. Ehe man das Fahrzeug in einen leeren, gut getarnten Flugzeughangar fuhr, wo es noch einige Tage unter militärischer Bewachung stehen sollte, wurde es sorgfältig verplombt.

Eine gepanzerte Limousine fuhr vor. Im Fond saßen die beiden Deutschen. Der Brigadegeneral setzte sich neben den Fahrer, der sie zur Kommandantur brachte.

«Oberstleutnant, Major – meinen Glückwunsch! Für unsere Leute wäre die Mission zu heikel gewesen. Das konnten nur die deutschen Kollegen erledigen.»

«Wie haben die Russen reagiert? Haben sie uns die Nummer mit dem IS abgekauft?»

«Die Kirgisen haben keine zwei Stunden nach dem Zwischenfall die russische Regierung informiert. Wir haben die Gespräche abgehört, aber das wäre gar nicht nötig gewesen: Heute Vormittag wurde unser Moskauer Militärattaché ins russische Verteidigungsministerium gebeten, wo man ihn über den Überfall eines IS-Kommandos in Kirgisien auf einen geheimen Militärtransport informiert hat. Dabei haben die Russen ziemlich rumgeeiert. Man wisse nicht genau, was erbeutet worden sei. Es scheine sich um Waffen aus Sowjetzeiten zu handeln, als das Militär am Issyk Kul Versuche mit hochkomplexen Systemen durchgeführt habe. Mehr könne man gegenwärtig noch nicht mit Sicherheit sagen. Man sei den befreundeten amerikanischen Diensten – die haben wirklich ‹befreundete amerikanische Dienste› gesagt – überaus verbunden, wenn sie über ihre Kanäle etwas über den Verbleib des Raubgutes

erführen. Mit anderen Worten, denen geht der Arsch auf Grundeis. Die gehen fest davon aus, dass sich ein Trupp des IS für einen Anschlag hochgerüstet hat. Nicht nur die kirgisische Wachmannschaft, sondern auch Sie beide gelten als tot.»
«Wie geht es weiter?»
«Die Russen wissen natürlich genau, was auf dem Laster war. Aber was sie nicht wissen, ist, dass unsere ukrainischen Freunde uns im Juli 2014 jenen Buk-M-1-TELAR überlassen haben, den sie den Rebellen nach dem Abschuss von Flug MH 17 abgenommen haben. Nachdem die Aufständischen gemerkt hatten, was sie da tatsächlich vom Himmel geholt haben, hatten sie es furchtbar eilig, alles wieder über die Grenze zu den Russen zu bringen. Vor lauter Aufregung sind sie dabei ausgerechnet mit der Werfereinheit im Sumpf stecken geblieben. Die Besatzung konnte mit den anderen Fahrzeugen der Batterie entkommen, aber das Schmuckstück mussten sie zurücklassen. Die Ukrainer waren ganz aus dem Häuschen, als sie den TELAR geborgen hatten. Sie wollten sofort der Weltöffentlichkeit den rauchenden Colt zeigen. Aber wir haben sie überzeugt, dass Rache eine Speise ist, die nur kalt genossen bekömmlich ist. Wir haben den TELAR in Einzelteile zerlegt und nach Haifa verschifft. Dort hat der Mossad ihn wieder zusammengeschraubt und für den Abschuss einer Boden-Boden-Rakete umgerüstet. Und dank Ihrer Hilfe können wir jetzt unser eigentliches Präsent zur Siegesparade nach Damaskus schicken. Sie beide bleiben noch ein paar Tage hier und erholen sich, während sich die russischen Dienste austoben sollen. Dann, wenn ihre hektischen Aktivitäten der Ratlosigkeit weichen, machen Sie sich auf den Weg. – Ah, wir sind schon da. Kommen Sie!»
Als die beiden Deutschen in Begleitung ihres Gastgebers die Kommandantur wieder verließen, war es Nacht geworden.
«Die Papiere für den Zoll ...?»
«Seien Sie unbesorgt! Das ist alles vorbereitet. Wenn Sie diese Unterlagen vorweisen, wird niemand auf die Idee kommen, die Ladung zu kontrollieren: Tecologico ist ein von Brüssel anerkannter Grüner Engel. Dafür bekommt die Firma Millionenbeträge an

EU-Geldern und einen für alle Länder, in denen ihre Trucks unterwegs sind, gut sichtbaren Heiligenschein.»

Neapel, 12. September, nachmittags
«Eccellenza, wir kommen tatsächlich nicht in die Catacombe di San Gennaro! Schon die Gittertore oben am Vorplatz sind abgesperrt. Davor stehen Wächter, die uns erklärt haben, das gesamte Tunnelsystem unter dem Berg sei einsturzgefährdet. Daher habe das Liegenschaftsamt der Diözese Neapel die Schließung verfügt. Man werde für uns keine Ausnahme machen – internationaler Gast hin oder her ...»
Jackey war mit Lukas Berliner ins Büro des Weihbischofs marschiert, um ihrer Enttäuschung Luft zu machen. Montebello lächelte.
«Das kirchliche Liegenschaftsamt? Na, besser geht es doch gar nicht. Das steht unter der Leitung von Monsignor Flavio Grasso. Ich bin sicher, dass er uns eine Sondererlaubnis erteilt, wenn ich ihn bitte. Wir wollen ja keine öffentliche Führung machen, sondern ... einen archäologischen Fachbesuch.»
Der Vescovo Ausiliare wollte bereits zum Hörer greifen.
«Warten Sie noch! Lukas und ich waren ziemlich frustriert und haben uns hundert Meter die Straße rauf vor eine Bar gesetzt. Da haben wir gesehen, dass ein LKW neben der Basilica dell'Incoronata Madre vorgefahren ist. Zwei Männer stiegen aus. Denen haben die Wachen die Gittertore aufgesperrt. Es vergingen ein paar Minuten, und dann kamen sie mit noch ein paar anderen zurück. Sie sind mit dem Laster hineingefahren, und wir konnten sehen, wie sie mit so einem elektrischen Laufkarren ihre Fracht ausgeladen haben – eine ganze Anzahl schwerer Kisten. Und damit sind sie in Richtung der Katakomben verschwunden. Das hat sicher eine halbe Stunde gedauert. Ich bin dann wieder zu den Wächtern gegangen und habe gesagt, dass es offenbar doch Ausnahmen gebe und ob sie uns da nicht auch reinlassen könnten. Die sind ziemlich grob geworden und haben gesagt, das gehe mich überhaupt

nichts an, und im Übrigen würden die Männer Material zur Absicherung der Katakomben in den Berg bringen. Und jetzt solle ich aus dem Weg gehen und die Arbeiten nicht stören.»
«Jackey, das sind einfache Leute. Die sind manchmal ein wenig grob – ich würde darauf nicht so viel geben. Ich werde jetzt gleich bei Monsignor Grasso vorbeigehen und die Sache klären.»
Schon eine halbe Stunde später klopfte der Weihbischof an die Tür seines Mitbruders. Als er auf ein energisches «Pronto» hin dessen Amtsräume betrat, hielt er erst einmal den Atem an. Die Luft war geschwängert mit dem Duft eines teuren Rasierwassers, das ganz und gar zu dem hochmodernen Designermobiliar passte. Der Besucher hatte den Eindruck, er betrete den Ausstellungsraum eines Hightech-Büroausstatters. Monsignor Grasso – ein sportlicher Mann mit vollem dunklem Haar, das nur an den Schläfen einen silbrigen Schimmer zeigte – kam mit federnden Schritten um seinen Schreibtisch herum und ging mit ausgestreckter Hand auf seinen Gast zu. Sein schwarzer Habit saß wie angegossen und hatte nicht die Steifheit wie so mancher Alltagsanzug der Geistlichkeit, sondern umfloss die schlanke Gestalt seines Trägers.
«Willkommen im langweiligsten Arbeitsbereich der Diözese Neapel, verehrter Vescovo Ausiliare! Bitte nehmen Sie Platz und sagen Sie mir, womit ich Ihnen helfen kann!»
Montebello nahm das überströmende Selbstbewusstsein seines Gegenübers wahr und zuckte zusammen, als er die einschüchternde Energie spürte, die in dem massiven Händedruck des anderen lag. Er ließ sich auf dem Besucherstuhl nieder, auf den Monsignor Grasso deutete.
«Es ist das erste Mal, dass Sie mich hier mit Ihrem Besuch beehren. Wie gefällt Ihnen mein kleines Reich?»
«Es ist … geschmackvoll.»
«Ich freue mich, wenn es Ihnen zusagt. Aber das Schönste ist: Es hat die Bistumskasse keinen Cent gekostet. Es ist mir fast ein wenig peinlich, aber unter den Pächtern einer unserer Liegenschaften ist ein schwerreicher Möbelfabrikant, der es sich nach einem Besuch bei mir nicht hat nehmen lassen, mein Büro komplett neu

auszustatten. Ich ahne, was Sie nun denken: Aber ich habe ihm die Immobilie doppelt so teuer vermietet wie seinem Vorgänger, und er hat dem Generalvikariat dieses Mobiliar verehrt, *nachdem* ich ihn so zur Ader gelassen und er ganz sicher keinen Grund hatte, mir besonders dankbar zu sein. Dass es hier allerdings so schön würde, hatte ich natürlich auch nicht erwartet. Den Seinen gibt's der Herr im Schlaf ...»

«Ja, ich habe bereits gehört, dass Sie außerordentlich erfolgreich sind, wenn es um die Einwerbung von Zuwendungen für unsere Diözese geht.»

«Ehrlich gesagt, macht es mir Spaß, in dieser Umgebung zu arbeiten. Und wenn selbst die lutherische Ketzerei die Weisheit Moses anerkennt, dass man dem Ochsen, der da drischt, nicht das Maul verbinden soll, weshalb soll ich dann den größten Teil meines Tages in einem Büro verbringen, das mit Sperrmüll eingerichtet ist?»

«Gewiss, mein Bruder, gewiss ... aber ...»

«Aber deswegen sind Sie nicht zu mir gekommen. Was also kann ich für Sie tun, Eccellenza?»

«Ich weiß, dass unsere Liegenschaftsverwaltung die Catacombe di San Gennaro vor einiger Zeit geschlossen hat, weil sie baufällig geworden sind. Nun haben wir einen international renommierten Archäologen zu Gast, der diese erste Ruhestätte unseres Stadtheiligen gern einmal besichtigen würde. Ehrlich gesagt, war ich auch selbst seit meinen Kindertagen nicht mehr dort und würde gern diesen Ort gemeinsam mit ihm besuchen. Ich kann mich nur noch schemenhaft an die Fresken und Mosaiken in der unterirdischen Basilika und den Friedhof erinnern. Daher möchte ich Sie als Leiter des Liegenschaftsamts herzlich bitten, eine Ausnahmegenehmigung für uns zu erteilen.»

Es war, als hätte Montebello eine Blasphemie begangen, so schlagartig erlosch das Lächeln im Gesicht von Flavio Grasso. Es dauerte ein paar Sekunden, ehe er sich wieder gefasst hatte.

«Das ist leider ... vollkommen ausgeschlossen ... statische Gutachten ... Wasserschäden ... die Beschaffenheit des Gesteins ... Sie ver-

stehen! Nein, es tut mir aufrichtig leid, Eccellenza. Ich kann ... das Risiko wäre viel zu groß. Alles absolut lebensgefährlich! Wir haben das unterirdische Gelände seit ein paar Jahren nach und nach absperren müssen, aber vor über einem Jahr musste ich aus Sicherheitsgründen die vollständige Schließung verfügen. Es wäre völlig verantwortungslos, unter den jetzigen Umständen Sie oder sonst jemanden dort hineingehen zu lassen.»
«Nun, lieber Bruder, soviel ich weiß, verkehren dort unten ja auch einige Arbeiter, die Lasten einlagern, so dass ...»
«Das sind ... Spezialisten einer Baufirma. Das ist ... etwas ganz anderes. Diese Leute kennen die Gefahren und wissen sie einzuschätzen. Da ist schrecklich viel zu tun – der Boden muss stabilisiert werden, Maschinenräume müssen angelegt werden, um die Elektrik zu steuern und das Wasser zu regulieren. Außerdem muss das Tuffgestein gesichert werden. Wir brauchen darüber hinaus endlich Aufzüge für ältere Besucher – und, und, und ... Aber das Beste ist, dass ich dafür sehr engagierte Sponsoren gefunden habe, so dass all das das Bistum nichts kosten wird. Selbst die Kirche San Gennaro extra Moenia, wo sich der alte Zugang befunden hat, wird auf deren Kosten restauriert. Ist das nicht großartig? Aber wir können da jetzt einfach nicht hinein. Noch ist das alles gefährlich und droht einzubrechen. Also, sobald die Probleme behoben und die Arbeiten ausgeführt sind und vor allem: sobald die Sicherheit garantiert werden kann, wird es mir eine Freude sein, mit Ihnen persönlich und mit Ihrem Gast diese Stätte zu besuchen. Es wird zwar bestimmt noch einige Zeit dauern. Aber ich gebe Ihnen dann umgehend Bescheid.»
«Wenn die Lage dort unten so bedenklich ist, was wird denn zum Schutz der Kunstwerke – insbesondere des Wandschmucks – unternommen?»
«Seien Sie versichert, Eccellenza, dass dort alles in besten Händen von führenden Restauratoren ist, die mit den entsprechenden Arbeiten betraut sind ... aber ... Oh, Eccellenza, ich habe leider auswärts einen dringenden Termin. Eigentlich müsste ich schon unterwegs sein, aber natürlich wollte ich Sie empfangen. Bitte verzei-

hen Sie, wenn ich jetzt aufbrechen muss! Und glauben Sie mir, dass Sie der Erste sein werden, dem ich Bescheid gebe, sobald man wieder gefahrlos in die Katakomben kann.»

Monsignor Grasso eilte bereits zur Tür, um sie seinem Besucher zu öffnen, als Montebello sich zu ihm umwandte.

«Das ist sehr schade, aber da kann man wohl nichts machen. Dann möchte ich gern Dottor Berliner mit einem Besuch auf dem Cimitero delle Fontanelle trösten.»

Sein Gastgeber erstarrte in der Bewegung. Alles Fließende und Elegante war von ihm abgefallen. Er ächzte, als er zu seiner Antwort ansetzte.

«Äh, das ... ist leider ebenso wenig möglich. Es ist eine ... ganz unglückliche Koinzidenz, Eccellenza, aber wir haben ... auch diese Begräbnisstätte sperren müssen. Das Wasser ... der Tuffstein ... ganz porös. Auch dort sind Statiker am Werk. Wir wissen noch nicht, wie lange ... aber im Moment können wir nicht verantworten, dass jemand hineingeht. Es tut mir schrecklich leid, Eccellenza, aber ich muss jetzt wirklich sofort aufbrechen ...»

Und noch ehe Montebello etwas erwidern konnte, lief sein Amtsbruder mit viel zu großen Schritten den Gang hinunter, ohne auch nur sein Büro abzuschließen, geschweige denn, den Segensgruß seines Besuchers zu erwidern. Verblüfft schaute Montebello ihm hinterdrein und kehrte in seine Amtsräume zurück, wo ihn Jackey und Lukas Berliner erwarteten.

«Tja, das ist wirklich merkwürdig. Monsignor Grasso hat mir eröffnet, dass die statische Situation der Katakomben und am Cimitero delle Fontanelle dermaßen bedenklich sei, dass dort unmöglich jemand hineindürfe. Nur die Spezialisten. Aber, um ehrlich zu sein, hat mich am meisten verwirrt, wie er auf meine Fragen reagiert hat. Er machte den Eindruck, als sei er ... zu Tode erschrocken. Schließlich hat er geradezu fluchtartig sein Büro verlassen und gesagt, er müsse einen Auswärtstermin wahrnehmen. Gott möge mir vergeben, wenn ich ihm unrecht tue, aber ich hatte das Gefühl, dass das nicht der Wahrheit entsprach.»

«Eccellenza, wenn *ein* solcher Ort einsturzgefährdet wäre, dann

kann so etwas vorkommen – traurig genug, aber es kann vorkommen. Doch zwei solcher Stätten, die noch dazu ein ganzes Stück weit auseinanderliegen? Und dann gleichzeitig in so katastrophalem Zustand? Das gibt es einfach nicht!»
Mit einem verächtlichen Schnauben setzte Jackey ein hörbares Ausrufezeichen hinter ihren Ärger.
«Was sollen wir denn Ihrer Meinung nach tun? Wir kennen niemanden, der sich dort unten auskennt oder dort hineingelangt, um die Sache einmal in Augenschein zu nehmen.»
«Oh doch, Eccellenza! Wir kennen sogar jemanden sehr gut, der das kann – mein Savio!»
«Sie meinen, Ihr Mann kennt sich in den Katakomben aus?»
«Ich weiß, dass er sich dank seiner Vergangenheit hier in Neapel verteufelt gut auskennt und ...»
«Bitte, Dottoressa, wir sind im Generalvikariat ...!»
«Verzeihung! Jedenfalls kennt er jeden Winkel der Stadt und weiß bestimmt, wie man sich dort unten unbemerkt umsehen kann. Er sitzt jetzt sicher in der Fahrbereitschaft – rufen Sie ihn doch einfach herauf, und dann werden wir ihn selbst fragen!»

Neapel, 12. September, abends
Wladimir Pudanitschow saß am Schreibtisch, als ihm der Besuch von Major Smyslow gemeldet wurde.
«Nun, Dmitri, was gibt es Neues von unserem Geheimnis? Wissen Sie, wo der Alexandersarkophag steht?»
«Der Platz ist geheimer als vorher.»
«Was wollen Sie damit sagen?»
«Wir hatten einen Ausfall unserer Abhöreinrichtung im Büro des neuen Weihbischofs – dieses Montebello. Unglücklicherweise ereignete sich die Panne, als dort der deutsche Archäologe empfangen wurde. Wir wissen also nicht, was sie besprochen haben. Aber offenbar gehört der Mann jetzt zu ihrem Kreis. Jedenfalls sieht man ihn in Begleitung der anderen. Möglicherweise sind sie weitergekommen bei der Suche; und da sie sich immer wieder im

Büro von Montebello treffen, sind wir gewissermaßen ... blind geworden.»

Pudanitschow hatte die Ausführungen seines Gastes mit unbewegter Miene zur Kenntnis genommen. Aber wenn man sah, wie er seine Hände knetete, merkte man, dass ihn diese Nachricht getroffen hatte.

«Major, Sie wissen, was ich mir von dieser Entdeckung erhoffe – wie unschätzbar wichtig sie für mein künftiges Leben ist! Wie sollen wir also weiter vorgehen?»

«Es gibt in diesem Kreis einen Kandidaten, den man sich einmal vorknöpfen könnte.»

«Was meinen Sie mit ‹vorknöpfen›? Ich habe meinen Bundesgenossen versprechen müssen, dass wir keine Gewalt anwenden. Das kommt ...»

«Wladimir Ignatjewitsch – man wird Ihnen kaum freiwillig sagen, wo Sie nach Ihrem Schatz suchen müssen! Wenn Sie etwas herausfinden wollen, müssen Sie schon in die Offensive gehen. Meine Leute können das nicht machen. Ich kann mir keine diplomatischen Verwicklungen leisten. Aber vielleicht kann Ihr Partner, Don Giglio, mit seinen Leuten mal auf den Busch klopfen. Die können so was doch auch und sind gewohnt, schon mal mit dosierter Gewalt vorzugehen.»

«An wen denken Sie überhaupt, den man ... ‹befragen› sollte?»

«Da gibt es einen gewissen Padre Luis. Den Privatsekretär des Vescovo Ausiliare. Ein spanisches Mönchlein, das dauernd über seinen Rosenkranz stolpert. Ich glaube, es wird nicht viel dazugehören, ihn einzuschüchtern.»

«Einen Geistlichen körperlich unter Druck setzen? Kommt nicht in Frage!»

«Ach was: diesen vertrockneten kleinen Dominikaner! Ich bitte Sie. Keiner von den hohen geistlichen Würdenträgern! Außerdem soll ihm ja gar nichts passieren. Er soll doch nur erschreckt werden. Oder haben Sie einen besseren Vorschlag? Sie sind derjenige, der an diesen Sarkophag ranwill, nicht ich.

Mich beschäftigt vielmehr, dass es hier mit dem Abtransport un-

seres Frachtgutes nicht weitergeht. Sie haben damals das Abkommen über die Anlieferung in der Westsahara ausgehandelt und garantiert, dass da nichts schiefgeht. Ihre marokkanischen Partner seien ganz begeistert, alle Tore stünden offen. Jetzt geht seit fast drei Jahren nichts mehr, weil man die Annahme verweigert und die Schiffe nicht einmal mehr in die Häfen einlaufen dürfen.»
«Ich konnte nicht vorhersehen, dass nach dem Arabischen Frühling die halbe Verwaltung ausgetauscht würde. Die Regierung musste die öffentlichen Proteste gegen die Mülllieferungen ernster nehmen als zuvor. Als das Gerücht in Umlauf kam, dass es sich nicht um leicht radioaktiven medizinischen Müll handelt, sondern um hochbelastetes Material, musste man eine Pause einlegen. Alles andere hätte eine Revolution auslösen können. Auf jeden Fall hätte es den Westsahara-Konflikt angefacht, wenn die Zentralregierung ohne Rücksicht auf Verluste gewaltsam gegen den Widerstand in der Region vorgegangen wäre.»
«Darum machen Sie sich Sorgen! Aber wissen Sie eigentlich, was es für die russische Regierung bedeuten würde, wenn herauskäme, dass hier zig Tonnen hochradioaktiver Schrott aus unseren abgewrackten Atom-U-Booten lagern? Haben wir in den letzten Jahren nicht genug Probleme mit der internationalen Öffentlichkeit gehabt? Was glauben Sie, wie sich solch ein Umweltskandal auf unsere Bemühungen auswirken würde, endlich diese verdammten Sanktionen loszuwerden, die unser Land strangulieren? Darüber sollten Sie sich mal Gedanken machen, statt Phantasien an irgendeinen antiken Mist zu verschwenden!»
Je ungehaltener der andere wurde, umso ruhiger wurde Pudanitschow.
«Dmitri, auch Sie verdienen nicht schlecht daran, dass wir trotz der aufgetretenen Probleme weitermachen. Jede Tonne, die wir hierher bringen, wird Ihnen vom Kreml vergoldet, dem Sie wider besseres Wissen versichern, dass wir alles im Griff haben. Tun Sie also nicht so, als wäre das nur mein Problem. Wenn Sie das Projekt abgebrochen hätten, gleich nachdem das erste Schiff hat abdrehen müssen, dann hätten wir hier keine Sorgen mit den Lagerkapazi-

täten. Aber Ihre Gier ging über Ihr Verantwortungsbewusstsein. Also erzählen Sie mir nicht, was meine Pflichten sind! Natürlich ist alles schwieriger geworden, weil diese idiotischen Umweltorganisationen Tag und Nacht jedes Tecologico-Schiff mit Argusaugen beobachten. Aber ich habe schon ganz andere Schwierigkeiten aus dem Weg geräumt. Lassen wir also die gegenseitigen Vorwürfe und konzentrieren uns darauf, einander wie bisher zu unterstützen!

Vielleicht ist Ihre Idee mit der Befragung des Spaniers ja gar nicht schlecht. Don Giglio hat sicher die richtigen Leute dafür. Ich werde mit ihm sprechen.»

Kapitel 16 – Die Katakomben

Rom, 13. September, morgens
Bariello machte sich an diesem Morgen zum zweiten Mal innerhalb weniger Tage auf den Weg zum Zollamt in der Via del Commercio. Er musste nicht lange warten. Der Behördenchef Fontana hörte mit wachsender Bestürzung, was ihm der Commissario über die Verstrickung Forestas in das organisierte Verbrechen eröffnete und was in Neapel herausgekommen war. Als er von dem Besuch der Geheimdienstleute berichtete, hielt es Fontana nicht mehr auf seinem Stuhl.
«Commissario, ich kann das alles kaum glauben. Das ist internationale Schwerkriminalität, die weit über Zollvergehen hinausgeht. Wir müssen sofort die Generalstaatsanwaltschaft an der Corte Suprema di Cassazione informieren.»
«Ich glaube nicht, dass uns der Kassationsgerichtshof hier weiterhelfen kann. Da sich der Geheimdienst eingeschaltet hat, wird es so lange zu Verzögerungen kommen, bis alle Spuren verwischt sind. Man nimmt mir mit Sicherheit die Ermittlungen aus der Hand, um jemanden damit zu betrauen, der sich geschmeidiger verhält. Nein – auf Ihre Hilfe hoffe ich!»
«Aber ich leite hier nur eine Zollbehörde. Was sollte ich für Sie in dieser Lage tun können?»
«Haben Sie Kinder?»
«Drei – und, ehrlich gesagt, wenn ich an sie denke, möchte ich eigentlich nicht ... Sie verstehen?»

«Ja, ich verstehe Sie sehr gut. Ich habe keine Kinder – leider. Meine Ehe ist über meinen Beruf draufgegangen. Aber umso mehr will ich stoppen, was da in Neapel passiert. Wenn ich diese Kinder nicht schützen kann, dann habe ich nicht nur als Polizist versagt, dann waren auch die Opfer, die ich im Privatleben gebracht habe, sinnlos. Können Sie sich das Elend einer Familie mit einem krebskranken Kind vorstellen? Menschen wie Sie und ich haben uns daran gewöhnt, in der Abstraktion zu leben, weil Kriminalität und Verbrechen unser Alltag geworden sind. Aber das Leid der Opfer ist nie abstrakt; das Leid des Einzelnen ist immer konkret. Es ist nie relativ, es ist immer absolut. Helfen Sie mir!»
Der Zollbeamte wandte sich ab und trat ans Fenster. So blieb er stehen, bis er hörte, dass sich sein Besucher erhob und die Tür zu seinem Büro öffnete.
«Wie könnte ich Ihnen helfen?»
Bariello blieb mit der Klinke in der Hand stehen. Dann drehte sich sein Kollege zu ihm um.
«Sagen Sie mir, was Sie von mir erwarten oder ... erhoffen!»
«Am 16. September wird ein verplombter LKW der Tecologico mit leicht radioaktiven Medizinabfällen aus Bulgarien erwartet. Er wird ziemlich sicher die Route über die Europastraße E 55 durch Tarvisio nehmen und dann nach Süden Richtung Neapel fahren. Wir wissen, dass Tecologico in kriminelle Geschäfte mit Carita-Mondo und SaniRaggi verstrickt ist – aber wir haben keinen stichhaltigen Beweis dafür. Ich möchte, dass der LKW während der ganzen Fahrt vom Norden in den Süden überwacht wird. Sobald irgendwo eine Kontaktaufnahme stattfindet, soll das gefilmt werden. Kein Zugriff. Ich brauche belastbares Beweismaterial für einen Durchsuchungsbefehl, also irgendein konkretes Verdachtsmoment für eine Straftat. Dabei wird es sich mit Sicherheit um ein Zollvergehen handeln. Um das zu beweisen, brauche ich Sie und Ihre Leute, weil mir die Hände gebunden sind. Der Servizio Segreto wird mich nicht mehr aus den Augen lassen. Natürlich werde ich mit meinen Männern in Ihrer Nähe sein. Aber die Aktion selbst müssen Sie führen.»

Fontana schwieg eine Weile, nachdem Bariello geendet hatte. Dann griff er zum Telefon.

«Geben Sie mir die Kollegen von der Guardia di Finanza!»

Neapel, 13. September, abends

Zunächst hatte Jackey darauf bestanden, selbst mit Savio in die Katakomben von San Gennaro hinabzusteigen. Aber dieser hatte das kategorisch abgelehnt. Außerdem schien es besser, dass der Archäologe mit ihm die Unterwelt Neapels besuchte. Er könnte am besten beurteilen, ob das, was dort geschah, wirklich der Sicherung der Gänge und der Erhaltung der antiken Stätte diente. Berliners Entdeckerdrang war keinesfalls kleiner geworden. Das größte Abenteuer, das Winckelmann ihm bislang beschert hatte, war, dass er sich mal anlässlich eines internationalen Kongresses in New York mit der U-Bahn verfahren hatte und in der Bronx gelandet war. Er hatte nicht erwartet, dass in der Auseinandersetzung mit dem Altmeister seiner Disziplin noch eine dramatische Steigerung möglich sein würde. Daher hatte er sich sofort bereit erklärt, Savio Napoletano zu begleiten. Wenn sich in den Katakomben etwas finden sollte, das so aussah, wie man sich die Aedicula Alexanders des Großen vorstellen mochte, würde er sie am ehesten erkennen.

Daher schlenderten die beiden gegen sechs Uhr wie zwei abendliche Spaziergänger die Via San Gennaro dei Poveri hinauf zur alten Kirche San Gennaro extra Moenia. Der Archäologe wunderte sich, dass Savio ihn am Treffpunkt mit einem kleinen Blumenstrauß in der Hand erwartet hatte. Mehr noch erstaunte ihn, dass Savio die Kirche unbeachtet ließ und stattdessen das unmittelbar daran anschließende Ospedale San Gennaro betrat. So gingen sie schweigend durch die Gänge im Erdgeschoss des Krankenhauses und betraten einen Innenhof, wo sich Savio eine Zigarette ansteckte und sich an das große Portal lehnte.

«Mi scusi, Signor Napoletano, ma non volevamo ...»

«Chiamami Savio!»

«Bene, Savio, per favore chiamami Luca! Ma non volevamo andare in chiesa?»
«Certo! Ma bisogna essere pazienti per un po'.»
Eine Krankenschwester in Nonnentracht ging an ihnen vorüber, und Savio verneigte sich respektvoll. Sie lächelte unter ihrer Haube dem wohlerzogenen, gut aussehenden jungen Mann freundlich zu. Savio wartete, bis sie an ihnen vorbei war.
«Man kommt nur noch durch das Krankenhausgelände in die Kirche. Da drin sieht's nicht mehr besonders feierlich aus – eher wie eine Mehrzweckhalle, wo ab und zu noch Gottesdienste stattfinden. Die Kirche wird um fünf Uhr zugemacht. Ich will nicht hineinlaufen, während vielleicht noch jemand aufräumt. Warten wir noch ein Weilchen.»
«Und dann?»
Savio grinste.
«Kaum einer weiß, dass es da außer dem abgeriegelten Eingang noch einen Weg hinunter in die Katakomben San Gennaros gibt. Wir sind direkt darüber. Heute gehen sie alle bei unserer Madre del Buon Consiglio in die Katakomben. Ich hab den Geheimgang vor vielen Jahren kennengelernt, als ich noch in Neapel gearbeitet habe. Jackey wird dir erzählt haben, was ich früher gemacht habe...?»
«Allerdings.»
«Dann hat sie dir auch gesagt, wieso ich mich unter der Stadt so gut auskenne...»
Der Archäologe war etwas verlegen. Aber da Savio ganz unbefangen darüber sprach, verlor er seine Unsicherheit.
«Dann kennst du alle Gänge unter dem Capodimonte?»
«Nicht gleich gut – aber die meisten gut genug, um mich auch heute noch darin zurechtzufinden. Früher konnte ich mich da unten im Dunkeln bewegen. Ihr Fremden kommt in unsere Stadt und bestaunt Kirchen, Paläste und Museen. Aber dass es hier unter unseren Füßen eine zweite, uralte Stadt gibt mit Straßen, Gängen, Plätzen, Bächen und Zisternen, die so groß sind wie ein kleines Haus, das wisst ihr nicht. Du glaubst nicht, was da alles zu finden ist. Betten, alte Autos, Motorräder – das ganze Zeug. Aber

wenn du nachts dort unterwegs bist, dann sind da auch ein paar Typen, die verstecken noch ganz andere Sachen. Die Polizei ist sehr vorsichtig, wenn sie da reingeht. Das kam uns immer ganz gelegen. Du findest kaum was Besseres in Neapel, wenn du dich selbst oder sonstwas verstecken willst.»

Die Turmuhr der Kirche schlug halb sieben. Savio steckte sich noch eine zweite Zigarette an und hielt die Schachtel seinem Begleiter hin. Der winkte ab.

«Du hast die Lampen dabei?»

Savio klopfte auf die Brusttasche seiner Jacke, und man hörte ein metallisches Klackern.

«Dass es da unten dunkel sein wird, stört mich am wenigsten. Wenn es hell wäre, würde es mich nervös machen.»

«Du meinst...»

«Die anständigen Leute sind um diese Zeit entweder zu Hause beim Abendessen oder in einer Bar. Aber die arbeiten nicht mehr – erst recht nicht in den Katakomben. Na, wir werden sehen.»

Savio schnippte die Kippe weg. Dann ging er mit dem Archäologen durch den Torbogen und stand kurz darauf vor der Kirche. Mit den Blumen in der Hand sah Savio aus wie ein später Besucher des Krankenhauses. Während er sich umsah, zog er aus dem Blumenstrauß einen Bund mit Nachschlüsseln.

«Man soll nie etwas wegwerfen, sagt meine Nonna immer. Man weiß nicht, wofür man es noch mal brauchen kann. Kluge Frau...»

Mit diesen Worten führte er einen Schlüssel ins Schloss, und ein Lächeln erschien auf seinem Gesicht, als ein vertrautes Klicken zu hören war. Im nächsten Moment zog er den Archäologen hinter sich her und stand gleich darauf mit ihm in der leeren Kirche. Berliner war beeindruckt von der strengen Architektur des Gotteshauses, dessen Anfänge bis ins zweite Jahrhundert nach Christus zurückreichten. Im schwindenden Licht erhob sich in dem karg ausgestatteten Raum vor ihnen der Berg Golgotha – ein mannshohes modernes Kunstwerk von Annamaria Bova in Gestalt eines gewaltigen Kegels aus Metall, den drei Kreuze bekrönten. Die beiden Männer machten kein Geräusch und horchten in die Stille.

Als sie nach einer Weile immer noch nichts hörten, entspannten sie sich. Savio schloss hinter ihnen ab und legte den Blumenstrauß am Fuße des Kalvarienberges nieder, während der Archäologe mit Bewunderung feststellte, wie moderne auf alte Elemente in der Kirche trafen und so eine Brücke über mehr als anderthalb Jahrtausende spannten.

«Hast du schon den Zugang zu den Katakomben entdeckt?»
Berliner hob ratlos die Schultern.
«Dann fass mal mit an!»
Savio bückte sich und packte die Kanten des quadratischen Sockels, auf dem das Kunstwerk ruhte.
«Kein Mensch käme auf die Idee, dass man das Ding bewegen kann – oder?»
Er stemmte sich mit aller Kraft dagegen und gab Berliner zu verstehen, das Gleiche zu tun. Nach ein paar Sekunden glitt der Sockel fast geräuschlos über den Boden. Das Kunstwerk war auf Rollen gelagert und gab jetzt den Zugang zu einer steinernen Wendeltreppe frei, die ins Dunkel hinabführte. Savio stieg hinunter und wartete, bis der Archäologe neben ihm stand; dann zogen sie den Klotz wieder in seine ursprüngliche Position. Erst danach knipsten sie ihre Taschenlampen an. Windung um Windung stiegen sie leise die Stufen hinab. Nichts war zu hören. Dennoch flüsterte Savio.
«Mach deine Lampe aus!»
Er selbst dimmte seine Lampe mit der Hand, so dass sie gerade noch die nächsten Tritte sehen konnten. Dann standen sie auf felsigem Boden vor einem Durchgang. Von außen drang helles Licht zu ihnen herein, doch nur von den Seiten – ganz nah vor einer grob aus dem Stein gehauenen Pforte erhob sich ein breiter Steinpfeiler, in dessen Schatten Savio trat. Er schob sich vorsichtig um die Deckung herum und spähte in den Gang. Nach ein paar Sekunden winkte er seinen Begleiter heran.
«Das gefällt mir nicht. Alles ist taghell erleuchtet. Es gibt kaum einen Flecken, wo man nicht gesehen wird. Alles hat sich hier verändert; auf dem Boden liegen dicke schwarze Plastikfolien – die

gab's hier nie. Pass auf, dass du nicht über die Lampenkabel stolperst – und bleib immer hinter mir! Leise!»

Savio bog um die Ecke und lief auf Zehenspitzen den Mittelgang der unterirdischen Basilika hinauf. Auch wenn Berliner ihm unmittelbar folgte, versuchte er, möglichst viel von seiner atemberaubenden Umgebung mitzubekommen. Vor ihnen lag eine aus dem vulkanischen Tuffstein herausgehauene dreischiffige Kirchenanlage. Soweit nicht alles mit schwarzem Plastik abgedeckt war, konnte Berliner im Boden eingetiefte Gräber erkennen. Dort hatte man in der Frühzeit des Christentums die Ärmsten bestattet. In den Grabschächten an den Wänden waren die Wohlhabenderen zur letzten Ruhe gebettet worden, und in den Seitenkapellen hatten reiche Familien ihre Verstorbenen beigesetzt – distinguiert wie zu Lebzeiten. Auch in diesen Räumen hatte man jetzt irgendetwas abgestellt und mit Folie bedeckt. Wie sollte er da erkennen können, ob sich irgendwo das Grabgehäuse Alexanders befand?

Im nächsten Moment hatten sie zwei Säulen erreicht, die aus dem Stein gehauen waren. Savio verschwand hinter der linken und deutete auf die rechte als Deckung für Berliner. An den Stein geschmiegt, lauschten sie. Irgendwo hinter ihnen, wo der Weg zum offiziellen Eingang hin anstieg, war Musik zu hören. Aus der anderen Richtung kam kein Geräusch. Dorthin lief Savio, wo der abfallende Weg eine Biegung machte. Berliner folgte ihm und duckte sich gleich darauf in eine Grabkammer, in die sein Gefährte verschwunden war.

«Was hältst du davon?»

Savio hatte kaum hörbar geflüstert. Während Berliner den Raum im Auge behielt, neigte er sich zu ihm.

«Hier wird nichts abgestützt. Nichts erscheint baufällig oder einsturzgefährdet. Ich sehe auch nichts, was auf die Arbeit von Archäologen hindeutet. Keine Ahnung, was diese Plastikfolien sollen.»

«Siehst du diese Ausbuchtungen überall da drunter?»

Berliners Blick folgte der ausgestreckten Hand des anderen und nickte. Ihm war auch schon aufgefallen, dass an vielen Stellen die schwarzen Kunststoffbahnen etwas abzudecken schienen, dessen Umrisse an Kisten erinnerten. Fast wie kleine Särge, dachte er. An manchen Wänden wuchsen die verborgenen Gegenstände bis zur Decke empor.

«Hier unten stimmt überhaupt nichts mehr. Ich geh jetzt nach vorn, wo die Musik herkommt. Du gehst weiter in diese Richtung und siehst nach, was unter den Planen steckt. Aber mach keinen Krach und riskier nichts! Vielleicht ist da hinten noch jemand. Sobald du was rausgefunden hast, kommst du zur Treppe zurück! Entweder ich bin dann schon da oder komme gleich nach. Dann sehen wir weiter.»

Der Archäologe nickte. Im nächsten Moment war Savio auch schon aus ihrem Unterschlupf verschwunden. Berliner musterte den Raum. Sein Blick blieb immer wieder an den Fresken hängen, die frühe Christen schon vor über eineinhalbtausend Jahren an diese Wände gemalt hatten. Er sah Mosaike, deren zahllose Steinchen im gleißenden Licht seltsam frisch leuchteten, als seien sie nicht bereits im vierten Jahrhundert, sondern erst vor einem Jahr dort angebracht worden. Er war zu sehr Archäologe, als dass ihn selbst in dieser Situation die überzeitliche Schönheit der Kunstwerke unberührt gelassen hätte. Sie sprachen trotz der großen zeitlichen Distanz unvermittelt zu ihm und verkündeten den Glauben an die Macht Gottes und die Bewunderung für die Märtyrer der frühen Kirche.

Nur schwer konnte sich Berliner von den Bildern losreißen. Je weiter er vordrang, desto näher kam er dem Zentrum dieser unterirdischen Basilika, wo erstmals die Gebeine von San Gennaro in Neapel beigesetzt worden waren. Als er um die nächste Ecke linste, sah er, dass ein paar Stufen zu einer zweiten, kleineren Basilika hinabführten – dem Herzstück der Katakomben. Die Decke und die umgebenden Wände waren noch reicher geschmückt. Vor sich sah er eine annähernd runde, zimmergroße Grube mit hohen Wänden, umgeben mit schmiedeeisernen Geländern: la tomba di San Gennaro – die Grablege des Heiligen. Als er zwei Schritte näher kam, wich seine Angst blankem Zorn. Selbst diese Grabkammer, dieser uralte Kultort, war aufgefüllt worden, und auch hier hatte man etwas eingelagert und mit schwarzer Folie abgedeckt. An der Wand gegenüber erkannte er einen elektrischen Flaschenzug. An einem Stahlseil war ein großer Karabinerhaken befestigt, der auf der Abdeckung der Maschine lag. Damit hatte man offenbar das Zeug in die Grube hinabgelassen. Aber auch auf seiner Ebene waren die Grabschächte in den Wänden abgehängt. Während der Archäologe um das Geländer herumging, zerrte er einen Plastikvorhang zur Seite und schaute darunter. Das Licht eines Scheinwerfers hinter ihm erhellte das Dunkel; aber er verstand nicht, was er sah. In allen Vertiefungen, die das Licht erreichte, steckten massive Blöcke aus grauschwarzem Metall. Er fuhr mit der Hand darüber und spürte die kalte Feuchtigkeit, die sich darauf niedergeschlagen hatte. Erst jetzt bemerkte er, dass die Folie ebenso feucht war wie die Tuffsteinwände. Zu seinen Füßen versickerte ein kleines Rinnsal, das entstanden war, als er die Plane angehoben hatte.

Das alles ergab keinen Sinn. Versuchte man, mit diesen Metallbergen hier unten tatsächlich etwas zu stabilisieren? Aber was? Es gab keine Risse in den Wänden, nichts bröckelte, der Boden bestand aus festem Gestein. Wenn man sich um etwas Sorgen machen musste, dann darum, dass die zentnerschweren Blöcke, die überall in der Katakombe eingelagert worden waren, die Böden der Felsgräber in den Wänden ausbrechen ließen oder die obere Galerie der Basilika unter diesen Lasten nachgab.

Als er plötzlich Schritte hörte, fuhr er zusammen. Das war nicht Savio. Das war jemand, der keinen Grund hatte, leise zu sein. Berliner sah sich hektisch um. Auf der anderen Seite gab es ein paar Grabkapellen, wo er sich hätte verbergen können. Aber um die zu erreichen, hätte er den Weg queren müssen, auf dem sich die Schritte näherten. Auf seiner Seite gab es keine Deckung. Er lief, so leise er konnte, zur Wand hinüber, die im rechten Winkel zu dem Weg lag, auf dem er jemanden kommen hörte. Dort presste er sich neben dem Lastarm des Flaschenzugs rücklings an den kalten Stein. Im nächsten Moment betrat ein Mann die kleine Basilika, Mitte fünfzig, dick, unrasiert und mit strähnig zurückgekämmtem grauem Haar. Sein kariertes Hemd hing über seine Hüften – nur an einer Stelle nicht, wo aus dem Hosenbund ein Pistolengriff ragte. Der andere hielt seinen Blick auf ein Smartphone in seiner Linken gerichtet und schaute sich nicht um. Berliner versuchte, sich besser abzustützen. Dabei brachte er mit der Rechten den großen Karabinerhaken des Flaschenzugs aus dem Gleichgewicht. Der rutschte über die Kante der Maschine und klapperte ein paar Mal zwischen dem Metallgehäuse und der Wand hin und her, bis er auf dem Boden aufschlug. Berliner wurde schlecht. Er presste die Augen fest zusammen und wartete auf die Schüsse, die ihn jeden Moment töten würden.

Aber nichts geschah. Der andere ging einfach weiter auf den nächsten steinernen Durchlass zu, als wäre nichts geschehen. Unmöglich! Berliner öffnete die Augen einen Spalt. Sein Blick heftete sich an den Kopf des Mannes, und im nächsten Moment erkannte er im weißen Licht der Scheinwerfer, dass der andere Hörgeräte trug. Er konnte sie nicht eingeschaltet haben, sonst hätte er den Lärm hören müssen. Vielleicht waren die Dinger neu und lästig, vielleicht schepperten sie im Hall der Gewölbe. Egal. Berliner hatte in der Grabkammer San Gennaros gerade ein Wunder erlebt.

Der andere war schon eine Minute hinter dem Durchgang verschwunden, als der Archäologe allmählich wieder seinen Körper zu spüren begann. Da durchfuhr ihn der Gedanke, dass der Mann genauso, wie er gegangen war, gleich auch wieder zurückkommen könnte. Er durchquerte mit langen, staksigen Schritten das Felsgewölbe. Am nächsten Mauervorsprung kniete er sich hin und lauschte. Nichts. Vorsichtig spähte er um die Ecke. Niemand kam ihm entgegen. Auf Zehenspitzen bewegte er sich an den Wänden der Katakombe entlang, bis er wieder dort ankam, wo Savio und er sich getrennt hatten. Der Mann mit der Pistole war nicht zu sehen. So gelangte Berliner unbehelligt zu der verborgenen Treppe. Als er dort ins Dunkel tauchte, erwartete Savio ihn bereits.

«Und?»

Aber der Archäologe konnte nicht sprechen und deutete nach oben. Drei Minuten später standen sie wieder im Innenhof des Krankenhauses. Und als Savio sich eine Zigarette ansteckte, bedeutete ihm Berliner, dass er diesmal auch eine wollte.

Kapitel 17 – Die Visite

Rom, 14. September, vormittags

Giudice Columbo hatte Bariello mit unbewegter Miene zugehört, als dieser ihm von seinen Erlebnissen seit der Durchsuchung auf dem Schrottplatz berichtete.

«Sie wissen, dass ich nicht die Pferde scheu mache. Aber wir müssen handeln, auch wenn das ein paar Mächtigen nicht in den Kram passt.»

«Unterschätzen Sie nicht die andere Seite! Maggiore Russo hat Ihnen doch dargelegt, was er mit Ihnen machen wird. Leute vom Geheimdienst legen falsche Spuren, tricksen mit Beweisen und bringen getürkte Zeugenaussagen bei. Die bieten Verteidiger für ihre Klienten auf, dass Ihnen Hören und Sehen vergeht. Niemand, Bariello, niemand wird auf Ihrer Seite stehen!»

«Es würde mir genügen, wenn Sie auf meiner Seite stehen. Ich will doch lediglich von Ihnen für den Fall einen Durchsuchungsbefehl, dass der Laster, den wir am 16. September erwarten, uns weitere Verdachtsmomente liefert. Wenn wir nicht nachsehen können, was CaritaMondo und SaniRaggi eigentlich treiben und wie sie in dieses Mafia-Geschäft verwickelt sind, wird es noch mehr Tote geben. Dann gibt es überhaupt keine Chance, dass die Kollegen in Neapel etwas unternehmen können, weil dort ein paar Stadtobere und die Justiz das Geschäft dieses Camorra-Clans mit Tecologico decken.»

«Haben Sie irgendeine Idee, weshalb Geheimdienste sich für diese

Vorgänge interessieren und bereit sind, die Hintermänner zu schützen?»

«Keine Ahnung! Diese Leute verfolgen doch immer angeblich irgendwelche höheren Interessen. Denken Sie nur an Deutschland und diese Mordserie der Rechtsradikalen, die ein Jahrzehnt lang Ausländer umbringen durften! Lieber hat man den Opfern eine Drogengeschichte angedichtet als einzugreifen. Und selbst als die Faschisten eine Polizistin ermordet hatten, haben sich die Nachrichtendienste nicht gerührt, obwohl sie Informanten in der Szene hatten. Von solchen Leuten kann niemand Hilfe erwarten – und genauso sinnlos ist es, über deren Motive zu spekulieren. Wir müssen einfach in eigener Verantwortung handeln, wenn wir das organisierte Verbrechen in Rom und Neapel aufhalten wollen.»

«Wie stellen Sie sich die Aktion vor?»

«Es muss eine Schnittstelle zwischen den drei Unternehmen geben. Wir haben aber noch nie einen solchen Transport beobachtet und wissen nicht, was dabei abläuft. Weil Fontana mir seine Unterstützung zugesagt hat, können wir jetzt die Lieferanten beobachten, ohne selbst in Erscheinung zu treten. Sobald sie die Grenze überschreiten, werden sie gefilmt, und wir werden dauernd informiert sein, wo sich der LKW befindet und ob eine Kontaktaufnahme stattfindet. Ich hoffe, dass es dazu kommen wird! Wenn die etwas an einem verplombten Laster drehen, hätten wir unseren Verdachtsgrund, um einzugreifen und eine Durchsuchung vorzunehmen.»

Columbo schaute Bariello an und nickte.

«Also gut. Aber wir machen es anders. Ich will ebenfalls über die Fahrt des LKW im Bilde sein. Wenn sich ein Anhaltspunkt ergibt, dass es zu einer strafbaren Handlung kommen könnte, fahren wir beide gemeinsam dorthin. Falls nötig, werden wir einen Hubschrauber von der Flugbereitschaft haben, so dass wir schnell reagieren können. Und besorgen Sie sich die richtigen Leute – Leute, die etwas von den Geräten verstehen, die bei SaniRaggi produziert werden, und die sich auskennen mit radioaktivem Material! Und

Sie müssen es so organisieren, dass nichts zum Geheimdienst durchsickert, sonst sind wir erledigt.
Egal, was passiert, wir lassen den LKW auf jeden Fall weiterfahren. Woraus auch immer die Ladung besteht – sie soll ungestört nach Neapel gelangen. Da unten darf keiner Verdacht schöpfen. Nur den Transport weiter beobachten und alles aufzeichnen! Kein Zugriff auf den LKW!»
Bariello gab dem Untersuchungsrichter die Hand. An der Tür drehte er sich noch einmal um.
«Als Sie mir neulich den Durchsuchungsbefehl für die Carita-Mondo verweigert haben, sagten Sie, Sie seien nicht feige. – Stimmt!»

Neapel, 14. September, abends

«Die haben sich zwanzig Meter hinter dem Eingang richtig gemütlich eingerichtet – Klappbetten, Tisch, Stühle, Kühlschrank, Fernseher. Alles so weit hinter einer Wegbiegung aufgebaut, dass man von außen nichts sehen kann. Da unten steht auch dieser elektrische Rollwagen, von dem Jackey und Luca gesprochen haben – kann nicht ganz billig gewesen sein.»
Savio und Lukas Berliner saßen im Büro des Weihbischofs zusammen mit Padre Luis, Jackey und dem Generalvikar Eugenio Silvestri.
«Und alle sind bewaffnet. Wie jemand, der Bauarbeiten bewacht, sehen die nicht aus. Einen, der eine Maschinenpistole vor sich auf dem Tisch liegen hatte, habe ich nur schräg von hinten gesehen. Aber er hat mich an jemanden erinnert, den ich von früher kenne – Beppe Longo, ein Killer aus dem Clan del Cimitero.»
«Ich glaube, wir müssen die Polizei verständigen», sagte Montebello. «Wir müssen die Suche nach dem Alexandersarkophag abbrechen. Das alles kann ich nicht länger verantworten. Aber bevor wir die Polizei verständigen, muss ich wissen, wie tief Monsignor Grasso in diese Angelegenheit verstrickt ist. Er ist ein Priester dieser Diözese, und er muss mir Rede und Antwort stehen. Das hier

geht über alles hinaus, was ich mir habe vorstellen können – obwohl mir mein Amtsvorgänger vor ein paar Tagen von den Verbindungen zwischen Mafia und Kirche erzählt hat.»
Savio standen Zweifel ins Gesicht geschrieben.
«Ich denke, Eccellenza, Sie sollten sich sehr genau überlegen, ob Sie wirklich die Polizei in Neapel verständigen wollen. Erst muss man wissen, wem man da trauen kann. Sonst kann es passieren, dass eine Entdeckung sofort an diejenigen durchgestochen wird, die man eigentlich aus dem Verkehr ziehen will. Es gibt hier nicht wenige *sbirri*, die im Sold der Camorra stehen.»
«Und wie bringe ich Monsignor Grasso dazu zu bekennen, was er getan hat? Er ist ganz gewiss kein Dummkopf – den Eindruck hat er jedenfalls nicht auf mich gemacht.»
«Vielleicht gibt es *einen* Weg, auf dem er Sie nicht erwartet, so dass Sie ihn überraschen könnten.»
Alle Köpfe wandten sich Padre Luis zu, dessen Augen funkelten.
«Welcher Weg sollte das sein?»
«Sie haben uns doch von der erstaunlichen Ausstattung des Büros von Monsignor Grasso erzählt. Das ist aber nicht der einzige Ort, wo Sie ihn aufsuchen können. Als ich noch Novize bei den Dominikanern in Spanien war, hat man uns im Unterricht natürlich besonders die Geschichte der Synoden auf der Iberischen Halbinsel nahegebracht. Ich erinnere mich noch gut, wie unser Lehrer uns das Recht der Bischöfe zur Visitation ihrer Geistlichen erklärte. All das fußt letztlich auf dem ersten und zweiten Brief des Apostels Paulus an Timotheus. Dieses uralte Recht, bei den Priestern einer Diözese nach dem Rechten zu sehen, steht allen Ihren Amtsbrüdern zu – und genauso Ihnen als Weihbischof von Neapel. Niemand kann Sie daran hindern, überraschend Monsignor Grasso zu visitieren – und zwar auch bei ihm zu Hause. Ich könnte mir vorstellen, dass sich Ihnen dort ein ähnlich luxuriöses Bild bietet wie in seinen Diensträumen. Es wird ihm aber nicht ganz so leichtfallen, das alles mit der Spende eines Möbelfabrikanten zu erklären. Wenn Sie ihm gegenüber durchblicken lassen, dass Sie Ihre Zweifel an seiner Rechtschaffenheit Sua Eminenza Fabbri in

Ihrem Visitationsbericht darlegen und Ihre Erkenntnisse auch nach Rom weitergeben werden, wird der Widerstand von Monsignor Grasso nicht lange anhalten.»

Generalvikar Eugenio Silvestri begann zu lachen, und er lachte, bis er von einem heftigen Hustenanfall unterbrochen wurde und eine ganze Weile brauchte, bis er wieder zu Atem kam.

«Eccellenza, sollten Sie eines Tages keine Verwendung mehr für Ihren Privatsekretär haben, dann sagen Sie mir Bescheid! So jemanden wie Padre Luis könnte ich gut brauchen. Ein ausgezeichneter Vorschlag!»

Montebello zögerte keine Sekunde.

«Mein lieber Mitbruder, tut mir leid, Padre Luis ist für mich unverzichtbar. Aber diese Idee gefällt mir gleichfalls. Und damit ich Monsignor Grasso nicht vielleicht doch noch auf den Leim gehe, begleiten Sie mich morgen früh, Monsignor Silvestri.»

«Mit Vergnügen!»

Neapel, 15. September, morgens

Montebello und Eugenio Silvestri machten sich um sechs Uhr auf den Weg nach Chiaia – einem wohlhabenden Viertel im *centro storico* Neapels – und suchten dort die Via del Parco Margherita. Schließlich blieben sie vor einem fünfstöckigen klassizistischen Gebäude mit schön restaurierter Fassade stehen.

«Kann ich Vostre Eminenze behilflich sein?»

Ein Concierge schaute aus der stattlichen Toreinfahrt hinüber.

«Das ist sehr liebenswürdig, wir wollen zu ...»

«Sie wollen bestimmt zu Monsignor Grasso. Er wohnt im Dritten. Ich werde Sie anmelden.»

«Oh, nicht nötig!»

Der Generalvikar nahm einen tiefen Zug von seiner Nazionali und lächelte den Hausmeister so freundlich an, wie es sein Raubvogelgesicht erlaubte.

«Heute ist ein ganz besonderer Tag für unseren Amtsbruder, aber er weiß es noch nicht. Wir sind gekommen, um ihn zu über-

raschen. Deshalb begleitet mich heute Morgen eigens unser neuer Vescovo Ausiliare Gian Carlo Montebello.»
Der Concierge griff nach der Hand des Weihbischofs und küsste seinen Ring. Montebello war die Szene sichtlich unangenehm. Er konnte sich noch gut an ein paar Kardinäle im Vatikan erinnern, die sich über den Kuss ihres Rings nicht als über eine freiwillige Ehrbezeigung gefreut, sondern sie als eine Unterwerfungsgeste unmissverständlich eingefordert hatten.
«Eccellenza, welche Ehre!»
«Dominus tecum! Gott segne dich, mein Sohn!»
Er legte seine Hand auf den Kopf des Mannes.
«Nun, wie kommen wir ...?»
«Am besten, Sie nehmen den Lift. Wenn Sie oben sind, gehen Sie nach rechts – Sie können die Wohnungstür von Monsignor Grasso nicht verfehlen. Und, Eminenza, falls Sie Ihre Zigarette ausdrücken wollen, hier ist ein Mülleimer.»
Als die beiden Geistlichen mit dem Lift nach oben fuhren, brummte Eugenio Silvestri:
«Das ist das sauberste Haus, das ich seit Jahren betreten habe. Ein Edelstahlmülleimer vor dem Treppenaufgang – wo gibt's denn so was!?»
Als sie den Klingelknopf drückten, hörten sie drinnen einen sonoren Gong. Es verging einige Zeit. Als sich nichts tat, läutete der Generalvikar noch einmal. Sie sahen, wie in dem bunten Fenster über der Tür ein Licht aufflammte, und im nächsten Moment öffnete, gehüllt in einen schweren nachtblauen Morgenmantel, Monsignor Grasso.
«Laudetur Jesus Christus!»
«In ... in aeternum! Amen! Aber ... wie spät ist es denn?»
«Es ist ...»
Eugenio Silvestri schaute auf seine billige Armbanduhr.
«... kurz vor halb sieben.»
«Und wieso kommen Sie ...?»
«Wollen Sie uns denn nicht hereinbitten, lieber Mitbruder?»
«Aber ... ja, doch ... bitte ...»

Die Diele war mit buntem Marmor ausgelegt und mündete in ein großes Wohnzimmer. Dorthin führte ein gänzlich verwirrter Flavio Grasso seine Besucher.

«Wir warten gern, bis Sie sich angekleidet haben, Monsignore. Wir wollen ein bisschen mit Ihnen plaudern.»

Und während der Hausherr eine Entschuldigung stammelte und durch eine Kassettentür den Raum verließ, ließen seine Besucher die Blicke schweifen. Das Büro des Geistlichen im Generalvikariat verströmte den eleganten, aber kühlen Charme modernen Designs; hier aber lebte der Glanz des Empire. Das Mobiliar schien vollständig aus jener Zeit zu stammen, da Joachim Murat, der Schwager Napoleons I., als König über Neapel geherrscht hatte, ehe seine Karriere 1815 vor den Gewehrläufen eines Standgerichts endete. Tisch und Stühle waren aus Mahagoni, der schwere Sekretär aus Ebenholz. Überall prangten vergoldete Beschläge mit antikisierenden Motiven. Eine hell bespannte Sitzgarnitur im gleichen Stil stand vor einem Rauchtisch aus grünem Marmor, dessen Füße auf einem dicht gewebten Orientteppich ruhten.

Weihbischof und Generalvikar tauschten gerade einen vielsagenden Blick, als Monsignor Grasso wieder den Raum betrat. Sein schwarzer Habit war von der gleichen Eleganz wie jener, den er trug, als Montebello ihn in der Verwaltung aufgesucht hatte. Das Gesicht des Geistlichen zeigte noch einen schwarzen Bartschatten; zum Rasieren hatte die Zeit nicht gereicht. Eugenio Silvestri nickte anerkennend.

«Mein lieber Mitbruder, Ihre Einrichtung ist außergewöhnlich.»

Grasso errötete.

«Ach, Monsignore, wissen Sie, mit ein wenig Geschmack und Geduld kann man es sich ganz behaglich machen.»

«Und mit den entsprechenden Barmitteln.»

Monsignor Grasso machte eine wegwerfende Handbewegung.

«Die Möbel habe ich im Laufe der Jahre bei verschiedenen Trödlern gekauft. Die Neapolitaner mögen nicht so gern an die französische Besatzungszeit erinnert werden. Da steht heute noch vieles unbeachtet auf den Speichern, so dass man überraschend

günstig an diese Sachen kommt. Aber meine Einrichtung ist doch sicher nicht der Grund, weshalb Sie kommen.»
«So würde ich das nicht sagen. Eccellenza Montebello nimmt seine Fürsorgepflicht für seine Amtsbrüder sehr ernst, und so bat er mich, ihn heute Morgen auf der ersten Visitation seiner Amtszeit zu begleiten. Wir haben uns entschieden, mit Ihnen zu beginnen.»
«Eine Visitation?!»
Das Gesicht des Monsignore nahm einen gehetzten Ausdruck an. Montebello aber lächelte ihm zu.
«Mein lieber Bruder, Sie arbeiten bei uns in der Liegenschaftsverwaltung der Diözese, aber in welcher Kirchengemeinde halten Sie regelmäßig Ihre Gottesdienste?»
«In der Parrocchia dei Santi Francesco e Matteo.»
«Ah, ich denke, diese Gemeinde liegt in den Quartieri Spagnoli.»
«So ist es, Eccellenza.»
«Das ist, wenn ich mich recht erinnere, eines der ärmsten Viertel der Stadt. Oder irre ich mich, Monsignor Silvestri?»
«Oh, durchaus nicht, Eccellenza.»
«Sie haben natürlich Ihre feste Besoldung in der Verwaltung, Monsignore, aber es würde mich doch interessieren, wie hoch Ihre Gesamteinkünfte sind. Sie sagten mir ja, dass Sie für die bemerkenswerte Ausstattung Ihres Büros einen Gönner gefunden haben. Aber ich glaube, in dem Viertel, in dem Sie als Geistlicher wirken, wird es so reiche Förderer nicht geben.»
Monsignor Grasso wich seinem Blick aus.
«Ich weiß gar nicht ganz genau, wie hoch meine Bezüge sind. Wissen Sie, ich schaue nicht so oft auf meine Gehaltsabrechnung.»
«Da kann ich aushelfen! Als Generalvikar und Verwaltungschef der Diözese muss ich ja schließlich auch für irgendetwas gut sein: Sie haben ein Basisgehalt von knapp 1000 Euro brutto. Hinzu kommen Alterszulagen, Dienstzulagen und Wohnungszulagen. Damit ich nichts vergesse: Unterrichten Sie noch irgendwo? Betreuen Sie noch eine zweite Pfarrei? Oder gehen Sie noch besonderen karitativen Tätigkeiten nach? Dann gäbe es noch ein paar Punkte obendrauf.»

«Nein, Monsignor Silvestri, meine Arbeit für das Liegenschaftsamt füllt mich ganz und gar aus.»
«Verstehe! Dann können Sie mit allen Zuschlägen allerdings nicht mehr als höchstens 1400 oder 1500 Euro brutto verdienen. Kommt das in etwa hin?»
«Äh, ich denke ... ja. Das könnte etwa der Betrag sein.»
«Sie sehen, Monsignore, wie wichtig solche Visitationen sind. Sie wohnen in einem schönen Viertel, haben eine sehr respektable Wohnung. Da müssen wir uns Sorgen machen, ob Sie all diese Ausgaben aus den bescheidenen Einkünften bestreiten können, die Ihnen das Bistum vergütet. Aber ... bitte verzeihen Sie – könnte ich mir irgendwo die Hände waschen?»
«Ja, sicher – durch diese Tür, dann gleich links.»
Silvestri verließ den Raum, in dem ein verstörter Flavio Grasso mit seinem Weihbischof zurückblieb, dessen Stirn sich mehr und mehr umwölkte.
«Lieber Mitbruder, möchten Sie mir etwas zu Ihrer Lebenssituation erklären?»
«Ich wüsste nicht ...»
«Monsignor Grasso, stammen Sie aus einer reichen Familie? Was ist Ihr Vater von Beruf?»
«Er war Lehrer und ist schon lange Rentner.»
«Wo war er Lehrer?»
«In Limatola, nördlich von Neapel.»
«Haben Sie Geschwister?»
«Zwei Schwestern – sie wohnen noch in unserem Dorf. Ich durfte studieren, weil ich Priester werden sollte. Ich unterstütze noch heute meine Eltern und die Familien meiner beiden Schwestern.»
«Das ist lobenswert.»
In diesem Moment betrat der Generalvikar wieder den Raum.
«Monsignor Grasso, Sie müssen mir unbedingt den Trödler nennen, bei dem Sie einkaufen. Solch eine freistehende Badewanne aus rotem Marmor mit Nackenstütze und Standfüßen hätte ich auch gar zu gern. Aber ich kenne keinen Antiquitätenhändler, der so etwas im Angebot hat.»

«Eccellenza, Monsignore – ich weiß nicht, was meine Einrichtung mit Ihrem Besuch zu tun hat. Was wollen Sie ...?»
Die Stimme Montebellos verlor ihren warmen Klang.
«Monsignore, Sie haben jetzt noch einmal Gelegenheit, uns aus freien Stücken zu erklären, woher die Mittel für diesen Lebensstil stammen. Ich dulde keine weiteren Ausflüchte!»
«Eccellenza, mich irritiert die Schärfe Ihrer Frage.»
«Die kann ich Ihnen erklären. Zwei Vertraute aus meinem Kreis waren in den Katakomben von San Gennaro – und sie sind auch mit Gottes Hilfe dort wieder lebend herausgekommen. Das hätte aber daran scheitern können, dass da unten schwerbewaffnete Verbrecher hausen. Wenn sie verletzt oder tot wären, würde ich Sie heute persönlich dafür verantwortlich machen.»
«Ist das ein Verhör?»
«Noch nicht, Monsignore, aber ich zögere keine Sekunde, die Polizei zu rufen, um eines daraus zu machen. Ich will augenblicklich von Ihnen wissen, was hier gespielt wird, mit wem Sie Geschäfte machen und weshalb Sie eines der wichtigsten Heiligtümer der Stadt Kriminellen als Lagerhalle zur Verfügung stellen!»
Monsignor Grasso rang die Hände. Sein Gesicht war flammend rot.
«Eccellenza, ich möchte bei Ihnen beichten.»
«Das können Sie, aber nicht jetzt! Jetzt will ich im Beisein von Monsignor Silvestri von Ihnen ehrliche Antworten auf unsere Fragen – Antworten, die uns in die Lage versetzen, ohne Rücksicht auf das Beichtgeheimnis das tun zu können, was notwendig scheint.»
«Sie verweigern mir die Beichte?»
«Ich verweigere Ihnen, dass Sie sich aus der Verantwortung stehlen! Was ist in den Katakomben los, dass dort Männer sitzen, die mit Maschinenpistolen bewaffnet sind und Pilgern, aber auch anderen Besuchern den Zugang verwehren? Was wissen Sie darüber, und was haben Sie damit zu tun?»
«Als Bürger hätte ich bei einem Verhör das Recht auf einen Verteidiger.»

«Monsignore, Sie verstehen nicht den Ernst Ihrer Lage und offenbar auch nicht, weshalb ich hier bin. Ich bin nicht Ihr Ankläger, sondern vor allem Ihr Verteidiger, und ich werde Ihnen helfen, sobald ich weiß, was hier passiert. Aber wenn Sie sich mir verweigern, werde ich zusammen mit Monsignor Silvestri unserem Erzbischof Fabbri, aber auch Seiner Heiligkeit in Rom mitteilen, dass wir den dringenden Verdacht haben, dass Sie mit der Camorra in Neapel Geschäfte machen, dass Sie Gläubigen den Weg zu einer bedeutenden Andachtsstätte verlegen und damit ihr Seelenheil gefährden und dass Sie darüber hinaus Menschen in Lebensgefahr gebracht haben. Das alles werde ich mit solcher Macht vertreten, dass Sie davon ausgehen können, dass Ihnen die Exkommunikation droht. Was dann die staatlichen Gerichte mit Ihnen machen und wie die Öffentlichkeit über Sie herfällt und wie Ihre Familie das alles aufnimmt, muss mich nach Ihrer Exkommunikation nicht mehr kümmern. Sie wissen, wie der Papst Priestern gegenüber eingestellt ist, die sich bereichern und im Luxus leben. Und Sie wissen auch, was er von der Kollaboration von Ordinierten mit dem organisierten Verbrechen hält. Wollen Sie also ernstlich, dass wir jetzt Ihre Wohnung verlassen – und während der eine von uns die Polizei verständigt, der andere den Erzbischof und Seine Heiligkeit über Ihren Fall informiert?»

Als Monsignor Grasso schließlich zu sprechen begann, war seine Stimme rau.

«Es ist jetzt drei Jahre her, dass Monsignor Adelmo Marchetti, der Leiter des Haushaltsausschusses unseres Bistums, mich in meinem Büro aufgesucht hat. Er habe einen Vorschlag für mich als Leiter des Liegenschaftsamts. Die Firma Tecologico brauche für ein paar Monate einige Hundert Kubikmeter Stauraum in zentraler Lage. Das Material, das zwischengelagert werden solle, könne aber nicht einfach in irgendwelchen Hallen verwahrt werden. Am besten wäre es in einem Stollen untergebracht. Ich sagte Monsignor Marchetti, dass ich nicht verstehe, weshalb er damit zu mir komme, weil die Kirche von Neapel keine solchen Lagermöglichkeiten habe. Er meinte, wenn ich mich in dieser Sache flexibel zeigen würde, dann könnte das durchaus der Kirche zugutekommen, und es sollte auch für mich kein Schaden sein. Wenn Tecologico für drei Monate die Katakomben von San Gennaro im Capodimonte nutzen dürfe, würde sie danach auch die schon lange überfälligen Restaurierungsmaßnahmen für die ganze Anlage finanzieren. Darüber hinaus bekämen wir neue Besucherterminals und ein interaktives Dokumentationszentrum; da könnten sich Pilger künftig mit modernster Technik digital über die Geschichte des Heiligtums informieren. Auch würde Tecologico bei Anliegen, die ich zur Förderung von Einzelprojekten jederzeit vorbringen könne, mein Entgegenkommen zu würdigen wissen.

Mir war die Sache anfangs nicht geheuer. Aber je länger ich darüber nachdachte, umso kleiner wurden meine Bedenken. Wir brauchen doch eine grundlegende Sanierung und Modernisierung der Katakomben, aber die Kosten dafür übersteigen unsere Mittel bei Weitem. Im Verhältnis dazu schien mir eine Schließung für drei Monate vertretbar. Monsignor Marchetti sicherte mir strikte Vertraulichkeit und Diskretion aller Beteiligten zu. Tatsächlich bekam ich wenige Tage später die erbetenen statischen Gutachten, mit denen ich die zeitweilige Schließung der Katakomben in der Öffentlichkeit rechtfertigen konnte. Wir haben eine Pressekonferenz abgehalten – da waren Sie noch nicht hier, Eccellenza – aber ...»

«Oh, ich kann mich an diese Pressekonferenz erinnern.»

Der Generalvikar fixierte sein Gegenüber.

«Das war also alles erstunken und erlogen?»

«Ich ... habe mir diese Frage nicht vorgelegt. Immerhin waren es anerkannte Ingenieurbüros, die die Risikobeurteilung vorgenommen haben.»

«Und es sind Ihnen nie Zweifel gekommen?»

«Zunächst nicht – die Zusage, dass man meine Anliegen unterstützen wolle, wurde sehr großzügig erfüllt. Ich konnte Liegenschaften verkaufen und verpachten zu Preisen, die bisher nie erzielt worden waren. Das Spendenaufkommen für Vorhaben, die mir wichtig waren, stieg enorm. Aber als ich die Frist der Schlie-

ßung wiederholt verlängern musste, wurde ich misstrauisch. Alles dauerte inzwischen über ein Jahr. Dann habe ich gegenüber Monsignor Marchetti darauf bestanden, mit den Verantwortlichen bei Tecologico zu sprechen. Und schließlich habe ich einen Termin bekommen ...»
«Was haben Sie dabei erfahren?»
«Ich wurde mit dem Wagen zu den Katakomben gebracht. Man führte mich hinein, und dann ...»
Der Geistliche senkte den Kopf und schwieg. Montebello nickte ihm ermutigend zu.
«Kommen Sie, mein Bruder, der Anfang ist gemacht! Sprechen Sie weiter – ich werde Ihnen helfen.»
«Sie müssen mir glauben, dass ich nicht gewusst habe, was man dort eingelagert hat! Ich gebe zu, ich habe nicht nachgefragt ... aber *damit* konnte ich doch nicht rechnen!»
«Was war es?»
Nach ein paar Sekunden fuhr Monsignor Grasso fort.
«Als ich die Katakomben betrat, sah ich zunächst nur, dass viele Flächen mit schwarzer Folie abgehängt waren. Und ich dachte noch, das sei gut so, weil dadurch Beschädigungen verhindert werden sollten. Aber dann ging der Chauffeur, der mich gebracht hatte, auf eine Gruppe zu und kam dann mit einem großen grauhaarigen Mann in dunklem Anzug zurück. Er wurde mir vorgestellt – Signor Augusto Saba. Ich habe gelernt, dass er in seinen Kreisen einen anderen Namen führt: Don Giglio.»
Eugenio Silvestri sog scharf die Luft ein, und Montebello schaute ihn missbilligend an.
«Wer ist das?»
Der Generalvikar beugte sich vor.
«Das ist einer der mächtigsten Paten Neapels. Er ist das Haupt des Camorra-Clans del Cimitero. Was hat er Ihnen gesagt, Monsignore?»
«Er bat mich, ihn durch die Katakomben zu begleiten. Zwei Männer schlossen sich uns an, und immer, wenn Don Giglio nickte, zogen die beiden die schwarze Plane zur Seite. Darunter lagen

große grauschwarze Metallquader. Ich fragte, was das sei. Schließlich gelangten wir zur Tomba di San Gennaro. Ich war entsetzt, als ich sah, dass auch die zu zwei Dritteln mit diesem Zeug gefüllt war. Ich bestand auf einer Erklärung. Das Metall kommt aus Russland, hat man mir gesagt. Es stammt aus U-Booten, die man verschrottet hat. Alles ist ...»
Die Stimme des Geistlichen war kaum noch zu hören.
«... radioaktiv. Es ist alles verstrahlt.»
«Um Gottes willen!»
Montebello warf sich in seinem Sessel zurück, und der Generalvikar griff mechanisch zu seinen Zigaretten.
«Deswegen hatte man es auch sonst nirgendwo einlagern wollen. Verstehen Sie? Unter dem Stein, dachte man, richtet es am wenigsten Schaden an. Aber ich war ebenso fassungslos wie Sie. Niemals hätte ich meine Zustimmung gegeben, wenn ich das gewusst hätte. Ich verlangte, dass man das alles unverzüglich aus den Katakomben entfernen müsse. Aber Don Giglio erklärte mir, das sei völlig unmöglich. Es gebe keine andere Lagerkapazität. Außerdem sei es nur noch eine Frage von ein paar Monaten, bis alles ausgeschifft werden könne. Und im Übrigen würde Tecologico zu allen Zusagen stehen, die man gegeben habe.
Ich drohte, zur Polizei zu gehen. Der Mann hat nur gelacht. Niemand würde mir glauben, ich hätte nicht gewusst, was dort eingelagert werde. Außerdem solle ich nicht vergessen, welche Mittel mir in den letzten Monaten zugeflossen seien – Spenden, aber auch ... private Vergünstigungen. Vor Gericht würden alle gegen mich aussagen. Ich hätte überhaupt keine Chance. Wenn ich aber vernünftig sei, könne ich ganz ruhig sein. Weder die Stadt noch die Justizbehörden oder die Polizei hätten irgendein Interesse daran, gegen Tecologico zu ermitteln. Es könne gar nichts passieren. Eccellenza, ich wusste wirklich nicht, was ich tun sollte! Schließlich setzte er mich so unter Druck, dass ich einwilligte, auch noch den Cimitero delle Fontanelle zu sperren, so dass man auch dort dieses Zeug unterstellen konnte. Jetzt wissen Sie alles.»
Montebello suchte den Blick von Eugenio Silvestri, der nicht be-

merkt hatte, dass von seiner Nazionali kaum noch etwas übrig war; dann drückte er die Kippe angewidert in einem silbernen Kerzenleuchter aus.

«Wer gehört außer Marchetti zu Tecologico?»

«Ich weiß nur noch, dass ein russischer Finanzmagnat und eine russische Bank an dem Unternehmen beteiligt sind. Aber die Zentrale ist in Rom. Vielleicht gibt es da noch andere Teilhaber.»

Der Generalvikar hatte alle Zurückhaltung aufgegeben und steckte sich die nächste Zigarette an.

«Ein Teilhaber ist ja auf jeden Fall noch die Camorra. Die dürfte mit dieser Firma jede Menge Schwarzgeld waschen. Und abgesehen von allen anderen Vorteilen, bekommt sie von der katholischen Kirche sicher fette Spendenbescheinigungen. Es ist zum Davonlaufen!»

«Was haben Sie jetzt mit mir vor, Eccellenza? Wenn die herausfinden, was ich Ihnen gesagt habe, bringen sie mich um.»

«Ich habe versprochen, Ihnen zu helfen, und das werde ich auch tun. – Wo können wir ihn verstecken?»

Silvestri zögerte keinen Moment.

«Wir müssen ihn weit weg von hier unterbringen. In einer Umgebung, die ihn vor anderen, aber auch vor sich selbst schützt. Ich kenne den Abt einer Zisterzienserabtei im Norden – die Certosa di Pavia. Ich werde mit ihm sprechen. Monsignore, packen Sie das Nötigste zusammen – und wenn ich ‹das Nötigste› sage, dann meine ich das auch so! Die Zisterzienser dulden keinen Luxus. Sie kommen jetzt sofort mit uns und verlassen noch heute in Begleitung die Stadt. Sie bleiben im Kloster in Pavia, bis wir uns wieder bei Ihnen melden – oder für immer. Um alles andere kümmere ich mich – auch um Ihre Familie.»

Kapitel 18 – Die Hölle

Rom, 15. September, mittags
Als die Telefonzentrale Bariello einen Anrufer aus Neapel ankündigte, erwartete er, am anderen Ende der Leitung Conti zu hören – auch wenn er sich wunderte, dass der ihn nicht auf seinem *cellulare* anrief.
«Pronto?»
«Commissario Capo Bariello, bitte verzeihen Sie, wenn ...»
«Eccellenza Montebello?!»
«Ja – störe ich? Sie haben ein gutes Gedächtnis!»
«Sie können nie stören! Was gibt es?»
«Sie werden es nicht für möglich halten, aber es geht ... um ein Verbrechen.»
«Ich dachte, Ihnen hätte Ihr letztes Abenteuer ganz und gar gereicht. Doch ernsthaft, Eccellenza: Heute müssen Sie sich wegen so etwas an die Polizei von Neapel wenden – nicht mehr an mich!»
«Aber ich kenne hier niemanden bei der Polizei. Und es wäre nicht gut, wenn diese Sache in falsche Kanäle geriete. Außerdem betrifft sie auch Rom.»
«Da bin ich aber neugierig!»
«Das ist gar nicht so einfach ... Es geht um ein Umweltverbrechen und ein Entsorgungsunternehmen. Den Namen haben Sie sicher noch nie gehört. Aber die Zentrale ist in Rom – Tecologico Inc.»
Bariello klappte der Unterkiefer herunter.
«Wie bitte?!»

«Tecologico, ja. Diese Firma hat durch Korruption und Erpressung einen Geistlichen unserer Bistumsverwaltung dazu gebracht ... Also, sie hat in den Katakomben von San Gennaro und in dem unterirdischen Friedhof Fontanelle – beides kirchliche Liegenschaften – radioaktiven Müll verschwinden lassen. Das Zeug stammt aus alten russischen Atom-U-Booten. Der Priester, der sich hat kaufen lassen, hat mir und einem Amtsbruder heute Morgen seine Tat gestanden. Eine Umweltkatastrophe – aber auch eine absolute Katastrophe für das Bistum! Wie soll ich jetzt vorgehen, Commissario?»

Bariello brauchte ein paar Sekunden, um zu verarbeiten, was er gerade gehört hatte.

«Eccellenza, wir müssen uns sofort treffen! Ich habe ebenfalls Informationen über Tecologico, die für Sie wichtig sind. Aber das können wir nicht weiter am Telefon besprechen. Wo sind Sie in Neapel? Ich kann heute ... gegen fünf Uhr bei Ihnen sein und werde noch einen vertrauenswürdigen Beamten aus Neapel mitbringen – einen alten Freund von mir. Können Sie alle, die etwas über die Sache wissen, bei sich zusammentrommeln?»

«Sicher, Commissario. Dass Sie zu uns kommen, ist mehr, als ich zu hoffen gewagt habe.»

«Sie werden sehen, dass ich Ihre Hilfe ebenso brauche wie Sie meine. Bis heute Nachmittag!»

Bariello informierte auf der Stelle seine Männer und rief Conti an. Eine Viertelstunde später war er auf dem Weg zum Bahnhof Termini.

Neapel, 15. September, Mitternacht

Padre Luis war auf dem Heimweg zum Dominikanerkonvent San Domenico Maggiore. Er freute sich auf die Stille seiner Klosterzelle in dem geschichtsmächtigen Haus, wo einst im dreizehnten Jahrhundert Thomas von Aquin gelebt hatte. Er dachte auf seinem Weg durch die nächtliche Stadt darüber nach, wie erfreulich sich sein Leben verändert hatte, seit er nach Neapel gekommen war. Im Laufe dieser Zeit hatte Montebello erkannt, dass sein neuer Mitarbeiter ihm nicht nur jene Loyalität entgegenbrachte, die man von einem guten Privatsekretär erhoffen konnte, sondern auch mit erstaunlichen Geistesgaben gesegnet war. Sollte es Padre Luis eines Tages gelingen, seine Überempfindlichkeit aufzugeben, die ihn überall Geringschätzung wittern ließ, für die er sich dann gern revanchierte, würde das Glück der Zusammenarbeit vollkommen sein ...

So schwierig die gegenwärtige Situation um die Katakomben auch war, so freute sich Padre Luis doch darüber, wie ihn Sua Eccellenza in allen Belangen einbezog. Als wäre es ganz selbstverständlich, hatte er ihn gebeten, am Nachmittag an der Besprechung teilzunehmen. Commissario Bariello war aus Rom angereist. Sie hatten sich gemeinsam mit dem Generalvikar in der Privatwohnung von Ispettore Conti getroffen, weil Montebello alles Gerede in der Bistumsverwaltung vermeiden wollte, wenn dort auf einmal zwei Polizisten auftauchten. Die Kriminalbeamten verstanden, dass der Generalvikar Monsignor Grasso nach Pavia geschickt hatte, wo er in der Abgeschlossenheit eines Zisterzienserklosters alles Weitere abwarten musste. Er würde in dem Prozess als Kronzeuge auftreten, und vor dem Hintergrund der Morde in Rom musste man davon ausgehen, dass die Camorra alles daransetzen würde, ihn vorher zu beseitigen. Seine Familie musste ebenfalls geschützt werden.

Montebello und seine Leute waren schockiert, als ihnen Bariello und Conti die Ausmaße des Verbrechens klarmachten, auf das sie aufmerksam geworden waren. Vor allem aber packte sie der Zorn, als sie erfuhren, wie Tecologico und die Camorra-Aktivitäten von den Behörden gedeckt wurden. Nur Savio Napoletano war kaum beeindruckt angesichts der Verbindungen von Stadt, Justiz und Mafia. Lange hatten sie darüber beraten, wie man angesichts des unsichtbaren Schutzwalls um Tecologico jetzt vorgehen sollte. Nichts konnte im Rahmen einer offenen Ermittlung geschehen, weil Conti suspendiert war und Bariello in Neapel keine Befugnisse hatte. Alles musste mit einem Schlag enttarnt werden, wobei man sich nur auf eine Handvoll vertrauenswürdiger Leute stützen konnte. Der Plan, den sie gefasst hatten, war riskant, aber er konnte gelingen.

So weit war Padre Luis gekommen, als er an der Piazzetta Nilo eintraf. Er sah schon den Obelisken auf der Piazza San Domenico Maggiore, als er jemanden rufen hörte.

«Padre! Padre, mi aiuti!»

Er wandte sich um und erkannte im Halbdunkel der Via Mezzocannone in ein paar Metern Entfernung einen gut gekleideten Mann, der sich gegen einen Transporter lehnte und die Linke gegen seine Brust presste.

«Non sta bene, Signore?»

«Il mio cuore!»

Padre Luis stand gleich darauf neben dem Fremden. Der andere griff mit der Rechten nach seiner Schulter und schien nach vorn zu fallen, so dass Padre Luis ihn mit beiden Armen umfasste. In dem Moment öffnete sich hinter dem Geistlichen die Seitentür des Transporters und irgendjemand stülpte ihm einen Sack über den Kopf. Der Dominikaner fühlte sich unsanft gepackt und in den Wagen gerissen. In Sekundenschnelle hatte man ihm die Hände auf dem Rücken gefesselt. Noch ehe er um Hilfe rufen konnte, wurde die Tür zugeschoben, und der Wagen fuhr los. Auf dem Wellblechboden hin- und hergeworfen, schrie er laut – aber niemand hörte ihn mehr.

Lange hatte die Fahrt nicht gedauert. Als sich die Tür wieder öffnete und Padre Luis wieder zu schreien begann, versetzte man ihm einen harten Schlag gegen den Kopf.

«Wenn du hier rumbrüllst, machen wir dich kalt.»

Er spürte, wie ihm irgendetwas gegen die Schläfe gedrückt wurde, und es gehörte wenig Phantasie dazu, dabei an einen Pistolenlauf zu denken. Der Geistliche schwieg, als man ihn aus dem Wagen hob und auf die Füße stellte. Jemand gab ihm einen Schlag zwischen die Schulterblätter, und er stolperte nach vorn. Es ging über einen Kiesweg. Dann führte man ihn in ein Haus – die Geräusche änderten sich, die Schritte hallten. Padre Luis nahm einen inten-

siven Duft wahr – wie in einer Kirche ... Lilien! Schließlich ging es eine lange Treppe hinunter. Eine Tür knarzte in den Angeln, und er wurde in einen Raum gestoßen. Auch unter dem Sack bemerkte Padre Luis einen schwachen Schimmer, als man das Licht anschaltete. Er hörte, dass man etwas über den Boden schleifte, und gleich darauf wurde er auf einen Stuhl gedrückt.
«Sind Sie verrückt geworden? Ich bin Dominikanermönch, ich habe keine zehn Euro in der Tasche. Unser Orden ist arm. Lassen Sie mich auf der Stelle gehen!»
Er hörte ein hämisches Lachen.
«Vielleicht lassen wir dich tatsächlich laufen, wenn du brav bist und uns ein paar Fragen beantwortest!»
«Was für Fragen?»
«Du und deine Freunde seid hinter etwas her. Was weißt du darüber?»
«Ich weiß überhaupt nicht, wovon Sie sprechen. Lassen Sie mich sofort raus hier!»
Wieder spürte Padre Luis einen Schlag. Diesmal traf er ihn von vorn mitten ins Gesicht und war so heftig, dass er ihm den Atem raubte. Er schrie auf.
«Pass auf, du blöder Pfaffe: Hier unten hört dich niemand. Und wir werden dir noch ganz anders wehtun. Also sag uns, was wir wissen wollen!»
Padre Luis rang nach Luft, bis der Schmerz allmählich nachließ. Er wartete, bis er sicher war, dass seine Stimme fest klingen würde. «Ich stöhne nicht vor Schmerzen, sondern vor Entsetzen! Mir stehen die Höllenstrafen vor Augen, die Gott euch bereiten wird.»
Wieder Gelächter.
«Wisst ihr nicht, dass es in der Bibel heißt: *Fürchte Gott von ganzem Herzen und seine Priester halte in Ehren*?»
Einen kurzen Moment herrschte verblüfftes Schweigen. Dann hörte Padre Luis abermals jemanden lachen – aber nicht mehr so hämisch.
«Hier unten sieht uns dein Gott nicht. Und jetzt mach das Maul auf! Hast du mich verstanden?»

«Sag nicht: Ich habe gesündigt, doch was ist mir geschehen? Gott hat viel Zeit. Vergesst das nicht! Und sagt nicht: *Ich bin vor Gott verborgen, wer denkt an mich in der Höhe? Nur ein törichter Mensch denkt so!* Auch diese Bibelworte kennt ihr also nicht? Jetzt seid ihr hochmütig, solange ihr hier einen Schwachen in der Gewalt habt. Aber es steht geschrieben: *Weh euch, ihr ruchlosen Männer, wenn ihr sterbt, ist es zum Fluch!*»

Nun lachte niemand mehr.

«Jetzt reicht's! Bleib uns vom Leib mit deinem Bibelgewäsch! Wo ist der Sarg von diesem Alexander? Raus damit!»

Noch ein Schlag ins Gesicht – doch diesmal zuckte Padre Luis nur kurz zusammen. Etwas anderes beschäftigte ihn: Was wussten diese Leute von der Suche nach dem Alexandersarkophag? Und schwang da nicht Unsicherheit in der Stimme mit?

«Was nützt es euch, das zu wissen? In der Bibel heißt es: *Die einzige Weisheit ist die Furcht vor dem Herrn, und in jeder Weisheit liegt die Erfüllung des Gesetzes!* Wer das missachtet, auf den wartet die ewige Verdammnis.»

Er hörte, wie aus einer anderen Ecke Schritte auf ihn zukamen. Diesmal traf ihn ein brutaler Hieb in den Magen, so dass er vornübersackte. Den, der jetzt sprach, hatte er noch nicht gehört, und was er sagte, richtete sich auch nicht an ihn.

«Hast du sie noch alle? Lässt du dich von diesem Schwarzkittel vorführen? So und jetzt zu dir, Padre. Hier hört dich niemand, und hier findet dich auch niemand. Wir können dich verrecken lassen, und es wird hier bestimmt niemand nach dir suchen. Also zum letzten Mal, was weißt du über diesen dreimal verfluchten Sarg?»

Padre Luis war übel, und er fürchtete, sich unter diesem widerlichen Sack übergeben zu müssen. Aber er wusste auch, dass sie ihn nie zufriedenlassen würden, wenn er anfing, über den Alexandersarkophag zu sprechen. So riss er sich zusammen und begann von neuem:

«*Wie ein zweischneidiges Schwert ist jedes Unrecht; für die Wunde, die es schlägt, gibt es keine Heilung. Der Weg der Sünder mag frei sein von Stei-*

nen, doch sein Ende ist die Tiefe der Unterwelt. So spricht der Weise im Alten Testament. Das solltet ihr nicht vergessen, wenn ihr mich zugrunde gehen lasst. Ich aber fürchte mich nicht und werde ganz ruhig sein, denn in der Bibel heißt es: *Da ermattet einer und bricht unterwegs zusammen, ist arm an Kraft und reich an Schwäche, doch das Auge des Herrn schaut ihn gütig an, er schüttelt den schmutzigen Staub von ihm ab. Der Geduldige hält aus bis zur rechten Zeit.*»

«Glaubst du, du verlogener Tabernakelputzer, dass du uns mit diesem Quatsch beeindruckst? Ich sag dir was anderes: Bis jetzt haben wir mit der Hand zugeschlagen. Das nächste, womit ich dir eins überziehe, ist ein Stuhlbein.»

Padre Luis hatte Angst vor dem Schmerz, der ihm bevorstand. Aber jetzt mischten sich Zorn und Stolz in seinen Widerstand. Diese Männer würden nicht Herr über ihn werden! Und er würde nicht klein beigeben, egal, was sie ihm antun wollten. Er richtete sich auf seinem Stuhl auf.

«Dann hört, was die Heilige Schrift solchen wie euch prophezeit: *Viele leben als Feinde des Kreuzes Christi. Ihr Ende aber ist das Verderben.* Habt ihr gar keine Vorstellung davon, was euch am Ende eurer Tage erwartet? Ahnt ihr nichts von den Pforten der Hölle? Nichts vom Satan, der dahinter in ewiger Nacht auf euch wartet? Nichts vom Feuersee für die Verdammten? Wenn der Tod kommt, dann werdet ihr euch in Wahnsinn und Angst wälzen. Denn dann könnt ihr bereits die Dämonen sehen, und ihr werdet wissen, dass ihr ihnen nicht entgeht.»

«HALT DEIN MAUL!»

«NEIN – ihr werdet mich nicht zum Schweigen bringen! Sie werden euch martern an einem Ort, wo die Quäler gequält werden – gequält mit Schmerzen, gegen die das, was ihr mir zufügt, nichts ist. Ihr habt mir einen Sack über den Kopf gezogen, um mich ins Dunkel zu stoßen. Aber hier in meinem Gefängnis sehe ich euch schon heute, wie ihr dereinst bis zu den Knien in feurigen Flüssen steht und rast in Schmerz und Verzweiflung. Die Teufel stopfen euch Feuerstücke in den Rachen, die glühend durch euren Leib gehen, so dass ihr von innen verbrennt. Aber sie gehen durch euch

hindurch, und alles beginnt von neuem. Ihr hungert, aber ihr bekommt nur stinkendes Fleisch zum Fraß. Ich sehe, wie ihr euch vor Ekel windet, weil euch die Maden zum Mund heraushängen. Man sticht euch die Augen aus und schneidet euch die Zunge aus dem Mund. Ihr brüllt vor Schmerzen. Aber alles wächst wieder nach, und sofort beginnt eure Tortur von neuem. Tausend Mal und nochmals tausend Mal. Man treibt euch eiserne Nägel in den Schädel, und euren Körper harkt man mit einem riesigen Kupferkamm. So sehe ich euch in der Verdammnis! So werdet ihr die Ewigkeit zubringen! Wisst ihr überhaupt, was das ist? Die Ewigkeit? Nein, ihr wisst nichts! Dann will ich euch auch das noch sagen, bevor ihr mich umbringt: Ich sehe einen Berg, höher als den höchsten Berg der Erde; der besteht nur aus feinem Sand. Alle hunderttausend Jahre kommt ein kleiner Vogel und trägt ein Körnchen davon in seinem Schnabel weg. Und wenn er schließlich auf diese Weise den ganzen Berg abgetragen hat...»
Und während Padre Luis in seiner Höllenvision immer lauter geworden war, so steigerte sich jetzt seine Stimme zu einem dämonischen Brüllen.
«... dann ist für euch eine Sekunde der Ewigkeit vorüber – jener Ewigkeit, die ihr in den Qualen der Hölle zubringen werdet! So sehe ich jetzt im Angesicht meines Todes euer Schicksal als Verdammte. Es graut mir davor mehr als vor meinem Tod! Und ich sage euch noch etwas: Alle Grausamkeiten, die ihr an mir begehen werdet, werden vergebens sein! Und so handelt ihr euch die ewige Dämonenfolter ganz umsonst ein. Denn erfahren werdet ihr von mir KEIN WORT!»
Stille. Dann hörte er Schritte, die sich von ihm entfernten in eine entlegene Ecke des Raumes. Er hörte Flüstern – hektisch, zerstritten, aber er konnte nicht verstehen, was gesprochen wurde. Dann kam jemand auf ihn zu, und Padre Luis erwartete die Fortsetzung der Tortur.
«Padre, hören Sie, wir wollen Sie nicht umbringen! Das hatten wir nie vor. Aber wir müssen irgendeine Information von Ihnen bekommen. Sagen Sie uns irgendetwas, und ich verspreche Ih-

nen, wir bringen Sie sofort zurück, wo wir Sie eingesammelt haben.»

«Ist das die Wahrheit?»

«Beim Leben meiner Kinder!»

Padre Luis überlegte. Er hatte mit hohem Einsatz gespielt. Jetzt durfte er nicht überziehen. Die Männer, die er vor sich hatte, waren offenbar nur Schergen, die den Auftrag hatten, ihn zum Reden zu bringen. Umbringen sollten sie ihn allem Anschein nach nicht. Aber sie mussten etwas aus ihm herausholen, mit dem sie vor die treten konnten, die sie geschickt hatten.

«Gut! Wir haben keine Ahnung, wo der Sarkophag Alexanders ist. Heute so wenig wie am Anfang unserer Suche. Wir tappen völlig im Dunkeln.»

«Und ist das auch ...?»

«... die Wahrheit. Ja.»

«Schwören Sie!»

«Ich schwöre nicht, denn in der Bibel heißt es: *Eure Rede sei ja, ja – nein, nein.* Entweder Sie glauben einem Mann Gottes, oder Sie lassen es bleiben. Es ist mir ebenso gleichgültig wie das, was Sie mit mir tun! Denn *der Herr bereitet mir den Tisch im Angesicht meiner Feinde.*»

Er spürte, wie jemand ihn am Arm packte und wieder durch den Raum schob. Dann kam die Treppe, die Halle und wieder der intensive Duft von Lilien. Der Kiesweg. Er hörte, wie die Tür des Transporters aufging. Man half ihm hinein, und er setzte sich auf die Ladefläche, auf der er vorher gelegen hatte – er hatte kein Gefühl dafür, wie viel Zeit seitdem vergangen war. Der Motor sprang an, und sie fuhren los. Jetzt spürte er, wie Angst in ihm aufstieg. Wenn sie ihn nun doch irgendwo ...? Er verdrängte den Gedanken und tastete, so gut er konnte, mit den Händen herum, die immer noch auf den Rücken gefesselt waren, und versuchte, sich etwas von seiner Umgebung einzuprägen.

Es dauerte nicht lange, dann hielt der Wagen. Der Motor lief weiter. Die Tür wurde geöffnet, und jemand zog ihn nach draußen, bis er festen Boden unter den Füßen spürte. Der andere löste seine

Fesseln, und während er das tat, hörte Padre Luis ganz leise eine Stimme an seinem Ohr.
«Vergeben Sie mir, Padre!»
Dann hörte er wieder, wie die Tür zugeschoben wurde, und gleich darauf fuhr der Transporter mit hohem Tempo davon. Padre Luis zog sich den Sack vom Kopf und sog tief die frische Luft in seine Lungen. Er merkte, wie er trotz der Wärme der Nacht mit den Zähnen klapperte. Es dauerte eine Weile, bis er erfasste, dass er genau dort stand, wo man ihn gekidnappt hatte. Von der Chiesa di Sant'Angelo a Nilo schlugen die Kirchturmglocken zwei Mal.

Kapitel 19 – Das Video

Tarvisio, 16. September, morgens
Mehr als dreizehnhundert Kilometer Fahrt mit dem Tecologico-Laster lagen hinter ihnen – Sofia, Niš, Belgrad, Zagreb. Alle Grenzer hatten ihre Papiere anstandslos akzeptiert. Keiner hatte Interesse daran, gerade diese Ladung zu inspizieren; waren sie doch alle froh, dass jemand im Ausland sich dieser Probleme annahm. So waren die letzten vierundzwanzig Stunden, seit sie Jambol verlassen hatten, in ereignisloser Routine verstrichen. Der US-Brigadegeneral hatte mit allem recht behalten. So würden sie sich auch für den Rest der Strecke genau an seine Anweisungen halten: «Wenn Sie die Grenze zwischen Slowenien und Italien passiert haben, fahren Sie bei der ersten Ausfahrt vor Tarvisio von der A 23 runter. Nach ein paar Hundert Metern kommt die Via Dante Alighieri. Auf der linken Seite liegt die Trattoria Al Cervo. Auf deren Parkplatz erwarten Sie die Fahrer eines blauen Alfa Romeo Stelvio. Die beiden werden auf Sie zukommen und Ihnen die Pizza mit Polenta empfehlen. Sie fragen sie im Gegenzug, ob es auch Pappardelle mit Pfifferlingen gibt. Dann tauschen Sie die Wagenschlüssel. Damit ist für Sie die Aktion abgeschlossen. Sie machen ein paar Wochen Urlaub in bella Italia. Dann fliegen Sie nach Langley. Dort erhalten Sie eine neue Identität und neue Aufgaben.»
Nirgendwo hatten sie eine längere Rast eingelegt. Einer war immer im Auto geblieben, die Hand an der Waffe neben dem Sitz, wenn sie tankten oder einer zum Pinkeln ging. Alle zwei Stunden

hatten sie sich hinter dem Steuer abgelöst, und während der eine fuhr, schlief der andere in der Koje.
Im Handumdrehen einzuschlafen, hatten sie in den langen Nächten in Afghanistan gelernt. Es waren viele Afghanistan-Veteranen, die sich später in Einzelkämpferlehrgängen trafen. Manchen war klar, dass sie nach ihren Erfahrungen nie mehr für ein Zivilleben zu gebrauchen waren. Aber sie waren die Richtigen für Sondereinsätze in den neuen, asymmetrischen Kriegen. Der Feind ließ sich nicht mehr an seiner Ausrüstung oder seiner Uniform erkennen. Jede Frau, jeder Mann, manchmal auch ein Kind konnte unter dem Gewand einen Sprengstoffgürtel tragen. Die Erfahrung der dauernden Unsicherheit, des nie mehr nachlassenden Misstrauens, der ständigen Kampfbereitschaft war ihnen in Fleisch und Blut übergegangen. Irgendwann war es nicht mehr ihre zweite Natur – es war ihre erste Natur geworden. Sie waren als Fallschirmjäger für Spezialaufträge so lange und so hart trainiert worden, dass sie körperlich belastbarer waren als jeder Hochleistungssportler. Aber für das, was sie taten, erhielt man keine Medaillen; die Auszeichnungen, die sie erfuhren, konnten sie nicht öffentlich zeigen, und die Einsätze, für die sie ausgezeichnet wurden, durften nie bekannt werden. Da erschien ihnen der Weg in die Staaten und eine Zukunft in Langley als neue Herausforderung – zumindest aber als willkommene Abwechslung.
Der Fahrer klopfte gegen die Koje.
«Noch fünf Kilometer bis Tarvisio!»
Er hörte, wie der andere sich aufrichtete, und eine Minute später saß er auf dem Beifahrersitz. Dicht bewaldete Bergzüge und ein grünes Tal, das die Autostrada wie ein Axthieb spaltete, lagen vor ihnen im Morgenlicht. Dann kam die Abfahrt, und kurz darauf sahen sie die Via Dante Alighieri.
«Da vorn – Trattoria Al Cervo.»
«Die haben hier Tag und Nacht geöffnet. Wenn wir den Wagen übergeben haben, können wir frühstücken. Da sind sie.»
«Nicht schlecht, die haben uns wirklich das neueste Modell hingestellt. Super Karre.»

Der Laster rollte auf den Parkplatz, auf dem bereits zwei LKWs und ein halbes Dutzend anderer Wagen standen. Der Beifahrer kletterte aus dem Truck und streckte sich. In dem Moment öffneten sich beide Türen des SUV. Zwei Männer in Bluejeans und weißem Hemd stiegen aus.
«Sie haben sich ein gutes Lokal ausgesucht. Sie müssen die Pizza mit Polenta probieren! Die ist was für Fernfahrer.»
«Ich weiß nicht. Gibt es hier Pappardelle mit Pfifferlingen? Die passen besser in die Jahreszeit.»
Die beiden kamen näher.
«Hier bekommen Sie alles.»
Der Fahrer des LKW kletterte aus dem Führerhaus und ging auf die Gruppe zu, während er den Schlüssel in der Rechten umschlossen hielt. Er streckte die Hand aus, die der andere ergriff.
«Die Papiere für den Laster und die Ladung stecken hinter der Sonnenblende auf der Fahrerseite.»
«Hier der Schlüssel für den Alfa; Papiere und Geld sind im Handschuhfach. Ciao!»
Während die einen den Tecologico-Truck übernahmen, gingen die anderen in das Lokal. Sie ließen sich an einem Tisch beim Fenster nieder und konnten sehen, wie der Laster vom Parkplatz rollte. Auch wenn ihnen nichts Verdächtiges aufgefallen war, so hatten doch Zollbeamte die Szene aus dem Fenster eines niedrigen Anbaus gefilmt. Und hinter dem nächsten Kreisverkehr hängten sich Zivilfahnder der Guardia di Finanza hinter den Mülltransporter – während ein anderer Wagen, der direkt vor dem Al Cervo parkte, nur auf Anweisung wartete, um die Verfolgung des Alfa aufzunehmen.
Das Frühstück fiel nach den anstrengenden Tagen, die hinter ihnen lagen, besonders großzügig aus. Schließlich gingen sie zu dem eleganten Wagen, in dem sich die Morgensonne spiegelte.
«Ich leg mich hinten rein. Weck mich, wenn wir in der Gegend von Venedig sind.»
Der Mann warf einen Blick durch die Scheiben des SUV, ging dann um den Wagen herum und öffnete den Kofferraum.

«Dacht ich's mir! In so einem Auto gibt es auch eine Decke. Hmm, alles riecht ganz neu.»

Er stieg durch die Hintertür und reichte seinem Partner den Funkschlüssel nach vorn. Dann ließ er sich zur Seite auf die Rückbank fallen und zog sich die Decke über den Kopf, während der andere den Wagen startete. Die Druckwelle riss das Panoramadach aus der Verankerung, Fenster platzten, die Heckklappe wurde weggeschleudert, die Vordersitze brachen im Gelenk, und ihre Rückenteile stürzten auf den Mann auf der Rückbank. Während der Fahrer durchsiebt wurde von den Trümmern und Splittern der Armaturen, die sich wie Schrapnells in Rumpf und Schädel bohrten, schoss eine Stichflamme durch das Deck.

Nur Sekunden nach der Detonation stürmten die Leute aus dem Lokal. Sie rissen die Feuerlöscher aus ihren Wagen und begannen, den brennenden Alfa zu löschen. Sirenen kamen näher. Irgendjemand hatte die Rettung alarmiert. Unter dem Schaum von einem halben Dutzend Feuerlöschern war der Brand rasch erstickt. Den Männern von der Guardia di Finanza gelang es, die Türen des Wracks zu öffnen. Sie erkannten sofort, dass man sich um den Mann auf dem Fahrersitz nicht mehr zu kümmern brauchte. Aber hinten rührte sich noch etwas. Die Helfer zogen, so behutsam sie konnten, den von einer Schaumschicht und seltsamerweise von einer Decke eingehüllten Körper heraus. Im nächsten Moment sprangen Sanitäter aus einem Notarztwagen und rasten wenig später mit Blaulicht ins Klinikum von Udine.

Rom, 16. September, abends

Für die mehr als siebenhundert Kilometer zwischen Tarvisio und Rom hatten die Fahrer des Tecologico-Trucks zehn Stunden gebraucht. Sie hatten sich an alle Geschwindigkeitsbegrenzungen gehalten. Es ging auf sechs Uhr, als die Leute der Guardia di Finanza sich bei Bariello meldeten und durchgaben, dass der LKW die E 45 verlassen hatte und auf die E 35 abgebogen war.

Bariello nickte Fontana und Giudice Columbo zu.

«Wenn er nach Neapel wollte, wäre er auf der E 45 geblieben. Den Autobahnring zu nehmen ergibt nur Sinn, wenn er in die Stadt will.»

Bariello hatte seit dem Morgen mit seinen Leuten, Signor Fontana vom Zoll und dem Untersuchungsrichter in seinem Büro den Verlauf der Überwachung verfolgt. Seit sie erfahren hatten, dass die Camorra in Tarvisio versucht hatte, mit einer Autobombe die Fahrer des LKW umzubringen, wussten sie, dass dieser Tag ihnen noch einiges bieten würde. Die größte Überraschung aber würde die Killer erwarten. Hatten sie doch trotz des Sprengstoffs im Motorraum des Alfa nur einen der beiden erwischt. Der andere war – wie durch ein Wunder kaum verletzt – geborgen worden und lag jetzt unter starker Polizeibewachung in einer Klinik in Udine. Die Ärzte waren verblüfft, als sie hörten, aus welchem Inferno er gerettet worden war. Sie hatten den Polizisten gesagt, dass der Mann ansprechbar sei, zugleich aber jeden Besuch und erst recht jede Vernehmung für die nächsten vierundzwanzig Stunden untersagt. So lag er in einem Einzelzimmer und starrte in die Luft. Rund um die Uhr saß ein Posten vor seiner Tür, während die Polizei seine Papiere überprüfte. Der Pass war echt – und doch hatten die Beamten Zweifel, dass der Mann mit dem blonden Raspelhaarschnitt jener Emilio Bonasera aus Turin war, auf den der Ausweis ausgestellt war. Zumindest kam ihnen das Tattoo unter seinem linken Rippenbogen seltsam vor – ein Schriftzug mit den Namen dreier deutscher Sicherheitsbeamter, die in Afghanistan getötet worden waren. Die Beamten aus Udine würden den Mann auf jeden Fall verhören. Und selbst wenn seine Identität stimmen sollte, würde er dennoch eine verdammt gute Erklärung dafür brauchen, dass man bei ihm und bei dem Toten eine Glock 21 Kaliber 45 gefunden hatte.

Fontana lieferte der Anschlag genau die Rechtfertigung für die Überwachung des LKW, auf die er gehofft hatte. Giudice Columbo hatte zwei Blankovollmachten für Durchsuchungsbefehle aus dem Jackett gezogen, sie unterzeichnet und dem Commissario über den Schreibtisch geschoben.

«Die werden Sie heute noch brauchen. Tragen Sie die entsprechenden Objekte ein. Ich komme auf alle Fälle mit, falls irgendjemand versucht, Ihnen Schwierigkeiten zu machen.»
«Danke! Sie könnten noch mit Ihrem Kollegen in Udine sprechen. Ich möchte gern mit dem Mann reden, den sie aus dem brennenden Alfa gezogen haben.»
«Ich kümmere mich darum.»
In dem Moment winkte Bertani. Er hatte den nächsten Anruf der Beamten entgegengenommen, die den Truck observierten. Mit einer Hand deckte er das Mikrofon ab.
«Sie sind jetzt auf die A 90 gefahren und östlich auf dem Ring um die Stadt unterwegs. Noch haben sie dreimal die Möglichkeit, wieder Richtung Neapel abzubiegen. Sicher können wir erst sein, wenn sie Tor Vergata passiert haben.»
Die Männer traten an die Karte. Bertani hatte den Hörer am Ohr und ließ, während die Durchsagen des Überwachungsfahrzeugs kamen, seinen Finger immer weiter südlich wandern.
«Sie sind an Tor Vergata vorbei!»
Bariello ballte die Faust.
«Ich hab's gewusst. Ich wette, er biegt ab auf die Via Appia Nuova und fährt dann nach Norden. Sagt den Leuten Bescheid. Es geht gleich los. Nur Blaulicht, keine Sirenen!»
«Du hast recht, Vincenzo – sie sind auf der Via Appia!»
«Also los! Die fahren zur Via Cristoforo Colombo. Wenn unsere Wagen sich dem Zielobjekt nähern, sollen sie das Blaulicht ausmachen. Noch mal: Kein Zugriff! Nur beobachten, was passiert. Wenn meine Vermutung stimmt, dann verladen die dort irgendwas. Wir lassen den LKW auf jeden Fall weiterfahren und gehen erst rein, wenn er wieder weg ist. Alles klar? Andiamo!»
Beim Verlassen des Büros hatte Bariello den Durchsuchungsbefehl eingesteckt. Jetzt wusste er, was er in den Kopf des Formulars eintragen würde: Industriekomplex SaniRaggi mit allen Gebäudeteilen. Zehn Minuten später hatten sie ihre Wagen weiträumig um das Gelände positioniert. In dem unbeleuchteten Zivilfahrzeug in der Nähe des Eingangs saßen der Commissario, Fontana,

Columbo, Bertani und di Lauro. Keine fünf Minuten später kam ihnen ein LKW entgegen und bog auf den Hof der SaniRaggi ein. Trotz der Dunkelheit konnten sie auf dem Aufbau den Namen der Firma lesen: Tecologico Inc. Bariello und di Lauro stiegen aus und schlenderten an der Einfahrt vorbei.

«Mach ein paar Aufnahmen davon, was die da auf dem Hof treiben. Wir müssen beweisen können, dass die was an der verplombten Ladung gedreht haben!»

Der junge Polizist grinste. Im nächsten Moment hatte er sich in die Einfahrt geschoben und war im Schatten eines mächtigen Oleanderbusches verschwunden. Bariello ging auf die andere Straßenseite und wartete. Er wollte in der Nähe bleiben. Es waren ungemütliche Minuten, die nicht vergehen wollten.

Di Lauro hatte sich den Zaun entlang gedrückt und war hinter einem Trafo-Block verschwunden. Der LKW musste gewendet haben und war rückwärts vor die Laderampe eines weißen Gebäudes gefahren. Zwar konnte man sich vorstellen, was am Heck des Lasters geschah, aber man konnte nichts sehen. Er ließ seinen Blick über das Gelände wandern. Der Hof war gut ausgeleuchtet. Er konnte den Wachmann in seinem verglasten Kasten mit dem Rücken zu ihm vor seinen Bildschirmen sitzend sehen. Die Reihe der Überwachungskameras war so angeordnet, dass sie den ganzen Platz erfassten.

Plötzlich erhob sich der Wachmann, griff in die Brusttasche und zog eine Schachtel Zigaretten heraus. Er öffnete die Tür und trat hinaus auf die Freifläche, von wo aus er den LKW und das Gebäude gut beobachten konnte. Dann zündete er sich eine Zigarette an und rauchte mit sichtlichem Genuss.

Di Lauro spähte noch einmal über das Gelände, und als er sicher war, dass ihn jetzt niemand sehen würde, rannte er auf Zehenspitzen über den Platz, bis er hinter dem Glasbau abtauchte. Die Verglasung begann einen Meter über dem Boden; darunter verbarg ihn eine Aluminiumumrandung. Vorsichtig hob er den Kopf. Der andere stand immer noch da und drehte ihm den Rücken zu. Die Digitalbildschirme vor di Lauro boten gestochen klare Bilder von allen Teilen des SaniRaggi-Komplexes, und da – eine Kamera zeigte den LKW, dessen Heckklappe heruntergefahren war. Männer gingen in den Wagen hinein, trugen irgendetwas heraus und verschwanden damit in der Halle. Di Lauro hielt sein iPhone in Richtung des Bildschirms, den er heranzoomte. Der andere hatte zwar immer noch nicht seine Stellung verändert, aber seine Zigarette war ziemlich runtergebrannt. Zeit zu verschwinden. Di Lauro nahm denselben Weg zurück, den er gekommen war, und stand keine Minute später wieder vor der Einfahrt. Bariello winkte ihn heran.

«Ich dachte, du kommst überhaupt nicht mehr da raus. Und?»
«Es geht doch nichts ... übers Rauchen!»
«Seit wann hast du Karottenapostel es mit dem Rauchen? Zeig mal her!»
Di Lauro ließ das Video vor seinem Chef ablaufen. Die Bilder waren klar und die Vorgänge gut zu erkennen. Der kleine Film war der Beweis, dass der verplombte LKW zwischen Ausgangs- und Zielort geöffnet worden war – ein klares Zollvergehen und ein schwerer Verstoß gegen die Gefahrenvorschriften im Umgang mit radioaktivem Material. Bariello nickte.
«Nicht schlecht!»
Während sie zum Wagen zurückgingen, legte Bariello seinen Arm um die Schulter di Lauros.
«Das Abendessen in deinem Müsli-Schuppen hast du dir doppelt und dreifach verdient.»
Nachdem Columbo und Fontana die Aufnahme gesehen hatten, wurden die Fahrzeuge der Beamten noch enger um SaniRaggi zusammengezogen. Sie warteten nur noch, dass der Truck wieder rauskam. Er sollte ungestört seine Fahrt nach Neapel fortsetzen, während sie in Rom anfangen würden, die Schlinge zuzuziehen.

Neapel, 16. September, abends
«Sind Sie sicher, Padre, dass es nach Lilien gerochen hat?»
«Ich habe so viel Zeit in Kirchen zugebracht, dass ich keinen

Blumengeruch so sicher wiedererkenne wie den von Lilien. Warum?»
Savio Napoletano kannte aus seiner ‹aktiven Zeit› in Neapel die Szene der Camorra-Clans noch ganz gut.
«Der Chef des Clan del Cimitero hat eine Vorliebe für Lilien; deshalb nennt man ihn Don Giglio. Einer der mächtigsten Bosse der Unterwelt von Neapel. Er ist verrückt nach weißen Lilien. Wenn er jemanden umlegen lässt, schickt er zu dessen Beerdigung immer einen Strauß Lilien. Erstaunlich, dass er Sie hat entkommen lassen.»
Das Gesicht von Padre Luis war leicht geschwollen, und an seiner Lippe sah man noch einen Riss. Aber der Dominikaner grinste schief.
«Ich will nicht bestreiten, dass das ein Wunder war. Aber ich habe diesen Typen auch ordentlich die Hölle heißgemacht. Was mich aber empört, ist, dass ich ihnen zu den christlichen auch noch islamische Höllenvisionen um die Ohren hauen musste, bevor sie mich zurückgebracht haben.»
Der ganze Kreis lachte – bis auf einen: Montebello, in dessen Wohnung sie saßen.
«So, nun ist es genug! Unsere Suche nach Alexander dem Großen ist zu Ende. Als Ihr Vorgesetzter verbiete ich hiermit Ihnen allen, weiter nach ihm zu suchen! Es reicht jetzt! Vor gerade einmal drei Tagen wären beinahe zwei von uns in den Katakomben zu Tode gekommen, und gestern Nacht sind Sie von Mafiosi verschleppt worden. Ich weiß auch, wie gefährlich dieser Don Giglio ist. Jetzt ist Schluss! Ich lasse über meine Entscheidung nicht diskutieren. Von mir aus können die Knochen Alexanders verrotten, wo immer sie liegen.»
«Mein Bruder ...»
Die Augen aller richteten sich auf Eugenio Silvestri, den Generalvikar, der das beklommene Schweigen brach, das sich über die Runde gelegt hatte.
«... ich verstehe Sie sehr gut. So würde es mir jetzt eigentlich leichtfallen, Ihnen recht zu geben und die Sache aufzugeben. Aber es

gibt zwei Gründe, weshalb ich das nicht tue: Padre Luis ist darauf aufmerksam geworden, dass irgendjemand hinter unser Geheimnis gekommen ist. Wir wissen einfach nicht, was Leute wie Don Giglio zu tun bereit sind, um an Informationen zu kommen. Was, wenn sie sich das nächste Mal Dottoressa Napoletano vornehmen und sie dann nicht laufenlassen, wenn nichts dabei herauskommt? Können wir das verantworten? Wir wissen auch, dass es Leute bei der Polizei in Neapel gibt, auf die man sich nicht verlassen kann – Zuträger der Camorra. Sicher können wir also nur sein, wenn wir selbst das Geheimnis Alexanders enthüllen. Erst wenn wir sein Grab gefunden und öffentlich gemacht haben, wo es ist und um wen es sich handelt – dann erst haben die anderen keinen Grund mehr, einem von uns nachzustellen, weil es sich für sie nicht mehr lohnt.

Damit komme ich zu dem zweiten Grund: Sie haben mir ja von dem Brief Winckelmanns, Ihrer nächtlichen Suche im Dom und von der Inschrift des Kardinals Sersale dort unten erzählt, mit der er Paderni verhöhnt hat, der ihm offenbar auf den Fersen war. Ich habe darüber nachgedacht und bin zu dem Schluss gekommen, dass der Kardinal damals nichts aus dem Dom herausgeschafft hat, weil er damit rechnen musste, dass Paderni ihn beobachten ließ. Aber wie sicher schien Sersale der Dom selbst als Versteck? Konnte er davon ausgehen, dass kein Frevler es wagen würde, in das Gotteshaus einzubrechen und sich auf die Suche zu machen? Die Schändung geweihter Orte ist keine Erfindung unserer Tage.»

«Worauf wollen Sie hinaus?»

«Ich habe mir mal die alten Lohnverzeichnisse aus dem achtzehnten Jahrhundert für den Dom von Neapel bringen lassen. Eine langweilige Lektüre! Aber wissen Sie, was daran interessant war? Kurz nach Winckelmanns Tod – im Juli 1768 – stiegen die Ausgaben für die Sagrestani um das Dreifache. Von da an mussten immer auch nachts mindestens drei von ihnen gleichzeitig im Dom Dienst tun und alle Räume des Gotteshauses bewachen und pflegen.

Die Zahl der Kirchenbediensteten zu erhöhen lag ganz und gar in der Amtsmacht des Kardinals. Niemand zog das in Zweifel. Doch warum hat Kardinal Sersale diese Anordnung getroffen? Und warum gerade zu diesem Zeitpunkt? Ich glaube, wir alle kennen die Antwort. Was mich betrifft, so bin ich sicher, dass die Gebeine Alexanders bis auf den heutigen Tag im Dom sind – und ich weiß auch, wo. Übermorgen, wenn das Fest von San Gennaro zu Ende geht und es wieder ruhig wird um unseren Heiligen, werde ich Ihnen den Platz zeigen.»

Kapitel 20 – Die Durchsuchung

Rom, 17. September, kurz nach Mitternacht
Als der Tecologico-Truck das Gelände von SaniRaggi verließ, warteten die Beamten noch eine halbe Stunde. Bariello hatte zwar außer seinen eigenen Leuten nur ein paar enge Vertraute aus der Polizia di Stato an der Vorbereitung der Aktion beteiligen können, aber deren Kontakten war es zu verdanken, dass auch zwanzig Mann aus Sonderabteilungen der Carabinieri für Umweltverbrechen und Verstöße gegen den Verbraucherschutz zur Verfügung standen. So waren genügend Spezialisten für den Umgang mit radioaktiven Stoffen vor Ort.
Um halb eins rückten sie auf das Gelände vor. Der Wächter konnte niemanden warnen, so schnell hatten sie ihn an seinen Stuhl gefesselt. Dann flogen auch schon die Türen zu den Lagerhallen, Produktionsstätten und Büroräumen auf. So früh am Morgen waren erstaunlich viele Angestellte in dem Industriekomplex unterwegs. Nachdem keiner mehr eine Nachricht nach außen absetzen konnte, begann die Durchsuchung. Vertriebsleiter Bianchi kochte vor Zorn, als Bariello in Begleitung des Untersuchungsrichters zu ihm ins Büro kam.
«Was glauben Sie, wen Sie vor sich haben? Ich habe Verbindungen in höchste Stellen. Das hier sind Methoden, wie man sie bei uns seit der Nazi-Besatzung nicht mehr kennt. Sie werden für alles bezahlen!»
«Ich bin milde beeindruckt. Hier der Durchsuchungsbefehl.»

Bianchi warf nur einen kurzen Blick darauf.
«Der Winkeladvokat, der Ihnen den ausgestellt hat, wird neben Ihnen auf der Anklagebank sitzen. Und wenn Sie beide wieder aus dem Gefängnis rauskommen, kann der Idiot mit Ihnen am Hauptbahnhof betteln gehen!»
Die letzten Worte hatte der Vertriebschef so gebrüllt, dass der Untersuchungsrichter schmerzlich das Gesicht verzog.
«Das will ich gern tun, Signor Bianchi, wenn Sie nur die Stimme etwas dämpfen würden! Giudice Columbo: Ich bin der Idiot, der den Durchsuchungsbefehl ausgestellt hat. Ich habe mich bereits davon überzeugt, dass auf Ihrem Gelände ein Zollvergehen stattgefunden hat in Tateinheit mit Gefährdung der öffentlichen Sicherheit durch die Öffnung eines verplombten Fahrzeugs zum Transit radioaktiver Stoffe durch Italien. Bevor Sie sich zu diesem Vorwurf äußern, möchte ich Sie bitten, Signor Bianchi über seine verfassungsmäßigen Rechte zu belehren!»
Bariello begann seinen Sermon, während Bianchi kühl verlangte, darüber informiert zu werden, wie der Untersuchungsrichter sich angeblich von dem Vergehen überzeugt habe. Di Lauro wurde herbeizitiert und zeigte die Aufnahmen auf seinem iPhone.
«Diese Aufnahmen sind doch gefälscht!»
Der Untersuchungsrichter schaute den jungen Beamten an.
«Das will ich nicht hoffen! Sonst wären Ihre Überwachungsgeräte defekt, die gerade ins Kommissariat gebracht werden, um die Aufzeichnungen zu sichern. Von deren Bildschirmen habe ich die Aufnahme nämlich abgefilmt.»
Diesmal blieb der Vertriebschef eine Erwiderung schuldig. Kurz darauf hatte er sich wieder gefangen.
«Ich möchte sofort unseren Anwalt sprechen!»
Der Commissario nickte.
«Ich vermute, es handelt sich um Avvocato Ferrari.»
Das war das zweite Mal, dass es Bianchi die Sprache verschlug.
«Was ...?»
«Ich habe bereits seine Bekanntschaft gemacht, als ich vor weni-

gen Tagen bei der CaritaMondo 21.0 den offenbar vorgetäuschten Selbstmord eines Wachmanns zu Protokoll nehmen musste.»
In diesem Moment betrat ein Carabiniere den Raum.
«Giudice, Commissario – das sollten Sie sich ansehen! Bitte ...»
Sie ließen den Vertriebsleiter unter Bewachung von di Lauro zurück. An dem Schild REINRÄUME bremste der Untersuchungsrichter ab.
«Sollten wir hier nicht Schutzkleidung oder sowas anlegen?»
«Das wird nicht nötig sein, Giudice.»
Der Carabiniere schob die Tür auf, und sie schauten in eine einfache Montagehalle: dutzende von Werktischen, auf denen Röntgenapparate und andere Geräte aus der Strahlenmedizin in unterschiedlichem Fertigungszustand lagen. Sie gingen an den langen Reihen vorbei – vorbei an Männern und Frauen, die aus Asien stammten und in grünen Kitteln mit gleichfarbenen Stoffkappen auf den Köpfen und verängstigtem Blick warteten, was nun weiter geschehen würde. Ein Offizier der Carabinieri trat zu ihnen.
«Capitano Ugo Messina von den Carabinieri von der Einheit für Umweltverbrechen. Wir haben die Hallen durchsucht und sind schließlich hier gelandet. So etwas habe ich noch nie gesehen ...»
«Was meinen Sie?»
«Draußen das Schild REINRÄUME. Das sind eigentlich hochsterile Arbeitsbereiche, wo Hightech-Aggregate zusammengebaut werden. Aber hier ... wir hatten Schutzanzüge angelegt und sind mit Geigerzählern vorgegangen. Es gab aber keine Schleusen zur Sterilisierung. Wir haben die Türen geöffnet und standen einfach mittendrin. Die Leute da haben sich nicht gerührt. Ich weiß nicht, ob sie auch nur ein Wort von dem verstehen, was wir sprechen.»
«Und was geschieht hier?»
«Das ist eine Fertigungshalle für hochmoderne medizinische Spezialgeräte. Sehen Sie diese Chassis? Die sind das Einzige, was hier drin hochmodern ist. Der Rest ist im besten Fall gebraucht – manches auch hart an der Grenze der Brauchbarkeit. Eher schon Sondermüll. Aber es gibt überhaupt keinen Zweifel, die schrauben das alles wieder zusammen. Kommen Sie!»

Der Offizier führte Bariello und Columbo in einen weiteren Raum, wo sich Kartonagen türmten. Bariello zog von einem Stapel noch ungefalteter Verpackungen den obersten Karton herunter: CaritaMondo 21.0. Sein Blick wanderte zu dem Untersuchungsrichter.
«Hier!»
Der Carabiniere deutete auf ein paar mächtige Kartons, die seine Kollegen geöffnet hatten.
«Tenente, erklären Sie den Herren, was Sie entdeckt haben!»
Der junge Mann nahm Haltung an.
«Wir haben in dieser Lagerhalle einige Einheiten geöffnet und die Chassis entfernt. Wir haben festgestellt, dass es sich keineswegs um neue Geräte handelt, obwohl alle die entsprechenden Prüfsiegel, Stempel, Plomben und Marken mit aktuellem Datum tragen. Es besteht kein Zweifel, dass hier systematischer Betrug mit medizintechnischen Produkten erfolgt. Offenbar wird veraltetes Material in einen Zustand gebracht, der das jeweilige Gerät zeitweilig wieder verwendbar macht. Aber diese Geräte erfüllen keinesfalls die durch die amtlichen Plaketten und die der Verpackung beiliegenden Beschreibungen zugesicherten Eigenschaften. Im Grunde genommen handelt es sich um erstklassig verpackten Schrott. Wir haben auch festgestellt, dass die Packungen mit radioaktiven Isotopenlösungen für diagnostische Zwecke alle abgelaufen sind; man hat die alten Etiketten mit neuen überklebt mit einem späteren Ablaufdatum.»
Bariello nickte.
«Danke, Tenente. Tragen die verpackten Einheiten bereits Lieferadressen?»
«Ja, wir haben Einheiten für medizinische Einrichtungen in Mauretanien, Mali, Niger, Burkina Faso, dem Tschad, Sudan, Ägypten, der Elfenbeinküste und Äthiopien gesehen. Aber wir sind noch lange nicht fertig.»
Ein Mann von der Guardia di Finanza trat an die Gruppe heran.
«Ich möchte Ihnen etwas zeigen.»
Der Untersuchungsrichter wandte sich an den Carabiniere, der immer noch in Rapporthaltung vor ihnen stand.

«Danke, Tenente, lassen Sie einen Dolmetscher kommen, der Ihnen bei den Vernehmungen hilft! Vorläufig müssen alle hierbleiben. Die Leute sollen sich setzen. Sorgen Sie dafür, dass sie etwas zu trinken bekommen!»

Der Trupp folgte dem Mann von der Guardia di Finanza, der sie über den Hof zu einem anderen Gebäude führte. Als sie durch die Drehtür gingen, machte sie der Zollbeamte auf die Sicherheitsbestimmungen aufmerksam, die überall angebracht waren. In diesem Trakt gab es tatsächlich Sicherheitsschleusen.

«Wir müssen dort nicht rein! Zwei Kollegen haben dafür gesorgt, dass die Produktion ruht und niemand Zugang zu Computern hat oder telefonieren kann. Wir gehen jetzt in die Überwachungszentrale.»

Kurz darauf standen sie in einem großen Raum, dessen verglaste Front den Blick in den Produktionsbereich freigab. An den Seitenwänden erschienen Bilder aus den einzelnen Abteilungen an Großbildschirmen.

«Was Sie hier sehen, ist eine echte Hightech-Produktionsanlage für modernstes medizintechnisches Gerät. Fast alles ist computergesteuert – von der Fertigung bis zur Konfektionierung der Einheiten. Nur ein paar Leute, die die technischen Abläufe überwachen.»

Giudice Columbo deutete auf eine der Computerwände.

«Ist das dort die Versandhalle?»

«Ja.»

«Die würde ich mir gern anschauen.»

«Folgen Sie mir!»

Sie wurden ein paar Stockwerke nach unten geführt. Die Halle, die sie betraten, war hell. Der Boden bestand aus einem fugenlos verlegten Laminat. Der Geruch von Desinfektionsmitteln hing in der Luft. An den Wänden standen meterhohe versandfertige Einheiten. Der Untersuchungsrichter wandte sich an einen Beamten.

«Wohin gehen diese Maschinen?»

«Die Frage ist nicht leicht zu beantworten! Sehen Sie hier!»

Der Mann deutete auf zwei geöffnete Versandkisten.

«Außen steht als Absender CaritaMondo 21.0 drauf. Die Lieferadresse ist in beiden Fällen Basra im Südirak. Aber das ist nur die Umverpackung. Darunter befindet sich noch mal eine vollständige Verpackung mit SaniRaggi als Absender. Die Adressen und die Papiere auf dieser inneren Verpackung sind aber für Kuwait-City bzw. Abu Dhabi in den Vereinigten Arabischen Emiraten.»
Der Untersuchungsrichter wandte sich mit einem Lächeln an Bariello.

«Sehen Sie, was uns alles entgangen wäre, wenn ich Ihnen vor ein paar Tagen einen Durchsuchungsbefehl für die CaritaMondo ausgestellt hätte? Sagen Sie den Kollegen, dass sie alle Computer und Bankunterlagen beschlagnahmen müssen: Wir werden hier und bei CaritaMondo einiges zu tun haben, den verdeckten Finanztransfer offenzulegen!»
Ein paar Minuten später betraten sie wieder das Büro, wo ein bleicher Vertriebsleiter in seinem Chefsessel saß, während di Lauro die exotische Blütenpracht vor den Fenstern bestaunte.

«Signor Bianchi, zurzeit läuft auf dem Gelände der SaniRaggi die Beweissicherung wegen Subventionsbetrug, Verstößen gegen das Strahlenschutzgesetz und Gefährdung der öffentlichen Sicherheit, darüber hinaus wegen der Beschäftigung von illegalen Einwanderern, möglicherweise sogar wegen Menschenhandels. Ein paar andere Tatbestände werden noch hinzukommen – etwa Beteiligung am organisierten Verbrechen, aber auch an Mord und versuchtem Mord.»

«Völliger Blödsinn!»

«Da sind die beiden Fahrer des LKWs, der heute Nacht hier entladen wurde. Heute Morgen wurde in Norditalien einer von ihnen mit einer Bombe getötet. Der Beifahrer ist wie durch ein Wunder fast unverletzt geblieben und wird aussagen. Sie können hier abstreiten, was Sie wollen, aber die Beweislage ist erdrückend. Sie und einige Ihrer Abteilungsleiter werden für viele Jahre, vielleicht aber auch lebenslänglich ins Gefängnis gehen. Für Sie geht es nur noch um die Strafdauer. Wenn Sie uns helfen, weitere Verbrechen zu verhindern, die sich gegenwärtig in Neapel anbahnen, dann kommt für Sie möglicherweise die Kronzeugenregelung in Betracht. Haben Sie Familie?»

Bianchi fuhr sich mit beiden Händen durch die Haare. Jeder Schein von Distinguiertheit war von ihm abgefallen.

«Eine Frau und zwei Kinder.»

Bariello schaltete sich ein.

«Wir können Ihnen Ihre Beteiligung nachweisen. Aber ich bin mir ziemlich sicher, dass Sie mit Leuten arbeiten, die sich Taten haben zuschulden kommen lassen, von denen Sie nichts ahnen. Doch auch dafür werden Sie vor Gericht zur Verantwortung gezogen. Der Mord, von dem Giudice Columbo gesprochen hat, war nicht das einzige Gewaltverbrechen. Sowohl hier als auch in Neapel kommen weitere Morde hinzu. Die Trucks aus dem Osten haben außerdem stark verstrahltes radioaktives Material aus russischen Atom-U-Booten nach Italien gebracht, das zu einer Wasserverseuchung in Neapel geführt hat. Menschen sind an Krebs erkrankt und gestorben. Auch das wird Teil der Anklage werden.»

Bianchi sackte zusammen.

«Davon habe ich nichts gewusst! Das müssen Sie mir glauben!»

«Wenn wir Ihnen glauben sollen, sagen Sie uns jetzt alles, was Sie wissen! Ich frage Sie noch einmal: Wollen Sie jetzt Avvocato Ferrari sprechen? Dann können Sie ihn anrufen. Oder wollen Sie ohne Anwalt mit uns sprechen: jetzt und hier, sofort?»

«Bekomme ich dann die Kronzeugenregelung?»

Giudice Columbo beugte sich vor.

«Ich verspreche Ihnen, dass ich mit dem Generalstaatsanwalt spreche. Ihre Chancen für die Kronzeugenregelung scheinen mir gut. Wenn Sie in vollem Umfang kooperativ sind und vor Gericht aussagen, gibt es die Möglichkeit, dass wir Sie und Ihre Familie ins Ausland bringen. Dann bekommen Sie alle eine neue Identität und werden finanziell unterstützt. Wenn Sie uns anlügen, Signor Bianchi, bekommen wir das heraus. Dann wartet auf Sie die Rebibbia, und dann steigt Ihr Risiko erheblich, dort zu sterben – und zwar keines natürlichen Todes. Also, sollen wir jetzt Avvocato Ferrari kommen lassen?»

Bianchi schwieg, und als er schließlich antwortete, war seine Stimme dünn.
«Nein.»
«Di Lauro, Sie zeichnen das Gespräch auf! Ich beginne mit der Frage an Signor Enrico Bianchi, Vertriebsleiter der Firma Sani-Raggi: Ist es zutreffend, Signor Bianchi, dass Sie anlässlich der polizeilichen Durchsuchung des Firmenkomplexes der SaniRaggi über Ihre verfassungsmäßigen Rechte belehrt wurden und aus freien Stücken auf anwaltlichen Beistand verzichtet haben?»
«Ja!»

Rom, 17. September, früher Morgen
Es war vier Uhr, als die Aktion auf dem Gelände der CaritaMondo 21.0 fortgesetzt wurde. Während die Durchsuchung und Beschlagnahme der Computer liefen, hatten Bariello und Columbo Dottor Ricci aus dem Bett geholt. Doch anders als Bianchi blieb der Leiter der Hilfsorganisation völlig ungerührt, als der Untersuchungsrichter ihm die Straftaten vorhielt, deretwegen gegen ihn ermittelt wurde.
«Wir wissen, dass die CaritaMondo 21.0 gemeinsam mit Sani-Raggi und Tecologico eine kriminelle Vereinigung bildet. Tecologico führt aus ganz Europa medizintechnischen Sondermüll ein, darunter auch radioaktives Material, um alles angeblich in geeigneter Weise zu entsorgen. Dafür kassiert Tecologico Zuschüsse der EU. Aber nur ein Teil des Materials gelangt in die angeblichen Entsorgungseinrichtungen in Westsahara.
Diese alten und mangelhaften Geräte, die Tecologico in Ost- und Südosteuropa einsammelt, werden bei SaniRaggi wieder halbwegs instand gesetzt und dann in äußerlich einwandfreiem Zustand als scheinbar modernste Medizintechnik von CaritaMondo in Krisengebiete geliefert. Dafür kassiert CaritaMondo hohe Zuwendungen von staatlichen Stellen in Italien, aber auch aus Brüssel sowie von privaten Spendern – Gelder, die Sie sich unter dem Deckmantel der Krisenhilfe erschleichen. Darüber hinaus werden

tatsächlich hochwertige Geräte der Strahlenmedizin, die Sani-Raggi fertigt, in Verpackungen von CaritaMondo in Krisenländer ausgeführt – wofür Sie ebenfalls hohe Zuwendungen kassieren –, von dort aber in reiche Drittstaaten der Golfregion verkauft. Dort wird SaniRaggi zwar ein hoher, nicht aber der volle Preis vergütet. Dennoch lohnt sich das Geschäft, weil SaniRaggi erhebliche steuerliche Vergünstigungen für diese Exporte genießt. Von den so erzielten Einnahmen fließt ein Teil als Spenden getarnt wiederum an CaritaMondo zurück.»
Der Verwaltungschef von CaritaMondo lachte.
«Wir sind bereits jetzt in der Lage, diese Vorwürfe zu belegen, Dottor Ricci, und es wird uns wohl auch möglich sein zu beweisen, dass Sie Mitwisser an der Einfuhr von radioaktiv verstrahltem Schrott aus dem russischen Murmansk sind, den Tecologico als Beiladung zum Medizinmüll aus Osteuropa einführt. Denn auch von Tecologico erhält CaritaMondo gewaltige Spendengelder, so dass zu untersuchen sein wird, welche Gegenleistung damit verbunden ist. In jedem Fall kassiert Tecologico für diese Spenden an CaritaMondo Steuernachlässe und Steuerrückerstattungen. Da diese Firma ganz oder teilweise von einem Camorra-Clan in Neapel betrieben wird, wird offenbar über diese Steuerrückerstattungen Schwarzgeld in sauberes Geld gewaschen.
Im Zusammenhang mit den genannten Gesetzesverstößen ist es zu Gewaltverbrechen durch Mitglieder dieses Camorra-Clans gekommen. Es besteht der Verdacht, dass Sie zumindest Mitwisser sind. Dottor Ricci, sind Sie bereit, mit den Ermittlungsbehörden zusammenzuarbeiten? Das könnte sich strafmildernd für Sie auswirken.»
«Unsinn! Ich möchte sofort Avvocato Ferrari sprechen.»
«In Ordnung! Ich stelle jedoch fest, dass Flucht- und Verdunklungsgefahr besteht. Ich muss Sie bitten, uns zum Präsidium zu begleiten! Dort können Sie mit Ihrem Anwalt telefonieren.»

Kapitel 21 – Das Hochamt

Neapel, 19. September, morgens
Als Montebello am Morgen in vollem Ornat den Dom betrat, bewegte er sich wie an Fäden gezogen. Am Abend zuvor hatte er die feierlichen Riten zur Eröffnung des Märtyrerfestes zelebriert und das Gefühl gehabt, er betrachte sich dabei von außen, wie er eine Rolle spielte. Er hatte die Vesper gehalten und in der Carafa-Krypta vor dem tönernen Reliquienschrein gebetet, der die Knochen des Heiligen barg. Nachts hatte er keinen Schlaf gefunden. Er wusste in diesen dunklen Stunden nur noch, dass die vergangenen Tage sich zu einem Albtraum ausgewachsen hatten.
Jetzt empfand Montebello nichts, das ihn in eine spirituelle Beziehung zum Hochfest San Gennaros versetzt hätte – zur Feier jenes Tages, an dem vor mehr als siebzehnhundert Jahren der bedeutendste Heilige des Bistums das Martyrium erlitten hatte. Jeder Schritt, mit dem er sich dem Heiligtum San Gennaros näherte, schien ihm eine Blasphemie – Dom und Kapelle waren in ein Blütenmeer aus weißen Lilien und roten Rosen getaucht. Der Duft der Lilien nahm ihm fast den Atem. Montebello sah eine Anzahl von Männern in schwarzer Soutane mit weißem Chorhemd – und er wusste, dass darunter nicht nur Priesterseminaristen steckten. Dann fand er sich umgeben von Geistlichen in bischöflichem Lila; andere Würdenträger waren im Kardinalspurpur erschienen. Nicht wenige von ihnen waren eigens für diesen Tag nach Neapel gekommen. Wirkte doch die Verheißung der Blutverflüssigung

von San Gennaro unwiderstehlich auf Gläubige aus aller Welt. Das Blut des Märtyrers sollte ihnen durch seine neuerliche *liquefazione* zum Unterpfand ewigen Lebens werden und so das Wort des Evangelisten Johannes beglaubigen: *Ich bin die Auferstehung und das Leben. Wer an mich glaubt, wird leben, auch wenn er stirbt.*

Montebello hoffte an diesem Morgen, dass der Stadttheilige ein Einsehen haben und vorab noch ein anderes Wunder wirken würde: dass mit einem Mal Arcivescovo Egidio Fabbri durch das Portal träte, um seinem Weihbischof zu erklären, dass es seinem Rückenleiden besser gehe und er nun doch in der Lage sei, selbst seines Amtes zu walten. Montebello schaute sich vorsichtig um – aber da war kein Kardinal, der ihm die Bürde dieses Tages von den Schultern genommen hätte.

Er erblickte den Bürgermeister und die Honoratioren – die Vertreter der jahrhundertealten städtischen Deputazione. Sie trugen schwarzen Frack, weißes Hemd und weiße Fliege; doch diagonal über ihre Brust spannte sich eine breite rote Schärpe – Zeichen ihrer Würde und ihrer besonderen Nähe zum Heiligtum und zu San Gennaro selbst. Montebello erkannte die Anspannung in den Gesichtern des Präsidenten und des Vizepräsidenten, auch wenn ihr Lächeln ihm sicher Mut machen sollte. Sie warteten, bis er an ihnen vorübergeschritten war, und folgten ihm. Als Montebello durch das gewaltige Messingportal der Kapelle San Gennaros trat, brandete Applaus auf. Montebello versuchte zu erkennen, wem der Beifall galt, als er begriff, dass die Menschen ihn meinten – den neuen Weihbischof, der heute die Zeremonie leiten würde. Er spürte die Erwartung der Gläubigen, hob die Rechte und spendete nach beiden Seiten mit einer kleinen Geste den Segen. Männer und Frauen bekreuzigten sich. Die Kapelle war bis auf den letzten Platz besetzt. Viele aber standen auch, gedrängt bis an die Brüstungen der Seitenaltäre.

Mit dem ihn umgebenden Gefolge schritt Montebello auf das Presbyterium zu, wo sich vor ihm der gewaltige silberne Altar erhob, auf dem sechs weiße Kerzen in mächtigen Leuchtern brannten. Darüber thronte im Zentrum, von den Finelli-Statuen der

Heiligen Petrus und Paulus gerahmt, San Gennaro selbst, so wie ihn Cosimo Fanzago gestaltet hatte; er erweckte den Eindruck, als wolle er die übrigen heiligen Helfer Neapels dirigieren, deren Skulpturen in der Kapelle versammelt waren. Ehe Montebello die Altarschranken durchschritt, sah er zu seiner Linken das lebensgroße silberne Kopfreliquiar San Gennaros, das im Auftrag Karls von Anjou geschaffen worden war und seit 1305 die Schädelknochen des Heiligen barg. Dieses Reliquiar, genannt ‹die Büste›, war angetan mit Bischofsmitra und -gewand, besetzt mit Edelsteinen und durchwebt mit den Lilien der Angioviner. Die Botschaft, die davon ausging, lautete: Der Heilige ist Bischof dieser Stadt und Herr dieses Hauses. Und wenn es ihm gefiel, dann würde er seine Gegenwart und seine Huld zeigen, indem er sein Blut an diesem Tage wieder verflüssigte und damit Neapel eine Verheißung besserer Tage zuteilwerden ließ.

Während der Altarraum sonst den Priestern vorbehalten war, betraten heute auch die Männer der Deputazione den heiligen Bereich. Sie gingen an Montebello vorüber, und er folgte ihnen hinter den hohen Altaraufbau, wo einer einen Vorhang zur Seite zog. Ein silberner Schrein kam zum Vorschein – mächtig und sicher wie ein Safe. Hier ruhten die beiden Ampullen mit dem Blut des Heiligen, das sich im Jahre 1389, während einer Bittprozession zur Abwendung einer Hungersnot, zum ersten Mal wieder verflüssigt hatte, seit es Eusebia aufgefangen hatte – nach der Enthauptung San Gennaros auf den Phlegräischen Feldern. Viele Wunder hatte es gewirkt – der Lava des Vesuv hatte man es entgegengehalten, und man hatte sich mit seiner Hilfe gegen die Pest gewehrt –, und heutzutage musste man beten, dass es die Stadt endlich von der Pest des organisierten Verbrechens befreien würde.

Montebello sah, wie der Spiritualassistent die Schlüssel in die Höhe hielt und den Schrein öffnete. Er holte einen Kristallzylinder heraus, gefasst in einen silbernen Rahmen, der unten in einem kleinen Stab und oben in einer Krone auslief, aus deren Zentrum sich ein Kreuz erhob. Ehe sich Montebello versah, streckte sein Mitbruder ihm die Ampulle entgegen, und er erkannte am Boden

des Kristalls eine drei Finger breite, feste braunrote Masse. Montebello hielt zum ersten Mal die Reliquie in seinen Händen und versuchte, sich der Größe des Augenblicks bewusst zu werden. Er wusste nicht, wie lange er so gestanden hatte.
«Per favore, Eccellenza!»
Montebello blickte auf und sah, wie der Geistliche ihm lächelnd den Weg wies. Er folgte ihm. Im nächsten Moment schritt er um den hohen Altar herum und blickte in Hunderte Gesichter. Er merkte, wie es mit einem Male stiller wurde und alle Gläubigen auf die Ampulle in seinen Händen blickten. Dann hörte er, wie das Gebet der Parenti einsetzte – rau und fordernd:

> *Pe' lu sanghe e pe' la testa liberace d'e tempeste!*
> *Pe' la testa e pe' lu sanghe liberace a tutte quante!*
> *San Gennaro mio fa tu ca io nun ne pozzo proprio cchiù*
> *La speranza e la mia fede tutta sta riposta in Te*
> *Tu 'o vvide e Tu 'o ssaje arrimmierece chisti guaje*
> *Popolo mio va te cunfessa*
> *Popolo mio e nun peccare cchiù*
> *Chisto è stato San Gennaro*
> *C'ha priato lu buon Gesù*
> *Viva viva lu Protettore*
> *Viva viva San Gennaro*
> *Che de Napule è lu Patrone*
> *E viva 'o gran Santone*

Montebello sah die alten Frauen in der ersten Reihe sitzen und ihre Gebete und Gesänge skandieren. Einige hielten Heiligenbilder in ihren Händen, aber alle trugen silberne Medaillen um den Hals, die das Relief San Gennaros zeigten. Und während der neue Weihbischof noch vor wenigen Tagen bei dem Gedanken, wie er die leidenschaftlichen Bitten um das Blutwunder erleben würde, unsicher geworden war, fühlte er jetzt, wie tiefe Dankbarkeit in ihm aufstieg. Diese Frauen standen auf seiner Seite. Ihre Gebete riefen die Kraft herbei, die er in sich selbst schwinden fühlte. Wenn jemand Hilfe auf diese Stadt herabflehen konnte, dann waren sie es. Er erinnerte sich an Abelardo Sanna, der ihm gesagt hatte, er solle sich von diesen Gebeten tragen lassen – und genau das versuchte er nun. Er lächelte den Frauen zu und verneigte sich ein wenig vor ihnen.

Er hatte kaum den säulenartigen Aufbau im Altarraum wahrgenommen, der das Blutreliquiar aufnehmen sollte. Er war froh, als derselbe Priester von vorhin ihm die Ampulle aus den Händen nahm und sie in der Vorrichtung versenkte. Dort stand sie erhöht und für jedermann gut zu sehen. Ein Konzelebrant reichte ihm das Weihrauchfass, und Montebello begann die Inzensierung der Blutreliquie. Gleich darauf wurde sie samt dem Reliquienträger emporgehoben und vorausgetragen. Dann folgten die Träger mit dem Kopfreliquiar, dem sich Montebello, die übrige Geistlichkeit und schließlich die Gläubigen anschlossen. Und während Montebello zum Hauptaltar schritt, um das feierliche Pontifikalamt zu halten, dachte er an die Ereignisse des Vortags ...

Neapel, 18. September, morgens
... Padre Luis hatte Don Anselmo Marchetti gleich nach Dienstbeginn über die Flure der Bistumsverwaltung begleitet. Der Vorsitzende des Haushaltsausschusses fühlte sich geschmeichelt, dass der neue Vescovo Ausiliare ihn zu einer Beratung wegen der Feierlichkeiten am folgenden Tag in sein Büro bitten ließ. Als Padre Luis die Tür zu den Arbeitsräumen Montebellos öffnete, war dem Monsignore die Überraschung anzusehen, dass er dort außer dem Weihbischof noch den Generalvikar und einen Mann sitzen sah, dem er noch nie begegnet war. Montebello wies mit einer einladenden Handbewegung auf einen freien Stuhl am Besprechungstisch.

«Bitte, Monsignore, nehmen Sie Platz! Monsignor Silvestri kennen Sie ja. Dies ist Ispettore Conti von der Polizia di Stato.»
«Buongiorno! Bislang waren immer die Carabinieri für die Sicherheit am Festtag zuständig.»

Montebello nickte.

«Morgen wird so manches anders sein: Sie sollen nach dem Hochamt bei der Prozession mit dem Kreuz vor dem Baldachin unseres Stadtheiligen vorangehen.»

«Meinen Sie während des Hochamts auf dem Weg zwischen Kapelle und Hochaltar?»

«Nein, ich meine die große Prozession im Anschluss daran durch die Stadt.»

Ein süffisantes Lächeln umspielte die Lippen von Monsignor Marchetti.

«Eine große Prozession durch die Stadt, Eccellenza? Morgen Vormittag nach dem Hochamt? Verzeihen Sie, aber Sie waren lange weg und haben es vergessen: Am Mai-Fest für San Gennaro, wenn der ersten Überführung seiner Reliquien von Pozzuoli nach Neapel gedacht wird, findet die große Prozession statt – nicht am 19. September. Der Ablauf der morgigen Feierlichkeiten sieht keine Prozession nach dem Pontifikalamt vor.»

Montebello erwiderte das Lächeln.

«Wie ich schon sagte, morgen wird vieles anders sein. Sie werden der Prozession vorangehen, und Sie werden den Weg zu den Katakomben von San Gennaro nehmen. Ich werde hinter Ihnen gehen und die Ampulle mit dem Blut des Heiligen tragen.»

Monsignor Marchetti war merklich irritiert.

«Aber so etwas hat es noch nie gegeben! Wenn wir ... eine große Krise hätten, ja, wenn eine Katastrophe drohte ... dann könnte man eine Bittprozession verstehen, um den Beistand San Gennaros zu erflehen. Aber einfach so? Das ist doch ... undenkbar!»

«Sie haben völlig recht, Monsignore. So etwas geht nur, wenn der Stadt eine Katastrophe droht. Aber genau das ist ja auch der Fall.»

Der Geistliche blickte ihn erstaunt an.

«Eccellenza, ich verstehe nicht ...»

«Ach, Sie verstehen nicht? Sie verstehen nicht, dass radioaktive Abfälle in den Katakomben von San Gennaro eine Katastrophe für die Menschen in dieser Stadt sind? Vielleicht verstehen Sie es besser, wenn ich Ihnen sage, dass inzwischen Kinder in Neapel ge-

storben sind, weil sie radioaktiv verseuchtes Brunnenwasser getrunken haben, und dass wir schreckliche Krebserkrankungen haben, weil Ihre Geschäftspartner von Tecologico diesen Müll mit Ihrer Hilfe im Capodimonte eingelagert haben. Verstehen Sie mich jetzt besser?»
Marchetti erstarrte. Seine Kiefer mahlten.
«Eccellenza, ich möchte mich zurückziehen!»
«Monsignor Marchetti, wenn Sie jetzt dieses Büro verlassen, dann entweder, nachdem Sie uns Ihre Hilfe zugesichert haben und sich dann in die Obhut eines Konvents hier in Neapel begeben, oder in Handschellen, die Ihnen Ispettore Conti in meinem Beisein anlegen wird.»
«Wie können Sie es wagen ...!»
«Wie konnten Sie es wagen, Ihr Amt in der Diözese für die Interessen der Camorra zu missbrauchen? Wie konnten Sie Monsignor Grasso anstiften, die Katakomben für die Lagerung von radioaktivem Müll zur Verfügung zu stellen?»
«Wer behauptet das?»
«Das ist bewiesen! Monsignor Grasso hat ein umfassendes Geständnis abgelegt. Außerdem hatten Gewährsmänner inzwischen Gelegenheit, die Katakomben in Augenschein zu nehmen. Die Beweise sind unwiderlegbar. Ich habe heute Morgen Nachrichten aus Rom erhalten, wo heute Nacht Razzien stattgefunden haben. Auch dort wurden umfassende Geständnisse abgelegt. Und damit Ihnen klar ist, was Sie erwartet – es hat hier nicht nur Todesfälle als Folge von Strahlenkrankheit gegeben. Es sind Morde begangen worden, und Sie haben mit diesen Verbrechern zusammengearbeitet.»
Monsignor Marchetti trat der Schweiß auf die Stirn.
«Eccellenza – ich habe mich Menschen zugewandt, die vom rechten Weg abgekommen sind. Aber doch nur, weil ich ihre Seelen nicht gänzlich dem Versucher überlassen wollte. Wenn dabei meine Hilfe ... ausgenutzt wurde, um hinter meinem Rücken ... dann hat man mich in meiner mitbrüderlichen Liebe missbraucht! Ich bin vielleicht arglos in etwas hineingeraten. Aber ich habe nie-

mals in böser Absicht gehandelt. In einer Stadt wie Neapel, Eccellenza, muss man gelegentlich auch zu unkonventionellen Formen der Zusammenarbeit bereit sein, um Gutes zu wirken. Dabei kann es natürlich auch einmal vorkommen, dass selbst dem Wohlmeinenden das eine oder andere entgleitet, aber es geschieht doch stets alles um des Glaubens und der guten Sache willen und letztlich alles zum höheren Ruhme Gottes! Die Vorwürfe, die Sie nun gegen mich erheben, treffen mich tief. Ich werde für die Seelen der Verstorbenen beten – und aus unseren Unterstützungsfonds werde ich den Trauernden und Hinterbliebenen helfen. Aber selbstverständlich habe ich persönlich von solchen Entwicklungen nichts, aber auch gar nichts gewusst. Und selbstverständlich will ich alles tun, um an der Aufklärung dieser ... Vorgänge mitzuwirken.»

Eugenio Silvestri sah, wie die Fingerknöchel Montebellos weiß wurden, dessen Hände die Armlehnen seines Stuhls wie Schraubstöcke umspannten. Die Stimme des Vescovo Ausiliare war ruhig, aber bestimmt, als er sich wieder an Marchetti wandte.

«Sie dürfen sicher sein, dass wir alles aufklären werden. Restlos – auch Ihre Rolle in den ‹Vorgängen›, wie Sie sie genannt haben. Aber ich möchte jetzt von Ihnen als Ihr Vorgesetzter wissen, ob Sie ohne Wenn und Aber an dem mitarbeiten werden, was für morgen geplant ist? Damit entscheiden Sie zugleich über Ihren weiteren Aufenthalt – entweder in einem unserer Konvente oder im Untersuchungsgefängnis.»

«Selbstverständlich werde ich Ihnen und der Polizei helfen, alles aufzuklären – heute und in Zukunft. Ich will alles tun, dies durch meine Kooperationsbereitschaft zu beweisen. Was genau erwarten Sie von mir?» ...

Neapel, 19. September, vormittags

... Montebello stand vor dem Hauptaltar und blickte nach oben, wo Maria, von Engeln umgeben, ihrer Aufnahme in den Himmel entgegenschwebte. Die gewaltige Skulpturengruppe Pietro Braccis

war Zeugnis einer besonderen Glaubensgewissheit, dem nun am Ende des Pontifikalamts vor aller Augen ein zweites zur Seite gestellt werden sollte: Inbrünstige Gebete drangen durch den Kirchenraum – Gebete der Priester im Altarraum, der Parenti in der vorderen Bankreihe und der zahllosen Gläubigen im Weit des Domes. Der Weihbischof bewegte behutsam die Ampulle in den Händen und erflehte wie seine Mitbrüder den Beistand San Gennaros und das Wunder der Verflüssigung des Blutes.
Minuten vergingen. Aber die rotbraune Masse im Kristall zeigte keine Veränderung. Montebello versuchte, die Gedanken zu verdrängen, die in ihm aufstiegen und der naturwissenschaftlichen Skepsis galten, was die wahre Natur dieser Substanz betraf. Immer wieder hatte es geheißen, das Rezept für die Verbindung sei schon im Mittelalter bekannt gewesen und eingesetzt worden, um einer staunenden Menge ein angebliches Wunder vorzuführen: Eisenchlorid, Calciumcarbonat, Natriumchlorid und Wasser ergaben gleichfalls ein braunrotes Material, das sich wie ein zähes Gel verhielt. Aber wenn es etwas erwärmt und bewegt wurde, dann verflüssigte es sich spontan, so dass man es durchaus für altes, auf wunderbare Weise wieder verflüssigtes Blut halten mochte. Montebello ließ sich von solchen Überlegungen nicht aus der Ruhe bringen. *Credo, quia absurdum* – das Wunder war die unverzichtbare Bedingung des Glaubens. *Ich glaube, weil es absurd ist*. Montebello kam in seinem Leben gut mit dieser Weisheit zurecht. Doch heute hätte es ihm wohlgetan, sie bestätigt zu sehen – bestätigt durch die Verflüssigung der Substanz in dem kleinen Reliquiar, das er in Händen hielt. Aber das Wunder blieb aus. Der Präsident der Deputazione, der so gern mit dem weißen Tüchlein gewinkt und damit den Gläubigen signalisiert hätte, dass die Blutverflüssigung stattgefunden habe, stand mit unergründlicher Miene abseits. Die Konzelebranten von Montebello senkten ihre Köpfe. Nun musste Montebello das Wort an die versammelte Gemeinde richten. Er atmete tief durch.
«*Fratelli e sorelle, il sangue è ancora solido – ancora non sciolto. Il sangue non si è sciolto, come è capitato altre volte. Ma questo per noi non è un*

fatto essenziale. La fede è qualcosa che va al di là. – Das Blut ist immer noch fest – ist noch nicht weich geworden. Das Blut ist nicht geschmolzen, wie es schon andere Male geschehen ist. Aber das ist kein essentielles Faktum für uns. Der Glaube ist etwas, das darüber hinausgeht!»
Er spürte die Mischung aus Ratlosigkeit und Enttäuschung unter den Menschen vor ihm. Dann fuhr er fort:
«Wir wissen nicht, meine Brüder und Schwestern, weshalb San Gennaro, der mächtige Schutzpatron unserer Stadt, uns die Gnade der Verflüssigung seines Blutes nicht gewährt – wie auch schon bei seinen vorangegangenen Festtagen. Heute aber – *cari fratelli e sorelle* – lasst uns nicht einfach so nach Hause gehen! Heute wollen wir dem Heiligen zeigen, in welchen Nöten seine Stadt liegt!»
Ein Raunen lief durch den Dom, und Verwunderung zeichnete sich auf den Gesichtern der Geistlichen hinter dem Weihbischof ab.
«Lasst uns mit der Büste San Gennaros und mit der Ampulle seines heiligen Blutes durch die Straßen ziehen und ihn preisen für das Große, das er in früheren Zeiten für seine Stadt bewirkt hat, und ihn anflehen, uns auch künftig seiner Gnade teilhaftig werden zu lassen!»
Eine heftige Bewegung erfasste die Reihen der Gläubigen. Ein paar Ornatsträger steuerten auf Montebello zu.
«Eccellenza, das ist nicht hinnehmbar! So etwas hat es noch nie gegeben. Sie können nicht einfach eine Prozession ...»
«Sie werden erleben, meine lieben Mitbrüder, dass ich sehr wohl kann. Die Stadt ist in Nöten, von denen Sie nicht einmal in Ihren schlimmsten Träumen etwas ahnen. Vertrauen Sie mir! Lassen Sie uns miteinander dorthin ziehen, wo die Geschichte San Gennaros und Neapels ihren Anfang genommen hat.»
Die Bestürzung der Priester wich der Ratlosigkeit, als ihnen bewusst wurde, dass das Vorhaben Montebellos keine spontane, wirre Eingebung war, sondern er offenbar Gründe für sein Tun hatte und im Begriff war, seine Absicht umzusetzen. Und noch während die Beherzteren überlegten, ob sie einschreiten sollten,

trat Monsignor Eugenio Silvestri an den Rand des Altarraums und hob seine kraftvolle Stimme, die bis ans andere Ende der Kirche trug.

«*Fratelli e sorelle*, ihr habt gehört, dass unser Hirte Gian Carlo Montebello durch eine Prozession die Gnade des Heiligen an seinem Patronatstag auf die Stadt herabflehen will. Viele von euch wissen, wie schrecklich die Lage unserer Brüder und Schwestern in so manchem Viertel Neapels ist. Auch ich weiß es aus meiner täglichen Arbeit. Deshalb teile ich die Auffassung von Sua Eccellenza Montebello, dass heute ein großer Bittgang wie in den vergangenen Zeiten großer Katastrophen nottut, die einst Neapel heimgesucht haben – damals, als Hungersnöte unsere Vorfahren das Leben kosteten, als die Lava ihre Häuser und die Mauern unserer Stadt zu verbrennen drohte, als Pest und Cholera Frauen, Männer und Kinder zu Tausenden dahinrafften und als Kriege Grauen, Not und Tod über unsere Heimat brachten. Also lasst uns mit unserem Vescovo Ausiliare den Schutz San Gennaros für unsere Stadt, für unsere Kinder und für uns selbst herabflehen!»

Auf einen Wink des Generalvikars kam Marchetti aus dem Seitenschiff. Er hielt ein großes Prozessionskreuz in Händen. Und gleich darauf erschienen Priesterseminaristen mit dem Baldachin für den Weihbischof, der sich mit der Phiole unter das aus Seide gewebte und reich mit Brokat verzierte Dach begab. Im selben Augenblick trat ein Mann in elegantem dunklem Anzug aus einer der vorderen Bankreihen und ging auf Eugenio Silvestri zu.

«Monsignore, gestern hat mich Monsignor Marchetti angerufen, um mir mitzuteilen, dass eine Prozession stattfinden und mir die Ehre zuteilwerden soll, eine der Stangen des Baldachins zu tragen. Ich bin Augusto Saba.»

Silvestris dunkle Raubvogelaugen bohrten sich tief in die seines Gegenübers. Dann nickte der Geistliche.

«Dann verdanken wir Ihnen auch den Blumenschmuck im Dom. Kommen Sie!»

Der Generalvikar trat an einen der Seminaristen heran, der bereits eine der hinteren Stangen umfasst hielt, und sprach kurz mit ihm.

Der junge Mann wirkte enttäuscht, verneigte sich aber vor dem Geistlichen und überließ die Stange Don Giglio. Montebello straffte sich und hob die Ampulle in die Höhe, so dass alle Gläubigen sie sehen konnten. Den Camorra-Paten würdigte er keines Blickes. Dann sah er nach rechts, wo sich die Parenti eine nach der anderen aus der Bank schoben und zwischen das Prozessionskreuz und den Baldachin traten. Die kleinste und älteste unter ihnen, Signora Rosaria, drehte sich um und schenkte dem Vescovo Ausiliare ein Lächeln, das dieser dankbar erwiderte ...

Neapel, 18. September, mittags
... Es war am Vortag gegen Mittag gewesen, als Montebello das kleine Haus im Vicolo Botte betreten hatte. Signora Rosaria stand im Ruf großer Frömmigkeit, aber auch großer Tatkraft. Sie hatte als Hebamme in der Stadt gearbeitet. Nach einem langen Leben war ihr nichts Menschliches mehr fremd. Eugenio Silvestri hatte dem Weihbischof geraten, mit ihr zu sprechen, die im Kreis der Parenti hohes Ansehen genoss. Wenn er sie würde gewinnen können, würden sich auch die anderen seinem Anliegen nicht verschließen. So stieg er die Stufen eines düsteren Treppenhauses hinauf, bis er vor einer alten Holztür stand. Auf einem braunen Klingelschild las er den Namen. Montebello war allein gekommen. Er trug einen einfachen schwarzen Habit, doch war er sich ohnehin sicher, dass ihn niemand in der Öffentlichkeit erkennen würde. Dafür war seit seiner Rückkehr nach Neapel und seiner Investitur in das neue Amt noch zu wenig Zeit vergangen. Er klingelte, und wenige Augenblicke später öffnete eine kleine weißhaarige Frau die Tür.
«Willkommen, Eccellenza!»
Sie ergriff seine Hand, um den Bischofsring zu küssen.
«Ich danke Ihnen, Signora Rosaria, dass Sie mich empfangen.»
Sie ging ihm durch den Flur voran, dessen alte Steinfliesen vom ewigen Scheuern stumpf geworden waren. Dann wies sie ihn in einen kleinen Raum, der im Dämmerlicht lag – die enge Gasse ließ

nicht viel Helligkeit durch –, doch erkannte Montebello sogleich das Wohnzimmer. Jeder Quadratzentimeter war mit Häkeldeckchen ausgelegt. An der Wand zwischen den beiden Fenstern, die zur Straße gingen, hing ein hölzerner Crucifixus, auf der Seite gegenüber eine Darstellung Mariens mit dem Kind. Doch das Bild über dem Sofa war eine Kopie des Gemäldes von Francesco Solimena, das den segnenden San Gennaro zeigte. Die alte Frau deutete auf einen Sessel. Sie wartete, bis ihr Gast sich niedergelassen hatte, und schenkte ihm dann aus einer Kanne, die sicher noch eine Minute zuvor auf dem Herd gestanden hatte, einen Espresso ein, den der Weihbischof mit einem Nicken kostete. Dann erst setzte sich die Gastgeberin Montebello gegenüber auf einen Stuhl.
«Signora Rosaria, mich führen drückende Sorgen zu Ihnen, und ich bin gekommen, Sie um Hilfe zu bitten. Die Zeit drängt. Daher will ich Ihnen ohne Umschweife den Anlass für meinen Besuch erklären: Die Stadt ist in großer Gefahr und unsere Kirche in schweren Nöten!»
Die alte Frau bekreuzigte sich und schaute Montebello aus ihren grauen Augen an, die hinter starken Brillengläsern seltsam eindringlich wirkten.
«Wie kann ich Ihnen helfen, Eccellenza?»
«Es haben sich furchtbare Dinge ereignet ...»
In der nächsten Viertelstunde berichtete Montebello Signora Rosaria, was geschehen war. Dann legte er ihr auseinander, welchen Plan er und seine Unterstützer für den folgenden Tag gefasst hatten.
«Niemand, Signora Rosaria, darf von einem anderen Menschen verlangen, was ich von Ihnen und den Parenti erbitte. Die Gefahren für Sie und die anderen sind groß, aber in dem Moment, da die Bedrängnis am größten sein wird, werde ich mitten unter Ihnen stehen. Was immer geschieht, ich werde Ihr Schicksal teilen. Doch bitte ich Sie, dass Sie Ihren Entschluss ganz und gar aus freien Stücken treffen. Wenn Sie ablehnen, so dürfen Sie sicher sein, dass niemand je davon erfahren wird, dass ich bei Ihnen war und Sie um Hilfe gebeten habe. Und wie immer Sie entscheiden –

es wird nichts an meiner Wertschätzung für die Parenti ändern, solange ich in unserer Stadt wirken darf.»

Signora Rosaria schwieg eine Weile. Sie blickte auf ihre Hände, die sie in den Schoß gelegt hatte, während sie Montebello zuhörte – die Haut war fleckig und im Laufe der Jahrzehnte dünn und faltig geworden.

«Ich kenne viele Familien, die Angehörige durch Verbrechen verloren haben. Ich habe bei einigen der Opfer geholfen, sie auf die Welt zu bringen. Sie sind nicht alt geworden, weil so viele hier ihr Leben so weit weg von Gott leben. Nie konnte ich etwas dagegen tun, dass sie so früh gestorben sind. Doch dass jetzt Kinder sterben, weil sie vergiftet werden, zerreißt mir das Herz. Ich werde mit den Parenti sprechen – mit allen. Sie können sich auf uns verlassen, Eccellenza!»

«Ich danke Ihnen. Ich werde für Sie und die Parenti beten.»

Er erhob sich. Als die alte Frau an der Wohnungstür noch einmal seine Hand ergriff, um den Ring zu küssen, verneigte sich Montebello, zog ihre Hände empor und küsste sie seinerseits ...

Neapel, 19. September, vormittags

... Vor einer halben Stunde hatte sich der Zug langsam in Bewegung gesetzt. Obwohl die Prozession nicht angekündigt war, verlief sie erstaunlich problemlos. Carabinieri sicherten den Weg, indem sie mit Blaulicht vor dem Kreuzträger fuhren, der ihnen Weg und Ziel des Bittgangs genannt hatte. Die Straßenränder wurden nur vereinzelt von Polizisten gesichert, doch sobald die Autofahrer die Baldachine und das Reliquiar San Gennaros sahen, dem zahllose Geistliche und eine unübersehbare Menge von Gläubigen folgten, hielten sie an und bekreuzigten sich. Niemand drängelte, niemand hupte. So waren bald die Hauptstraßen der Stadt wie seit Jahrhunderten nicht mehr erfüllt von lauten Gesängen und Gebeten.

Don Giglio genoss jeden Schritt – für ihn konnte diese Prozession gar nicht lange genug dauern, wohin auch immer sie letztlich führen sollte. Immer wieder sah er Männer aus seinem Clan, Bekannte, aber auch Konkurrenten am Straßenrand stehen, die miteinander tuschelten, sobald sie seiner ansichtig wurden. Sosehr ihn der gestrige Anruf von Marchetti zunächst auch überrascht hatte, so sehr sah er damit bestätigt, was er bereits seit einiger Zeit spürte: Er war weit über die Gruppe der Camorristi in Neapel hinausgewachsen und hatte Zugang zur besseren Gesellschaft der Stadt erlangt.

Von der Via Plauto aus konnte man das Grundstück nicht einsehen, auf dem seine Villa lag; hohe Mauern und ein eisernes Schiebetor verwehrten Neugierigen den Blick auf die parkartige Anlage, in der sich der Bürgerpalast erhob. Don Giglio genoss morgens, wenn er im ersten Stock ans Fenster seines Arbeitszimmers trat, den Anblick der Rabatten roter Rosen. Er hatte dazwischen die Erde austauschen lassen, so dass an diesen Flecken die weißen Lilien besonders gut gediehen. Von oben konnte er noch eine Ecke seines Swimmingpools und einige der antiken Statuen sehen – Stücke, die ihm ein Geschäftspartner aus dem süditalienischen Kunsthandel verkauft hatte. Er hatte es weit gebracht.

Für Augusto Saba hatte es nie eine Perspektive ohne Kriminalität gegeben. Aber er war klüger als all die anderen Jungs gewesen. Er war mit sechzehn arbeitslos gewesen. Sein Vater war früh gestorben, und so half er seiner Mutter, die als Näherin arbeitete, so gut er konnte, die jüngeren Geschwister zu versorgen. Als er die einzige Stelle antrat, die zu haben war, lachten ihn alle in seinem Viertel aus: Er wurde Totengräber auf dem Cimitero di Poggioreale. Jeden Morgen fuhr er um sechs Uhr mit dem Bus zur Via del Riposo und arbeitete bis zum Einbruch der Dunkelheit für einen Hungerlohn, den er bis auf ein paar Lira zu Hause ablieferte. Aber er fühlte sich wohl auf dem Friedhof. Er mochte die strengen Rituale der Trauerfeiern, die ernsten Grabgesänge, und er liebte den Duft von Weihrauch und Lilien. Nur Zukunftsaussichten gab es für ihn keine – bis er eines Tages an einer der zahllosen Grabkapellen vorüberging, vor der schimpfend eine alte Frau stand. Wie an so vielen Gräbern hatte jemand auch an dem ihres Mannes die

Grableuchte gestohlen und sie weiterverkauft. So verwünschte sie in hilfloser Wut die Diebe. In diesem Moment kam Augusto eine Idee, und er fragte die Alte, was es ihr tatsächlich wert wäre, wenn die Bösewichter für ihre Tat zahlen müssten. Er versprach ihr Rache, wenn sie ihm einen Monatslohn geben würde. Sie brachte ihm einen Tag später eine neue, prächtige Grableuchte, die er für sie in den Boden einließ. In der darauffolgenden Woche wurde ein Kleinkrimineller, der schon viel Ärger in der Gegend gemacht hatte, durch eine Explosion auf dem Friedhof getötet, als er versuchte, die Lampe zu stehlen. Augusto hatte den Fuß der Leuchte mit dem Zünder einer Handgranate verbunden, die er sich billig besorgt hatte. Als der Täter das neue Grablicht aus dem Boden riss, hatte er sie ausgelöst. Es gab eine Untersuchung, die jedoch im Sande verlief, weil niemand große Sympathien für den Grabschänder aufbrachte. Außerdem hoffte man in der Stadtverwaltung, dass nach diesem Exempel auch die dauernden Beschwerden über Diebstähle auf dem Friedhof seltener würden. Der junge Totengräber aber wurde ein geachteter Mann und machte aus seiner speziellen Form des Friedhofschutzes schon bald ein einträgliches Geschäft; jene, die keinen Schutz für die Grabstätte ihrer Verstorbenen wollten, erlebten wenig Besinnliches bei ihren Friedhofsbesuchen. Schließlich stellte Augusto mit einer Truppe Gleichaltriger die Ordnung auf dem Cimitero di Poggioreale so vollständig her, dass nicht einmal mehr die Mülleimer überquollen. Das waren die Anfänge des Clan del Cimitero – und des unaufhaltsamen Aufstiegs Augusto Sabas.

Er entwickelte ein feines Gespür dafür, mit welchen Camorra-Größen er sich gutzustellen hatte, wem gegenüber Loyalität lohnte und wen man opfern konnte. Und er opferte nicht wenige Weggefährten im Laufe der Jahre. Mochten sich die Mitglieder der anderen Clans in den Gassen der Altstadt und den gesichtslosen Vorstädten beim Drogenhandel über den Haufen schießen. Er, den man bald Don Giglio nannte, hatte nach der Schutzgelderpressung auf dem Friedhof das Baugewerbe – zuerst für Grabkapellen, dann für größere Bauvorhaben –, die Korruption und schließlich die Entsorgung von Sondermüll für sich entdeckt. Gewalt blieb ein unverzichtbares Mittel; aber er setzte sie gezielt ein und auch nur dann und nur so dosiert, wie sie zwingend erforderlich war. Als er über ausreichende Mittel verfügte und im Müllgeschäft genügend Erfahrungen gesammelt hatte, unternahm er einen Schritt, den vor ihm noch niemand gewagt hatte. Er gründete mit Tecologico eine Spezialfirma zur Beseitigung von Sondermüll und Gefahrgut, wobei ihm seine Kontakte aus dem Baustoffhandel mit Nordafrika zugutekamen. Aber auch seine Gefälligkeiten, die er Politikern, Bürgern und nicht zuletzt der Kirche erwiesen hatte, machten sich nun bezahlt. Ihm öffneten sich Türen, die anderen immer verschlossen geblieben waren. Und im Laufe der Gespräche mit den Spitzen der Gesellschaft erfasste er bald, welche Möglichkeiten ihm die sich verändernden Strukturen Europas boten. Vor ein paar Jahren war er bei einem Empfang einem Russen begegnet – einer internationalen Wirtschaftsgröße, gegen die er ein kleines Licht war, wie er selbst empfand. Aber Pudanitschow fand Gefallen an ihm und seinen zielführenden Methoden. Bald darauf hatten sie mit der gemeinsamen Gründung von SaniRaggi und CaritaMondo 21.0 ein ganz neues Geschäftsfeld aufgetan, das sich gut mit dem Müllgeschäft kombinieren ließ. Sie besetzten die Aufsichtsratsplätze in diesen Firmen hochrangig – und ließen die Männer in diesen Gremien erstklassig verdienen. Dann hatte Pudanitschow ihm eines Tages Dmitri Smyslow vorgestellt, einen russischen Bankdirektor mit weitreichenden Beziehungen. Die beiden hatten ihm einen Plan entwickelt, gegen den sich selbst die enorm gestiegenen Einnahmen aus dem Sondermüllgeschäft wie Peanuts ausnahmen. Die Sache war riskanter, aber angesichts der Verdienstspannen noch sehr viel reizvoller. Infrastruktur und Transportwege bestanden ja bereits, und auch die Frage der Absicherung durch einwandfreie Zollpapiere war geklärt – es war letztlich nur eine andere Sorte Müll, aber das Geschäft blieb das gleiche. So war man sich bald einig geworden. Der Tag war nicht mehr fern, an dem er sich ganz aus dem aktiven Geschäft würde zurückziehen können. Mit dem Vermögen, das er gemacht hatte, brauchte er künftig nur noch legale Investitionen zu tätigen.

Vor sechs Wochen aber war Pudanitschow mit einem Vorschlag auf ihn zugekommen, der alles Bisherige in den Schatten stellte – eine besonders reizvolle Herausforderung. Gestern Vormittag war der letzte Spezialtransport von Tecologico im Containerterminal in Neapel eingetroffen – nicht schwieriger als die anderen zuvor, eigentlich eine Spazierfahrt vom Norden in den Süden, wenn man einmal davon absah, dass zwei Männer beseitigt werden mussten, nach denen aber niemand fragen würde. Genossen doch die Geschäftsbeziehungen von Signor Pudanitschow den Schutz allerhöchster Stellen. Die Fracht des Trucks war bereits gelöscht und umgeladen. Alles hatte reibungslos funktioniert, und das Konto Sabas auf den Bahamas war auf einen Schlag um zehn Millionen Dollar gewachsen. So schritt Don Giglio nicht über den Prozessionsweg – nein, er schwebte geradezu, während er gelegentlich dem einen und anderen, der am Wegesrand dem Heiligen seine Reverenz erwies, dezent zunickte, wie es seiner neuen Würde entsprach.

Der Prozessionsweg vom Dom zur Via Capodimonte betrug nur knapp drei Kilometer, aber der Zug kam ganz langsam voran. Ständig schlossen sich immer mehr Menschen an, die erkannten, dass hier etwas vor sich ging, was es seit langer Zeit nicht mehr gegeben hatte. Am Ende der Via Duomo war Marchetti mit dem Kreuz auf die Via Foria eingebogen und dann die Piazza Cavour hinabgeschritten. Hinter ihm gingen die Parenti und gaben mit ihren Gebeten und Gesängen den Rhythmus des Zuges vor. Ihnen folgte unter dem Baldachin Montebello, der gelegentlich einen Priesterseminaristen nach vorn schickte, um dem Kreuzträger zu bedeuten, er solle stehenbleiben, damit der Weihbischof den Menschen am Straßenrand die Reliquie zeigen und ihnen Gelegenheit zur Anbetung geben könne. Vielleicht war es dieser stockende Fortgang, der Don Giglio erst nach und nach begreifen ließ, dass sich die Prozession über den Corso Amedeo di Savoia Duca D'Aosta immer mehr dem Eingang der Katakomben näherte. Aber nicht einmal das beunruhigte ihn. Wusste man doch im erzbischöflichen Ordinariat, dass die Anlage gesperrt war – auch wenn natürlich kaum jemand die wahren Gründe dafür kannte. Dieser Grasso hatte doch tatsächlich geglaubt, er könne aus der Zusammenarbeit einfach aussteigen. In ein paar Monaten, wenn der Atommüll aus den Katakomben wieder herausgebracht und auf dem Weg nach Afrika sein würde, würde dieser Pfaffe ihm dankbar sein, dass er ihm so unmissverständlich klargemacht hatte, dass es hier kein Zurück gab. Wahrscheinlich würde der neue Weihbischof vor dem Eingang zu den Katakomben eine Andacht halten und dann die Menge entlassen.

Eine Viertelstunde später war es so weit. Die Menschen waren um den Tondo di Capodimonte herumgezogen, und die Spitze der Prozession hatte den Piazzale Madre Landi erreicht. Der Platz war bald überfüllt, und so stand eine große Menschenmenge auch auf der Via Capodimonte. Montebello stieg unter dem Baldachin die Stufen der großen Basilika Madre del Buon Consiglio hinauf. Als er zu sprechen anhob, ahnte Don Giglio, der hinter ihm stand und den immer dichter bevölkerten Vorplatz der Kirche überblickte, dass vielleicht etwas passieren könnte, was er nicht vorausgesehen hatte.

«*Fratelli e sorelle*, wir haben den Weg hierher genommen, wo vor langer Zeit die frühen Christen in den Katakomben ihre Gottesdienste abgehalten haben. Sie haben diesen Platz aber auch ausgewählt, um hier den Leib unseres Märtyrers San Gennaro zur ewigen Ruhe zu betten. Diese unterirdischen Gewölbe sind von unaussprechlicher Heiligkeit, und wir alle haben uns ihnen stets in Demut und großer Ehrfurcht genähert. Doch in den vergangenen Jahren hat sich etwas zugetragen, das wir nicht dulden dürfen: Kriminelle haben die Hand auf diesen heiligen Grund gelegt und ihn für ihre Untaten missbraucht, indem sie dort radioaktiven Müll eingelagert haben. Ich habe euch hierhergeführt, weil ich nicht gewillt bin, diesen Zustand, von dem ich vor wenigen Tagen Kenntnis erlangt habe, länger hinzunehmen. Wer von euch den Mut aufbringt, mit mir gemeinsam diese geweihte Stätte den

Verbrechern zu entreißen, die sie uns und den Gläubigen in aller Welt gestohlen haben, der möge mir jetzt folgen!»
Ein Aufschrei ging durch die Menge, die sich vor der Kirche versammelt hatte, als Montebello mit diesen Worten die Stufen wieder hinabstieg, auf das verschlossene Gittertor zuging und von den Wachen dahinter verlangte, sie sollten die Kette lösen und ihn einlassen. Don Giglio kannte die Männer, die auf der anderen Seite des Tors zusammenliefen und angesichts dieser Situation nicht wussten, wie sie sich verhalten sollten. Dann erblickten sie in nächster Nähe ihren Paten als einen der Träger des Baldachins. Aber noch ehe er ihnen hätte bedeuten können, was zu tun war, fühlte er, wie ihm jemand etwas in den Rücken drückte. Aus dem Augenwinkel sah er hinter sich nur einen Geistlichen in schwarzer Soutane und weißem Chorhemd. Doch während auf dem linken Arm des Mannes ein großes Gesangbuch ruhte, hielt er in der Rechten eine Waffe, die er zwar in den weiten Ärmeln seines Überwurfs verborgen hatte, deren Lauf sich aber unmissverständlich in Sabas Rippen bohrte.
«Saba, ich verspreche Ihnen, wenn von Ihren Männern Gewalt angewendet wird, sind Sie der Erste, der stirbt. Keine Tricks! Schauen Sie nach rechts auf die Treppe: Sehen Sie den Mann mit der Kamera? Im Moment sehen Zehntausende Sie und Ihre Männer auf dem Livestream von TUTTA LA VERITÀ. Los! Geben Sie Ihren Leuten ein Zeichen, dass sie das Tor öffnen! Sofort!»
Saba, der immer noch zögerte, hörte ein metallisches Klicken, dessen Bedeutung er nur zu gut kannte. Er wandte den Kopf und blickte in das entschlossene Gesicht von Vincenzo Bariello ...

Rom, 18. September, vormittags
... Bariello und Columbo hatten Dottor Ricci mitgenommen. Vom Präsidium aus konnte er mit Avvocato Ferrari telefonieren, der morgens um acht Uhr eintraf. Bariello wusste, dass nun alles von dem Untersuchungsrichter abhing. Wenn der Anwalt seine Hintermänner in Neapel informieren sollte, konnte der Schlag gegen

die Camorra nur ein Teilerfolg werden. Jene, die im Hintergrund die Fäden in der Hand hielten, würden abtauchen und man könnte sie kaum zur Verantwortung ziehen. So wurde Avvocato Ferrari, noch bevor er mit Dottor Ricci sprechen konnte, zu Columbo geführt.
«Was werfen Sie meinem Mandaten vor?»
Der Untersuchungsrichter fasste die Tatbestände zusammen.
«Mit Verlaub, Giudice, mir scheint das alles eine Verschwörung zu sein, die darauf zielt, den Staatspräsidenten zu desavouieren. Sie wollen eine politische Krise herbeiführen und sich auf Kosten des öffentlichen Wohls profilieren.»
«Avvocato, Sie wissen, dass das Unsinn ist. Aber selbst wenn die Beweise für das, was wir heute Nacht herausgefunden haben, nicht so erdrückend wären: Was sich in Neapel seit einigen Jahren abspielt, macht unser Eingreifen erforderlich. Es liegt eine massive Gefährdung der öffentlichen Sicherheit durch illegal eingeführten, hoch radioaktiven Müll aus Russland vor. Es hat bereits Todesopfer gegeben. Ich habe noch heute Nacht mit dem Präfekten von Neapel telefoniert, der für die öffentliche Sicherheit letztverantwortlich ist. Er hat keine Sekunde gezögert und den Maßnahmen zugestimmt, die jetzt von hier aus koordiniert werden. Diejenigen, die bislang diese Umweltverbrechen gedeckt haben, werden noch im Laufe des heutigen Tages beurlaubt. Ihnen allen drohen Disziplinarverfahren – in einigen Fällen wird es zu Strafverfahren kommen. Alle ihre Maßnahmen, die geeignet waren, die Aufklärungsarbeit zu behindern – so auch gegen einzelne Ermittlungsbeamte der Polizia di Stato –, sind bereits außer Kraft gesetzt.»
«Wenn Sie Ihrer Sache so sicher sind, was …?»
«Warten Sie! Nur Sie wissen, was das für Sie persönlich bedeutet. Nur Sie kennen Ihre Klienten. Ich bin aber ziemlich sicher, dass sie alle vor Gericht jeden anderen belasten werden, wenn sie sich davon einen Strafnachlass versprechen. Und die Strafen werden hoch ausfallen. Wir ermitteln natürlich auch gegen Sie; heute können Sie sich allerdings noch frei bewegen. Daher könnten Sie, wenn Sie

das Haus verlassen, unseren Ermittlungen noch erheblich schaden – etwa indem Sie die Hauptverantwortlichen warnen. Die wissen in diesem Moment noch nicht, was auf sie zukommt. Ich mache Ihnen daher einen Vorschlag: Sie gehen jetzt zu Dottor Ricci und sagen ihm, dass Sie sich seines Falles annehmen. Stattdessen treffen Sie für sich alle erforderlichen Verfügungen und verlassen so schnell wie möglich das Land. Es gibt in den nächsten beiden Tagen für uns genug zu tun, so dass es noch nicht vordringlich ist, gegen Sie vorzugehen. Sie haben also achtundvierzig Stunden Zeit. Sollten wir jedoch herausfinden, dass Sie diese Frist nutzen, um uns ins Handwerk zu pfuschen, finden wir Sie, und dann werden Sie dafür bezahlen. Niemand weiß von unserem Gespräch. Wie denken Sie über meinen Vorschlag?»

Ferrari hatte dem Untersuchungsrichter mit unbewegter Miene zugehört. Er überlegte nur kurz.

«Sie haben nichts gegen mich in der Hand. Andererseits weiß ich, welche künstlichen Aufgeregtheiten heute mit der Sorge um unsere Umwelt einhergehen. Ich lege keinen Wert darauf, auch nur in solch einen Shitstorm zu geraten – selbst wenn ich sicher bin, juristisch aus all dem völlig unbeschadet hervorzugehen. Daher betrachte ich Ihren Vorschlag als kollegiale Handreichung. Ich gehe auf Ihr Angebot ein und werde mit niemandem über Ihr Ermittlungsvorhaben sprechen.»

Daraufhin führte Ferrari eine Unterredung mit Dottor Ricci, ehe er zu seiner Kanzlei zurückfuhr und seine Mitarbeiter informierte, dass er für ein paar Tage verreisen werde.

Bariello brach nach Neapel auf, nachdem ihn Columbo informiert hatte. In der Metropole Kampaniens wurde der Commissario von einem erleichterten Conti am Bahnhof erwartet, dessen Beurlaubung bereits aufgehoben worden war ...

Neapel, 19. September, vormittags

... Don Giglio wusste, dass der Mann hinter ihm keine leeren Drohungen ausstieß. Er wandte den Blick wieder zu dem Gittertor, wo seine Leute auf ein Zeichen von ihm warteten – und er bedeutete ihnen, die Sperrung aufzuheben. Als sie die Ketten zwischen den Gitterstäben herauszogen, dauerte es nur Sekunden, bis ein paar Frauen aus dem Kreis der Parenti die Torflügel auseinanderschoben, um dann dem Baldachin von Eccellenza Montebello voranzugehen. Der Weihbischof folgte ihnen gemessenen Schrittes, wie es der Würde des Tages entsprach. Ein paar Meter hinter ihm kam der zweite Baldachin, unter dem die Büste San Gennaros dem Ziel der Prozession entgegenschwankte. Montebello konnte sich nicht umsehen, doch während er an der Basilika vorüberzog, hörte er, dass die Gebete und Gesänge hinter ihm an Intensität zugenommen hatten. Keiner der Gläubigen war angesichts der drohenden Gefahr zurückgeblieben.

Carabinieri und Beamte der Polizia di Stato hatten unterdessen die Männer am Eingangstor verhaftet. Aber noch lag das Gefährlichste vor den Menschen, die sich inzwischen dem schmalen, abfallenden Treppenweg näherten, der hinter der Kirche an einer hoch aufragenden Wand entlangführte und schließlich vor dem eigentlichen Tor zur Unterwelt endete.

Don Giglios Gesicht war so hart wie der Stein, aus dem man die Madre del Buon Consiglio erbaut hatte. Bariello wollte kein Risiko eingehen und winkte Conti heran, der ebenso wie Bariello in Soutane und Chorhemd neben der Prozessionsspitze ging. Er schob ihm den Mafioso zu, während er selbst dessen Platz am Baldachin einnahm. Er konnte gerade noch erkennen, wie der Inspektor den Camorra-Paten zur Seite zog und ihm Handschellen anlegte, die er aus den Tiefen seines Gewandes hervorgezogen hatte. Das bedeutete aber auch, dass Bariello beim nächsten Halt kein Faustpfand mehr hätte, wenn sie direkt vor den Katakomben stehen würden. Es war nicht auszudenken, was geschehen würde, wenn es auf der Treppe zu einer Panik kommen sollte, falls die Männer in den Schächten zu schießen beginnen würden. Bariello wandte sich um und konnte nicht einmal das Ende des Zuges erkennen, der den Reliquien folgte. Singend und betend schoben sich Hunderte, Tausende von Gläubigen an der Mauer vorbei – auf einem

Weg, der kaum zwei Meter breit war –, während die Spitze des Prozessionszugs bereits auf die geschwungene Treppe einbog, die direkt neben dem Tor zu den Katakomben mündete. Es konnte gefährlich werden, selbst wenn einer der Prozessionsteilnehmer jetzt auch nur stolperte.

Marchetti hatte mit dem Prozessionskreuz den kleinen Platz vor den Katakomben erreicht. Einige ältere Parenti taten sich mit den Treppenstufen schwer, dann aber standen alle nahe beim Eingang, und gleich darauf erreichte auch Montebello unter dem Baldachin die Stelle. Er trat an zwei niedrige Absperrgitter heran, die noch vor dem eigentlichen Zugang aufgestellt waren. Dahinter hatten sich drei Gestalten aufgebaut, aber Montebello hielt nicht an, sondern drückte mit einer Hand gegen die rot-weiße Absperrung, während er mit der anderen die Phiole hielt. Nun rückten die ersten Geistlichen nach, die die Vorhut der Büste des Heiligen bildeten, dessen Baldachin nur noch ein paar Meter entfernt war. Dahinter schob sich der endlos scheinende Zug der Pilger heran. Montebello rückte kraftvoll die Sperre beiseite. Die Wachen waren unschlüssig, wie sie sich verhalten sollten – auf diesen Fall waren sie nicht vorbereitet. In dem Moment trat ein Mann aus dem Berg, der eine Waffe in der Hand hielt.

«Der Zugang zu den Katakomben ist gesperrt. Niemand kommt hier vorbei! Ich warne Sie!»

Er war so laut geworden, dass der Zug stockte. Und da der Mann seine Waffe unübersehbar in den vor der Brust gekreuzten Armen hielt, schien es für einen Moment, als habe sein Dazwischengehen Erfolg. Die anderen traten ihrem Anführer zur Seite, so dass sie eine Wand bildeten, vor der nun Montebello stand. In diesem Moment hob der Weihbischof die Phiole hoch über den Kopf des Verbrechers und brüllte ihn an:

«Willst du, dass das Blut von San Gennaro über dich und deine Familie kommt?!»

Dabei schwang er die Reliquie wie eine Keule, als wollte er sie im nächsten Moment auf dem Schädel des anderen zerschlagen. Der Mann erschrak und richtete die Waffe auf Montebello. Was er im

nächsten Moment getan hätte, sollte sein Geheimnis bleiben, denn plötzlich gellte hinter Montebello der Schrei von Signora Rosaria.
«*Liquefazione! Liquefazione!*»
Und während noch die Kirchenmänner und die Parenti auf die Phiole starrten, deren Inhalt sich mit einem Male bewegte, rannten bereits die ersten Gläubigen nach vorn und stießen die Mafiosi einfach beiseite, um das Wunder zu sehen. Die Begeisterung pflanzte sich durch die Menschenmenge über den ganzen Weg hinauf fort, auf dem der Ruf weitergetragen wurde:
«*Liquefazione! Liquefazione! Il sangue di San Gennaro si è liquefatto! Alleluia! Lodate il Signore! Alleluia!*»
Bariello sah, dass der kleine Vorplatz vor den Katakomben im nächsten Moment überfüllt sein würde, und rief Montebello zu: «Sie müssen in die Katakomben gehen, Eccellenza, sonst geschieht hier eine Katastrophe! Nicht stehen bleiben! Nicht stehen bleiben! Gehen Sie weiter! Gehen Sie in den Berg!»
Montebello stand noch einen Moment wie betäubt und blickte auf die Reliquie, die er immer noch hoch erhoben hielt, und bestaunte das Wunder. Aber er begriff, was Bariello meinte: Immer mehr Menschen drängten nach unten zu ihm und dem Reliquiar. Die vier Wächter waren in der Menge verschwunden. Entschlossen schritt der Weihbischof auf das eiserne Tor zu, schob es auf und trat ins Halbdunkel. Er brauchte einen Moment, bis sich seine Augen an das Zwielicht gewöhnt hatten. Während er noch unsicher die ersten Stufen in den Berg hinabschritt, sah er, wie ein paar Männer vor ihm tiefer in die Gänge flüchteten. Montebello kam an einem Tisch vorbei, auf dem Flaschen standen und Waffen lagen. Die Wände waren immer noch mit schwarzen Plastikplanen abgehängt – so wie es Savio und Berliner berichtet hatten. Er rief ein paar Seminaristen herbei und hieß sie, die Folien herunterzureißen. Dahinter kamen schwarze Metallblöcke zum Vorschein, die im künstlichen Licht feucht schimmerten. Als der Weihbischof die Tomba di San Gennaro erreicht hatte und in die alte Grabesstätte hinunterblickte, sah er, dass auch sie mit dem schwarzen

Schrott gefüllt war. Er spürte Zorn in sich aufsteigen, so dass er kaum bemerkte, wie sich Polizisten in Uniform und in Zivil an ihm vorbeischoben und den Flüchtenden nachsetzten. Bariello trat an ihn heran.

«Sie müssen die Menschen irgendwie zum Stehen bringen! Es wird auch hierdrin zu gefährlich. Es sind viel zu viele – wir wissen auch nicht, ob die Leute da vorn schießen werden, wenn wir ihnen zu nahe kommen!»

Montebello nickte. Er drehte sich um und sah, dass der Raum hinter ihm schwarz von Menschen war. Ein paar Geistliche drängten sich an die Wand und warfen ihm besorgte Blicke zu. Da stieg Montebello über die Metallbrüstung, die die Grabstätte des Heiligen umgab, und kletterte auf den Rand der Tomba, so dass ihn alle gut sehen konnten. Seine Stimme drang weit hallend durch die Gänge.

«Dominus vobiscum!»

Sofort wurde es still. Und sogleich antworteten die Menschen:

«Et cum spiritu tuo.»

«Sit nomen Domini benedictum.»

«Ex hoc nunc et usque in saeculum.»

«Adiutorium nostrum in nomine Domini.»

«Qui fecit cælum et terram.»

Nach der Anrufung hob Montebello das Reliquiar hoch über seinen Kopf und drehte es, so dass im Lichte der Scheinwerfer, die tief im Berg in hellem Licht strahlten, gut zu sehen war, wie sich die Flüssigkeit in dem Kristall bewegte. Dann drehte er sich und spendete mit der Phiole nach allen Seiten den Segen.

«Benedicat vos omnipotens Deus, Pater et Filius et Spiritus Sanctus.»

«Amen!»

Danach brandete Applaus auf, in den hinein Montebello einen uralten Hymnus intonierte, der die Menschen endgültig zur Ruhe brachte. Zunächst fielen die Geistlichen ein, dann nahmen auch alle anderen den Gesang auf, der sich schließlich nach draußen fortpflanzte und bis weit über die Umgebung der Basilika hinaus zu hören war.

«*Non nobis, Domine, Domine! Non nobis, Domine! Sed nomini, sed nomini tuo da gloriam!*»
Und während der Gesang immer wieder aufs Neue einsetzte und weitergetragen wurde, bahnte sich Montebello langsam seinen Weg zurück durch die Menge. Es dauerte lange, bis der Weihbischof die Katakomben verlassen konnte, und noch viel länger, bis er wieder vor der Kirche Madre del Buon Consiglio angelangt war. Immer wieder hatte er innehalten müssen, um den Menschen Gelegenheit zur Verehrung der Reliquien zu geben. Und so war es auch zu keiner Unruhe und zu keinem Gedränge gekommen, weil allen klar war, dass niemand Sorge haben musste, vielleicht das Reliquiar mit dem flüssigen Blut San Gennaros nicht zu Gesicht zu bekommen oder es vielleicht nicht berühren und küssen zu können.
Stunden waren vergangen, als Montebello wieder die Stufen der Basilika hinaufstieg und ein Dankgebet sprach. Dann entließ er die Gläubigen mit seinem Segen und stieg mit der Reliquie in einen Wagen der Carabinieri. Dahinter folgte die Büste San Gennaros in der Obhut von Monsignor Silvestri. Während von allen Kirchtürmen die Glocken der ganzen Stadt das Wunder der *liquefazione* verkündeten, nahmen die Heiltümer wieder ihren alten Platz im Dom ein. Bald darauf verließ ein erschöpfter, aber erleichterter Vescovo Ausiliare die Kathedrale durch dasselbe Portal San Gennaros, durch das er sie am Morgen niedergeschlagen betreten hatte.

Kapitel 22 – Die Krypta

Neapel, 19. September, abends
Montebello war Padre Luis unendlich dankbar, dass er alle Interviewanfragen abgewehrt hatte. Dutzende von Zeitungen, Rundfunk- und Fernsehstationen hatten den Privatsekretär bedrängt. Doch der Dominikaner hatte die Herrschaften souverän vertröstet, als hätte er seit Jahren die Presseabteilung des Bistums geleitet. So zeigte er einen für seine Verhältnisse ungewöhnlich verschmitzten Gesichtsausdruck, als er das Büro seines Chefs am Largo Donnaregina betrat.
«Es freut mich, Padre Luis, dass Sie offenbar heiterer Stimmung sind. Vielleicht würde es mir etwas Ablenkung verschaffen, wenn Sie mich den Grund Ihrer *hilaritas* wissen ließen.»
Auch wenn es schon auf zehn Uhr abends ging, saß der Weihbischof noch in seinem Büro, wohin er sich am späten Nachmittag vor den Journalisten geflüchtet hatte – und vor den zahllosen Teilnehmern der Prozession, die ihm danken wollten. Immer wieder hatte Montebello ihre Rufe von draußen gehört, wo man ihn bat, auf dem Balkon zu erscheinen und ihnen den Segen zu spenden. Zweimal hatte er ihren Wunsch erfüllt und war hinausgetreten, hatte sie dann aber gebeten, nun auch ihm nach den Aufregungen des Tages ein wenig Erholung zu gönnen. Danach war es ruhiger geworden. Doch wusste er nur zu gut, dass die nächsten Tage anstrengend würden: Sua Eminenza Egidio Fabbri, das Haupt der Diözese, hatte ihn für den folgenden Abend zu einem

Gespräch gebeten, und das Domkapitel hatte eine Sitzung anberaumt, auf der er das Gremium über die Hintergründe der ungeheuerlichen Zweckentfremdung der Katakomben aufklären sollte. Alle Kommentare, die ihn von Amtsbrüdern und Menschen aus der Stadt zum Festtag von San Gennaro bereits erreicht hatten, waren ausnahmslos freundlich, wohlwollend, ja zum Teil bewundernd gewesen. Und doch konnten sie ihn nicht von der Gewissenslast befreien, dass er mit der Prozession Menschenleben aufs Spiel gesetzt hatte. In welchem Maße – das war ihm ebenso wie Bariello erst vor dem Eingang zu den Katakomben klar geworden. Er hatte geglaubt, das Risiko auf sich und die Parenti beschränken zu können – ein Gedanke, der sich als völlig naiv erwiesen hatte. Es war einfach ein Wunder gewesen, dass kein Blut geflossen war. Bei dem Gedanken, was alles hätte passieren können, wurde ihm auch jetzt noch schlecht.
«Wissen Sie, Eccellenza, was mir heute von einigen Journalisten in Aussicht gestellt worden ist, wenn ich ihnen zu einem Gespräch mit Ihnen verhelfen würde – das lässt mir mein Amt in ganz neuem Licht erscheinen. In aller Bescheidenheit, versteht sich.»
«Versteht sich ...»
«Dass man mir Geld geboten hat, war noch das Unverfänglichste.»
Montebello zog die Augenbrauen hoch, während er seinen Privatsekretär musterte, der ihm noch einen Espresso mit ein paar Cantuccini kredenzte. Padre Luis errötete und setzte rasch hinzu:
«Aber Sie wissen natürlich, dass ich keine Mühe habe, solchen Anfechtungen zu widerstehen, Eccellenza!»
Angesichts dieser jungfräulichen Reaktion musste Montebello dann doch lachen.
«Versteht sich, Padre Luis, gewiss! Sie ahnen gar nicht, wie froh ich bin, Sie an meiner Seite zu haben. Wenn ich jetzt nur einfach nach Hause gehen könnte! Aber wir haben ja noch die Verabredung mit dem Generalvikar vor uns. Er und die anderen müssen jeden Moment eintreffen. Ich hoffe, dass mit der Auflösung dieser Alexander-Geschichte alle Aufregungen ihr Ende haben. Können

Sie sich eigentlich vorstellen, dass mein Amtsbruder wirklich herausgefunden hat, wo sich dessen Überreste befinden?»
«Er schien sich seiner Sache sehr sicher. Daher denke ich, dass schon etwas dran sein wird. Sonst hätte er uns nicht für eine so späte Stunde noch einbestellt.»
«Wie auch immer – besser wäre es, wir würden gar nichts finden! Mir wäre es am liebsten, wir könnten diese Geschichte zu den Akten legen.»
Nun war es an Padre Luis, die Augenbrauen hochzuziehen.
«Vergessen Sie nicht, dass ohne die Suche nach dem Sarg Alexanders die Blasphemie in den Katakomben San Gennaros nicht herausgekommen wäre – oder jedenfalls nicht so schnell! Außerdem konnten Sie zwei Mitbrüdern das Handwerk legen, die ihr Amt missbraucht haben.»
«Froh macht mich das trotzdem nicht.»
«Und schließlich ist dieser Winckelmann-Brief ein bedeutendes historisches Dokument. Es gewährt uns Einblicke in ferne Epochen und ansonsten verhüllte geschichtliche Zusammenhänge.»
Montebello hob abwehrend die Hände.
«Schrecklich! Nicht genug, dass Eugenio Silvestri sein Herz für mich als Historiker entdeckt hat – jetzt wird auch noch mein Privatsekretär zum Historiker aus Leidenschaft. Von Jackey und Signor Berliner ganz zu schweigen. Also habe ich heute Abend offenbar keine Chance, zu einer christlichen Uhrzeit ins Bett zu kommen. Dann schenken Sie mir wenigstens noch einen Espresso ein, damit ich nachher nicht über meine Füße falle!»
Kurz darauf hörten sie Stimmen auf dem Gang. Es klopfte, und im nächsten Moment traten die Gäste über die Schwelle.
«Jackey, ich vermisse Monsignor Silvestri!»
«Er hat mich angerufen und gebeten, Sie abzuholen. Er erwartet uns im Dom.»
Montebello seufzte.
«Wie sieht es denn unten aus? Warten dort immer noch Leute auf mich?»
Padre Luis schaute aus dem Fenster.

«Ein paar Unentwegte stehen noch draußen. Darf ich vorschlagen, Eccellenza, dass wir den Hinterausgang nehmen? Wenn Sie dann noch Ihren Hut aufsetzen, wird Sie kaum jemand erkennen.»
«Danke, Padre Luis. Vermutlich werde ich in den kommenden Wochen noch öfter Ihren Rat brauchen, wenn ich mich unsichtbar machen möchte. Also, bringen wir's hinter uns!»
Auf einem Schleichweg über zwei Hinterhöfe erreichten sie unbehelligt den Dom, den sie durch eine selten benutzte Tür des Querhauses betraten. Sie gingen an einer gotischen Kanzel vorbei, über der sich majestätisch eines der Orgelwerke erhob, das im achtzehnten Jahrhundert entstanden war und mit seinem vergoldeten barocken Prospekt immerhin das Auge verwöhnte, selbst wenn das Instrument schwieg. Als der Weihbischof den Goldglanz bemerkte, wurde ihm klar, dass noch ein Teil der Beleuchtung brannte – andernfalls hätte die Orgel im Dunkeln liegen müssen. Vielleicht hatte jemand in der Aufregung des Tages vergessen, das Licht zu löschen? Als sie den Hochaltar passierten, ließ Montebello noch einmal seinen Blick über den Kirchenraum schweifen. Er stutzte. Im Halbdunkel der Bankreihen saß Eugenio Silvestri. Aber er war nicht allein. Der Begleiter des Generalvikars musste alt sein, denn er stützte sich auf den Arm des anderen, als sie ihnen langsam durch den Mittelgang entgegenkamen. Dann erkannte Montebello den unerwarteten Besucher.
«Abelardo!»
Der Mann, den Eugenio Silvestri mitgebracht hatte, war niemand anderer als der ehemalige Weihbischof Sanna.
«Was tust du hier? Um diese Uhrzeit?»
«Gianni, ich habe unseren guten Generalvikar gebeten, mich mitzunehmen, weil ich am Tag San Gennaros noch einmal in den Dom wollte. Aber der Auftrieb in den großen Gottesdiensten ist einfach zu viel für mich alten Mann. Dabei liebe ich so sehr die Stille dieser Kirche. Ich weiß, dass das für euch keine willkommene Überraschung ist, dass ich hier bin. Aber ihr könnt unbesorgt sein, auch wenn mir Eugenio alles erzählt hat. Von mir wird niemand ein Sterbenswörtchen erfahren. Außerdem kann

ich euch heute Abend helfen, eure Fragen zu beantworten, wenn ihr mich in die Krypta von San Gennaro mitnehmt.»
Niemand konnte sich einen Reim darauf machen, was das zu bedeuten hatte. Aber Eugenio Silvestri nickte ihnen begütigend zu. So trat Montebello auf die andere Seite von Abelardo Sanna, und als sie die Treppe zur Krypta erreicht hatten, führten sie ihren Mitbruder behutsam die Stufen hinab, bis sie den Raum erreichten, um dessen Säulen sich zur Feier des Märtyrerfestes breite rote Schärpen in Spiralen bis zum Boden wanden. Dort geleiteten sie den alten Priester zu einer der Marmorbänke, die sich im Rücken des seit Jahrhunderten in Anbetung verharrenden Kardinals Oliviero Carafa befanden. Als Abelardo wieder zu Atem gekommen war, lächelte er ihnen zu.
«Kommt, setzt euch – entweder neben mich oder mir gegenüber. Sonst muss ich dauernd zu euch hochschauen. So ist es besser! Eugenio, willst du ihnen nicht erklären, weshalb ich hier bin?»
Der Generalvikar nickte.
«Ich habe ja gesagt, dass ich weiß, wo sich Alexander befindet – hier also endet unsere Suche. Auch wenn wir das, was von dem großen Makedonen noch übrig ist, nicht sehen werden, werden Sie mir zustimmen, sobald Sie mich und vor allem Abelardo Sanna angehört haben.
Kardinal Sersale hat Alexanders Gebeine nie aus dem Dom herausgeschafft. Von Ihnen weiß ich, dass der Kardinal offenbar hinter dem Altarschrein, in dem sich das Gefäß mit den Knochen San Gennaros befindet, den Boden hat aufstemmen lassen und dort hinuntergestiegen ist, wo er Alexanders Aedicula gefunden hat. Ich denke, es war für den mächtigen Kirchenmann ein Leichtes, sich seine Mitwisser – und seien es nur die Handwerker gewesen, auf die er nicht hatte verzichten können – mit Geld zu verpflichten. Außerdem wird er sie mit allen Höllenstrafen bedroht haben, wenn sie etwas von dem verrieten, was sie erfahren hatten. Doch wo bot sich ein Versteck? Ein Versteck nahe bei San Gennaro und Maria – für alle sichtbar und doch gerade dadurch bestens geschützt? Hat man den Mut, auch das schier Undenkbare zu den-

ken, gelangt man immer wieder in diesen Raum. Ich habe eines Nachts lange hier gestanden. Es gibt in dieser so klar gegliederten, so übersichtlichen Kapelle nur einen Punkt, der alle Merkmale auf sich vereinigt, von denen Winckelmann spricht – und er ist auch jetzt zu sehen.»

Silvestri deutete über die Schulter des Marmordenkmals Carafas in die Kapellennische, wo der gläserne Schrein mit dem großen Tonkrug stand, überragt von einer in die Wand eingelassenen Büste San Gennaros. Lukas Berliner und Jackey gingen nach vorn; die anderen schlossen sich ihnen an, nur Abelardo Sanna blieb sitzen.

«Verzeihen Sie, aber ich sehe es immer noch nicht.»

Jackey zuckte ratlos mit den Schultern. Den anderen ging es ebenso. Montebello aber war blass geworden.

«Mein Bruder! Das glaube ich einfach nicht!»

«Ich kann Sie gut verstehen. Aber in diesem tönernen Reliquienschrein ist San Gennaro in höchsteigener Person zugegen, und der ganze Dom ist der Gottesmutter geweiht – der Heilige und die Heilige Jungfrau unmittelbar beieinander. Als ich in Gedanken diesen Punkt umkreise, fiel mir ein, dass in den sechziger Jahren eine Untersuchung der Reliquien stattgefunden hat. Ich bin ins Archiv gegangen und habe nachgeschaut, wer bei der Autopsie zugegen war – und in den Protokollen stieß ich auf den Namen unseres Mitbruders Abelardo Sanna, der damals als junger Monsignore im Dienst unserer Hohen Domkirche stand. Abelardo, bitte ...!»

Die nächtlichen Besucher der Krypta kehrten alle zu Sua Eccellenza Sanna zurück und setzten sich wieder zu ihm. Der alte Priester seufzte.

«Ja, es stimmt. Zu Zeiten des ehrwürdigen Kardinals Alfonso Castaldo wurde 1964 eine kanonische Untersuchung der Reliquien von San Gennaro durchgeführt. Sie hat zunächst einmal bestätigt, dass dort vorn das Tongefäß steht, in dem die Knochen des Heiligen liegen, und dass es mit folgender Inschrift gefunden wurde: *Corpus Sancti Januarii Ben. E. P.*»

«Was bedeutet die Abkürzung?»
Der alte Priester kniff ein Auge zu und lachte.
«Ah, die Frage einer Historikerin – *Beneventanae Ecclesiae Pontifex*. Also im Ganzen: Leichnam des heiligen Januarius, Bischof der Kirche von Benevent. 1965 folgte dann eine wissenschaftliche Untersuchung der Knochen San Gennaros, durchgeführt von dem berühmten Anatomen Professor Gastone Lambertini. Ergebnis: In dem Ossuarium liegt das sehr alte Skelett eines Mannes, der zwischen dreißig und fünfunddreißig Jahre alt war, als er starb. Für seine Zeit war er mit etwa einem Meter neunzig außergewöhnlich groß. Das alles passte zu dem, was wir aus anderen Quellen über San Gennaro wussten. Somit wäre alles in schönster Ordnung gewesen.
Aber ... aber es gab noch eine Entdeckung, die nicht in den Lambertini-Report aufgenommen wurde und von der auch später nie eine Aufzeichnung angefertigt worden ist... Der Öffnung des Tongefäßes mit den Reliquien San Gennaros wohnten, wie es sich für eine würdige Zeremonie geziemte, einige Amtsbrüder bei. Einer von ihnen war ich, und ich hätte über das, was damals zutage kam, so wenig wie die anderen jemals gesprochen. Zumal das, was wir gefunden haben, in keiner Weise erklärlich war und auch in keinen vernünftigen Zusammenhang gebracht werden konnte. Doch als vor ein paar Tagen Eugenio zu mir kam und mich fragte, ob ich etwas über den tönernen Schrein unseres San Gennaro wisse, kam ich in Verlegenheit. Ich bin alt und krank und werde bald vor meinen Schöpfer treten – kein guter Zeitpunkt für Unwahrheiten. So fragte ich Eugenio, weshalb er das wissen wolle. Als er mir den Grund genannt hat, habe ich ihm alles erzählt ...
Wir hatten also vor mehr als fünfzig Jahren dieses Gefäß geöffnet und in einer weihevollen Zeremonie die Gebeine hervorgeholt, so dass sie begutachtet werden konnten. Doch als wir in den Tonkrug hineinschauten, um zu sehen, ob wir wirklich alles ausgebreitet hatten, sahen wir zu unserer Überraschung, dass eine Tonscheibe dessen Boden bildete, die erkennbar nicht mit dem Rand verbunden war. Sie sah aus, als sei sie eingesetzt worden. Wir

maßen das Gefäß von außen und maßen seine Tiefe im Inneren – die Differenz betrug etwas mehr als zwanzig Zentimeter. Wir wiederholten die Messungen, aber das Ergebnis blieb das gleiche. Es war ein doppelter Boden. Wir haben uns dann entschlossen, ihn herauszuheben.»
Der Geistliche wischte sich über die Augen und verstummte.
«Abelardo, bitte – niemand aus diesem Kreis wird missbrauchen, was du uns anvertraust. Du kannst dich bei ihnen ebenso darauf verlassen wie bei mir.»
Sua Eccellenza Sanna ließ seinen Blick einmal in der Runde umherwandern. Die anderen nickten ihm ein stummes Versprechen zu.
«Also ... unter der Tonscheibe fanden wir einen Schädel, der auf der Seite lag, und ein paar Knochenfragmente. Darüber hinaus eine kleine Statuette und ein Diadem – in seinem Zentrum, das aus Spiralen gebildet war, konnten wir einen griechischen Schriftzug lesen: HYIOS THEOU EIMI – *Ich bin der Sohn Gottes*. Außerdem einen goldenen Ring mit einem roten Stein, in den der Kopf eines bärtigen Mannes geschnitten war. Und schließlich war da noch diese Silbermünze – eine Münze, die Alexander den Großen zeigte ...»
Keiner sagte ein Wort.
«Ihr müsst verstehen, in was für einer Situation wir damals waren! Wir hatten einen Heiligen, dessen Schädelknochen separat in dem Reliquiar Karls von Anjou aufbewahrt wurden. Und auf einmal hatten wir noch einen Schädel. Für uns war klar, dass die Gebeine oberhalb der Tonscheibe nichts mit dem zu tun hatten, was wir darunter gefunden hatten. Aber wie sollten wir diese Entdeckung der Öffentlichkeit erklären, ohne die Geschichte der heilbringenden Reliquien insgesamt zu gefährden? Wir hatten damals nicht die wissenschaftlichen Möglichkeiten, die es heute gibt, um mit allen möglichen Analysen Menschen zu identifizieren und selbst noch ihre Knochen auseinanderzuhalten! Und wer war überhaupt der Tote, dessen sterbliche Überreste und dessen Beigaben wir da vor uns hatten? Natürlich haben auch wir an Alexander gedacht.

Jeder von uns kannte seine Geschichte, wie er sich in seinem Größenwahn als Sohn des Gottes Zeus hatte huldigen lassen. Aber wie passte das mit unserem San Gennaro zusammen? Wie kam er in dieses Gefäß hinein?»

«Ich war mir immer sicher, dass Kardinal Sersale die Aedicula Alexanders im Ganzen versteckt hat. Aber er hat einfach seine Überreste herausgenommen! – Wir hätten hundertmal in diesen Raum kommen können und doch nichts gefunden. Genau wie Winckelmann es beschrieben hat!»

Jackey hatte in ihrer Aufregung Padre Luis an der Schulter gerüttelt, aber der Dominikaner nickte ihr nur eifrig zu.

«Um es kurz zu machen, Dottoressa: Wir legten alles an seinen Platz zurück. Vernichten wollten wir die Reste nicht. Das wäre uns pietätlos erschienen. Wir wussten ja nicht einmal, wie lange die Knochen schon bei den Gebeinen San Gennaros ruhten, nur durch den Tonboden getrennt. Und keiner von uns konnte wissen, ob die rätselhaften Überreste wirklich zu einer heidnischen Bestattung gehörten oder nicht vielleicht doch irgendwie mit dem Heiligen zu tun hatten. So verschlossen wir alles wieder, betteten die Knochen San Gennaros in der gebotenen Ehrfurcht zurück, wie wir sie gefunden hatten, und stellten alles wieder so her wie zuvor.

Uns allen war klar, dass wir über diese Entdeckung Stillschweigen bewahren würden. Danach sind wir nie mehr auf unseren Fund zurückgekommen. Vielleicht würde es späteren Generationen gelingen, das Rätsel zu lösen.

Eure Entdeckung des Briefes lässt heute alles in ganz anderem Licht erscheinen. Aber ich will euch trotzdem warnen! Ihr kennt unseren Zeitgeist und seine Sensationsgier. Was wird passieren, wenn ihr alles publik macht? Eure Enthüllung des Briefes zusammen mit dem Schädel in dem Tonkrug würde San Gennaro zu einem Detail am Rocksaum vermeintlich wahrer historischer Größe werden lassen – einer historischen Größe, die geadelt wird durch den Namen Alexanders. Alexander, der sich durch seine Taten den Beinamen ‹der Große› verdient hat... Wieso werden eigentlich Menschen so genannt, die ihre Größe durch maßlose Gewalttätigkeit unter Beweis gestellt haben – Alexander, Pompeius Magnus, der Frankenkaiser Karl? Und auch unser heiliger Konstantin der Große ist wahrlich kein Ruhmesblatt der Kirchengeschichte. Dass sich diese Art von Größe immer als Hybris, Kriegslust, Sklaverei und Mord entlarvt, ändert nichts daran, dass gerade die Gewalttätigen bewundert werden. Hier im Dom würde Alexander fortan alles beherrschen und jeden anderen verdrängen! Der bescheidene Reliquienschrein aus Ton würde nicht länger verehrt als das letzte Haus von San Gennaro, der für Menschlichkeit und Brüderlichkeit, Tapferkeit und Glaubensstärke eintrat und so zum Heiligen und zum Symbol der Hoffnung für Abertausende geworden ist. Nein, dieses Tongefäß wäre nur noch der Ort, an dem man den Schädel des Eroberers gefunden hat. Touristen aus aller Welt würden die Objektive ihrer Kameras und Smartphones, und wie dieser ganze Mist heißt, darauf richten und davor mit ihren Selfiesticks posieren ... Was immer ihr jetzt mit eurem Wissen macht – fragt euch also, was unsere Stadt und ihre Verlierer, ihre Verzweifelten und ihre Hoffnungslosen wirklich brauchen!»

«Bravo! So spricht der wahre Humanist!»

Ihre Köpfe fuhren herum. Vier Männer stiegen die Treppe, die zur Linken Kardinal Carafas in die Krypta führte, herunter. Zwei von ihnen trugen Koffer. Montebello sprang auf.

«Wer sind Sie? Wie sind Sie hier hereingekommen?»

«Ah, Sie müssen Eccellenza Montebello sein. Ihr Bild war heute Abend auf jedem Fernsehkanal zu sehen – immer mit großartigen Kommentaren: ‹Weihbischof von Neapel stoppt Camorra-Clan›, ‹Neuer Weihbischof reinigt Katakomben von Neapel vom Verbrechen›. Sehr hübsch. Sie sind berühmt. Vielleicht werden Sie als Märtyrer unsterblich – wie Ihr San Gennaro.»

Die Begleiter des Wortführers lachten.

«Ich weiß mich in Gottes Hand! Wer sind Sie, und was haben Sie hier zu suchen?»

«Ich bin einer von denen, denen Sie heute in die Suppe gespuckt haben. Doch anders als mein Partner Don Giglio, den man verhaftet hat, bin ich gut geschützt. Trotzdem muss ich jetzt meine Zelte hier abbrechen. Wieder einmal ...»

«Dann verschwinden Sie gefälligst dahin, wo Sie hergekommen sind!»

«Genau das habe ich vor. Aber ich will Neapel nicht ganz ohne Souvenir verlassen. Sie wissen ja, wie das ist mit den Touristen. Aber wo ist denn ...? Sie, Gnädigste! Sie müssen Jacqueline Napoletano sein, die Bistumsarchivarin. Und Sie sehen aus wie Padre Luis, der Dominikanermönch, nicht wahr? Ihnen beiden verdankt die Welt die größte archäologische Entdeckung des 21. Jahrhunderts. Ich bewundere Sie, und ich danke Ihnen! Sie haben die Spur zu Alexander dem Großen wieder freigelegt, die so lange verschüttet war. Davon haben zahllose Altertumswissenschaftler geträumt – vertrocknete Philologen, kraftlose Historiker und ein Haufen Archäologen, die abends nach sinnlos zugebrachten Tagen in ihren Grabungszelten den Frust mit Hochprozentigem hinunterspülen.

Aber gefunden hat den Eroberer ein anderer. Das verdanken wir ... Ihnen! Sie müssen Eugenio Silvestri sein. Sie sehen übrigens besser aus als in den Aufnahmen der TUTTA LA VERITÀ, die gerade in einer Endlosschleife zu sehen sind. Sie hatten den richtigen Gedanken. Wie sagen die Griechen: HEUREKA! Ich bin froh, dass Sie Ihre Entdeckung in der Wohnung des Weihbischofs so unmissverständlich verkündet haben. Sonst müsste ich Neapel vielleicht doch mit leeren Händen verlassen.»

«Woher wissen Sie das?»

«Die technischen Möglichkeiten sind heute enorm ... Und Sie, Eccellenza Sanna, wird es sicher freuen zu hören, dass ich das, was von dem Welteroberer übrig ist, mitnehmen werde. Und ich garantiere Ihnen, es wird nichts davon bekannt werden, dass er ein paar hundert Jahre zur Untermiete bei San Gennaro gewohnt hat. Da lasse ich mir etwas Besseres einfallen – das glaubt einem ja sowieso niemand. Mit den Beigaben und der DNA-Forschung wird es mir ein Leichtes sein, die Verbindung zwischen dem Schädel und den Toten in der Grablege von Vergina im Norden Griechenlands herzustellen, wo der Rest der Familie Alexanders vor über zweitausend Jahren die letzte Ruhestätte gefunden hat. Aber ich komme ins Plaudern, und Zeit ist das Einzige, was ich heute wirklich nicht habe.»

Pudanitschow gab seinen Männern einen Wink. Sie gingen zu dem Altar, in dem das Tongefäß mit den Knochen San Gennaros stand. Montebello machte zwei große Schritte auf den Russen zu. Der zog eine Pistole und richtete sie auf den Kopf des Weihbischofs.

«Keinen Schritt weiter! Hier ist kein Polizist, der Ihnen helfen wird wie heute Nachmittag.»

«Was haben Sie vor?»

«Was ich gesagt habe: Wir werden das, was von Alexander übrig ist, mitnehmen.»

«Sie wollen den Altar aufbrechen und die Urne ausleeren? Sind Sie wahnsinnig?»

«Kaum mehr als alle Freunde der Antike.»

«Sie begehen einen ungeheuren Frevel, wenn Sie diese Reliquien schänden!»

«Oh, ich möchte keine religiösen Gefühle verletzen. Wenn es Ihnen lieber ist, dann machen meine Männer den Schrein auf, und Sie sortieren dann – die Guten ins Töpfchen und die Schlechten ins Kröpfchen. Aber statt des Kröpfchens nehmen wir heute Abend ein Köfferchen. Ist das besser?»

Montebello drehte sich um und schaute fassungslos zu seinen Begleitern.

«Bitte beschädigen Sie den Schrein nicht!»

«Ihr habt gehört, was Sua Eccellenza gesagt hat. Seid ein bisschen vorsichtig, wenn ihr das Ding aufmacht! Sie sehen, wir sind keine Barbaren.»

«Es gab zu allen Zeiten Barbaren, die Scheu vor heiligen Dingen hatten und die einen solchen Schrein nie angerührt hätten.»

«Nobody is perfect!»

Die Männer hatten inzwischen die Altarschranken geöffnet und waren in das Presbyterium getreten. Während einer die Altardecke zusammenfaltete, hob der andere Werkzeuge aus einem der Koffer. Kurz darauf lösten sie mit einem schweren Akkuschrauber die mittlere der drei Glasscheiben aus der Front des Altars, und schon im nächsten Moment hoben sie das mächtige Tongefäß aus dem Schrein und stellten es auf den Boden.

«HALT!»

Montebello hielt es nicht länger, und er stürmte an Pudanitschow vorbei auf die Gruppe zu. Aber auch sie richteten Waffen auf den Weihbischof.

«Lassen Sie mich die Urne öffnen!»

Montebello hörte Pudanitschow lachen.

«Lasst ihn das machen!»

Montebello drehte sich um.

«Mein Bruder, würden Sie mir helfen?»

Eugenio Silvestri blieb unbehelligt, als er nach vorn ging. Beide standen vor dem Tongefäß und bekreuzigten sich. Dann hoben sie die Abdeckung herunter, und während Montebello einen Teil des Skeletts des Heiligen nach dem anderen herausnahm und an Silvestri weiterreichte, legte der Knochen um Knochen auf die Altarplatte. Nach ein paar Minuten wandte sich Montebello an Pudanitschow.

«Es ist alles draußen. Ich sehe jetzt die Tonscheibe am Boden.»

«Ah, nun wird es interessant. Nur zu!»

Pudanitschow gab einem seiner Begleiter einen Wink, der den anderen Koffer öffnete. Er war mit schwerem blauem Samt ausgeschlagen. Während Montebello wieder in das Tongefäß griff, trat der Oligarch neben ihn. Er nahm dem Weihbischof die Tonplatte ab. Als die Hände des Priesters das nächste Mal nach oben kamen, leuchteten die Augen Pudanitschows, denn er erkannte das goldene Diadem, nahm es entgegen und hielt es ins Licht.

«Das hat ER getragen – in Ägypten und auf dem Thron in Babylon, während ihn die Großen seines Weltreichs fußfällig verehrten! Können Sie sich das vorstellen?»

Montebello wandte sich ab und langte erneut in die Urne.

«Was ist das? Was haben Sie da? Zeigen Sie her!»
Der Russe drehte die kleine Halbfigur in Händen, deren Oberteil aus einem Kopf bestand und deren bauchiges Unterteil mit Bildmotiven übersät war.
«Wo ist unser Archäologe? Kommen Sie, Mann! So was bekommen Sie in Ihrem Leben nie mehr zu sehen! Erklären Sie mir, was das ist!»
Berliner nahm das Stück entgegen und drehte es vor seinen Augen. Als er sprechen wollte, musste er sich räuspern.
«Das ist Osiris – der geheimnisvolle Gott, der Herr des Schweigens. Alle Geheimnisse, die ihn umgeben, drehen sich um den Tod. Es überrascht mich nicht, dass ein Gefäß mit seiner Darstellung der Bestattung Alexanders beigegeben wurde. Im Nildelta gab es eine Stadt, Kanopus, wo man solche Gefäße mit dem Kopf des Osiris hergestellt und ihn in dieser Gestalt verehrt hat. Es enthielt das Leben spendende Wasser des Nils. Das Material dürfte ... Alabaster sein. Die kleinen Bilder kann ich nicht alle erkennen. Man müsste sie erst gründlich reinigen. Da ist der falkenköpfige Horus, der Sohn der Isis und des Osiris. Die allerunterste Figur, die mit weitgespreizten Flügeln alles trägt, ist ein Skarabäus, in dessen Gestalt sich der Gott der Morgensonne zeigt, Chepri. Das da könnte vielleicht ein Apis-Stier sein, aber ich bin nicht sicher. Sollte er es sein, dann ergibt sich daraus die Nähe zu Osiris: Wenn der heilige Apis-Stier starb, wurde er mit Osiris gleichgesetzt. Hören Sie! Sie scheinen keine große Scheu vor heiligen Objekten zu haben. Aber das hier – das ist eine wirklich düstere Angelegenheit. Wenn ich Ihnen einen Rat geben darf, legen Sie alles wieder zurück und gehen Sie, bevor es zu spät ist!»
Pudanitschow schaute ungläubig auf den Archäologen, dann verzog sich sein Gesicht, und er begann zu lachen.
«Das ist wirklich die komischste Tour, auf die man jemals versucht hat, mich reinzulegen. Nein! Sie haben recht. Mich interessieren diese Objekte nicht wegen irgendeinem religiösen Blödsinn. Ich will sie haben, weil sie alt sind, weil sie einzigartig sind und weil sie mit einer Persönlichkeit verbunden sind, die alle anderen

übertrifft – mit einem Mann, dessen Herrschaft sich über drei Kontinente erstreckt hat. Bange machen gilt nicht! Und es wirkt auch nicht bei mir. Sagen Sie mir lieber, was Sua Eccellenza da in der Hand hält!»

Montebello reichte einen goldenen Ring mit rotem Stein an den Archäologen weiter, der ihn eine Weile im Licht hin- und herdrehte.

«Das dürfte der Ring des Caracalla sein. Ich kann zwar ohne Lupe den Kopf nicht sicher identifizieren, der in den roten Karneol geschnitten ist, aber bekanntlich hat Caracalla seinen Ring in den Sarkophag Alexanders gelegt. Caracalla war ein brutaler Wüstling und seine Verehrung für den Makedonen eine Manie. Aber nicht einmal er hat es gewagt, das Grab Alexanders so vollständig zu schänden, wie Sie es vorhaben. Doch schon allein, dass Caracalla das Grab angetastet hat, ist ihm nicht gut bekommen, und er hat ein gewaltsames Ende genommen – ermordet von den eigenen Männern. Lassen Sie sich das eine Warnung sein und gehen Sie!»

«Signor Berliner, Sie wissen nicht nur zu belehren, sondern auch zu unterhalten. Dann klären Sie mich doch bitte über die Münze auf, die unser guter Weihbischof da ans Licht gebracht hat!»

«Eine silberne Tetradrachme. Vorne drauf ist der Herrscher selbst, der über dem Haupt das Löwenfell trägt. Das ist zwar die Bildsymbolik für Herakles, aber die Münze zeigt das Porträt Alexanders. Er war im vierten Jahrhundert vor Christus der erste Herrscher, der sich mit so einer Prägung selbst verewigte. Auf der Rückseite heißt es dann auch ALEXANDROU BASILEOS – DES KÖNIGS ALEXANDER. Daneben sitzt Zeus mit dem Szepter in der linken und dem Adler in der rechten Hand. Solche Münzen wurden noch zu Lebzeiten des Herrschers geprägt, als er einen Teil der Schätze des Perserreichs auf diese Art ausmünzen ließ, um seine Soldaten zu bezahlen. Man hat dieses Stück dem Verstorbenen mitgegeben, damit er Charon bezahlen kann, der alle Toten über den Acheron in den Hades übersetzt. Glauben Sie wirklich, dass es Ihnen Glück bringt, wenn Sie dem Toten sein Reisegeld wegnehmen? Haben Sie vor, gleichfalls damit Charon zu entlohnen?»

«Sie können es nicht lassen, Dottore! Wenn ich Zeit hätte, würde ich gern dieses witzige Gespräch mit Ihnen fortsetzen. Aber es geht leider nicht.»
Pudanitschow ließ die Münze in seine Hosentasche gleiten.
«Jetzt also das Prunkstück – heraus damit!»
Montebello senkte noch einmal seinen Arm tief in das Tongefäß, und noch bevor seine Hand wieder zum Vorschein gekommen war, erkannte Pudanitschow bereits den Totenschädel. Er stürzte nach vorn und entriss ihn Montebello. Der Oligarch aber verschlang seine Beute förmlich mit den Augen.
«Sind das Verletzungsspuren, Signor Berliner? Hier – sehen Sie mal – an der Stirn und an den Wangenknochen!»
Der Archäologe trat heran und betrachtete den Schädel. Erstaunlicherweise fehlten nur wenige Zähne, aber tatsächlich waren ein paar Kerben gut zu erkennen, die durchaus Verletzungsfolgen sein konnten.
«Das ist ohne eine mikroskopische Untersuchung schwer zu sagen. Aber ich würde es nicht ausschließen. Alexanders Mut war Teil seines Charismas und seines Erfolgs – und er wurde Teil seiner Legende. Er kämpfte immer in vorderster Linie, und bei den damaligen Waffen konnte es nicht ausbleiben, dass er dabei auch schwere Verletzungen davontrug. Es gibt antike Historiker, die ausführlich davon handeln, wie etwa Curtius Rufus oder Plutarch.»
«Das ist faszinierend. Erzählen Sie!»
«Es sind zu viele Stellen!»
Pudanitschow war nicht zu bremsen.
«Bitte!»
«Also gut: Bei Plutarch heißt es in seiner Schrift über die Tapferkeit oder das Glück Alexanders sinngemäß, dass in Illyrien Alexander ein Stein am Kopf und eine Keule im Nacken getroffen haben. Am Granikos soll ein Dolch ihn ebenfalls am Kopf verletzt haben und in der Schlacht bei Issos ein Schwert an der Hüfte. Bei Gaza wurde er durch einen Pfeilschuss am Knöchel, bei Maracanda – dem heutigen Samarkand – am Schienbein, bei Kämpfen

gegen die indischen Assacanen an der Schulter, gegen die Gandariden am Schenkel und gegen die Mallier schließlich an der Brust verwundet. Bei der Erstürmung der Stadt der Mallier wäre er wohl tatsächlich um Haaresbreite umgekommen, wenn ihn nicht seine engsten Gefährten im Kampfgetümmel mit ihrem Schild und ihrem eigenen Leben geschirmt hätten.»
Pudanitschows Augen leuchteten.
«Sie sind ein Dichter! Jemanden wie Sie hätte ich gern dabei für die langen Abende, die nun auf mich warten. Zu schade ...»
Pudanitschow drehte den Schädel eine Weile in der Hand. Dann hob er ihn in die Höhe:
«Das Haupt Alexanders des Großen ist das einzig würdige Geschenk für einen Mann, der als neuer Herrscher an die Spitze eines Weltreichs tritt! Und mich wird Alexander wieder in Gnaden in dieses Weltreich zurückführen!»
Dann legte er den Schädel behutsam in den Koffer.
«Eccellenza, ich muss nun aufbrechen. Von mir aus können Sie Ihren San Gennaro wieder an seinen alten Platz räumen.»
Montebello und Silvestri legten die Knochen in das Tongefäß und stellten es zurück in den Altar. Auf einen Wink Pudanitschows setzten seine Männer die Glasfront wieder ein und deckten das Tuch über die Altarplatte.
«Sehen Sie! Sie sollen mich doch für die kurze Zeit, die Ihnen bleibt, in guter Erinnerung behalten!»
«Was soll das heißen? Was haben Sie mit uns vor?»
«Ich? Gar nichts! Das erledigt mein Mitarbeiter. – Da! Hören Sie mal! Das Feuerwerk hat begonnen!»
Selbst in der Krypta hörten sie fern die dumpfen Geräusche explodierender Böller, mit denen die Neapolitaner das Blutwunder am Festtag ihres Heiligen feierten.
«Sehen Sie – da werden sich unsere Böller gleich sehr schön einfügen.»
Pudanitschow wandte sich an einen seiner Begleiter.
«Warte damit, bis ich draußen bin! Und Sie – wenn man Sie morgen früh hier findet, wird man es für einen Racheakt der Camorra

halten, die Sie heute vorgeführt haben. Soll mir recht sein. Ich bin dann allerdings schon weit weg von Neapel. Eine bemerkenswerte Stadt. Aber jetzt wird es Zeit zu gehen! Meine wahre Heimat wartet.»
Bei diesen Worten klopfte er auf den Koffer.
«Sie können doch nicht einfach sieben Menschen umbringen lassen!»
Montebello starrte den Oligarchen an.
«Sieben scheinen Ihnen viel?»
Pudanitschow stieg bereits die Treppe wieder hinauf.
«Sieben, Eccellenza, sind gar nichts! Adieu!»
Zwei seiner Leute folgten ihm. Der letzte Mann aber zog eine Waffe und herrschte Montebello, Silvestri und Berliner an:
«Los! Setzt euch wieder zu den andern!»
Die drei gehorchten und gingen zu den beiden Steinbänken hinter Kardinal Carafa zurück. Noch hörten sie, wie sich die Schritte Pudanitschows entfernten. Schließlich herrschte Stille. Das also würde das Ende sein. Jackey kauerte sich eng an Savio, der seinen Arm um sie legte. Berliner stand das Entsetzen ins Gesicht geschrieben, und im Blick von Montebello lag Trauer.
«Ich habe noch eine Bitte!»
Der Mann entsicherte seine Pistole, richtete sie auf den Kopf von Padre Luis und machte zwei Schritte auf ihn zu.
«Was willst du – als Erster sterben?»
«Wenn es denn sein muss – in Gottes Namen! Aber ein zum Tode Verurteilter hat doch immer einen Wunsch frei. In meinem ganzen Leben habe ich nicht eine einzige Zigarette geraucht. Ich wüsste gern, wie das ist, bevor ich sterbe.»
Der Mann mit der Waffe traute seinen Ohren nicht.
«WAS ist los? Willst du mich verarschen?»
«Nein, wirklich! Bitte!»
«Ich habe keine Zigarette!»
Padre Luis deutete auf den Generalvikar.
«Aber Monsignor Silvestri ist ein starker Raucher. Er hat bestimmt eine – oder?»

Eugenio Silvestri war genauso verwirrt wie der Killer. Aber er nickte.

«Ja, habe ich.»

«Dann los, gib dem Idioten die verdammte Zigarette! Nun mach schon! Ich will heute Abend noch mal raus hier.»

Der Mann kam noch zwei Schritte näher, so dass er nun direkt zwischen den beiden Säulen stand, an die die Bänke anstießen. Silvestri griff in die Innentasche seines Habits. Seltsam – er, der geraucht hatte, seit er denken konnte, hatte ausgerechnet in diesem Moment überhaupt kein Bedürfnis danach. Was sollte dieser absurde Wunsch von Padre Luis? Er zog eine Nazionali aus der Packung und reichte sie ihm.

«Danke. Aber ich habe auch kein Feuer.»

Noch einmal kramte der Generalvikar in seiner Innentasche, bis er fand, was er suchte. Wieder beugte er sich vor und knipste ein-, zweimal mit dem Feuerzeug, bis die Flamme brannte. Padre Luis steckte sich die Zigarette in den Mund, erhob sich linkisch von der Bank und beugte sich weit nach vorn. Dann machte er eine Bewegung, als wollte er mit dem rechten Arm nach dem Feuerzeug greifen – im nächsten Augenblick schoss ein dünner Feuerstrahl aus seiner Hand und traf den Killer mitten ins Gesicht. Während er aufschrie und nach hinten taumelte, riss er seine Hände nach oben und feuerte. Im nächsten Moment warf sich Savio gegen ihn, so dass der andere mit dem Kopf hart gegen die Statue Carafas schlug. Es knackte hässlich, und der Killer ging zu Boden. Savio trat gegen seine Hand, so dass die Waffe über den Steinboden schlitterte. Montebello rannte hinüber und hob sie auf. Als er sich umdrehte, lag der Mann in einer verdrehten Haltung auf dem Boden. Erst allmählich dämmerte Savio, der rittlings auf ihm saß, dass sich der andere nicht mehr rührte. Aber was war mit Jackey und Eugenio Silvestri? Sie knieten am Boden – über Padre Luis gebeugt.

«Um Gottes willen ... was ist?»

«Schnell, er blutet stark. Rufen Sie einen Krankenwagen!»

Montebello versuchte eine Nummer in sein *cellulare* zu tippen. Aber hier unten gab es keinen Empfang.

«Ich muss rauf, auf die Straße.»
Schon jagte er die Treppe hinauf und durch den nächtlichen Dom. Seine Gedanken überschlugen sich. Was hatte Padre Luis da gemacht? Wo war der Feuerstrahl hergekommen? Wie schwer war seine Verletzung? Während er auf den Ausgang zurannte, durchsuchten seine Hände die Hosentaschen, und ihm fiel wieder ein, wie er vor ein paar Tagen zu Padre Luis und Jackey gesagt hatte, dass es einer der Vorzüge seines neuen Amtes sei, dass man alle Schlüssel zum Dom habe. Er traf vor Aufregung kaum das Schlüsselloch der Pforte von San Gennaro. Da bemerkte er, dass die Tür gar nicht abgeschlossen war. Im nächsten Moment stand er auf der Straße und fand sich mitten unter Hunderten von Feiernden, die ihre Köpfe zum Himmel reckten, wo eine Salve von Feuerwerksraketen nach der anderen die Fassade des Domes in allen Farben erstrahlen ließ. Zuächst nahm ihn niemand in diesem Trubel wahr. Dann erkannten ihn ein paar der Schaulustigen und klopften ihm auf die Schulter – und endlich, endlich hörten sie auch, was er schrie, um das Krachen der Raketen zu übertönen:
«Aiuto! Ambulanza! Subito! Un medico d'urgenza! Subito! Aiuto! Aiuto!»
An diesem Abend war ein Rettungswagen am Domplatz stationiert, und doch schien eine Ewigkeit zu vergehen, bis Notarzt und Sanitäter durch die Kirche rannten und die Stufen hinab zur Krypta sprangen, wo Padre Luis mit dem Tod rang. Sie legten ihn auf eine Trage und bahnten sich gleich darauf einen Weg durch das Gewühl ins Uniklinikum. Montebello hatte darauf bestanden mitzufahren.
Pudanitschows Killer brauchte keinen Arzt mehr. Abelardo Sanna hatte sich auf dem Boden neben ihm niedergelassen, und während er seine Gebete sprach, warteten die Leichenträger hinter dem Standbild von Kardinal Carafa. Irgendjemand hatte Conti verständigt, der die Aussagen von Jackey, Savio und Lukas Berliner aufnahm. Der Morgen graute bereits, als Montebello Jackey anrief und ihr sagte, dass Padre Luis operiert worden sei. Die nächsten Stunden würden entscheiden.

«Wissen Sie, was Padre Luis da unten in der Krypta gemacht hat? Wo kam auf einmal das Feuer her?»

«Ich bin mir nicht sicher – aber ich weiß, dass Padre Luis eine Hautkrankheit an den Händen hat. Er hat mir vor ein paar Wochen mal gesagt, dass er deswegen immer ein flüssiges Desinfektionsmittel bei sich trägt. Ich glaube, dieses Zeug ist extrem feuergefährlich. Wahrscheinlich hat er den Strahl durch die Flamme des Feuerzeugs von Monsignor Silvestri auf den Killer gesprüht. Er hat uns allen das Leben gerettet.»

Einen Augenblick herrschte Stille. Dann hörte sie Montebello wieder.

«Beten wir, dass er es nicht mit seinem eigenen bezahlen muss!»

Kapitel 23 – Der Verlierer

An Bord der Anna Pawlowna, 20. September, vormittags
Während sich die Ärzte bemühten, Padre Luis zu retten, liefen bereits die Verhaftungen in den Führungsetagen von Tecologico, CaritaMondo 21.0 und SaniRaggi in Neapel und Rom. Die Polizia di Stato und die Guardia di Finanza führten Haussuchungen durch, trafen aber nicht alle Verdächtigen an. Einige waren noch im Laufe des Tages von San Gennaro, andere in der darauffolgenden Nacht verschwunden. Unter ihnen befanden sich auch Wladimir Pudanitschow und sein Bankier Dmitri Smyslow.
Bereits am Morgen des Feiertags war die Yacht des Oligarchen ausgelaufen und ankerte nun mehr als zwölf Meilen vor der italienischen Küste. Dort wartete die fünfzigköpfige Besatzung nur noch auf den Schiffseigner, der in ein paar Stunden einfliegen würde. Man hatte sich mit allem Erforderlichen eingedeckt; jeden Punkt im Mittelmeer konnte man erreichen, ohne noch einmal irgendwo anlegen zu müssen. Die 40 000-PS-starken Dieselmotoren schafften mühelos eine Reisegeschwindigkeit von 22 Knoten. So würde man überall binnen einer Woche sein können, selbst wenn man um Sizilien herumfahren musste. Kam doch die Straße von Messina als Route nicht in Betracht; nur außerhalb der italienischen Hoheitsgewässer war die *Anna Pawlowna*, die unter der Flagge der Bermudas fuhr, vor unwillkommenen Besuchern sicher. Pudanitschow hatte die Diadochen bereits am Abend vor Beginn der Feierlichkeiten für ein verlängertes Wochenende an Bord ein-

geladen. Er hatte sie mit dem Versprechen gelockt, er wolle ihnen eine Überraschung ganz besonderer Art bieten. Wer den Russen kannte, wusste, dass man in seinem Fall mit solch einer Verheißung tatsächlich große Erwartungen verbinden durfte. Auch diesmal war strenge Geheimhaltung vereinbart. Umso mehr genossen die Herren die Annehmlichkeiten, die ihnen ihr Gastgeber bot.
Der Finanzmagnat selbst hatte in der Nacht nach dem Fest von San Gennaro in Begleitung zweier Mitarbeiter mit einem Privathubschrauber vom Aeroporto di Napoli-Capodichino abgehoben. Die Fluglotsen im Tower waren ziemlich verärgert, weil der Start wiederholt verschoben werden musste. Der Milliardär hatte wohl noch auf jemanden gewartet, der aber nicht gekommen war. So nutzte der Pilot erst in den frühen Morgenstunden die längst erteilte Freigabe und zog Richtung Westen davon.

Udine, 20. September, vormittags

In Neapel leitete Conti die Untersuchungen. In Rom übernahmen die Kollegen von Bariello für einen Tag das Kommando. Dieser war in Udine-Campoformido gelandet, von wo ihn ein junger Beamter zur Klinik fuhr.
«Ich bleibe im Wagen, Commissario. Ich stehe den ganzen Tag zu Ihrer Verfügung.»
«Danke, Sovrintendente! Bis später!»
Vor der Tür des Zimmers, in dem der überlebende Fahrer des Tecologico-Trucks lag, saßen zwei Beamte. Sie erhoben sich, als sie Bariello kommen sahen.
«Wir haben gar nicht mit Ihnen gerechnet, nachdem wir gehört hatten, was in Rom und Neapel los war!»
«Ich habe sehr gute Kollegen. Außerdem gehört der Bombenanschlag in Tarvisio sicher auch zu unserem Fall. Aber ich verstehe das Motiv dafür nicht und will mit dem Mann sprechen.»
«Dann viel Glück! Uns hat er kein Wort gesagt. Ich glaube im Leben nicht, dass der Typ da drin Emilio Bonasera ist, auch wenn das in seinen Papieren steht. Aber das Verrückte ist, dass seine Papiere

echt sind – wer immer ihm die beschafft hat, muss verdammt gute Verbindungen haben. Ich werde das Gefühl nicht los, dass er Soldat ist. Er wirkt körperlich absolut fit und hat die Explosion praktisch unverletzt überstanden. Es gibt ein Hörproblem – die Ärzte sprechen von einem Knalltrauma. Aber daran liegt es nicht, dass er nicht mit uns redet. Er kann uns auf jeden Fall verstehen.»
«Was ist mit dem Toten?»
«Alles verbrannt – das dauert noch. Wir sind bis jetzt keinen Schritt weitergekommen.»
«Na, dann ...»
Bariello klopfte und betrat das Krankenzimmer.
«Buongiorno, Signor Bonasera. Ich bin Commissario Bariello.»
Der Mann, der aufrecht in seinem Krankenbett saß, musterte seinen Besucher.
«Signor Bonasera, ich weiß nicht, weshalb Sie mit meinen Kollegen aus Udine nicht sprechen wollen. Ich bin gekommen, um Ihnen zu sagen, dass wir die Täter verhaftet haben, die für den Anschlag verantwortlich sind. Sie werden vor Gericht gestellt und wegen Mordes angeklagt. Es sind Mitglieder der Camorra. Wir haben auch den Chef des Clans verhaftet.
Ich weiß aber auch, Signor Bonasera, dass Sie in den Schmuggel von radioaktiven Abfällen verwickelt sind. Deshalb wird es ein Gerichtsverfahren gegen Sie geben. Aber wenn Sie uns helfen, die Hintergründe aufzuklären, dann wird die Strafe deutlich geringer ausfallen. Denken Sie darüber noch einmal nach!
Vor allem möchte ich verstehen, wieso die Camorra Sie und Ihren Beifahrer umbringen wollte. So etwas ist bei keiner der anderen Fahrten vorgekommen. Wir haben alle Unterlagen, einschließlich der Tagesdaten, so dass wir überprüfen konnten, ob es bei früheren Transporten irgendwelche besonderen Vorkommnisse gegeben hat. Fehlanzeige. Warum also bei Ihnen?»
Es klopfte, und eine hübsche Krankenschwester betrat den Raum. Der Patient schaute sie an, und Commissario Bariello erhob sich. Die junge Frau lächelte den beiden Männern zu und ging zu Bonaseras Beistelltisch.

«Ah, Sie haben Besuch! Wie schön! Ich bringe Ihnen Ihre Tropfen. Sie sind im Orangensaft. Wenn Ihr Besuch gegangen ist, müssen wir noch mal den Blutdruck messen.»
Sie stellte einen Plastikbecher ab, ging um das Bett herum und nahm ein leeres Frühstückstablett mit.
«Addio!»
«Arrivederci, sorella!»
Der Commissario nickte ihr zu.
«Also, von vorn: Die Leute, die Sie umbringen wollten, sitzen in U-Haft. Ihnen droht keine Gefahr mehr. Die werden rund um die Uhr bewacht. Und Sie wissen, dass es die Kronzeugenregelung gibt. Wir können Sie dauerhaft schützen. Aber das geht nur außerhalb der Gefängnismauern. Wenn Sie verurteilt werden, fahren Sie ein. Und dann kann es sein, dass diejenigen, die hinter Ihnen her sind, herausbekommen, wo Sie sitzen. Arbeiten Sie mit uns zusammen, Signor Bonasera!»
Der Mann im Krankenbett hatte einen völlig leeren Gesichtsausdruck. Er griff nach dem Saft, leerte den Becher in einem Zug und wandte den Kopf zum Fenster. Bariello schwieg und ließ seinen Blick über die Wände wandern. Sie waren in einem hellen Blau gestrichen. Gegenüber dem Krankenbett hing die vergrößerte Fotografie einer Amaryllis. Der Commissario musste an seine Frau denken. Sie hatte diese Pflanze, die so wunderbar blühte, gehasst, weil alle ihre Teile giftig waren. Sie hatte geradezu panische Angst davor gehabt – wie vor so vielem im Leben. Bariello seufzte und schaute wieder auf den Patienten.
«Ist Ihnen nicht gut? Signor Bonasera!»
Der Mann war völlig grau im Gesicht. Ein Schwall rötlicher Flüssigkeit schoss aus seinem Mund, und der Geruch von Orangensaft, Blut und Magensäure breitete sich aus.
«Was ist mit Ihnen?»
Der Mann stöhnte.
«Ich hole den Arzt!»
«NEIN!»
Noch ein Schwall blutig Erbrochenes.

«Nicht die Camorra ...!»
«Was?»
«Wir haben für die Amerikaner geliefert.»
Er krümmte sich vor Schmerzen.
«Ich hole jetzt einen Arzt!»
Bariello machte einen Schritt auf die Tür zu.
«Hören Sie! Eine Rakete für den IS ... halbe Kilotonne Gefechtskopf... Damaskus ... die Feier der Präsidenten ...»
Der Commissario riss die Tür auf.
«Einen Arzt! Schnell! Er stirbt! Gift! Wo ist die Schwester, die gerade hier drin war? NUN REDEN SIE SCHON!»
«Da vorn! Die Treppe runter. Aber ...»
Bariello spurtete über den Gang zur Treppe. Er nahm immer drei Stufen auf einmal und hatte das Krankenhausportal erreicht. Er schaute die Straße hinunter und sah, wie die Frau in einen Wagen stieg. Er rannte zu dem Polizeiwagen, in dem sein Fahrer wartete.
«Sehen Sie den Wagen da vorn – der gerade anfährt? Los, hinterher!»
Der Beamte startete und wollte aus der Einfahrt raus, als sich ein großer blauer Lancia mit dunklen Scheiben vor ihn schob. Der Polizist hupte. Nichts geschah. In dem Moment, als Bariello ausstieg und auf den Wagen zuging, senkte sich dessen Scheibe auf der Beifahrerseite.
«Hast du blöder Bulle wirklich geglaubt, wir lassen uns von dir die Tour vermasseln?»
Bariello erkannte Maggiore Russo vom Servizio Segreto. Als er wieder die Straße hinunterschaute, sah er, wie der Wagen, den sie hatten verfolgen wollen, an der nächsten Kreuzung abbog. Bariello ging um das Polizeiauto herum und öffnete die Fahrertür.
«Steig aus!»
«Commissario?»
«Steig aus – komm! Schnell!»
Ein verwirrter Sovrintendente überließ seinen Platz dem Commissario. Der schnallte sich an, setzte drei Meter zurück und fuhr mit Vollgas in die Seite des Lancia. Glas splitterte, Blech verbog sich,

Airbags gingen auf, und die Alarmanlagen beider Wagen plärrten los. Die Seitentür des Polizeiwagens hatte sich verklemmt. Bariello musste sich mit aller Kraft dagegenstemmen, bis sie aufsprang. Als er auf der Straße stand, starrte ihn ein völlig entgeisterter Maggiore Russo an. Dessen rechte Augenbraue war aufgeplatzt, und er wischte sich mit einer fahrigen Bewegung Blut von der Stirn.
«Tut mir leid, Maggiore! Ich habe die Kontrolle über den Wagen verloren. Sovrintendente – ich nehme ein Taxi zum Flughafen. Wenn ich in Rom bin, melde ich mich wieder.»

Rom, 20. September, früher Nachmittag
«Versteht ihr? Im Schatten dieser Atommüllsache läuft noch eine ganz andere Aktion!»
Salvatore Graziani legte die Stirn in Falten.
«Vincenzo – der Typ war am Krepieren. Du sagst, sein Italienisch war irgendwie anders – vielleicht ein Ausländer. Wahrscheinlich hast du dich einfach verhört.»
«ICH HAB MICH NICHT VERHÖRT! Die haben eine Atombombe nach Italien gebracht.»
«Das ist doch absurd! Die Amerikaner übergeben der Camorra eine Atombombe? Ich bitte dich!»
Di Lauro wiegte den Kopf.
«Es würde immerhin erklären, wieso der Servizio Segreto auf der Bildfläche erscheint. Und Tatsache ist, dass ein Amerikaner versucht hat, den Commissario von den Ermittlungen abzuhalten und von übergeordneten Interessen gefaselt hat. Meinst du vielleicht, der war vom *Esercito della salvezza*? Die werden Don Giglio fett bezahlt haben. Mehr will der nicht. Also kutschiert er das Ding durch Italien. Wäre er aufgeflogen, gäbe es überhaupt keine Spur zu den Amerikanern: Die beiden, die den Sprengsatz nach Italien gebracht hätten, wären tot. So würde man einfach davon ausgehen, dass die Camorra ihr Geschäftsfeld erweitert hätte und jetzt auch mit Kernwaffen aus dem Osten dealt.»
«Wenn du so schlau bist: Was soll dann diese Waffe in den Händen

des IS? Der hat in Syrien verloren. Und in einem waren sich die Amis mit der restlichen Koalition da unten auf jeden Fall einig: Die wollten den IS ausschalten. Wieso sollen sie dem dann so eine Waffe in die Hände spielen?»
«Auch wenn der IS weg ist: Das Regime in Syrien bleibt. Das ist bestimmt nicht im Sinne der Amerikaner. Die haben diesen Krieg nämlich auch verloren. Und du weißt doch, wie deren Präsident tickt: *America worst!* Dem traue ich zu, dass er auch jetzt noch versucht, den syrischen Präsidenten zur Hölle zu schicken – egal, wie.»
Bertani schaltete sich ein.
«Gennaro, spinn nicht rum! Schau doch mal auf die Landkarte, wo Damaskus liegt. Das sind Luftlinie zweihundert Kilometer von Tel Aviv. So nahe an Israel! Das würde sich nicht mal der amerikanische Präsident trauen.»
«Aber hier geht es um eine Rakete mit einem Sprengkopf von einer halben Kilotonne. Jeder in der Friedensbewegung kann dir sagen, dass das eine ziemlich kleine nukleare Gefechtsfeldwaffe ist. Eine taktische Atomwaffe mit begrenztem Wirkungsradius. Das gerade macht sie ja in der Planung der Militärs so gefährlich. Bei der Wucht einer halben Kilotonne TNT bleibt der Zerstörungsradius unter einem Kilometer. Dafür kann man eine Rakete mit so einem kleinen Atomsprengkopf verteufelt präzise ins Ziel bringen. Wenn du also eine einigermaßen genaue Vorstellung hast, wo sich dein Gegner aufhält, wirst du ihn mit so einer Rakete erwischen.»
Bariello stand auf.
«Wir können das nicht ignorieren! Auch wenn wir jetzt nichts beweisen können, aber da ist was im Busch. Was hat der Mann gemeint mit ‹Damaskus› und ‹Feier der Präsidenten›?»
Di Lauro zog sein iPhone heraus.
«Das haben wir gleich.»
Er brauchte keine Minute.
«Hier: Am 1. Oktober soll in Damaskus in Anwesenheit des syrischen Präsidenten eine Parade für den Sieg über den IS stattfinden ...»

Dann hob er den Blick.

«Der russische Präsident und der Präsident des Iran haben gleichfalls ihr Kommen angekündigt ...»

An Bord der Anna Pawlowna, 20. September, abends
Das Fest strebte seinem Höhepunkt entgegen. Wladimir Pudanitschow war am frühen Morgen auf dem Helipad seiner Yacht gelandet. Tagsüber hatte er sich zurückgezogen. Seinen Gästen hatte er ausrichten lassen, er habe harte Geschäftsverhandlungen hinter sich, so dass er noch etwas Ruhe brauche. Am Abend sollten sie entschädigt werden und sich schon mal auf eine lange Nacht einstellen.

Im Salon auf dem Oberdeck wurden nun die Champagnerflaschen entkorkt und ein Dreisternekoch sorgte für das leibliche Wohl der Diadochen. Die Gespräche kreisten weniger um Kunst und Kultur als um Autos, Aktien und teure Urlaubsreisen. Da steuerte bereits mit ziemlicher Schlagseite der Bankier Pancrazio Vitale auf den Gastgeber zu.

«Mein lieber Wladimir! Das ist die schönste Party, die ich seit langem gefeiert habe.»

Er schlug dem Oligarchen krachend auf die Schulter. In Pudanitschows Gesicht zuckte es.

«Es freut mich, dass es Ihnen gefällt. Gerade auf Ihr Urteil lege ich ganz besonderen Wert.»

«Du bist ein feiner Kerl, du alter Iwan! Nur eins musst du noch lernen. Ich weiß, dass du auf kleine Jungs stehst – macht überhaupt nichts! Wir sind moderne Menschen. Und jedes Tierchen ist wieder anders. Aber wir Männer im Süden haben es mehr mit Frauen. Verstehst du? Ich kann mich noch gut an die Bunga-Bunga-Abende erinnern, als in Italien alles noch im Lot war. Jetzt müssen wir froh sein, wenn mal ein sympathischer Bolschewik wie du vorbeikommt und was für unsere Unterhaltung tut. Beim nächsten Mal denkst du einfach dran, ein paar Mädchen mit an Bord zu nehmen! Aber sonst – alles prima.»

«Vielen Dank! Bitte entschuldigen Sie mich für einen Augenblick!»
Der Oligarch nickte dem Bankier freundlich zu und verließ den Salon. Er trat in die Nacht hinaus und legte seine Hände auf die Reling. Er spürte das sanfte Vibrieren aus dem Maschinenraum. Irgendwo über ihm schrie eine Möwe. Der Fahrtwind kühlte seine Stirn. Nicht mehr lange, und er würde dieses ganze Gesindel los sein. Diese Schmarotzer, die einen Van Gogh kaum von einem Warhol unterscheiden konnten! Aber selbst wenn ihre Gegenwart ihn nicht so angeekelt hätte, müsste er sie trotzdem beseitigen: Sie waren potentielle Zeugen. Das Risiko war zu groß. Der künftige russische Präsident würde sicher gern aus der Hand des reumütigen Heimkehrers den Alexander als Geschenk entgegennehmen – eines Heimkehrers, der sich zudem engagiert hatte, sein Vaterland von den Problemen mit dem Atommüll zu befreien. Doch auch der neue Herr im Kreml würde es sich nicht leisten können, ihn wieder in Gnaden aufzunehmen, wenn er in Verbindung mit Morden an Zivilisten und Geistlichen gebracht würde, die in ihrer Heimatstadt gerade zu Helden aufgestiegen waren.
Um seinen Gästen an Bord den Abschied von dieser Welt zu versüßen, wollte er ihnen aber noch etwas bieten. Er straffte sich und betrat wieder den Salon, ging zur Bar und läutete mit einer Glocke. Die Musik hörte auf, und die Gespräche erstarben.
«Meine lieben Freunde, erinnern Sie sich noch, als wir vor ein paar Wochen davon erfuhren, dass irgendwo in Neapel der größte Feldherr der Geschichte seine letzte Ruhestätte gefunden haben soll? Natürlich erinnern Sie sich. Ich habe Sie für den heutigen Abend an Bord der *Anna Pawlowna* gebeten, um Ihnen zu sagen, dass es mir gelungen ist, den spektakulären Brief Winckelmanns ausfindig zu machen.»
Ein Raunen lief durch den Salon.
«Wie ich Ihnen versprochen habe, blieb der Brief natürlich bei seinen Eigentümern. Uns ging es nur um seinen Inhalt, damit die Loge der Diadochen – und damit die Treuesten der Treuen in der Nachfolge der Gefährten Alexanders des Großen – sich

auf die Suche nach dem einstigen Herrscher der Welt begeben könnte.»
«Bravo! Großartig!»
«Danke, meine Freunde! Danke! Aber ich dachte mir, da Sie alle beruflich so gefordert sind, würde es Ihnen schwer werden, selbst mit Hacke und Schaufel loszuziehen, wie es sich eigentlich für einen Archäologen ziemt. Daher habe ich Ihnen diese Mühen abgenommen.»
Pudanitschow winkte dem Chief-Steward, der ihm einen schwarzen Lederkoffer reichte. In diesem Moment hätte man im Salon eine Stecknadel fallen hören können. Die Diadochen schauten einander ungläubig an. Konnte das sein?
«Wir haben heute Abend einen ganz besonderen Gast an Bord. Kommen Sie näher! Ich will Sie miteinander bekannt machen.»
Der Oligarch wartete, bis sich alle um die Bar versammelt hatten.
«Begrüßen Sie mit mir Alexander III. von Makedonien – besser bekannt als ALEXANDER DER GROSSE!»
Er klappte den Koffer auf. Im nächsten Moment brach ein Tumult los. Die Diadochen schoben und stießen einander, um das wirklich zu sehen, was sie doch nicht glauben konnten. Minutenlang verstand niemand mehr in dem Raum sein eigenes Wort. Als sich die Szene nach und nach beruhigte, sprach Pudanitschow weiter.
«Ich habe für jeden von Ihnen ein paar Handschuhe, damit Sie Alexander und seinen letzten Schätzen noch etwas näher kommen können.»
Ein neuerlicher Wink, und auf einem Silbertablett wurden sieben weiße Baumwollhandschuhpaare hereingetragen. Sie wurden eiligst übergestreift, und dann gingen der Schädel und die Stücke von Hand zu Hand. Während die anderen mit erregten Kommentaren einander ihre Beobachtungen mitteilten, schaute der Gastgeber ihnen mit unbewegter Miene zu. Als er sicher war, dass alle alles einmal in der Hand gehalten und bewundert hatten, schaute er ein drittes Mal zum Chief-Steward, der daraufhin einen Armand de Brignac Midas auffuhr.
«Bitte, meine Freunde, nehmen Sie doch wieder Platz und erholen

Sie sich jetzt ein wenig von dem, was Sie gerade erlebt haben. Dieses Getränk, das ich Ihnen nun kredenze, ist nicht so alt wie Alexander, aber doch wert, dass Sie es in aller Ruhe genießen.»
Die Diadochen gingen zu den Sesseln, die von den Stewards zu einem Halbkreis zusammengeschoben worden waren, und nahmen jeder ein Glas entgegen.
«Ruhe, mein lieber Pudanitschow, werde ich erst wieder haben, wenn ich diese Zimelien sicher in einer Vitrine des Archäologischen Nationalmuseums von Neapel weiß. Vorher werde ich wahrscheinlich überhaupt keinen Schlaf mehr finden.»
«Oh, mein lieber Signor Ferretti, da bin ich sogar ganz sicher, dass Sie vorher noch Ruhe finden werden. Dieser Champagner ist berühmt für seine beruhigende Wirkung.»
Pudanitschow schenkte dem Museumsdirektor sein liebenswürdigstes Lächeln und hob sein Glas.
«Auf Alexander den Großen und seine Diadochen!»
Die Gäste wiederholten den Toast, und die Gläser wurden nachgefüllt. Tatsächlich löste sich die Spannung rasch, die über der Runde gelegen hatte. Es dauerte nur ein paar Minuten, bis alle Passagiere in ihren Sesseln schliefen.
«Das ging ja flott.»
Er winkte einem Steward.
»Holen Sie den Chief-Officer!»
Kurz darauf betrat der Erste Nautische Offizier den Salon.
«Wo sind wir?»
«Dreißig Meilen nördlich von Ustica.»
«Wassertiefe?»
«Etwas mehr als eine Meile.»
«Strömung?»
«Nord-Nordwest.»
«Sehr gut! Ich werde mich jetzt zurückziehen. Aber wir müssen die *Anna Pawlowna* noch leichtern. Sie werden das hier mit dem Bootsmann und ein paar Matrosen übernehmen. Alle Papiere, Wertsachen, Kleidung und so weiter werden verbrannt. Achten Sie darauf, dass keine Schiffe in der Nähe sind, und dann runter mit

dem Ballast! Den Rest besorgen die Fische. Das wär's. Steward! Bringen Sie jetzt Mr Shoemaker in meine Bibliothek!»
«Sehr wohl, Signor Pudanitschow.»
Pudanitschow ging nach unten und stellte zwei Whiskeygläser bereit, als es klopfte.
«Ah! Guten Abend, Mr Shoemaker – oder besser: guten Morgen! Ich hoffe, Sie haben sich in den letzten sechsunddreißig Stunden nicht gelangweilt!»
«Durchaus nicht – der Service an Bord Ihres Schiffes ist perfekt. Da hält man es auch mal unter Deck aus.»
«Apropos Service – darf ich Ihnen zum Abschluss unserer Geschäftsbeziehungen einen Dalmore 64 anbieten? Eine der drei letzten Flaschen ist mir vor einiger Zeit zugelaufen.»
«Ein wenig feiern – warum nicht. Die anderen Herrschaften ...?»
«... wollten den Heimweg schwimmend bewältigen. Nun? Wo treffen wir uns mit Ihren Partnern?»
«Nehmen Sie Kurs auf Zypern und steuern Sie Paphos an! Die Gegend ist ziemlich touristisch – da gehen immer wieder auch mal Großyachten vor Anker. Wir werden nicht weiter auffallen, wenn wir ein paar Kisten umladen. Dort trennen sich dann unsere Wege.»
«Die finanzielle Seite ...?»
«... ist bereits ausgeglichen. Ihre Konten auf den Cayman Islands haben um einhundert Millionen Dollar zugelegt. Was haben Sie nun vor?»
«Ich habe meine Zelte in Neapel abgebrochen und gehe davon aus, dass ich nach dem bevorstehenden Regierungswechsel endlich wieder nach Hause zurückkehren kann. Der künftige russische Präsident wird mir viel zu verdanken haben. Mit diesem Karriereschritt konnte er nach seinem Wankelmut im Kaukasuskrieg nicht mehr rechnen. Damals musste der Großwildjäger von einem Staatsbesuch im Osten in die Heimat zurückeilen, um die Leitung der Operationen selbst zu übernehmen ... Ich werde mich gut mit dem neuen Mann verstehen. Er ist nicht so ein Spießer, was meine kleinen Vorlieben betrifft. Und außerdem bringe ich ihm mit

Alexander dem Großen eine echte Freundesgabe, die ihn nicht unberührt lassen wird. Wie wird es bei Ihnen weitergehen?»
Pudanitschow reichte seinem Gast den Whiskey, und sie stießen an.
«Hmm – der passt zu diesem Abend! Während unsere Freunde vom Mossad das Präsent auf den Buk-TELAR montieren und dem IS für seinen Abschiedssalut in Syrien übergeben, werde ich mit meiner Frau und meinen Kindern in der Half Moon Bay liegen. Einer der schönsten Strände Kaliforniens! Da träume ich dann, wie ich mir ein paar Tage später in Langley die Filmaufnahmen ansehe: ein russischer Werfer, auf den eine russische Boden-Boden-Rakete montiert ist, die wiederum einen russischen Mini-Nuke trägt. *In Liebe für Damaskus – Dein Moskau.* Dann: schhhhhhhhh – ein weißer Strich am azurblauen Himmel und kurz darauf ein Lichtschein, heller als tausend Sonnen! Schließlich Asche. Asche, aus der sich kein Phoenix mehr erhebt. Man könnte zum Dichter werden ...
Natürlich werden wir alles mit Satelliten und Beobachtungsdrohnen filmen. Die Aufnahmen stellen wir ins Netz. Alle Welt soll sehen, dass die Islamisten diesen Anschlag mit russischen Waffen begangen haben. Und alle Welt wird erkennen, dass Russland nicht mehr ist als eine unfähige Mittelmacht, die sich zwar irgendwo einmischen kann, aber nicht in der Lage ist, auf ihre eigenen Munitionskisten aufzupassen. Und dann schmelzen wir, die *good guys*, vor den Augen der Weltöffentlichkeit den TELAR mit unseren Hellfire-Raketen, um noch größeres Unheil zu verhindern.
Mit dieser Operation stürzen wir Russland in eine Krise, von der es sich zu unseren Lebzeiten nicht mehr erholen wird: Der eigene Präsident weggeputzt mit den eigenen Waffen! Die werden ihre gesamte Generalität nach Sibirien schicken. Das Land wird im Angesicht der eigenen Unfähigkeit vor der Weltöffentlichkeit gedemütigt und so destabilisiert, dass es für Jahrzehnte mit sich selbst zu tun hat. Wir werden außenpolitisch nicht nur alles verlorene Terrain wieder gutmachen, sondern satte Geländegewinne verzeichnen.

Das lohnt dann auch die Mühe, dafür den Buk-TELAR ranzuschaffen, mit dem die russischen Militärs uns in der Ukraine bis aufs Blut gereizt haben. Wer glaubt, unsere Interessen ignorieren zu können – ob in der Ukraine, in Syrien oder wo auch immer –, zahlt dafür einen hohen Preis.»

«… und der Oscar für das beste Originaldrehbuch geht an – Sidney William Shoemaker! Bravo! – Trotzdem gestehe ich, dass ich vor ein paar Wochen, als Sie mir das Geschäft vorgeschlagen haben, doch sehr überrascht war über die Besetzung Ihres Streifens.»

«Weshalb? Alle Seiten gewinnen! Die bösen Jungs vom IS haben sich, ohne zu zögern, auf den Deal eingelassen. Sie sind zwar permanent im Visier unserer Drohnen, und wenn die auch nur in die falsche Richtung pinkeln, geschweige denn der Laster eine verdächtige Bewegung Richtung Israel macht, grillen wir sie sofort. Doch wenn sie brav sind, dann haben sie noch einen märtyrermäßigen Propagandaerfolg, ehe der Islamische Staat in Syrien vollends von der Bildfläche verschwindet.»

«Aber der Mossad?»

«Dessen Analysten kamen zu demselben Schluss wie wir: Das Risiko ist für die Falken sehr überschaubar. Dafür gewinnen sie nach der Aktion volle politische und militärische Bewegungsfreiheit. Keiner wird mehr die Klappe aufreißen wegen Jerusalem als Hauptstadt. Und weder die UNO noch sonst jemand wird es künftig wagen, dem israelischen Militär irgendwelche Vorschriften zu machen, wie es das Land schützen will. Ein Atomschlag durch Islamisten wird die internationale Bewertung der Risikolage vollständig und dauerhaft verändern.»

«Und Ihr Mr President?»

«Wir wollen ihn nicht überfordern. Er ist ein schlichtes Gemüt und ein bisschen nachtragend. So wird er sich einfach freuen, dass es am 1. Oktober drei Männer weniger auf der Welt gibt, die ihn geärgert haben und von denen einer ihn sogar hätte erpressen können. Doch für uns, die wir den Gang der Welt bestimmen, ist wichtig, dass wir die Eskalationsdominanz behalten. Man kann uns in der Ukraine und in Syrien provozieren, und vielleicht verlieren wir sogar mal einen Krieg. Aber am Ende zerquetschen wir sie alle, weil wir bereit sind, für unsere Interessen weiter zu gehen als jeder andere.»

Neapel, 20. September, abends

«Wir müssen mit Don Giglio reden. Er allein weiß, wo das Ding geblieben ist.»

Noch am selben Abend war Bariello weiter nach Neapel geflogen und saß mit Conti in dessen Büro.

«Du glaubst wirklich, dass die Camorra eine Atombombe hat?»

«Nein – ich glaube, dass die Camorra Teil der Lieferkette war und den Sprengsatz weitergegeben hat. Möglicherweise ist er noch in Italien, vielleicht ist er aber auch schon auf dem Weg in den Nahen Osten. Wenn er zum Einsatz kommt, wird nicht nur das Elend in Syrien noch größer – dann wird die Lage in der Region endgültig unkontrollierbar. Was glaubst du, wie die Nachbarstaaten reagieren? Was glaubst du, tut Israel, wenn klar ist, dass Islamisten sich atomar bewaffnen? Was glaubst du, wird in Russland los sein, wenn der Präsident bei einem Anschlag stirbt?»

«Nehmen wir mal an, du hast recht. Weshalb sollte Don Giglio uns helfen? Mehr als für den Rest seines Lebens kann man ihn nicht einsperren. Damit kann er bereits jetzt rechnen. Nachdem er keine Skrupel hatte, die Waffe zu transportieren, wird er nicht plötzlich aus humanitären Gründen ihr Versteck verraten. Wahrscheinlich hat er seine Schäfchen im Trockenen und tröstet sich mit dem Gedanken, dass seine Familie großzügig abgesichert ist.»

«Wir müssen trotzdem mit ihm sprechen!»

«Enzo, er hat uns ausgelacht! Er ist der Chef eines Camorra-Clans. Der – sagt – kein – Wort! Das bringt nichts.»

«Uns läuft die Zeit davon! Wenn der Sprengkopf unterwegs ist, kann es vielleicht schon heute Nacht zu spät sein. In ein paar Tagen ist diese Parade. Ich muss es einfach versuchen!»

Conti sah seinen Kollegen zweifelnd an, zuckte mit den Schultern und ließ sich mit dem Untersuchungsgefängnis verbinden. Es war bereits nach neun Uhr – so dauerte es eine Weile, bis er die Formalitäten für Bariello erledigt hatte. Kurz vor elf betrat der Commissario schließlich die Zelle Sabas. Er sah, dass ihm offenbar niemand frische Kleidung gebracht hatte.

«Don Giglio, wir wissen, dass Ihre Leute einen Atomsprengkopf nach Neapel gebracht haben. Das waren dieselben, die in Tarvisio den Alfa mit einer Autobombe in die Luft gejagt haben.»

«Meine Frau sagt immer zu mir: Das Personal macht heutzutage, was es will. Offenbar hat sie recht. Sie sollten direkt mit den Leuten sprechen, die Sie im Verdacht haben. Ich weiß nichts davon!»

«Mir ist nicht zum Scherzen. Wie viele Menschen haben Sie auf dem Gewissen? Jetzt geht es um das Tausendfache.»

«Obwohl ich ein unbescholtener Mann bin, sitze ich im Knast, und Sie und Ihre Männer arbeiten daran, dass ich hier nie mehr rauskomme. Jetzt wollen Sie mir auch noch einen Massenmord nachweisen? Sie langweilen mich, Commissario. Außerdem möchte ich schlafen. Meine Anwälte werden mit Ihnen sprechen.»

«Welche Anwälte, Don Giglio? Denken Sie an den wunderbaren Avvocato Ferrari? Der hat als Erster das Land verlassen. Sie werden am Ende froh sein, dass Sie einen kleinen Pflichtverteidiger bekommen. Doch auch der wird auf verlorenem Posten kämpfen. Für jemanden, der die Stadt mit radioaktivem Müll verseucht hat, wird kein Gericht der Welt Sympathien empfinden. Die Medien werden das ihre dazu beitragen. Nein – Sie werden im Loch bleiben, bis Sie verfaulen. Nach und nach wird Ihr Einfluss schwinden. Sie werden einfach alt. An Ihr Vermögen kommen Sie auch nicht mehr ran. So wird es immer schwieriger für Sie, sich Vergünstigungen zu erkaufen.»

«Ein paar Freunde werden sich schon um mich kümmern – und auf jeden Fall meine Familie!»

«Männer wie Sie haben keine Freunde. Sie haben Kunden. Und Ihre Familie? Die hat es nicht einmal für nötig gehalten, Ihnen frische Wäsche zu bringen. Ihre Familie wird es sich mit Ihrem Geld gut gehen lassen. Sie wird eine Schamfrist verstreichen lassen und

dann, wenn sie eine passende Zuflucht gefunden hat, setzt sie sich ab. Irgendwo ins Ausland. Aber vielleicht hält Ihre Familie Ihnen wirklich die Treue – dann sehen Sie sie vielleicht in dreißig Jahren wieder. Lassen Sie mich rechnen – dann sind Sie ... sechsundachtzig. Es heißt, es sei tröstlich, seine Lieben noch mal umarmen zu können, bevor man stirbt. Falls Sie so lange durchhalten. Unsere Gefängniskrankenhäuser haben nicht den besten Ruf.»
«Was wollen Sie? Es ist spät. Ich möchte schlafen.»
«Ich möchte wissen, wie Sie darüber denken, dass Sie für andere Leute die Drecksarbeit erledigt haben und jetzt dafür im Loch verschimmeln. Ihre Auftraggeber und Geschäftspartner sind weg. Die waren alle klüger als Sie. Ein paar mittlere Angestellte haben wir, und ein paar Aufsichtsräte. Aber Sie wissen ja, wie das vor Gericht ist: Männer mit weißer Weste, die vom Pfad der Tugend abgekommen sind. Wenn die viel bekommen, dann vier, fünf Jahre – mit einem guten Anwalt vielleicht noch weniger, oder sie kommen gleich auf Bewährung frei. Und ein paar von denen, die gestern Nacht gleich begriffen haben, dass sie nicht so glimpflich davonkommen werden, setzen auf die Kronzeugenregelung. Das steht jetzt schon fest. Die werden Sie gnadenlos hinhängen, um die eigene Haut zu retten. Tja, Don Giglio, Ihr Pech ist, dass Sie der einzige große Fisch im Netz sind. Und deshalb wird man Sie schlachten, um die Leute zu beruhigen. Die Welt soll sehen, dass sich Verbrechen nicht auszahlt.»
Don Giglio hatte seine Hände auf die Tischplatte gelegt und betrachtete sie. Er wusste, dass Bariello recht hatte, und er spürte in seiner Kehle ein würgendes Gefühl aufsteigen. Er würde nie mehr hier rauskommen, wenn nicht ein Wunder geschah. Aber gegenüber diesem *sbirro* würde er sich keine Blöße geben.
«Wenn man schon hier vergammelt, ist es doch tröstlich zu wissen, dass es sich gelohnt hat.»
«Gelohnt hat es sich für die anderen. Die sitzen irgendwo in einem stillen Winkel dieser Welt an einer Bar und machen gerade Onlinebanking. Dabei stellen sie fest, dass sie sich auch in der Fremde zur Ruhe setzen können. Vielleicht hebt gerade einer von ihnen

dankbar sein Glas auf Don Giglio, der ihn reich gemacht hat und die Zeche zahlt.»
«STATT' ZITT' OMM' 'E MERD'!»
«Sie haben diese Bombe nicht selbst vertickt. Das ist nicht Ihr Spiel! Das ist eine Nummer zu groß für Sie. Die Müllgeschichte, okay – das war ein Geschäft, das zu Ihnen passt. Aber ein Atomdeal in der Weltpolitik? Nie im Leben! Sie sind nur der Spediteur, dem man für einen Moment das Gefühl gegeben hat, er sei ein *global player* – und den man jetzt verbluten lässt. Was hat man Ihnen dafür bezahlt, dass man Sie im heißesten Konflikt der Welt als Bauer über das Schachbrett schieben durfte? Lassen Sie mich raten! Wenn da unten die Fetzen fliegen, verdienen Rüstungsfirmen Milliarden, die ihre Flugzeuge, Panzer und Raketen an die Krieg führenden Parteien verhökern. Und den Politikern, die diese Kriege in ihrem Auftrag anzetteln, schieben die Lobbyisten später ein fettes Aktienpaket rüber – irgendwo unter einer Briefkastenadresse im Stillen Ozean. Und ihre Heimatländer hängen ihnen noch einen Orden um. Aber was bekommt Don Giglio? Lebenslänglich.»
«Hören Sie auf!»
Die Stimme des Mannes war leise geworden.
«Wer profitiert? Sagen Sie es mir! Wer hat den Sprengkopf?»
Don Giglio schwieg. Aber der Commissario wusste, dass er ihn am Haken hatte. Er hatte das Bedürfnis nach Rache in ihm geweckt und überließ ihn seinen schwärzesten Gedanken. Es war das zweite Mal an diesem Tag, dass sich Bariello mit Geduld wappnete. Inzwischen war es weit nach Mitternacht. Er spürte, wie Müdigkeit ihn zu übermannen drohte. Doch der Pate musste das Gefühl behalten, dass er ihm und nur ihm seine Aufmerksamkeit schenkte. Dass er seinen Zorn darüber teilte, dass ihm Unrecht geschah, und deswegen nicht einfach ging, selbst wenn Don Giglio nun schwieg. Bariello hatte sich auf seine Seite geschlichen, ohne dass es der andere bemerkt hatte; er war bereit, mit ihm jene zu hassen, die schuld an seiner Lage waren. Doch so, wie der Pate im Stillen mit sich rang, so kämpfte Bariello einen stummen Kampf – mit

dem anderen und mit sich selbst. Er merkte, wie seine Gedanken abzuschweifen begannen und er kaum noch die Augen offen halten konnte. Er würde Don Giglio im entscheidenden Augenblick verlieren und nie erfahren, was er wissen musste. Die Eisenbahn von Signor Foresta, Paolo, die Prozession, San Gennaro – in seinem Kopf begann ein Strudel von Bildern zu kreisen, der ihn unwiderstehlich über die Grenze des Schlafes zog. Dann aber stieg aus diesem Strom ein Bild in Bariello auf, das ihn in die Gegenwart zurückriss, und daran klammerte er sich mit aller Kraft, als der Pate zu sprechen begann.
«Was hat Sie auf unsere Spur gebracht?»
Don Giglio war wieder zurück.
«Der Tod des Zollbeamten Foresta.»
«Wer noch?»
«Martelletto und Vito Battaglia.»
«Arschlöcher. Beide tot. Wer noch?»
«Warum ist das jetzt noch wichtig für Sie?»
Der Pate hob die Augen, und der Commissario blickte in ein Gesicht, das weiß war vor Hass. Bariello wurde es unheimlich.
«Ich will, dass noch jemand bezahlt – außer mir!»
Bariello nickte.
«Gut, Don Giglio. Dann also: Name gegen Name!»

Kapitel 24 – Das Boot

Neapel, 21. September, früher Morgen
Es war drei Uhr, als Bariello an der Wohnung Montebellos klingelte. Er musste es eine Weile läuten lassen, bis er die verzerrte Stimme aus der Gegensprechanlage hörte.
«Ich bin's, Commissario Bariello. Ich muss Sie dringend sprechen!»
«Warten Sie!»
Ein leises Klicken – und die Tür, gegen die sich ein hoffnungslos übernächtigter Bariello lehnte, gab nach. Er schleppte sich in den ersten Stock hinauf, wo ein kaum weniger abgekämpfter Montebello im Morgenrock in der offenen Tür stand.
«Verzeihen Sie meinen derangierten Aufzug. Aber um diese Uhrzeit...»
«Nein, ich muss mich entschuldigen. Aber es ist wirklich ernst.»
«Sicher. Hier entlang – in mein Arbeitszimmer.»
«Wie geht es Padre Luis? Conti hat mir berichtet, was gestern Nacht passiert ist.»
«Er hat uns allen das Leben gerettet. Aber der Mann, der uns töten wollte, hat auf ihn geschossen. Er hat ihn an der Halsschlagader getroffen. Die Kugel hat sie aber nicht durchschlagen, sondern nur aufgerissen. Er konnte gerade noch rechtzeitig operiert werden. Er hat schrecklich viel Blut verloren. Ich konnte ihn auf der Intensivstation ein paar Minuten besuchen. Er ist sehr schwach. Die Ärzte haben Hoffnung, aber es ist nicht sicher... Ich bin nur noch ein halber Mensch.»

Bariello nickte.
«Eccellenza, Conti hat die Aussagen von Jackey und Savio Napoletano und Berliner zu den Vorgängen in der Krypta aufgenommen. Savio glaubt, dass der Anführer der Gruppe aus Osteuropa, vielleicht aus Russland stammt. Können Sie das bestätigen?»
«Ganz sicher – der kam aus dem Osten. Das Gesicht dieses Mannes geht mir nicht mehr aus dem Kopf. Ich glaube, ich habe auch schon mal sein Bild gesehen. Seit der Nacht in der Krypta zermartere ich mir den Kopf, aber es fällt mir nicht mehr ein, wo das war.»
Bariello zog ein Foto aus seiner Jacke und zeigte es dem Weihbischof.
«Ist das der Mann?»
«Ja, das ist er! Wer ist das?»
«Ein russischer Oligarch – Wladimir Ignatjewitsch Pudanitschow.»
«Das ist der Name! Ich habe mal in der Zeitung von ihm gelesen – irgendetwas über einen milliardenschweren russischen Investor. Und da war auch ein Bild von ihm.»
«Pudanitschow hat im Hintergrund die Fäden gezogen. Er ist für das Verbrechen an den Neapolitanern mehr noch verantwortlich als Don Giglio. Er ist der Hauptfinanzier der Firmengruppe – eines Netzwerks organisierter internationaler Kriminalität. Pudanitschow hat aber seine Verbindung zur Camorra auch dazu genutzt, vor einigen Tagen Ihren Privatsekretär entführen zu lassen. Er sollte eingeschüchtert werden und das Geheimnis einer archäologischen Sensation preisgeben. Was können Sie mir darüber sagen?»
Montebello wurde mit einem Mal unruhig.
«Wir können hier nicht weitersprechen!»
«Wie bitte?»
«Sie werden es gleich verstehen.»
Der Weihbischof verschwand und kam kurz darauf angekleidet zurück.
«Lassen Sie uns nach unten gehen!»

«Ein Morgenspaziergang um drei Uhr früh?»
«Die frische Luft wird uns guttun.»
Sie liefen die Treppe hinunter und traten auf die Straße.
«Was hat das zu bedeuten?»
«Woher wissen Sie das mit der archäologischen Sensation? Wir haben striktes Stillschweigen bewahrt – selbst nach der Entführung von Padre Luis, die, Gott sei Dank, glimpflich abgelaufen ist.»
«Ich komme gerade von Don Giglio. Er hat mir zwei Stunden von seiner Zusammenarbeit mit Pudanitschow erzählt. Dabei habe ich erfahren, dass er in dessen Auftrag Padre Luis hat entführen lassen. Aber was genau ist gestern Nacht in der Krypta geschehen? Weder Jackey noch Savio Napoletano noch Signor Berliner haben klare Angaben dazu gemacht!»
Montebello blickte zu Boden.
«Ich bitte Sie, Commissario, bewahren Sie Stillschweigen über das, was ich Ihnen jetzt erzähle: In dem Tongefäß mit den Knochen von San Gennaro gibt es einen doppelten Boden. Und darunter lag das, was von Alexander dem Großen bis heute noch erhalten geblieben ist. Es würde zu lange dauern, das alles im Einzelnen zu erklären. Aber wir sind in einer wochenlangen geheimen Suche dahintergekommen. Doch dieser Pudanitschow hat unsere Büros und Wohnungen verwanzen lassen. Als wir jetzt gerade oben gesprochen haben, fiel es mir wieder ein. Vielleicht werde ich ja immer noch abgehört. Deshalb habe ich Sie auf die Straße gebeten.»
Bariello stieß einen Pfiff aus. Hinter ein paar Fenstern gingen die Lichter an.
«Kommen Sie, lassen Sie uns ein paar Schritte gehen und erzählen Sie weiter!»
«Der Mann hat uns abgehört und so auch von den Fortschritten unserer Suche erfahren. Die Idee, die zur Entdeckung des Fundes führte, hatte unser Generalvikar. Aber die vollständige Lösung des Rätsels hat uns mein Amtsvorgänger Abelardo Sanna geliefert. Wir hatten uns für gestern Nacht im Dom verabredet. Da stand

mit einem Mal Pudanitschow mit seinen Männern auf der Treppe. Sie waren bewaffnet und haben den Schrein geöffnet. Wir konnten mit knapper Not verhindern, dass sie die Reliquien geschändet haben. Pudanitschow hat dann den Schädel Alexanders und noch ein paar Grabbeigaben mitgenommen. Dabei hat er etwas Merkwürdiges gesagt. Nämlich, dass das Haupt Alexanders das einzig würdige Geschenk für jemanden sei, der die Herrschaft über ein Weltreich antritt. Und ihn selbst werde Alexander wieder in Gnaden in dieses Weltreich führen. – Verrückt, nicht wahr?»
«Sind Sie sicher, dass Pudanitschow von einem *neuen* Herrscher eines Weltreichs gesprochen hat?»
«Ja, absolut.»
«Dann dürfen wir keine Zeit verlieren!»
«Commissario, weshalb konnte das alles nicht bis morgen warten?»
«Eccellenza...»
Bariello konnte sich kaum noch auf den Beinen halten, als er stehen blieb und in das Gesicht des ebenso erschöpften Montebello blickte.
«... Sie müssen den Heiligen Vater anrufen!»

Rom, 21. September, morgens
Bariello und Montebello saßen in der Frühmaschine nach Rom. Sua Eccellenza hatte sich an einer Laterne festhalten müssen, als der Commissario ihm eröffnet hatte, was er von ihm erwartete. Noch immer hoffte er, er würde aus einem Albtraum erwachen, aber die Durchsage der Stewardess zum Landeanflug auf die Hauptstadt ließ leider keinen Zweifel daran zu, dass er wach war. Auch wenn er sich grauenhaft fühlte. In diesem Zustand würde er innerhalb der nächsten Stunde Yoris Lisimba gegenübertreten – dem Privatsekretär Seiner Heiligkeit Laurentius, des ersten Papstes aus Afrika seit fünfzehnhundert Jahren. Sie hatten sich vor einem Jahr kennengelernt, im Vorfeld der Erhebung Montebellos zum Weihbischof von Neapel. Als Bariello ihm eröffnet hatte, wel-

che Gefahren drohten, war er bereit gewesen, im Vatikan anzurufen. Er war nicht nur erleichtert, dass Lisimba in Rom war, sondern auch, dass er trotz der frühen Stunde persönlich an den Apparat gegangen war. Der Privatsekretär hatte sofort erfasst, was auf dem Spiel stand, und sie für acht Uhr morgens in den Vatikan bestellt.

Ein Wagen holte die beiden von Fiumicino ab, und eine halbe Stunde später saßen sie im Arbeitszimmer des Privatsekretärs.

«Sie wissen, was Sie da von Seiner Heiligkeit erwarten: Er soll sich im Vertrauen auf die Richtigkeit Ihrer Ermittlungsergebnisse mit dem russischen Präsidenten in Verbindung setzen und ihn vor einem nuklearen Angriff auf Damaskus warnen, der dort während einer Siegesparade stattfinden wird? Ist das wirklich Ihr Ernst?»

Bariello nickte.

«Monsignore, in den letzten achtundvierzig Stunden haben sich Dinge ereignet, die ich niemals für möglich gehalten hätte. Aber ich habe heute Nacht die Bestätigung bekommen, dass am Morgen des 19. September ein Atomsprengkopf an Bord der Yacht des Milliardärs Pudanitschow gebracht worden ist. Pudanitschow ist verschwunden. Das Schiff ist ausgelaufen. Wir wissen weder, wo es ist, noch, wohin es fährt. Aber die Rakete soll offenbar für einen Anschlag des IS auf die Siegesfeier in Damaskus eingesetzt werden, zu der außer dem Präsidenten Syriens auch die Präsidenten Russlands und des Iran erwartet werden. Es wird Abertausende von Toten geben. Grauenvoll genug. Aber die ganze Region erwartet eine Apokalypse, wenn dieser Anschlag gelingt. Wir können das nur mit Hilfe des Heiligen Vaters verhindern. Er muss den russischen Präsidenten informieren, welche Gefahren drohen. Der wird über Mittel verfügen, das Schiff zu finden und die Ladung unschädlich zu machen. Keinem westlichen Staatsmann wird man in Moskau trauen, wenn die Warnung über die üblichen diplomatischen Kanäle geht. Man wird davon ausgehen, dass der Westen lediglich die Parade in Damaskus verhindern will. Niemand außer dem Papst verfügt über die Glaubwürdigkeit, diese Warnung zu überbringen.»

«Wie sehen Sie das, Eccellenza?»

«Ich kenne Commissario Bariello noch aus meiner Zeit in Rom. Ich vertraue seinem Wort vorbehaltlos. Und ich vertraue ihm umso mehr, als ich selbst diesen Pudanitschow als völlig skrupellos kennengelernt habe. Als er uns töten wollte und ich ihm gesagt habe, er könne nicht einfach sieben Menschen umbringen, hat er geantwortet: ‹Sieben scheinen Ihnen viel? Sieben, Eccellenza, sind gar nichts!› Nach allem, was wir durch Commissario Bariello erfahren haben, weiß ich, was er damit gemeint hat: den Anschlag auf Damaskus.»

Yoris Lisimba legte seine goldgefasste Brille auf den Schreibtisch. Er erhob sich und trat vor ein Holzkreuz, das zwischen den Fenstern hing, die auf den Petersplatz hinausgingen. Mit seiner Rechten strich er über die Nägel, mit denen die Füße des Erlösers ans Holz geschlagen waren. Nach einer Weile begann er zu sprechen, ohne sich umzudrehen.

«Noch vor ein paar Jahrzehnten war die Welt im Vatikan sehr einfach: Ronald Reagan und Johannes Paul II. wussten, dass das Böse in Moskau wohnt. Hier gingen CIA-Direktor William Casey und Vernon Walters ein und aus. Alles drehte sich darum, die Welt des Bösen zum Einsturz zu bringen. Doch als man nach dem Fall des Kommunismus das Böse überwunden glaubte, vergingen nur ein paar Jahre. Dann konnten wir nicht länger die Augen davor verschließen, dass wir uns schrecklich geirrt hatten. Anstatt uns auf das Wort Gottes zu verlassen, hatten wir Ideologien studiert und dabei den Blick dafür verloren, dass das Böse nie etwas anderes war als die Schlange im Paradies – die Hybris und ihre Verheißung: Ihr werdet sein wie Gott. So zeigt sich das Böse heute wie zu allen Zeiten als die Arroganz der Macht. Sie hat alle Werte zerfressen und kennt weder nationale noch weltanschauliche Grenzen. Sie hat das Gute heimatlos gemacht. Papst Laurentius hat uns, die wir an seiner Seite stehen, mit auf den Weg gegeben, dass es nur noch darum gehen kann, immer und überall auf der Seite der Opfer zu stehen ... Bitte, warten Sie hier!»

An Bord der Anna Pawlowna, 26. September, früher Morgen
Die Yacht hatte in zwanzig Meilen Entfernung die Südspitze von Karpathos passiert. Pudanitschow liebte die griechischen Inseln. Morgen Nachmittag würden sie in Paphos einlaufen, und morgen Nacht würden sie umladen. Danach würde er Zeit haben. Er plante, noch eine Weile um Kreta und zwischen den Kykladen zu kreuzen. Die Heimreise durch den Bosporus ins Schwarze Meer und dann zur Krim wollte er erst nach dem 1. Oktober antreten.
Er genoss den warmen Wind, der aus der Türkei kam und übers Meer zog. Die Nacht war sternenklar, und die Sternbilder erzählten Geschichten, die zu den schönsten der Menschheit gehörten. Der Oligarch hatte sich einen Kaschmirpullover übergestreift und legte sich in einen Deckchair. So wollte er die ganze Nacht verbringen. Er konnte den Blick nicht von Perseus und Andromeda, nicht von Herakles und dem Löwen lassen – sonst hätte er vielleicht trotz der Dunkelheit bemerkt, dass sich auf der Steuerbordseite in nur einem Kilometer Entfernung eine massige schwarze Kontur aus der Tiefe schob.
Die *Krasnaja Zvesda* gehörte zur Delfin-Klasse der russischen U-Boot-Flotte. Nachdem ein Beobachtungssatellit letzte Gewissheit über die Position der *Anna Pawlowna* gebracht hatte, stellte die Admiralität fest, dass die *Krasnaja Zvesda* im Zielgebiet patrouillierte. Sie hatte sich eine Weile im nördlichen Teil des Levantinischen Beckens aufgehalten und wollte durch den Strabo-Graben nach Westen, als sie der Funkspruch erreichte. Tagsüber war das Kriegsschiff der Motoryacht unter der Wasserlinie gefolgt und hatte auf einen günstigen Zeitpunkt gewartet. Nun ging es auf ein Uhr morgens. Vor zwei Stunden hatte Kapitän Kusnezow einen unbemannten Roboter den Rumpf der Yacht umkreisen lassen; seine hochempfindlichen Detektoren hatten die typischen Strahlungsmuster erfasst. Es gab keinen Zweifel mehr, dass ein Atomsprengkopf an Bord war. Kusnezow trat noch einmal an das Periskop und betrachtete das Ziel. Ein schönes Boot – schade, dass es einem Verräter gehörte. Im Umkreis von zwanzig Seemeilen waren keine Positionslichter anderer Schiffe auszumachen.

Der Vatikan und das Büro des Präsidenten hatten noch für denselben Tag, als Bariello und Montebello den Privatsekretär des Papstes aufgesucht hatten, einen Telefontermin vereinbart. Das Verteidigungsministerium hatte den Kreml nach dem Überfall in Kirgisien informiert, dass der IS einen kompletten Montagesatz für eine Boden-Boden-Rakete, vor allem aber einen taktischen Atomsprengkopf samt Zünder erbeutet hatte. Als der Anruf aus Rom kam, überwog daher in Moskau die Erleichterung, endlich Bescheid zu wissen, die Empörung über Ort und Ziel des geplanten Anschlags. Immerhin rief die Quelle, aus der man über den Verbleib der Waffe informiert wurde, einiges Erstaunen hervor. Während der russische Präsident seinen Geheimdienstchef in den Kreml zitierte und ihn in einem eisigen Gespräch in Kenntnis setzte, dass der italienische Klerus seine Arbeit erledigt habe, beriet bereits die Haupteinsatzverwaltung im russischen Generalstab über das weitere Vorgehen. Nach einer Risikoanalyse entschied man, das Ziel sofort zu zerstören und nicht zu versuchen, den Sprengkopf zurückzuerobern. Natürlich könnte man die Yacht problemlos kapern. Doch sollte es der Crew gelingen, Notrufe abzusetzen, wären folgenreiche diplomatische Verwicklungen nicht zu vermeiden. Die Yacht zu versenken war hingegen ungefährlich: Für den Transport hatte man den Zünder mit Sicherheit noch nicht auf die Bombe montiert. Daher würde sie bei einem Torpedoeinschlag auch nicht explodieren, sondern einfach im Meer untergehen. Den Hinweis auf die langfristigen Folgen für die Umwelt konterte die Admiralität souverän mit dem Hinweis, dass auf dem Meeresboden inzwischen mehr Atomraketen westlicher und östlicher Provenienz als havarierte U-Boote verrotteten. Da käme es auf diesen kleinen Sprengkopf nun wirklich nicht mehr an.

«Richtschütze, fluten Sie Torpedorohre zwei und vier!»

«Torpedorohre zwei und vier werden geflutet. Torpedorohre zwei und vier sind geflutet.»

«Feuerbereit machen!»

«Torpedorohre zwei und vier feuerbereit.»

«Feuer!»

Der Kapitän sah durch das Periskop, wie sich zwei steile kleine Bugwellen aus dem ruhigen Wasser hoben. Er konnte sogar erkennen, wie sie das Sternengefunkel brachen, das auf der Oberfläche der sanften Dünung tanzte. Dann hatten die beiden Torpedos auch schon die Yacht erreicht. In dem stählernen Gehäuse des Unterseeboots war nur ein dumpfes Wummern zu hören, als die Geschosse unter der Wasserlinie einschlugen. Doch im Periskop war die Detonation ein spektakulärer Feuerball. Alle, die sich auf der *Anna Pawlowna* unter Deck aufhielten, waren durch die Sprengwirkung sofort tot. Der vollständig zerfetzte Bootskörper sank innerhalb weniger Minuten. Hier und da trieben noch brennende Wrackteile auf dem Wasser. Durch das Periskop zeigte sich kein Lebenszeichen mehr im Zielgebiet. Aber der Befehl der Admiralität lautete, Kusnezow müsse sich davon überzeugen, dass niemand den Beschuss überlebt hatte.

«Leutnant, bemannen Sie zwei Patrouillenboote! Zielgebiet gründlich absuchen! Keine Gefangenen, aber auch kein Schusswaffeneinsatz! Die Männer sollen das gegebenenfalls anders erledigen!»

In beiden Booten saßen ein Bootsmann und ein Oberbootsmann, die mit starken Scheinwerfern die Stelle absuchten, wo die Yacht versenkt worden war. Nach einer halben Stunde machte sich das erste Boot auf den Rückweg. Das zweite war etwas weiter hinausgefahren. Hier wurden die Trümmer immer spärlicher ...

«Jurij, schau mal – da hinten!»

«Wo?»

«Ein bisschen links vom Lichtkegel – da treibt doch was.»

Der Oberbootsmann fuhr langsam auf die Stelle zu, auf die sein Kamerad deutete. Als er den Scheinwerfer nachjustierte, erkannte er einen hölzernen Liegestuhl, der im Wasser trieb. Die Wucht der Explosion hatte den Deckchair samt Pudanitschow über hundert Meter durch die Luft geschleudert. Die Hände des Oligarchen ruhten auf den Armlehnen, als die Torpedos einschlugen. In diesem Moment hatte er sich instinktiv an das Holz geklammert. Beim Aufschlag auf dem Wasser hatte er nicht das Bewusstsein verloren. Im ersten Reflex war er von den Trümmern weggeschwommen, weil er fürchtete, durch den Sog des sinkenden Bootes in die Tiefe gezogen zu werden. Dann aber hatte er gemerkt, dass es gar keinen Sog gab. So hatte er sich wieder umgewandt, weil er hoffte, im Feuerschein der brennenden Bootsteile noch andere Überlebende zu finden, vielleicht sogar ein Rettungsfloß. Jetzt sah er, wie ein Lichtstrahl über das Wasser huschte, und begann zu rufen.

Die beiden Unteroffiziere sahen sich an.

«Feodor! Wenn wir einen finden – du weißt, was der Kapitän gesagt hat.»

Der Bootsmann nickte. Sie schalteten den Motor aus und legten die Pinnen ein. Dann sahen sie ihn.

«Hilfe! Hierher! Hilfe!»

Langsam näherte sich das Schlauchboot Pudanitschow.

«Gott sei Dank! Helfen Sie mir, bitte! Ich war auf dem Boot. Es ist explodiert.»

Pudanitschow schwamm auf das Schlauchboot zu, während der Bootsmann den Bootshaken aus seiner Verankerung löste. Er wartete, bis der Mann im Wasser nahe genug herangekommen war. Dann schlug er zu. Pudanitschow schrie vor Schmerzen, als das Eisen tief in seine Schulter fuhr.

«Was macht ihr denn? Hilfe! Hilfe!»

Unbeeindruckt zog der andere sein Opfer näher ans Boot heran, während sein Kamerad einen schweren Schraubenschlüssel neben dem Außenbordmotor aufhob. Dann schlug er damit ohne Hast wieder und wieder auf den Schädel des brüllenden Pudanitschow – und er schlug so lange, bis das Schreien nachließ und schließlich aufhörte.

«Ist er tot, Jurij? Wir müssen melden, dass wir einen gefunden haben. Der Kapitän wird wissen wollen, ob er wirklich tot ist. Wir müssen ihn raufziehen. Los, fass mit an!»

Sie hievten Pudanitschow ins Boot.

«Sieht so aus. Wir müssen trotzdem nachschauen, ob er was bei sich hat.»

Sie tasteten ihn ab.

«Da ist nichts. Doch, wart mal! In der Hosentasche.»

Der Bootsmann fuhr hinein und zog ein kleines rundes Metallstück heraus. Er drehte es im Scheinwerferlicht.

«Sieht aus wie'n Geldstück.»

In diesem Moment schlug Wladimir Ignatjewitsch Pudanitschow noch einmal die Augen auf und erblickte die Silbermünze Alexanders des Großen in der Hand des Todes. Das Letzte aber, was er von dieser Welt sah, war ein Schraubenschlüssel, der auf ihn zuflog und ihm das Stirnbein spaltete.

Kapitel 25 – Die Narben

Neapel, 3. Oktober, vormittags

Padre Luis konnte sich nicht über einen Mangel an Besuchern beklagen, als er nach zwei Wochen die Intensivstation verlassen durfte. Er strahlte, als Montebello ihm eines Abends eröffnete, er sehne den Tag seiner Entlassung aus dem Krankenhaus herbei, weil er mit der Organisation seines Alltags ohne dessen Hilfe völlig überfordert sei. Jackey schaute nun täglich bei Padre Luis vorbei. Als sie ihn das erste Mal besuchen durfte und ihm für ihrer aller Rettung dankte, verabschiedete sie sich von ihm mit einem Kuss auf die Wange, als Eugenio Silvestri den Raum betrat. Der Generalvikar wartete, bis die Archivarin das Krankenzimmer verlassen hatte, dann deutete er auf die Tür, kniff ein Auge zu und grüßte den Patienten mit den Worten:

«... *et ne nos inducas in tentationem!*»

Padre Luis errötete und deutete auf seinen Hals, der immer noch dick verbunden war.

«Küsse vergisst man, aber die Narben bleiben.»

«Unterschätzen Sie das nicht, Padre Luis! Manch einer hat ein großes Feuer in sich.»

Dem Dominikaner war das Thema ein wenig unheimlich.

«Apropos großes Feuer: Sua Eccellenza hat mir berichtet, dass der Mann, der uns töten lassen wollte, bei der Explosion seiner

Yacht im Mittelmeer umgekommen ist. Wissen Sie mehr darüber?»
«Nur, was in der Zeitung steht. Die Ursachen für die Katastrophe sind ungeklärt. Das Meer ist dort sehr tief, der Meeresgrund zerklüftet, und die Strömungen sind stark. Man wird wohl nie herausfinden, was passiert ist. Stadtgespräch ist derzeit, dass mit Pudanitschow auch einige Männer aus den ersten Kreisen Neapels verschwunden sind. Sie alle gehörten einem obskuren Club an, der sich ‹Die Diadochen› nannte, und waren geschäftlich mit ihm verbandelt. Wahrscheinlich sind sie alle bei der Explosion ums Leben gekommen.»
«War Pudanitschow in den Atommüllskandal verwickelt? Er hat doch in der Krypta gesagt, er sei einer von denen, denen Sua Eccellenza in die Suppe gespuckt hat.»
«Er ist wohl der Finanzier des ganzen Firmengeflechts gewesen, das hinter dem Müllschmuggel steckt.»
«Wie geht es mit den Katakomben weiter?»
«Das ist eine echte Sensation: Der russische Präsident hat verlautbaren lassen, da der Müll illegal aus Murmansk ausgeführt worden sei und eine Mitverantwortung untergeordneter Stellen nicht ausgeschlossen werden könne, wolle man alle Kosten für die Entsorgung übernehmen.»
«Es geschehen noch Zeichen und Wunder.»
«... und Todesfälle! Einen Russen namens Dmitri Smyslow hat man tot auf einer Parkbank gefunden. Bis jetzt kennt man die Todesursache noch nicht. Mysteriöse Geschichte ...»
«Und der radioaktive Müll in den Katakomben? Was geschieht damit?»
«Man will so schnell wie möglich ein Zwischenlager dafür errichten. Dann werden die Katakomben dekontaminiert. Auch die Opfer sollen rasch entschädigt und die Kosten für ihre Behandlung übernommen werden. An all dem will sich Russland finanziell großzügig beteiligen. Damit hat niemand gerechnet.»
«Was wird mit den Monsignori Grasso und Marchetti?»
«Sie kommen vor Gericht. Seine Heiligkeit hat in einer Stellung-

nahme keinen Zweifel daran gelassen, dass diese Verbrechen ohne Ansehen der Täter abgeurteilt werden müssen. Wer sich mit der Mafia einlasse, müsse wissen, was auf ihn zukommt.»
Padre Luis seufzte.
«Wenn ich daran denke, wie begeistert wir waren, als wir den Brief Winckelmanns gefunden haben ... und nun hat unsere Suche nach Alexander dem Großen so ein trauriges Ende genommen. Auch er ein für alle Mal Geschichte. Was soll denn jetzt mit dem Brief Winckelmanns geschehen?»
«Sua Eccellenza hat mir gesagt, dass er diese Frage in Rom klären will. Aber was auch immer dabei herauskommt – für mich hat die Suche nach Alexander ein ganz wunderbares Ende genommen. Sie kennen doch die Stelle bei Johannes: Niemand hat eine größere Liebe als der, der sein Leben für seine Freunde gibt. Sie, Padre Luis, waren dazu bereit – und ich wäre froh, wenn Sie künftig ‹Eugenio› zu mir sagen würden.»
Padre Luis wandte seinen Kopf zum Fenster; er schaute hinaus und sagte lange Zeit nichts. Dann nickte er.

Rom, 3. Oktober, abends

Bariello hielt sein Versprechen und lud di Lauro in das formidable Mater Terrae ein. Und damit Graziano nach Dienstschluss endlich einmal etwas anderes als seinen rituellen Feierabend-Burger verspeisen sollte, war er ebenso mit von der Partie wie Bertani. Man feierte, dass man eine international operierende Verbrecherorganisation zerschlagen hatte. Doch obwohl selbst die Zeitungen voll des Lobes über die effiziente Zusammenarbeit der Polizei in Rom und Neapel waren, wirkte Bariello bedrückt.
Graziano fuhr ihn nach Hause. Der Commissario stand bereits auf der Straße, als er sich noch einmal hinunterbeugte und den anderen fragte, ob er Lust auf ein *bicchiere della staffa* habe. So gingen sie in die nächstgelegene Bar und bestellten noch einen Wein.
«Übrigens hat die Kollegin aus der Verwaltung im ganzen Präsidium herumerzählt, dass sie achttausend Euro für einen beschä-

digten Polizeiwagen in Udine und einen Dienstwagen des Servizio Segreto ausbuchen muss. Die Versicherung tut sich wohl schwer mit der Erstattung. Dass du diesem Maggiore Russo das Maul gestopft hast, ist das Sahnehäubchen auf unserem Erfolg. Ich finde, das haben wir alles picobello erledigt.»
Bariello nahm einen Schluck seines Trebbiano.
«Ihr schon.»
«Was heißt das: Ihr schon? Ohne dich wären die Ermittlungen bestimmt nicht so schnell abgeschlossen worden – wenn überhaupt.»
Graziano senkte die Stimme.
«... von der Gefahr durch den Sprengsatz gar nicht zu reden. Enzo! Was ist los? Man sollte dir einen Orden umhängen.»
Bariello verzog das Gesicht.
«Nicht das auch noch!»
«Jetzt verstehe ich gar nichts mehr.»
«Hast du den Bericht über den Tod von Dottor Ricci gelesen?»
«Ja, habe ich. Er hat sich in seiner Zelle aufgehängt, weil wir ihm seine Verstrickung in den Atommüllskandal und den Handel mit gefälschten medizinischen Geräten nachgewiesen haben.»
Bariello winkte dem Barista, der noch einmal die Gläser füllte.
«Dottor Ricci war keiner, der sich umbringt. Außerdem standen seine Chancen gar nicht so schlecht, eher wegen Fahrlässigkeit als wegen Vorsatz verurteilt zu werden. Ein guter Anwalt hätte vor Gericht argumentiert, dass er von seinen Partnern hintergangen worden ist und nur wegen seiner vielen Aufgaben versäumt hat, seine Kontrollpflichten gründlich wahrzunehmen.»
«Ich bitte dich! Ricci war ein mieser Krimineller, der sich in seinem Leben selbst einen goldenen Galgen gebaut hat. Und als er's gemerkt hat, hat er sich daran aufgehängt. Das kommt vor, wenn jemand so hoch steigt und dann so tief fällt.»
«Erinnerst du dich noch an den Nachtwächter Giordano? Von ihm habe ich den entscheidenden Hinweis auf die Zusammenarbeit aller drei Firmen erhalten.»
«Natürlich erinnere ich mich.»
«Einen Tag später war der Mann tot. Er war geistig zurückgeblie-

ben. Ein Mensch, der völlig arglos war und den man nicht mehr vergisst. Als ich im Heizungskeller von CaritaMondo stand und ihn an dem Heizungsrohr habe hängen sehen, wusste ich, dass sie ihn umgebracht hatten. Er war eine Gefahr für ihre Geschäfte geworden, ohne dass er auch nur verstanden hätte, worum es ging. Von diesem Moment an habe ich Ricci gehasst. Und ich habe ihn umso mehr gehasst, als ich wusste, dass er dafür nie zur Rechenschaft gezogen würde, selbst wenn ich ihm sonst jede andere Schweinerei nachweisen könnte.»
«Na also – umso weniger bedauere ich, dass sich dieser feine Dottore aufgehängt hat.»
«Er hat sich so wenig aufgehängt wie Michele Giordano.»
«Woher willst du das wissen?»
Bariello nahm noch einen Schluck.
«Weil ich ihn zum Tode verurteilt habe.»
Graziano setzte das Glas ab.
«Vincenzo, du spinnst! Du weißt nicht mehr, was du redest. Mach Urlaub!»
«Der Einzige, der uns sagen konnte, wo der Atomsprengkopf war, war Don Giglio. Aber ich hatte nichts in der Hand, was ich ihm für diese Information hätte anbieten können. Das Einzige, was ich einsetzen konnte, war seine Verzweiflung – und seine Wut auf diejenigen, die nicht wie er den Rest ihres Lebens in einem Hochsicherheitstrakt verbringen würden. Schließlich hatte ich ihn so weit. Er war bereit, mir zu sagen, wo der Sprengkopf war. Aber er wollte, dass im Gegenzug dafür noch jemand bezahlt. Ich war in dieser Nacht am Ende, Salvatore. Die einzige Quelle, aus der ich noch Kraft schöpfte, war mein eigener Hass auf die Mörder von Michele Giordano. Ich habe mich an dem Bild des Toten an dem Heizungsrohr im Keller aufgerichtet. Don Giglio wollte einen Namen. Er hat ihn von mir bekommen: Arnaldo Ricci.»

Epilog

Neapel, 10. Oktober, nachts

In Damaskus gab es keine Siegesparade. Aus Diplomatenkreisen verlautete, dass die Nationen, die daran hätten teilnehmen sollen, das dafür vorgesehene Budget für humanitäre Zwecke in Syrien bereitstellen wollten. Hinter vorgehaltener Hand aber munkelte man, dass es Probleme mit der Sicherheitslage gab.

Doch diese Meldung rutschte aus den Schlagzeilen, weil ein paar Stunden vor der Absage bekannt geworden war, dass der amerikanische Präsident in einem seiner zahllosen rätselhaften Personalrevirements am selben Tag die Geheimdienstchefs von CIA und NSA entlassen und durch die Chefs zweier Rüstungskonzerne ersetzt hatte.

Gänzlich unbemerkt von der Weltöffentlichkeit blieb hingegen eine Entscheidung in Rom. Seine Heiligkeit Papst Laurentius hatte es dem Weihbischof von Neapel freigestellt, den Brief Winckelmanns zu veröffentlichen oder nicht. Dies sollte er gemeinsam mit jenen entscheiden, die ihn entdeckt hatten und durch deren Mut weit schlimmere Katastrophen abgewendet worden waren, als die Enthüllung eines versuchten Ämterkaufs im achtzehnten Jahrhundert für die katholische Kirche darstellen würde.

So gab am Ende für Montebello und seine Mitstreiter auch etwas anderes den Ausschlag. An dem Tag, als sie die Entlassung von Padre Luis aus dem Krankenhaus feierten, hatten sie vielmehr das eigentliche Problem erkannt: Es war überhaupt nicht zu verhindern, dass nach einer Veröffentlichung des Briefes zahllose Altertumswissenschaftler nach Neapel kämen und sich auf eine fruchtlose Suche nach dem Alexandersarkophag begeben würden. Es schien dem Kreis um Montebello aber zynisch, die Leute suchen zu lassen, obwohl sie selbst wussten, dass das Gesuchte für immer verloren war. Doch offenlegen, weshalb sie das wussten, konnten sie auch nicht. Als ihnen das klar geworden war, zogen alle miteinander tief in der Nacht und in bereits leicht transzendiertem Zustand ins Archiv. Dort suchten sie sich aus der langen Liste einen jener Erzbischöfe von Neapel, von dem man kaum etwas wusste. Gerade dessen Hinterlassenschaft genauer zu erforschen, würde kaum jemand Anlass haben. Und so begruben sie unter seinen Papieren feierlich Winckelmanns letzten Brief.

Neapel, 11. Oktober, vormittags

Als Jackey am folgenden Tag Montebello in seinem Büro aufsuchen wollte, um mit ihm über die weitere Arbeit an der Bistumsgeschichte zu sprechen, sah sie, wie der Weihbischof auf den Flur trat, sich noch einmal umdrehte und heftig in sein eigenes Vorzimmer hineinrief:
«Das dulde ich nicht! Nicht hier!»
Dann schloss er geräuschvoll die Tür. Beinahe hätte er die Archivarin umgerannt, als er mit gesenktem Kopf den Gang hinunterlief. In so übler Laune hatte sie Montebello selten gesehen.
«Eccellenza, was ist denn passiert?»
«Was passiert ist? Ich habe Padre Luis mit Monsignor Silvestri erwischt! – Im Büro!»
Jackey errötete und brachte kein Wort heraus.
«Während ich nebenan arbeite, sitzen die beiden da drin und rauchen!»
Und während ein empörter Montebello um die Ecke verschwand, steckte ein grinsender Padre Luis den Kopf zur Tür heraus und winkte Jackey ins Vorzimmer.

Anhang

Übersetzungen und Begriffserklärungen

7   *The vices of mankind are active and able ministers of depopulation.* – Die Laster des Menschengeschlechts sind aktive und fähige Minister im Dienste der Entvölkerung.

9   *Mogu li ya k Vam prisoyedinit'sya, tovarischtsch Pudanitsov?* – Darf ich mich zu Ihnen setzen, Genosse Pudanitschow?

18 *Laboratori di indagini forensi* – Kriminaltechnische Untersuchungslabors

18 *Alimentari* – Kurzform für Lebensmittelladen

20 *Babbo Natale* – Weihnachtsmann

25 *Moka* – Einfache Espressomaschine

28 *Camerlengo* – Kämmerer des Heiligen Kollegiums

29 *Antoninus Cardinalis Sersalius Ecclesiae Neapolitanae Archiepiscopus* – Antoninus Kardinal Sersalius Erzbischof der Neapolitanischen Kirche

36 *Cazzo! Basile – stronzo!* – Scheiße! Basile – das Arschloch!

41 *Agenzia delle Dogane* – Italienische Zollbehörde

41 *Livello V* – Staatliche Besoldungsgruppe in Italien

43 *Ufficio delle Dogane di Roma* – Römische Zollbehörde

45 *Sapienza* – Universität der Stadt Rom

45 *Centro di calcolo* – Rechenzentrum

48 *Taralli* – süditalienisches, meist pikantes Gebäck

51 *Zimelie* – Kostbarkeit

52 *Caracalla / Der heilige Johannes Chrysostomus* – Caracalla: römischer Kaiser 211–217 n. Chr. / Johannes Chrysostomus: Kirchenvater 347–407 n. Chr.

52	*Aedicula* – Kleiner Schrein
52	*Paraphernalien* – Zubehör
53	*Sedisvakanz* – Die Zeit zwischen dem Tod eines Papstes bis zur Wahl seines Nachfolgers, in der der Heilige Stuhl verwaist ist
53	*Cavaceppi* – Bartolomeo Cavaceppi war ein italienischer Bildhauer und Restaurator des 18. Jahrhunderts
56	*Simonie* – Gotteslästerlicher Ämterkauf in der Kirche
56	*Sancta sedes* – Der Heilige Stuhl
65	*Paläograph* – Fachmann für alte Schriften
67	*Karl I. von Anjou* – König von Sizilien, Begründer des Königreichs von Neapel und Erbauer des Doms von Neapel
67	*Angioviner* – Adel, der auf das Haus Anjou zurückgeht
68	*Reliquiar* – Reliquienbehälter
70	*Baptisterium* – Taufkapelle
79	*Ossuarium* – Behälter für Knochen von Verstorbenen
116	*Siz kaisy ölködön keldiniz?* – Wo kommen Sie her? *Germaniadan!* – Aus Deutschland!
128	*Metropolit* – Geistliches Oberhaupt in der Ostkirche, der einem Verbund von Bistümern vorsteht
141	*Sbirro / Sbirri* – Der Bulle / die Bullen
146	*Kasel* – Messgewand
147	*La Pianeta celeste* – Ein exklusives Geschäft in Neapel für Priestergewänder
148	*Ordine Pontificio di San Silvestro Papa* – Päpstlicher Orden des heiligen Silvester
162	*Lecce siamo tutti con te* – Lecce, wir sind alle mit dir
203	*Mi scusi, Signor Napoletano, ma non volevamo ...* *Chiamami Savio!* *Bene, Savio, per favore chiamami Luca! Ma non volevamo andare in chiesa?* *Certo! Ma bisogna essere pazienti per un po'.*

Verzeihen Sie, Signor Napoletano, aber wollten wir nicht ...
Nenn mich Savio!
Gut, Savio, dann nenn mich bitte Luca! Aber wollten wir nicht in die Kirche?
Sicher! Aber wir müssen uns ein wenig gedulden.

237 *Langley* – Zentrale der CIA in den USA

246 *Sagrestani* – Küster

254 *Rebibbia* – Härteste Strafanstalt in Rom

260 *Gebet der Parenti*
Pe' lu sanghe e pe' la testa liberace d'e tempeste!
Pe' la testa e pe' lu sanghe liberace a tutte quante!
San Gennaro mio fa tu ca io nun ne pozzo proprio cchiù
La speranza e la mia fede tutta sta riposta in Te
Tu 'o vvide e Tu 'o ssaje arrimmierece chisti guaje
Popolo mio va te cunfessa
Popolo mio e nun peccare cchiù
Chisto è stato San Gennaro
C'ha priato lu buon Gesù
Viva viva lu Protettore
Viva viva San Gennaro
Che de Napule è lu Patrone
E viva 'o gran Santone
Durch das Blut und durch das Haupt befreie uns von den Stürmen!
Durch das Haupt und Blut mach frei von allem!
Mein San Gennaro, mach du das, was ich nicht mehr vermag!
Die Hoffnung und mein Glaube sind ganz auf dich gebaut.
Du siehst und weißt alle Untaten wieder zu heilen.
Beichte, mein Volk!
Sündige nicht mehr, mein Volk!
Es war San Gennaro,
Der zum guten Jesus gebetet hat.
Es lebe, es lebe der Beschützer!
Es lebe, es lebe San Gennaro!
Der Schutzheilige von Neapel!
Es lebe der große Heilige!

261 *Konzelebrant* – Geistlicher, der mit anderen Priestern gemeinsam am Altar den Gottesdienst feiert

261 *Inzensierung* – Beweihräucherung

268 *Investitur* – Einführung in ein Kirchenamt

282 *Dominus vobiscum!*
Et cum spiritu tuo.
Sit nomen Domini benedictum.
Ex hoc nunc et usque in saeculum.
Adiutorium nostrum in nomine Domini.
Qui fecit cælum et terram.
Der Herr sei mit euch!
Und mit deinem Geiste!
Der Name des Herrn sei gepriesen!
Von nun an bis in Ewigkeit!
Unsere Hilfe ist im Namen des Herrn.
Der Himmel und Erde erschaffen hat.

282 *Benedicat vos omnipotens Deus, Pater et Filius et Spiritus Sanctus.* – Es segne euch der allmächtige Gott – Vater, Sohn und Heiliger Geist.

283 *Non nobis, Domine, Domine! Non nobis, Domine! Sed nomini, sed nomini tuo da gloriam!* – Nicht uns, o Herr, sondern deinem Namen verleihe Ruhm!

284 *Hilaritas* – Fröhlichkeit

287 *Prospekt* – Verzierte Frontseite der Orgel

294 *HEUREKA!* – Ich habe es gefunden!

303 *Aiuto! Ambulanza! Subito! Un medico d'urgenza! Subito! Aiuto! Aiuto!* – Hilfe! Rettungsdienst! Sofort! Einen Notarzt!

310 *Esercito della salvezza* – Heilsarmee

322 *STATT' ZITT' OMM' 'E MERD'!* – Halt's Maul, Scheißkerl!

335 *Et ne nos inducas in tentationem!* – Und führe uns nicht in Versuchung!

337 *Bicchiere della staffa* – Absacker

Alphabetisches Personenverzeichnis

Die kursiv gesetzten Namen bezeichnen reale Persönlichkeiten der Geschichte.

Albani, Kardinal Alessandro (1692–1779), Dienstherr und Gönner Winckelmanns in Rom.
Alexander III. von Makedonien, besser bekannt als Alexander der Große (356–323 v. Chr.), versuchte einst, die Welt zu erobern, und fand bedauerlicherweise bis heute viele Nachahmer, ging später irgendwo verloren; die Suche nach seinem Grab dauert an.
Arcangeli, Francesco (1740–1768), die letzte Bekanntschaft Winckelmanns, interessierte sich für dessen Münzen und Medaillen.
Augustus (63 v. Chr.–14 n. Chr.), Imperator Caesar Divi filius Augustus, erster römischer Kaiser.

Barbieri, Francesca, Angestellte im Gesundheitsamt von Neapel, der etwas auffällt – doch was, das bleibt ihr Geheimnis.
Bariello, Vincenzo, geschiedener Kriminalhauptkommissar, Chef der römischen Kriminalbeamten, dem nichts Menschliches, aber auch nichts Unmenschliches fremd ist.
Battaglia, Vito, sparsamer römischer Schrottplatzbesitzer, der alles verschrottet, was ihm in die Presse kommt, dabei aber übersieht, dass auch andere wissen, wie man die Presse bedient.
Bergomi, Antonio, jüngerer römischer Kriminalbeamter, Freund von di Lauro und ein großer Künstler im Entschlüsseln von Passwörtern.
Berliner, Lukas, Klassischer Archäologe und Winckelmann-Spezialist, erlebte bislang sein größtes Abenteuer, als er sich einmal mit der U-Bahn verfahren hat, erweist sich in dieser Hinsicht aber als entwicklungsfähig.
Bertani, Gaspare, älterer römischer Kriminalinspektor, der so manches über Umweltpolitik und militärische Risikoanalysen lernt.

Biancaneve, hierzulande besser bekannt als Schneewittchen, einzige bedeutende Besitzerin eines gläsernen Sarges.

Bianchi, Enrico, ein Vertriebschef, der auch mal Nachtschichten schiebt.

Bocconcello, Ugo, hört schlecht, sieht aber gut und weiß, welches Geheimnis Agostino Foresta auf dem Dachboden hütet.

Bracci, Pietro (1700–1773), bedeutender Barockbildhauer, war zwar überwiegend im Auftrag der Kirche tätig, doch ist sein bekanntestes Werk die Gruppe des Neptun und der Tritonen an der Fontana di Trevi.

Caesar (102–44 v. Chr.), Gaius Iulius Caesar, römischer Diktator.

Caligula (12–41 n. Chr.), Gaius Caesar Augustus Germanicus, römischer Kaiser.

Caracalla (188–217 n. Chr.), Marcus Aurelius Severus Antoninus, römischer Kaiser.

Carafa, Alessandro (1430–1503), Bruder von Oliviero Carafa, Erzbischof von Neapel, hat gegen Ende des 15. Jahrhunderts die Gebeine San Gennaros aus der Abtei der Madonna di Montevergine nach Neapel überführen lassen.

Carafa, Oliviero (1430–1511), Kardinal, Spross der Carafa-Dynastie, aus der mehrere Vertreter Erzbischöfe von Neapel wurden, hat die Kapelle für die Gebeine San Gennaros errichten lassen, wo ihn seit damals eine Skulptur in immerwährender Verehrung zeigt.

Casey, William, CIA-Direktor (1981–1987) unter Ronald Reagan, Katholik, Antikommunist, US-Imperialist, Unterstützer der islamischen Mudschahedin in Afghanistan, Feind der Sandinisten Nicaraguas, angeklagt wegen maßgeblicher Beteiligung an der Iran-Contra-Affäre, starb vor einer möglichen Verurteilung.

Cavaceppi, Bartolomeo (um 1715–1799), Bildhauer, Antiquitätenkenner, Weggefährte Winckelmanns.

Columbo, Simone, römischer Ermittlungsrichter, kein Held, aber ganz sicher kein Feigling.

Conti, Federico, neapolitanischer Kriminalinspektor und Freund Bariellos, kennt die gefährlichste Waffe seines Metiers.

Curtius Rufus (eigentlich Quintus Curtius Rufus), kaiserzeitlicher Autor, dessen genauere Lebensdaten unbekannt sind, hinterließ eine zehnbändige Alexander-Biographie in lateinischer Sprache, die in großen Teilen erhalten geblieben ist.

Diana, Don Peppino (1958–1994), von der Camorra wegen seines Anti-Mafia-Engagements ermordeter Priester.

Dio Cassius (um 155–um 235 n. Chr.), griechischer Historiker.

Diodor, griechischer Geschichtsschreiber des ersten Jahrhunderts v. Chr.

Diokletian (um 240–313 n. Chr.), Gaius Aurelius Valerius Diocletianus, römischer Kaiser.

Domenichino, eigentlich Domenico Zampieri (1581–1641), gebürtig in Bologna, zeitweilig Architekt des Vatikans, malte in den dreißiger Jahren des 17. Jahrhunderts im Dom von Neapel Fresken in der Cappella del Tesoro und machte dabei ähnlich unangenehme Erfahrungen wie Guido Reni.

Eduardo, Mitarbeiter von Don Giglio (s. Saba, Augusto), versteht sich ebenfalls auf Schrottpressen.

Eusebia, die Amme San Gennaros, die nach dessen Martyrium etwas von seinem Blut aufgefangen hat, das bis heute in Neapel besondere Verehrung erfährt und sich an den Hochfesten des Heiligen meist wieder verflüssigt.

Fabbri, Sua Eminenza Kardinal Egidio, Erzbischof von Neapel, hat's im Kreuz.

Fanzago, Cosimo (1591–1678), geboren in Bergamo, als Bildhauer wichtigster Vertreter des neapolitanischen Barock und im harten Wettstreit mit Giuliano Finelli, war in Neapel Lokalmatador und trachtete seinem Konkurrenten aus Carrara nach dem Leben.

Farnese, Ranuccio, Erzbischof von Neapel (1544–1549).

Ferrari, Matteo, ein Anwalt, der schneller ist, als die Polizei erlaubt.

Ferretti, Orlando, Museumsdirektor und als Perdikkas Haupt der Loge der Diadochen, macht sich große Hoffnungen auf den archäologischen Coup des Jahrhunderts.

Finelli, Giuliano (1602–1653), geboren in Carrara, bedeutender Bildhauer, von dem dreizehn Skulpturen den Dom von Neapel schmücken, erlebte dort gleichfalls eine verschärfte Konkurrenz unter Kollegen.

Fontana, Roberto, Leiter der Zollbehörde, auch kein Held und letztlich auch kein Feigling.

Foresta, Agostino, kleiner Zollbeamter und großer Modelleisenbahner, der sein Hobby noch etwas aufwendiger gestalten will und dabei unter die Räder kommt.

Gallo, Emilio, Hämatologe in Neapel, letztlich ein Feigling.

San Gennaro, Schutzpatron Neapels, wurde im Zuge der großen Christenverfolgungen unter Kaiser Diokletian im Jahr 305 zum Märtyrer. Ein Teil seines Blutes, das auf wundersame Weise über die Zeiten gerettet wurde, verflüssigt sich mitunter zu den hohen Festtagen des Heiligen, was in der Stadt als Glück verheißendes Vorzeichen betrachtet wird.

Don Giglio, siehe: Saba, Augusto.

Giordano, Michele, ein freundlicher Nachtwächter und Opfer falscher Wohltäter.

Gloeden, Wilhelm von (1856–1931), mecklenburgischer Baron, den es in den Süden zog. Seine Fotografien, die dort entstanden, schwanken zwischen Kitsch, Kunst und Kinderpornographie.

Grasso, Monsignore Flavio, undogmatischer Liegenschaftsverwalter des Bistums Neapel und Freund gediegener Inneneinrichtung.

Graziano, Paolo, kleiner Sohn von Salvatore Graziano, versucht, seinen Vater mit seiner Liebe zu Modelleisenbahnen in den Ruin zu treiben, und ist begabt mit einem besonderen Blick für Tunnels.

Graziano, Salvatore, älterer römischer Kriminalinspektor mit einem Hang zu amerikanischem Fastfood.

Herodian (2. Jh. n. Chr.), griechischer Grammatiker.

Heyne, Christian Gottlob (1729–1812), deutscher Altertumswissenschaftler, Korrespondenzpartner Winckelmanns.

Johannes Chrysostomos (um 344–407 n. Chr.), Kirchenvater.

Johannes Paul II., Seine Heiligkeit, Papst (1978–2005), maßgeblich am Zusammenbruch des Kommunismus sowjetischer Prägung beteiligter Pontifex maximus.

Karl der Große (768–814), fränkischer Kaiser.

Karl I. von Anjou (1226–1285), unter anderem Herrscher über das Königreich Neapel-Sizilien, hätte gern ein Weltreich errichtet, hat aber immerhin den Dom von Neapel gebaut.

Kaunitz-Rietberg, Wenzel Anton Graf (1711–1794), Staatskanzler Maria Theresias, traf sich aus unbekannten Gründen mit Winckelmann in Wien und verehrte ihm Münzen und Medaillen.

Kidane, Alemee, eritreische Vorzeige-Assistentin von Dottor Ricci, weiß, wie und wann man Gegensprechanlagen bedient.

Konradin (1252–1268), der letzte Staufer, stand den Plänen Karls I. von Anjou im Wege und wurde auf dessen Befehl auf dem Marktplatz von Neapel enthauptet.

Konstantin der Große (um 280–337 n. Chr.), Flavius Valerius Constantinus, römischer Kaiser.

Lambertini, Gastone (1902–1994), Professor für Anatomie, lehrte an mehreren Universitäten, darunter Rom und Neapel.

Lampada, Giulio, verurteilter Mafia-Pate und «Cavaliere» des «Ordine Pontificio di San Silvestro Papa» – des Päpstlichen Ordens des heiligen Papstes Silvester.

Laurentius, Seine Heiligkeit, Papst, erster Papst aus Afrika seit 1500 Jahren, weiß um die Vorzüge von Gian Carlo Montebello und übernimmt für ihn den Telefondienst.

Lauro, Gennaro di, jüngerer römischer Kriminalbeamter und bekennender Anhänger der Slow-Food-Bewegung.

Leopold III. Friedrich Franz von Anhalt-Dessau (1740–1817), aufgeklärter Fürst, dessen Ländereien auch heute noch immer eine Reise wert sind.

Libanios (314–393 n. Chr.), antiker Rhetoriker.

Lisimba, Yoris, Privatsekretär von Papst Laurentius, braucht stets sein ganzes Gottvertrauen, wenn es um Gian Carlo Montebello geht.

Lombardi, Simone, realistischer Diadoche und Jurist.

Longo, Beppe, ein Mafia-Killer, der zum Werkschutz gehört.

Luis, Padre, spanischer Dominikaner und Privatsekretär von Gian Carlo Montebello, versteht sich auf Bibliotheken und die Hölle.

Malvito, Tommaso (gest. 1524), italienischer Bildhauer und Architekt.

Marchetti, Monsignor Adelmo, leitet den Haushaltsausschuss des Bistums Neapel, nimmt sich schwarzer Seelen ebenso gern an wie schwarzer Kassen.

Santa Maria Assunta, die in den Himmel aufgenommene Gottesmutter, der der Dom von Neapel geweiht ist, in dem sich die Reliquien San Gennaros befinden.

Maria Theresia (1717–1780), Kaiserin mit Kunstinteresse, gewährte aus unbekannten Gründen Winckelmann sehr schnell eine Audienz in Wien und verehrte ihm Münzen und Medaillen.

Martelletto, siehe: Rossetti, Basile.

Mazza, Bruno, ein freundlicher Tagespförtner.

Mengs, Anton Raphael (1728–1779), Maler und Kunstschriftsteller, Korrespondenzpartner Winckelmanns.

Messina, Capitano Ugo, römischer Carabiniere, Einheit zur Bekämpfung von Umweltverbrechen.

Mondellini, Don Franco, Priester, Mitglied des Ordens der «Cavalieri di Malta ad honorem», arbeitete aber auch für lokale Bosse in Kalabrien als Drogenkurier, wurde 1991 auf dem Weg nach Paris verhaftet mit drei Kilogramm Kokain im Gepäck.

Montebello, Eccellenza Reverendissima Gian Carlo, jüngst zum Weihbischof von Neapel erhoben, ringt mit seinen Mitarbeitern, der Stadt, den Rauchern, der Korruption im Klerus, der Volksfrömmigkeit und muss zu allem Überfluss auch noch zu ungewohnter Stunde nach Rom reisen.

Münchhausen, Gerlach Adolph von (1688–1770), Gründer der Universität Göttingen, Korrespondenzpartner Winckelmanns.

Napoletano, Jackey, amerikanische Altertumswissenschaftlerin, Bistumsarchivarin von Neapel, glücklich verheiratet mit einem ehemaligen Mafioso, geht keinem Konflikt aus dem Weg.

Napoletano, Savio, glücklich verheiratet mit Jackey, Fahrer von Sua Eccellenza Reverendissima Montebello, kennt die Unterwelt von Neapel in mehr als nur einer Hinsicht.

Octavian, siehe: *Augustus*.

Paderni, Camillo (1715–1781), einstiger Herr der Altertümer am Vesuv, Gegenspieler Winckelmanns, der im «Hochamt in Neapel» bereit ist, aufs Ganze zu gehen, und zum Gründer der Loge der Diadochen wird.

Perdikkas (um 365–321 v. Chr.), enger Gefolgsmann Alexanders des Großen und nach dessen Tod das Haupt der Diadochen, der alten Generäle Alexanders, die dann im Kampf um die Herrschaftsnachfolge des Makedonen einander in endlosen Kriegen bekämpften.

Perugino, Pietro (um 1448–1523), geboren als Pietro Vanucci in Città della Pieve, bedeutender Maler der italienischen Renaissance.

Plutarch (um 50 n. Chr. – nach 120 n. Chr.), Philosoph und Biograph, einer der gebildetsten Männer der Antike, hinterließ im Rahmen eines gewaltigen Textcorpus zahlreiche Beschreibungen bedeutender Persönlichkeiten der griechisch-römischen Vergangenheit.

Pompeius (106–48 v. Chr.), Gnaeus Pompeius Magnus, römischer Feldherr.

Ptolemaios I. Soter (um 367–283 v. Chr.), einer der Diadochen, mochte seinen alten Chef nicht missen und leitete den Leichenzug Alexanders des Großen nach Ägypten in sein Herrschaftsgebiet um, wo der Verblichene in Memphis beigesetzt wurde.

Ptolemaios II. (308–246 v. Chr.), ebenfalls Herrscher von Ägypten, fand, dass Alexander in Alexandria noch besser aufgehoben sei, und ließ den Sarg dorthin überführen.

Ptolemaios X., Herrscher über Ägypten (110–88 v. Chr. mit Unterbrechungen), zeitweilig in finanziellen Nöten, borgte sich den goldenen Sarg Alexanders und bettete dessen Leichnam in einen, der vermutlich aus Alabaster war.

Pudanitschow, Wladimir Ignatjewitsch, Oligarch, Kunstmäzen, Diadoche, Geschäftspartner von Don Giglio, leidet an Heimweh nach Mütterchen Russland und tröstet sich auf jede unvorstellbare Weise.

Puglisi, Don Pino (1937–1993), von der Cosa Nostra an seinem 56. Geburtstag ermordet; am 25. Mai 2013 erfolgte dank Papst Franziskus die Seligsprechung als erster Märtyrer der Kirche, der den Tod im Kampf gegen die Mafia gefunden hat.

Reagan, Ronald, 40. amerikanischer Präsident (1981–1989), Protestant, Antikommunist, US-Imperialist, Todfeind der Sandinisten Nicaraguas und Förderer des Folter- und Mordregimes von José Napoleón Duarte in El Salvador; überfiel die Karibikinsel Grenada.

Reni, Guido (1575–1642), gebürtig in Bologna, zeitweilig auch in Rom tätig, italienischer Maler, dessen Werk bereits Züge des Frühbarock zeigt, hat einen Auftrag in Neapel zurückgegeben, als ihm eifersüchtige Kollegen aus der kampanischen Metropole nach dem Leben trachteten.

Santa Restituta, eine Heilige aus Nordafrika, deren sterbliche Überreste nach ihrem Martyrium, das sie etwa zur selben Zeit wie San Gennaro erlitten hat, nach Süditalien gelangt sind und dort große Verehrung erfahren. Ihre Kapelle, die heute ein Teil des Doms der Santa Maria

Assunta ist, reicht in ihren frühesten Anfängen bis ins vierte Jahrhundert zurück.

Ricci, Arnaldo, Mediziner im Dienste der Menschlichkeit, leitet die Hilfsorganisation CaritaMondo 21.0.

Rosaria, Signora, einflussreiches und mutiges Mitglied der Parenti.

Rossetti, Basile – genannt Martelletto, das Hämmerchen –, neapolitanischer Wanderarbeiter, der auf ganz besondere Jobs spezialisiert ist und auf einem römischen Schrottplatz aushilft, um unter anderem jene Räder zu bewegen, unter die Agostino Foresta kommt.

Russo, Emilio, Bruder im Geiste von Mr Shoemaker, braucht am Ende des Krimis ein neues Auto.

Saba, Augusto, Totengräber en detail und en gros mit besonderer Vorliebe für Lilien, was ihm den Spitznamen «Don Giglio» eingetragen hat.

Sanna, Eccellenza Reverendissima emeritus Abelardo, ehemaliger Weihbischof von Neapel, ist in seinen jungen Jahren einmal einem seltsamen Heiligen begegnet, über den er am liebsten nie mehr ein Wort verlieren würde.

Septimius Severus (146–211 n. Chr.), Lucius Septimius Severus Pertinax, römischer Kaiser.

Sersale, Kardinal Antonino (1702–1775), Erzbischof von Neapel; ein Mann, über den die offiziellen Quellen nur Gutes zu berichten wissen, bis er im «Hochamt in Neapel» noch eine andere Facette bekommt.

Silvestri, Monsignore Eugenio, Kettenraucher und Generalvikar des Bistums Neapel, leidet an Schlaflosigkeit vor lauter Sorgen um die Menschen in der Stadt und entwickelt in diesen dunklen Stunden überraschend lichte Ideen.

Shoemaker, Sidney William, Handlungsreisender in Sachen Freiheit und Demokratie, Geschäftspartner eines jeden, der seinen Interessen dient.

Smyslow, Dmitri, russischer Bankier mit vielfältigen Interessen – offiziellen, inoffiziellen und privaten –, Geschäftspartner von Don Giglio und Wladimir I. Pudanitschow.

Solimena, Francesco (1657–1747), geboren in Canale di Serino, als bedeutender Maler des italienischen Barock Schöpfer jenes berühmten Gemäldes, das den segnenden San Gennaro zeigt, dessen Original im Museo del Tesoro di San Gennaro hängt.

Sorrentino, Davide, ein Zuträger Orlando Ferrettis und Angestellter im Bistumsarchiv.

Strabon (64/63 v. Chr. – nach 23 n. Chr.), griechischer Historiker und Geograph, dessen Hauptwerk die «Geographika» in 17 Bänden bilden – unsere wichtigste Quelle zur antiken Geographie.

Stosch, Philipp Baron von (1691–1751), Kunstkenner, Korrespondenzpartner Winckelmanns.

Tebaldi, Kardinal Giacomo (gest. 1466), hoher geistlicher Würdenträger der katholischen Kirche mit einer kurzen Karriere in Neapel.

Valentini, Jacopo, pragmatischer Diadoche und Herzspezialist.

Vitale, Pancrazio, ängstlicher Diadoche und Bankier, Freund des Bunga Bunga.

Volkmann, Johann Jakob (1732–1803), Schriftsteller und Korrespondenzpartner Winckelmanns.

Walters, Vernon, US-amerikanischer Militär, Antikommunist, US-Imperialist, zeitweilig Stellvertretender Direktor der CIA (1972-1976), Diplomat, Feind der Sandinisten Nicaraguas und verstrickt in die Iran-Contra-Affäre, Unterstützer militaristischer Unterdrückerregime in Südamerika, drängte den Vatikan, amerikanische Bischöfe zu disziplinieren, die gegen die atomare Rüstung der USA Stellung bezogen hatten.

Walther, Georg Conrad (1710–1778), Verleger, Korrespondenzpartner Winckelmanns.

Wiedewelt, Johannes (1731–1802), dänischer Bildhauer, Korrespondenzpartner Winckelmanns.

Winckelmann, Johann Joachim (1717–1768), Gründervater der Klassischen Archäologie, Altertumswissenschaftler von Weltrang, verkehrte mit Menschen aus allen Schichten, war einmal unachtsam bei der Auswahl seiner Bekanntschaften.

Zampieri, Domenico, siehe: Domenichino.

Lektüren

Ergänzend zu Besuchen in Neapel war eine Reihe von Lektüren hilfreich, um sich dem Hauptschauplatz, aber auch dem Geschehen selbst zu nähern. Exemplarisch seien erwähnt:

A. Allroggen-Bedel, *Winckelmann und die Archäologie im Königreich Neapel*, in: *Johann Joachim Winckelmann, N. F. Eine Aufsatzsammlung*, Stendal 1990, S. 27–46 (Schriften der Winckelmann-Gesellschaft, 11)

A. Demandt, *Alexander der Große. Leben und Legende*, München 2009

H.-J. Gehrke, *Alexander der Große*, München ⁶2013

J.-P. Hernandez, *Nel Grembo della Trinità. L'immagine come teologia nel battistero più antico di Occidente (Napoli IV sec.)*, Cinisello Balsamo 2004

Chr. Höcker, *Gold von Neapel und Kampanien. Dreitausend Jahre Kunst und Kultur im Herzen Süditaliens*, Köln 1999

J. L. Maier, *Le Baptistère de Naples et ses mosaiques*, Fribourg 1964

M. C. Morese, *Gebrauchsanweisung für Neapel...*, München 2016

Dies., *Lieblingsorte. Neapel*, Berlin 2018

J. Popp, *Sprechende Bilder – Verstummte Betrachter. Zur Historienmalerei Domenichinos (1581–1641)*, Köln – Weimar – Wien 2007

S. Ristow, *Frühchristliche Baptisterien*, Münster 1998

Th. von Scheffer, *Neapel*, Leipzig 1903

P. Scholz, *Der Hellenismus. Der Hof und die Welt*, München 2015

V. Schultze, *Die Katakomben von San Gennaro de' Poveri*, Jena 1877

B. Stollberg-Rilinger, *Maria Theresia. Die Kaiserin in ihrer Zeit. Eine Biographie*, München ⁵2018

H.-U. Wiemer, *Alexander der Große*, München ²2015

Nicht minder wichtig waren Internetrecherchen (letzter Zugriff: September 2018), die mich beispielsweise auf folgende Seiten führten:

Der Dom und andere Plätze in Neapel

http://www.10cose.it/napoli/duomo-napoli
http://www.10cose.it/napoli/cimitero-fontanelle-napoli
http://www.neapel-stadt.de/neapel-sehenswuerdigkeiten/neapel-katakomben/neapel-katakomben-san-gennaro.htm
http://www.cappellasangennaro.it/?page_id=910&page_number_0=2

Das ausgebliebene Blutwunder im Dom zu Neapel

Das Zitat: «*il sangue è ancora solido – ancora non sciolto. Il sangue non si è sciolto, come è capitato altre volte. Ma questo per noi non è un fatto essenziale. La fede è qualcosa che va al di là*» entnehme ich der Aufzeichnung des Gottesdienstes, den Kardinal Crescenzio Sepe gehalten hat:
https://www.youtube.com/watch?v=TiSdI79uWR0 (6 min. 36 bis 7 min. 49)

Kardinal Albani

http://reader.digitale-sammlungen.de/de/fs1/object/context/bsb10404284_00005.html?contextType=scan&contextSort=score%2C descending&context=Albani&contextStart=10&contextRows=10

Francesco Arcangeli

https://books.google.de/books?id=-rRTAAAAcAAJ&pg=PA59&lpg=PA59&dq=Francisco+Arcangeli&source=bl&ots=IwatDfoloT&sig=dUHKXvoukcVCSKWysH6phrfo35w&hl=de&sa=X&ved=0ahUKEwj2yYeohr7SAhWGVxQKHQY4DZsQ6AEILjAF#v=onepage&q=Francisco%20Arcangeli&f=false

https://books.google.de/books?id=1qAUAAAAYAAJ&pg=PR31&lpg=PR31&dq=Gerichtsakten+Francesco+Arcangeli&source=bl&ots=Y1uzNlGPN_&sig=E4ZT4oiNq-K20M4yPqsORDat3ZM&hl=de&sa=X&ved=2ahUKEwiY96zJopjdAhXS2KQKHRQtCMEQ6AEwBnoECAQQAQ#v=onepage&q=Gerichtsakten%20Francesco%20Arcangeli&f=false

Verstrickung der Kirche in Mafia-Angelegenheiten

http://www.deutschlandfunk.de/dunkle-geschaefte-im-schatten-des-vatikans.886.de.html?dram:article_id=251666
https://netzfrauen.org/2014/01/15/die-geschaefte-der-muellmafia-boomen-nicht-nur-italien-auch-deutschland/

Pino Puglisi und Peppino Diana: zwei von der Mafia ermordete Priester

https://livesicilia.it/2013/04/15/pino-puglisi-beato-news-cronaca-palermo-le-spoglie-di-don-pino-puglisi-trasportate-in-cattedrale_297947/
http://www.repubblica.it/2009/03/sezioni/cronaca/camorra-8/camorra-8/camorra-8.html?refresh_ce

Problematik radioaktiver Abfälle und ihrer Lagerung

http://www.greenpeace.org/switzerland/Global/switzerland/de/publication/Nuclear/Factsheet_Endlagerung_radioaktiver_Abfaelle.pdf
https://www.ndr.de/kultur/geschichte/Loechrig-wie-ein-Kaese-50-Jahre-Endlager-Asse,asse1410.html
https://www.greenpeace.de/themen/energiewende-atomkraft/atommull/asse-ii-der-endlager-gau
https://www.heise.de/newsticker/meldung/Atommuelllager-Bohrung-in-der-Asse-wegen-erhoehter-Radioaktivitaet-gestoppt-3806542.html
http://www.taz.de/!866751/
http://netzwerk-regenbogen.de/akwi12050102.html
https://ejatlas.org/conflict/nuclear-waste-storage-in-scanzano-jonico

Russland und der Issyk Kul in Kirgisien

https://de.sputniknews.com/politik/20161201313591795-russland-kirgistan-basis/
https://de.sputniknews.com/politik/20120517263612062/
www.aktuell.ru/russland/politik/kirgisien_russische_truppen_koennen_bis_2032_bleiben_4459.html
https://www.freitag.de/autoren/der-freitag/keine-rosen-keine-tulpen

Lage der Wehrpflichtigen in Kirgisien

http://www.trt.net.tr/deutsch/welt/2016/08/04/freikauf-vom-wehrdienst-kostet-in-kirgisien-740-dollar-544975
https://www.dw.com/de/kirgisistan-soldatenmütter-auf-dem-vormarsch/a-1968129

Militärisches Abkommen zwischen Bulgarien und den USA, den Luftwaffenstützpunkt Besmer betreffend

https://books.google.de/books?id=aEzVNpVqENYC&pg=PA420&lpg=PA420&dq=defense+cooperation+agreement+Jambol&source=bl&ots=BLrE_bepTn&sig=fvCs9fTV4jXtu90eYzmakMVCab4&hl=de&sa=X&ved=2ahUKEwjnkb-RndncAhUK2qQKHfX4DzEQ6AEwBH0ECAYQAQ#v=onepage&q=defense%20cooperation%20agreement%20Jambol&f=false
https://wikivisually.com/wiki/Bulgarian-American_Joint_Military_Facilities

Auf die Technik, Schrift auf verbranntem Papier lesbar zu machen, wäre ich selbst schwerlich gekommen; so entnehme ich eine entsprechende Anregung dankbar dem Werk von Tobias Fischer, Veyron Swift und der Orden der Medusa, Serial Teil 5, 2014, auf das ich gleichfalls bei einer Internetrecherche gestoßen bin:

https://books.google.de/books?id=0xWfBQAAQBAJ&pg=PT47&lpg=PT47&dq=papier+verbrannt+lesen+glycerol&source=bl&ots=3fM3yRceVJ&sig=Lcz2jQZp_-L-W65ew19a6P3rv7I&hl=de&sa=X&ved=0ahUKEwipw6-mkrHcAhXJiSwKHR5rDTAQ6AEIQDAC#v=onepage&q=papier%20verbrannt%20lesen%20glycerol&f=false

Vatikan und CIA

https://www.focus.de/politik/ausland/vatikan-der-papst-des-cia_aid_160168.html
https://www.giordano-bruno-stiftung.de/meldung/wundersame-welt-des-karol-wojtyla

Fakten und Fiktionen

Auch wenn zahlreiche Persönlichkeiten und Ereignisse, die zur Rahmenhandlung des «Hochamts in Neapel» gehören, der Geschichte entlehnt sind, so ist der Roman dennoch ganz und gar ein Werk der Fiktion. Die Handlung selbst und die handelnden Persönlichkeiten sind völlig frei erfunden; jede Ähnlichkeit des Geschehens mit realen Begebenheiten oder von Akteuren mit noch lebenden Personen wäre gänzlich unbeabsichtigt. Auch sei ausdrücklich darauf hingewiesen, dass Winckelmanns letzter Brief eine reine Erfindung ist. Das Gleiche gilt für die vollständig fiktiven Verstrickungen Johann Joachim Winckelmanns sowie des Kardinals Antonino Sersale, des Hüters der pompejanischen Altertümer Camillo Paderni, des Künstlers Bartolomeo Cavaceppi und all der anderen, die ich einzig zum Zwecke der Unterhaltung vom rechten Wege abgeführt und allerlei Versuchungen ausgesetzt habe, die nichts mit der historischen Wirklichkeit zu tun hatten oder haben!

Zur Widmung

Charaktere zu ersinnen, die sich in einer fiktiven Geschichte tapfer verhalten, ist eine Sache – eine andere ist es, solche Menschen tatsächlich kennen zu dürfen. Drei solchen Männern, die ich für ihre Haltung und Tapferkeit angesichts schwerster Herausforderungen, die das wirkliche Leben zu stellen vermag, von ganzem Herzen bewundere, habe ich diesen Roman gewidmet.

Danksagung

Während der letzten beiden Jahre, in denen dieser Roman entstand, habe ich vielfältige Unterstützung und manchen wertvollen Hinweis von lieben Menschen erhalten, denen ich an dieser Stelle sehr herzlich danken möchte:
Jörg Alt, Paola Antoni, Uschi und Egidio Fabbri, Hans-Joachim Gehrke, Katja und Rudolph von Goeldel, Ahmed Habouss, Martin Hallmannsecker, Heino Herrmann, Charlotte Köckert, Franz Konstanciak, Michael Kuntze, Evelyne und Joachim von der Lahr, Helmut von der Lahr, Babette Leckebusch, Agnes Luk, Brian McNeil, meiner unvergleichlichen Assistentin Andrea Morgan, Paola Pecchioli, Irene Pellkofer, Gabriele Poole, Gianfranco Rizzuti, Urte Schröder, Ingrid Vogel, Tanja Warter, Ulrike und Konstantin Wegner, Hans-Ulrich Wiemer, Brigitte Zimmer, Bernhard Zimmermann.
Meiner Kollegin Christiane Zimmerl, einer erfahrenen Krimiautorin, verdanke ich zahlreiche wertvolle Hinweise und Verbesserungen meines Manuskripts in einem frühen Stadium der Entwicklung. Meinem Kollegen Klaus Weber danke ich für ein außergewöhnlich eindringendes Korrektorat. Zwei Kollegen im Verlag C.H.Beck danke ich besonders herzlich: für nimmermüde Ermutigung und Ermunterung Sebastian Ullrich und für ein wunderbar fachkundiges und humorvolles Lektorat Martin Hielscher.
Die Idee, Padre Luis mit der unterstreichenden Verweisung auf die Spur von Winckelmanns letztem Brief kommen zu lassen, verdanke ich meinem Vater Karl von der Lahr (1911–1977), Angestellter am Bistumsarchiv zu Trier: Er hat als Soldat im Zweiten Weltkrieg, von der militärischen Zensur unbemerkt, meine Mutter Susanne von der Lahr (1916–2001) wissen lassen, wo er sich gerade aufhielt, indem er auf einer Feldpostkarte kleine Bleistiftstriche unter bestimmte Buchstaben seiner Nachricht setzte, die, in fortlaufender Reihenfolge gelesen, den Namen des

betreffenden Ortes ergaben. – Meinen Eltern verdanke ich so manche Anregungen; mitunter sind Jahre und Jahrzehnte vergangen, ehe mir klar wurde, dass ich ihnen gefolgt bin. Über sie hat niemand je geschrieben und wird nie jemand schreiben, aber diese kleine Geschichte von ihnen beiden soll erhalten bleiben.

Ein größerer Dank, als ich in Worte zu fassen vermag, gilt einmal mehr meiner wunderbaren Frau – meiner lieben Angelika –, die mich nie vergessen lässt, was wichtig und was unwichtig ist! So trägt mit heiterer Gelassenheit für alle Fehler und Schwächen, die sich jetzt noch im «Hochamt in Neapel» finden, ganz allein der Autor die Verantwortung.

Stefan von der Lahr *München, im September 2018*